책의 근대

책의 근대
미디어의 문학사

초판발행 2026년 1월 15일

지은이 고노 겐스케
옮긴이 김광식·박천홍

펴낸이 박성모
펴낸곳 소명출판
출판등록 제1998-000017호
주소 서울시 서초구 사임당로14길 15 서광빌딩 2층
전화 02-585-7840
팩스 02-585-7848
이메일 somyungbooks@daum.net
홈페이지 www.somyong.co.kr

ISBN 979-11-7549-029-1 03800
정가 20,000원

책의 근대

미디어의 문학사

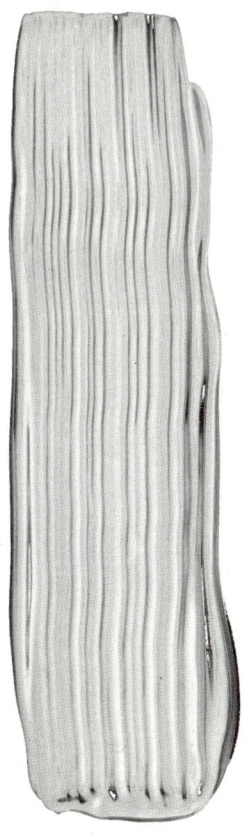

고노 겐스케

지음

김광식·박천홍

옮김

일러두기

- 이 책의 주석은 모두 옮긴이가 붙였다.
- 지은이의 주석과 해설은 본문과 인용문 위에 첨자로 표기했다. 인용문의 출전은 ( ) 안에 넣었다.
- 본문과 인용문 안에 이해를 돕기 위해 옮긴이가 덧붙인 내용은 〔 〕 안에 넣었다.

하이쿠俳句, 단카短歌, 소설, 연극, 영화 등 다양한 장르에서 활약한 데라야마 슈지寺山修司, 1935~1983는 『가출 예찬家出のすすめ가도카와서점(角川書店), 1972, 한국어판 손정임 역, 미행, 2022이란 책에서 다음과 같은 말을 남겼다.

> 사람은 언어를 통해서만 자유로워질 수 있다. 어떤 굴레에서 해방되는 것도 언어화되지 않는 한, 그저 해방감에 머물러 있을 것이다.

이 말을 내 나름대로 해석하고, 다른 말로 바꿔보면 이렇다.

어떤 사람이든, 각자 언어의 감옥에 갇혀 있다. 이 세계, 이 사회는 내가 익힌 언어를 통해 인식된 것이고, 거기서 쉽게 벗어날 수 없으며, 어떤 언어에도 제각기 편차가 있고, 보이는 것, 보이지 않는 것이 있기 때문이다. 감옥 밖의 세계가 더 넓고, 더 다채롭다. 사람은 때로 언어의 그물코로는 포착할 수 없는 세계를 엿보고, 그 그물코가 속박, 인식의 굴레임을 깨닫는다. 그러나, 구름 사이로 비치는 반짝이는 햇빛을 바라볼 뿐만 아니라, 이로써 열린 경치를 언어로 표현할 수 있을까. 새로운 어휘, 새로운 어구, 새로운 말이 새로운 의미로 서로 연결될 때, 그 경치는 실재하는 것이 되어, 다른 사람들에게도 나누어줄 수 있다. 머지않아, 그 말들은 오래 사용되어 관용구가 되고, 결국 진부한 표현이 되어 다시금 그물코 가운데 하나가 되어버릴 테지만, 또다시 다음 틈새, 다음 균열을 찾아, 새로운 말을 찾으려고 한다. 세계를 바꾸어가는 계기는 그런 반복의 건너편에 있다.

그렇다고 해도 '언어화言語化'하는 데는, 다양한 방법이 있다. 지역적 언어의 특성을 띤 음성 언어로 발화될 때도 있을 것이다. 구체적인 생활이나 지방성을 포착해 우연히 발화된 멋진 말, 또는 사색의 끝에 만들어진 말이었다고 해도, 말해진 다음 순간에는 모습을 감추어버린다. 반드시, 그 말을 듣는 이에게 전달된다고는 할 수 없으며, 그저 듣고 흘려버리는 경우도 많다.

글로 쓰인 언어는 생활과 이어진 연속성이 일단 끊기지만, 문자가 되고, 활자가 됨으로써, 많은 독자에게 전달될 수 있다. 발화된 말의 의미를 파악하는 독자는 같은 시대에 같은 언어를 사용하는 사람에게만 한정되지 않는다. 시간과 공간적 제약을 뛰어넘어 독자가 나타날 가능성은 있다. 문자로 기록됨으로써, 그 발신자의 신체와 연결되는 것은 끊어지지만, 독립해서, 다른 차원을 떠돌아다니며, 전혀 다른 수신자에게 해독된다. 때로는 발신자 자신이 글을 썼을 때의 일을 까맣게 잊어버리고, 뜻밖의 수신자가 되는 일도 있을 테고, 다른 문맥, 다른 언어와 연결되어, 더 새로운 의미가 덧붙여진 언어가 될지도 모른다.

그래서, 데라야마 슈지의 대표작은 『책을 버리고 거리로 나가자書を捨てよ, 街へ出よう』하가서점(芳賀書店), 1967; 한국어판 김성기 역, 이마고, 2005로 이름 붙여졌다. 같은 제목의 극영화도 데라야마가 감독, 제작했다. 그는

'책을 버리고 거리로 나가자'라는 말을 만들어내고, 책 한 권, 영화 한 편을 그렇게 이름 붙임으로써, 지금까지 살아온 세계에서 새로운 발걸음을 내딛는 일에 격려의 말을 보냈다. 동시에 또한, 작가의 생활과 인생에 밀착되었다고 여겨왔던 단카 정형시에 허구를 끌어들여, 실제로는 건재한 어머니를 죽은 사람으로 읊는 등, '데라야마 슈지' 자체를 연출해 보였다. 그러나, 같은 언어는 순식간에 1980년대 고도 자본주의 사회에서 쾌락적 소비를 부추기는 광고의 언어로 변형되어 갔다. 시부야 渋谷와 신주쿠 新宿는 소란스러운 거리에서, 책을 버리고 쇼핑하러 나가고 싶은 거리로 변모한 것이다. 나는, 데라야마 슈지의 언어가 문화적 패션이 되어가는 시대를 옆에서 지켜보면서, 버려야 할 '책'이 도대체 어떤 짜임새와 구조로 이루어졌는지 생각하기 시작했다.

　『책의 근대』를 쓴 것은, 1989년 베를린 장벽 붕괴 이후, 소련이 해체되고, 미국 주도의 지구화가 세계를 뒤덮기 시작한 1990년부터 1991년에 걸쳐서였다. 마이크로소프트사의 Windows 95는 아직 존재하지 않았지만, 개인용 컴퓨터의 등장으로 커뮤니케이션의 질이 변형되고, 우리가 글을 쓴다는 행위도, 글을 읽는다는 행위도 격변해 갈 것이라고 예견되었다. 이런 동시대의 문화 변혁을, 활자 문화가 일으킨 근대화에 겹쳐서 분석해 보려는 것이 원래의 의도였다. 그래서, '책'이라는 말에 붙어 다니는 교양주의와 지적 권위에서 가치를 발견할 생각은 전혀 없었다. 이 책의 후반부에 '전단지'와 '선전비라'처럼 인쇄된 종잇조각에 대해 언급하는 부분이 몇 군데 있는 것은 그 때문이다.

이 책에서, 나카노 시게하루中野重治의 『공상가와 시나리오』를 중심으로 논한 장 「책을 둘러싼 지혜의 고리」가 가장 기억에 남는다. 검열과 서적론을 연결하려고 했기 때문이다. 이것이 계기가 되어 정근식, 한기형, 이혜령, 고영란 등과 공동 연구한 『검열의 제국─문화의 통제와 재생산』신요사(新曜社), 2014; 한국어판 푸른역사, 2016이 나왔다.

이번 번역을 통해서, 한국 독자들과 예상치 못한 새로운 접속이 이루어질 수 있기를 기대한다. 끝으로 까다로운 학술서 번역을 맡아준 박천홍, 김광식 두 분에게 감사드린다.

고노 겐스케紅野謙介

책에는 쾌락과 떨림의 기억이 하나로 합쳐진다. 초등학생 때, 모리스 르블랑의 뤼팽 시리즈 가운데 한 책인 『황금삼각黃金三角』을 읽고, 지하실에 갇혀버린 등장인물에 몰입해 정말이지 가슴이 답답해져서, 잠을 잘 수 없을 정도로 공포를 느낀 적이 있었다. 한편, 아서 랜섬 Arthur Ransome의 『제비호ツバメ號』 시리즈를 읽고는, 호수 위를 질주하는 요트의 속도와, 개암나무를 붙잡고 지하수가 있는 곳을 찾을 때 엉겁결에 움직인 손가락의 감각을, 나 자신도 또렷하게 실감할 정도였다.

책에 대한 기억은, 내용에만 그치지 않는다. 거기에는 반드시 그때 읽은 책의 형태에 대한 기억이 달라붙어 있다. 뤼팽 시리즈의 책은 대부분 선명하게 총천연색으로 그림을 인쇄해 넣은 북 재킷에 감싸여 있었고, 그것을 벗기면 단색으로 된 허름한 표지가 나타나는 것이 기묘했다. 『아서 랜섬 전집』은 이와 반대로, 이와나미서점岩波書店의 아동용 책이 대부분 그랬던 것처럼, 모두 북케이스에 들어가 있는 호화로운 작품이었다. 나무 서가에 늘어놓으면 다른 책과 조화가 이루어지지 않을 정도로 특출나서, 일본에서 발달했다고 하는 '책 상자'의 포장 용기는, 몇 번이고 책 덮개를 열어 책을 꺼내게 만드는 보물 그릇처럼 보였다.

책이라는 사물은, 이야기에 몰두하기 전 더 어렸을 무렵에 관심의 대상이기도 했다. 그림책은, 페이지를 넘길 적마다 그때까지 본 적이 없는 새로운 색채로 넘쳐흐르는 광경을 펼쳐 보였다. 그 가운데 평면의 2차원에서 튀어나와, 눈앞에 떠올라 오는 그림책도 있었다. 예상 밖으로 튀어나오는 그림책에, 엉겁결에 탄성을 지르고, 어떻게 해서 입체적으로 보이는 걸까 신기하기 그지없어, 몇 번이나 그 페이지를 펼쳐본 적이 있다. 아무것도 놓치고 싶지 않아, 뚫어지게 바라보며 천천히 조금씩 열었던 페이지의 틈을 들여다본다. 손을 내밀어 전후좌우로 움직여 보기도 하고 조작해 보기도 하면, 광경이 바뀌는 그림책에도, 매혹되었다. 아이들에게, 책은 이야기에 앞서 사물로써 매력이 가득하고, 촉각적이고, 형태를 빚을 수 있는 오브제이기도 했다. 결코 수렴하는 것이 아니라 확산적인 시선은, 책을 거꾸로 바라보고, 비스듬히 기울이고, 페이지에서 페이지로 어지러이 날아, 역류한다. 그런 행동은, 책에 대해서 새로운 접촉의 회로를 찾아내려고 하는 행위라고 말해도 좋을 것이다.

생각해보면 문자와 만난 것도 마땅히 그랬을 거다. 쓰기 언어로써 문자를 익히는 것은, 선과 점을 자기 눈과 손으로 따라 쓰고, 자신이 크레파스와 분필과 연필로 만들어 낸 그것들의 흔적과 놀거나, 이야기하는 것으로 시작된다. 그런 따라 쓰기와 놀이 속에서, 점차 하나로 합쳐진 문자를 언어로 이해하고, 마음대로 다루게 되어 문자 운용의 프로그램을 획득해 간다. 그런 점에서, 문자도 오브제의 기억을 지녔던 것은 틀림없지만, 프로그램이 성립하자마자 창출된 과정은 망각되어 버린다.

그러나, 독서의 밑바탕에는, 말의 소리와 형태를, 혀·눈·귀·손으로 사물로 느끼면서, 동시에 그에 호응해 상상의 세계에서 또 하

나의 신체가 미지의 시간과 공간을 재현하고, 사물로써 받아들인다. 동화작가 마쓰타니 미요코松谷みよ子의 『용의 아이 타로龍の子太郎』도 잊을 수 없는 애독서였는데, 타로의 어머니가 용이 된 것은, 금지된 분량의 '이와나イワナ, 곤들매기'까지 먹어버렸기 때문이었다. 전율할 만한 변신의 매혹과 공포와 결합해서, 그 '이와나岩魚'라는 민물고기의 음音과 함께 그 한자 표기 '이와いわ, 바위'의 '나魚, 물고기'에 얼마나 위협을 느꼈던가. 이후에 '이와나'를 먹을 때마다 용의 변신담을 떠올렸다. '읽는' 행위는 그런 일련의 생생한 신체적인 지각활동이 포함된다. 당연히, 문자표기의 차원뿐만 아니라, 문자의 배열과 지면 전체의 레이아웃,[1] 권두화와 삽화, 사진, 장정 등 책을 둘러싼 여러 가지 구성 요소가 '읽기'를 뒷받침하면서 책이라는 사물의 여러 가지 조건을 형성한다.

역사를 돌이켜보면, 오늘날, 우리가 평소 읽는 책의 형태는, 서양에서는 15세기에 구텐베르크가 인쇄기를 발명하고, 18세기에 양지洋紙의 생산량이 늘어남으로써 가능해진 것이고, 일본에서는 메이지1868~1912 이후, 고작해야 120, 130년이 채 안 된 것이다. 일본도 그때까지는, 흔히 마키모노卷物[2]라고 하는 권자본卷子本[3]과 접어 개는 방식의 절본折本[4] 등의 책이 일부 계층에서 읽히고, 이윽고 목판

---

1   layout. 책이나 신문, 잡지 따위에서 글이나 그림 따위를 효과적으로 정리하고 배치하는 일.
2   서화 등을 표구해서 축에 만 것.
3   두루마리 모양으로 만든 책.
4   가로로 길게 이어진 종이를 접어서 개켜 만든 책.

인쇄가 보급되어 일본 종이와 일본 장정으로 만든 책자본冊子本[5]이 에도시대에 대량으로 나돌게 되었다. 빨리 감기 기능이 없는 비디오테이프 같은 마키모노와, 순식간에 넘길 수 있는 책자 형식으로, '읽기' 행위에 질적 변화가 발생한 것은 당연하다. 전체를 통째로 간단하게 넘길 수 있다는 점에서, 책자는 컴팩 디스크나 레이저 디스크 이상의 기능을 보여주었다. 서양의 테크놀로지가 수입됨에 따라 활판 양장이라는 오늘날의 책 형태가 생겨났는데, 그 이행이 커다란 질적 변화를 가져오지 않을 리가 없다.

양서洋書를 처음 봤을 때, 문자가 가로로 배열되고, 왼쪽에서 오른쪽으로 시선을 움직이게 하고, 오른쪽에서 왼쪽으로 페이지를 넘겨 읽는 방식에 어리둥절해서 놀랐던 사람이 많았을 것이다. 일본에서도, 어느 때까지는 가로쓰기 문자가 오른쪽에서 왼쪽으로 쓰였기 때문에, 지금은 익숙해지지 않으면 의미를 모르게 된다. 일본 책은, 문자를 위에서 아래로, 행을 오른쪽에서 왼쪽으로 읽어가기 때문에, 시선의 움직임에 따르면, 가로쓰기라도 오른쪽부터가 자연스럽지만, 그 배열만 서양식으로 왼쪽부터 하게 되었다. 그리고 그 부자연스러움이 오늘날은 자연스러워졌다. 책은 그 기원부터, 읽기 위한 도구·기계機械였다. 도구·기계를 만들어 냄으로써, 사람은 그때마다, 자신이 사는 공간과 시간을 조금씩 바꿔갔다. 사람과 기계가 그렇게 역사적으로 상호작용하는 것은 책이라는 장

---

5   풀과 실 등으로 묶은 책의 총칭.

치에도 예외는 아니다. 게다가, 그 경계에서는 끊임없이 외적인 여러 조건에 의한 힘의 개입과 갈등이 있었다.

책은 단지 그 물질적인 변형을 계기로, '읽기'만을 재편성한 것이 아니다. 그때까지 모든 시대, 사회도 그랬지만, 그 이상으로, 근대라는 사회 시스템은 정보의 일원화와 신속화, 광범위한 곳에 이르는 전달을 반드시 필요로 했다. 그 근대에서 언어를 비롯한 여러 가지 담론의 체계를 대량으로 복제하고, 배포하는 책은 그 기능을 수행하며, 극히 정치적 역할을 떠맡게 되었다. 책이 출현한 뒤에 나타나서, 책을 위협했던 신문·잡지처럼 전달 속도가 빠른 미디어는 자칫하면 정보를 주고받는 데 비중을 두는 데 비해서, 책은 많은 정보량과 함께, 어떻게 정보를 처리하고, 어떻게 행동하고, 어떻게 말하고, 읽고 쓰는지를 가르쳐주는 미디어로서도 작동했다. 근대사회의 일원으로서 일상적인 생활의 실천이 교육된 것이다. 그 단적인 표현으로, 책 자신과 어떻게 만나는지 알려주는 책이 있다.

'읽기 위한 기계' 또는 '읽히는 기계'로부터, 더 나아가서는 '읽는 방법을 가르쳐주는 기계'로. 이런 여러 가지 기능을 갖춘 책의 근대사를 모두 개관할 수는 없지만, 신체적인 '읽기' 행위와도 연결되는 소설에 한정함으로써, 그 때문에 보이는 광경이 있을 것이다. 책 만들기의 변형은 소설을 어떻게 변화시켰을까? 장정과 지면은 어떻게 바뀌었을까? 각각의 소설가들은 자기의 소설을 어떤 책으로 만들려고 했을까? 그리고 소설 속에서 책에 대한 접촉의 회로는 어떻게 지도되었을까? 자신이 쓴 언어가 인쇄되고, 책이 되어 독자에게 다가가기까지 일어나는 과정을 그들은 어떻게 받아들였을까? '읽기'는 필연적으로 '쓰기'와 함께 움직인다. 인쇄술의 발명을 전후해서, 소설이라는 장르가 생겨났다. 한번 문자를 익히면, 쓴다는 행위는 암벽에서도 대지 위에서도 이루어지는데, 그 축적 위에 만들어지는 소설은, 활자화되고, 복제된 책이 되어 손에서 손으로 건네짐으로써, 사회적으로 인지되었다. 책은, 소설을 뒷받침하는 생태계로 존재한다.

다음에 이어지는 여덟 개의 장은, 책과 관련된 일본의 근대소설을 역사적으로 다시 파악해 보려는 작은 시도이다.

차례

제1장

소설의 시작, 책^{book}의 탄생

스즈키 보쿠시의 『호쿠에쓰 설보』

스즈키 기소지^{鈴木儀三治}, 호가 보쿠시^{牧之}인 그는, 근세 후기의 뛰어난 풍토기^{風土記} 가운데 하나로, 호쿠에쓰^{北越}[1]를 묘사한 『호쿠에쓰 설보^{北越雪譜}』의 저자로 알려졌다. 18세기 후반, 눈이 많기로 유명한 에치고^{越後}[2]에서, 기소지는 치지미^{縮布}[3]의 중개상과 전당포를 겸업하는 부유한 집에서 태어나, 여러 가지 학문을 닦고 문예와 서화^{書畫}, 하이카이^{俳諧}[4]를 특히 즐겼다. 당시 부유한 농민과 상인 가운데 일부가 그랬던 것처럼, 여러 지방의 유학자 문인, 가진^{歌人},[5] 하이진^{俳人},[6] 화가, 서예가, 국학자,[7] 승려, 배우들과 사귀었다. 그는 에도^{江戸}에서 알게 된 산토 교덴^{山東京傳}, 교잔^{京山} 형제, 짓펜샤 잇쿠^{十返舍一九}, 다키자와 바킨^{瀧澤馬琴}, 오타 난포^{大田南畝}, 다니 분초^{谷文晁}, 사와다

---

1 눈이 많은 에치고 지방 북쪽.
2 옛 지방 이름으로, 지금의 니가타현(新潟県)이다.
3 바탕에 잔주름이 생기도록 짠 옷감.
4 홋쿠(發句, 5·7·5의 17문자로 이루어진 시)와 렌쿠(連句, 2구절 이상 이어지는 시), 하이분(俳文, 와카(和歌)의 우아미에 비해 골계적으로 쓴 글) 등의 총칭이다. 골계와 기지, 해학을 주된 특징으로 한다.
5 와카(和歌, 일본 고유 형식의 시)를 짓는 사람.

도쿄澤田東江, 이치카와 단주로市川団十郎 등과 교유했다.

에치고의 민속 관습과 설화 전승, 산업, 연중행사에 대해 자세히 설명한『호쿠에쓰 설보』2편 7권은, 처음에 교덴, 뒤이어 바킨에게 도움을 청했지만 잘 진행되지 않았고, 나중에 산토 교잔의 천거에 따라, 1837년덴포(天保) 8, 1841년덴포 12에 에도 분케이도文溪堂에서 목판본으로 간행되었다. 보쿠시는 이미 노년이 되어, 최초의 첫 시도 이후 30년 이상의 세월이 흐른 것이다. "땅이 따뜻해져 기운을 토해내고 / 하늘을 향해 오르기를 사람의 숨처럼 / 밤낮으로 잠시라도 그치는 일 없네. / 하늘도 기운을 토해 땅으로 내려오고 / 이것이 천지의 호흡이 되어 / 사람이 숨을 내쉬고 들이쉬는 것처럼 / 천지가 호흡해서 만물을 기르네"라는 음양이원론陰陽二元論류의 재료학적인 천지관에서, 눈雪에 초점을 맞춰, 그 미세한 형태의 차이와 내린 눈에 관한 자료 등을 제공하면서 시작하는 서술은, 이윽고 에치고 북부의 눈에 둘러싸여, 그 속에서 눈과 함께 사는 사람들의 삶을 상세하게 정경화情景化했다.

초고에는 보쿠시가 그린 원화가 별책으로 붙어 있는데, 출판을 맡았던 산토 교잔이 설국을 전혀 모르는 아들 교스이京水에게 다시 고쳐 그리게 했다. 그 때문에 삽화는 대단히 서툴지만, 그렇다고 해도 풍토기를 뛰어넘은 '설국 백과전서'로서, 첫 편을 발간한 뒤 순식간에 '7백여 부'를 팔았다교잔인(京山人), 「2편 범례」고 한 것도 정말 그

---

6   하이쿠(俳句, 5·7·5의 3구 17음으로 된 일본 고유의 단시)를 짓는 사람.
7   에도시대에 고대문화와 사상, 일본 국가 정신을 연구한 학자들.

스즈키 보쿠시의 『아키야마 기행』. 아키야마 마을의 농가를 그린 보쿠시의 자필 삽화이다.

럴 만하다고 생각된다.

니가타 현新潟縣의 시오자와鹽澤에는 유묵, 유품, 관계 문헌을 전시한 보쿠시 기념관이 있는데, 거기서 눈이 휘둥그레진 것은, 『호쿠에쓰 설보』의 배후에 펼쳐진 언어의 세계였다. 예를 들면 짓펜샤 잇쿠十返舍一九가 '히자쿠리게'[8] 적인 게사쿠戱作[9]의 창작 자료로 삼기 위해 썼다고 하는 『아키야마 기행秋山紀行』1828~1829은, 산간에 파묻혀 다른 마을과도 멀리 떨어져 소식마저 끊긴 곳에서 그런 생활양식을 지켜온 촌락 아키야마 마을로 기행하고, 자신의 붓으로 채색한

---

8   걸어서 여행하는 일.
9   일반적으로 호레키(寶曆, 1751~1764), 메이와(明和, 1764~1772) 무렵 지식인에 의해 시작되어 안에이(安永, 1772~1781)·덴메(天明, 1781~1789) 무렵에 확립된 새로운 양식의 통속문학. 넓은 의미로는 그 이후 바쿠후 말기까지 비슷한 작풍의 소설을 포함한 근세 후기소설의 총칭이다.

그림과 글로 그곳의 지세, 풍속, 생활양식 등을 공들여 그렸다. 이 책은, 자필 원고라서 출판되지는 않았다._{뒤에 도요문고(東洋文庫)에 실림} 그러나, 다시 그려진 『호쿠에쓰 설보』의 간행본에는 없는 손으로 쓴 필치와 색채가 지면에 흘러넘쳐, 아무리 보아도 싫증 나지 않는다.

또 다키자와 바킨, 산토 교잔이 제각기 보낸 편지를 필사해서, 묶은 서간집 2책도 남아 있다. 30년 이상 교유하면서, 조닌_{町人}[10] 의 한 사람으로서 자신이 보낸 것과 상대방에게 받은 서간을 베껴 쓰거나, 또는 오려 붙여서 기록한 것이다. 보쿠시는 평생 이런 기록 습관을 유지했던 듯, 『보쿠시 교유 인명부_{牧之交遊人名簿}』 2책, 『제국필감_{諸國筆鑑}』 8책, 두루마리로 만든 『서간집』 5권 등이 따로 더 있다. 이것들은 대부분 『스즈키 보쿠시 전집』 2권_{중앙공론사(中央公論社)}에 실렸는데, 기념관에 전시된 서간집은 활자 언어로 된 것과 는 다른 차원에서, 쓰고 붙이고 묶는 행위의 흔적을 보여주며, 오랜 세월 동안에 걸쳐서 그 운동을 계속 반복한 사람의 신체를 떠올리게 한다.

베껴 쓴다는 것, 분류한다는 것, 이것은 근세 후기의 문인·화가·학자에게 볼 수 있는 공통의 실천적 인식 방법이기도 하다. 눈의 결정을 돋보기로 들여다보고, 그 다양한 형태를 그려서 보여줌으로써 박물지적인 정신을 발휘한 보쿠시도 또한, 분류학의 사도였다. 그러나, 분류학이 차이의 일람표를 만드는 것을 목적으로 한 인식의 운동이라고 해도, 그것이 반드시 자연과학적인 관찰 주체의 탄생으로 이어지는 것은 아니다. 자연과학을 예비한 서양의 박물학은 대상들의 배후에 있는 의미의 법칙을 찾아내고, 신학적인 체계 속에 그것을 집어넣음으로써, 계통적으로 차이를 질서정연하게 하고, 통합하는 중심을 만들어 낸 데 비해, 보쿠시의 박물학에는, 다양한 형태 그 자체를 그대로 재현하듯이, 형태에 대한 애착이 드러난다.

『호쿠에쓰 설보』 자체는 큰 틀에서 음양 이원론에 기초하면서도, 체계화된 기록이 아니라, 느슨하게 화제를 설정해 가면서, 짧은 대목을 차례로 연쇄적으로 펼쳐가고 곁으로 새는 서술로 뒷받침된 책이었다. 때로는 사람이 곰에게 도움을 받은 설화와 눈 속의 유령담처럼 이야기에 가까운 대목을 담고, 때로는 북국의 베 짜기와 연어에 대한 합리적인 해설, 경치에 대한 대목을 담았다. 간접적이지만, 삽화는 본문의 언어를 참조하면서, 그 이상으로 독자에게 수많은 정보를 주었다. 폭설에 대처한 집짓기, 세상을 뒤덮을 듯한 눈, 눈보라와 눈사태 풍경에서부터, 눈의 결정, 눈 속을 걷기 위한 도구, 연어와 연어알 같은 미세한 대상에 이르기까지, 그 삽화들은 설국의 도감^{도상학} 을 만들어 내는 데 중요한 기능을 맡았다.

---

10   사농공상(士農工商) 중 상(商)에 속하는 상인이나 장인(匠人) 계급의 사람들.

다양한 책

기념관 안에서 「세계지도」와 「가라후토^{사할린} 그림」 등이 늘어선 가운데, 병풍이 하나 눈에 띄었다. 그 밖에도 오타 난포^{大田南畝},¹¹ 가메다 호사이^{龜田鵬齋12}의 글씨로 만든 병풍이 있고, 문자 그 자체를 미적 감상의 대상으로 삼기 위해 가재도구에 집어넣었던 동아시아적인 표기체계에 관심이 갔지만, 그 이상으로 강하게 마음이 끌린 것은, 무수히 많은 단자쿠^{短冊13}와 료시^{料紙},¹⁴ 그림을 합쳐 붙인 하리마제 병풍^{貼交ぜ屛風15}이었다. 자세히 보니, 보쿠시의 글씨뿐만 아니라, 그의 아버지 쓰네에몬^{恒右衛門} 곧 보쿠스이^{牧水}, 여동생 후지, 딸 구와, 사위 보쿠잔^{牧山}의 낙관이 있다. 한시, 와카, 하이카이, 교카 등 다양한 장르의 언어표현이, 산수와 작은 동물, 풍속을 그린 그림과 함께, 전체로서 병풍 한 폭의 공간에 공존했다. 거기서는 한 점으로 통합되지 않는 느슨한 시각적 조화가 꾀해지고, 언어가 의미론의 속박을 벗어나, 문자의 표의성^{表意性}을 주장하며, 끝없이 그림에 접근하면서 같은 공간에 두루 퍼졌다.

다가가 자세히 보면, 일정한 부호를 지닌 언어의 연속을 좇아서

---

11 에도시대에 바쿠후(幕府)의 신하로 교카(狂歌, 풍자와 익살을 주로 한 단가)와 게사쿠(戱作, 에도 후기의 통속소설)를 지었다. 에도 문화의 전환기에 가벼우면서도 교묘한 기지와 해학으로 일세를 풍미했다.

12 에도시대 후기의 유학자. 경서를 강의하면서 많은 글과 시를 지었다.

13 단카, 하이쿠 등을 쓰는 두껍고 조붓한 종이.

14 문서, 전적 등에 사용하는 종이.

15 여러 가지의 서화를 적당하게 섞어 붙인 병풍.

그 의미작용 속에 떠돌아다
닐 수도 있지만, 눈을 다른
데로 돌리면, 다른 장르, 다
른 부호의 언어와 그림의 영
역으로 의미를 접속하게 할
수도 있다. 그리고 떨어져
보면 또한 아름다운 병풍의
도상이 전체로서 떠오른다.
감상자의 시선에서 보는 거

스즈키 보쿠시가 만든 「하리마제병풍」 (부분)

리에 따라 바탕과 그림이 바뀌는 기능이 그 병풍에는 있었다. 그렇
지만 그 부분과 부분, 부분과 전체는 상대적으로 독립한 텍스트를
구성하기도 한다. 에도시대의 하리마제 병풍 자체는 여러 곳에 남
았지만, 보쿠시가 만든 것은 참으로 훌륭한 병풍 = 다면체 텍스트
였다.

　글씨와 그림의 배경을 이루는 것처럼 '사이'에 가로놓인 단자쿠,
료시로써 병풍 그 자체의 표장表裝[16]도 단순히 배경의 바탕에만 그
치는 것은 아니다. 식물에서 섬유를 분리하고 정제해서 종이를 뜨
는 제지 기술이 중국에서 일본으로 건너와서 정착한 것은 5세기부
터 7세기에 걸친다. 닥나무, 삼지닥나무三椏, 안피나무雁皮 등으로 소
재를 확장하고, 일본의 맑은 냇물에 적응한 흘려 뜨기流し漉き[17] 기술

16　비단이나 두꺼운 종이를 발라서 책이나 화첩, 족자 따위를 꾸미어 만드는 것.
17　식물성 점액을 첨가한 제지액을 여과기에 넣고 전체를 흔들어 균일한 종이 층

이 개발된 것은, 불교가 보급되고 율령국가가 제도적으로 확립된 덴표天平시대였다. 가미야인紙屋院이라고도 불린 도서료圖書寮 조지소造紙所가 설치되고, 미노美濃, 하리마播磨, 스오周防 지방을 중심으로 야마토大和의 지배가 미친 각지에서 종이의 원료와 종이를 상납하라는 명령이 내려졌다.

'쇼소인正倉院 문서'[18]는 그 종이에 얽힌 기술의 역사를 이야기하는 컬렉션인데, 종이를 뜬다는 일본만의 독특한 제조공정은 또한 교토의 귀족문화와 함께 여러 가지 식물의 색소로 염색되어 색채가 화려한 가공지 곧 '료시'를 만들어 냈다. 종이는 황벽黃檗, 소방蘇芳, 자초紫草, 홍화紅花, 쪽藍 등의 염료로 물들여지고, 각각의 색마다 여러 가지 색조로 염색되었다. 이것이 각 지방에 있는 종이의 생산지에 따라서 재료를 바꾸면, 당연히, 종이의 질감, 색채에도 차이가 나타난다. 또 가집歌集의 사본을 만들 무렵부터 시작되었는지 모르지만, 이렇게 다채로운 색깔의 종이를 자르기도 하고 부수기도 해서 여러 장의 종이를 이어 붙인 '쓰기가미繼ぎ紙'[19]도 등장한다. 서로 다른 종이를 이어 붙인 곡선의 도안을 배경으로, 와카가 필사된다. 금가루와 은가루, 기리하쿠切箔[20], 노게野毛[21] 등을 거듭해서 가

을 만든다. 그 뒤 몇 번이나 액을 퍼 올려 같은 작업을 반복하고, 종이 층이 바라는 두께가 되면, 여분의 물과 함께 불순물을 흘려보낸다. 헤이안시대 초기에 확립된 일본 특유의 기법이다.

18　도다이지(東大寺) 쇼소인에 전해오는 8세기의 고문서. 모두 1만 2천여 점에 이른다. 대부분은 사경(寫經)과 사원 건축에 관한 문서이다.

19　빛깔이나 질이 다른 두 종류 이상의 종이를 한 데 이어 붙여서 료시 한 장으로 만든 것.

공한 화려한 료시는, 이미 와카의 언어 텍스트를 뒷받침하는 바탕이라기보다는, 텍스트와 길항해서, 함께 공연하는 종합적인 시각 예술을 만들어 냈다.

보쿠시의 병풍은 이들 전통적인 가공지를 원료로 한 단자쿠, 료시 위에, 문자와 그림을 쓰고 그려서, 이것을 합쳐 붙인 것이었다. 기호로서 문자와 그림이 서로 조응하면서, 서로의 '사이'가 의미를 새롭게 만들어가는 근원적인 공간이 된다. 이렇게 해서 가재도구의 하나로서 [방과 방 사이의]옮긴이, 이하 [ ]는 옮긴이 칸막이와 바람막이로 사용되는 병풍이, 가지각색의 종이와 먹, 여러 가지 재료에 따라서 쓰이고, 읽을 수 있는 텍스트가 되고, 나아가 작게 접어서 나를 수 있는 기능적 형태와 호응해서, 대형화한 절본일본식 장정본의 일종이라고도 할 수 있는 책 한 권이 되었다.

이 병풍이 만들어진 것은, 보쿠시의 기록에 따르면 1822년분세이(文政) 5이라고 한다. 아버지 보쿠스이는 10년보다 더 오래전인 1807년분카(文化) 4에는 사망했고, 누이동생 후지도 앞서 1821년분세이 4에 세상을 떠났다. 말하자면, 이미 존재하지 않지만 자기 가족의 서명이 들어간 텍스트를 콜라주한 책이고, 죽은 자그들와 산 자우리를 하나로 묶으면서, 액자 위로 불러서 되돌아오게 하는 기억의 장치이기도 했다.

---

20 금박·은박을 안피와 닥나무 껍질로 만든 종이에 옻으로 붙여 실처럼 짠 조각. 피륙의 씨실로 쓴다.
21 벼·보리 등의 까끄라기.

이런 개인적인 책을 만든 것은 보쿠시만의 특수성에 그치는 것이 아니었다. '하리마제 병풍'뿐만 아니라, 단자쿠를 합쳐서 붙인 족자, 그리고 서로 주고받은 와카를 쓴 색종이 등, 넓은 범위에서 근세의 조닌 사회에 존재했다. 물론 렌카, 하이카이와 같은 장르가 그것을 뒷받침하고, 서예라는 중국-일본적인 문자 표현이 사람들의 삶 속에 녹아들었다. 그리고 폐쇄된 사회 속에서 질서가 고정화되고 조닌 계층에서 자본이 축적된 것이, 그 자체를 목적으로 한 언어의 표현과 향유를 가능하게 했다.

이러한 책이 일상생활의 구석구석까지 침투하는 상황에서, 보쿠시는 오랜 세월에 걸쳐서 자신의 저작을 공적으로 간행하려고 노력했다. 자신이 부탁한 바킨에게는 초고를 돌려받지 못해 다시 고쳐 쓰고, 교잔이 받은 다음에는, 앞에서 말한 것처럼 삽화가 모조리 바뀌는 굴욕도 당한다. 그렇지만, 보쿠시는 출판에 온갖 정성을 쏟았다. 목판인쇄로 책을 복제하는 데 집착한 그의 진의는 간단하게 살펴서 알 수는 없다. 문인으로서 자신의 이름이 기호로서 유통해가는 그런 '작가'가 되려는 욕망을 품었던 것일까, 아니면 자신의 언어를 더 많은 복수의 독자에게 펼쳐 보이려는 정념이 싹텄던 것일까. 보쿠시의 불투명한 내면을 미루어 헤아리기보다는, 출판에 대해 집착하도록 몰아간 근세 출판문화의 현장을 살펴보아야 할 것이다.

근세의 출판

　서양에서 교회 건축은 책이 극히 희소한 가치가 있었던 중세에, 책으로 기능했다. 15세기에 구텐베르크가 등장하기 이전에 책은 수도원에서 필사생寫字生들이 베껴 쓴 사본뿐이었다. 그 때문에 책을 소유하는 것은 개인적으로 어려웠고, 책을 사슬로 묶어둔 도서관조차 있었다. 크리스트교 문화권에서 유일한 책이 된 『성서』의 경우에도, 성직자가 아닌 일반 사람들이 손에 넣어 읽을 수 있게 된 것은 역사적으로 오래된 일이 아니다. 교회는 읽을 수 없는 그 『성서』를, 건축의 텍스트로써 눈으로 보고 이해할 수 있게 한 책이었다. 책은 서양에서도 반드시 문자가 기록된 종이를 함께 묶은 형태라고는 할 수 없었다.

　일본에서는 교회를 대신해서 신사神社와 불당佛閣이 있어, 건축 텍스트로서 기능했다. 그러나, 그와 동시에 한자문화권에 속한 일본에서는, 문자표기와 도상 사이의 연속성을 강하게 유지하고, 실내·실외에 걸려 감상되는 텍스트로, 쓰인 사물로 책을 발전시켜 왔다. 액자와 족자, 병풍과 후스마에襖繪[22] 등, 그것들도 묶여 있지 않지만, 읽을 수 있는 책이기도 했다. 유일하게 책에 의한 지배가 없는 가운데, 여러 가지 문자와 그림으로 이루어진 책이, 의미 전달을 지상과제로 하는 '읽히는 기계'일 뿐만 아니라, 장식적인 기

22　맹장지에 그린 그림.

능을 하면서, 일상생활로 침투한다. 그것이 궁정 귀족과 상급 무사뿐만 아니라, 보쿠시처럼 지방에 사는 부유한 조닌 계층의 생활 수준으로 퍼져간 것이 근세였다.

실제로 책이 유통된 그 배경에는, 일상의 쓰기 읽기 행위가 여러 겹으로 쌓이고, 자신들이 만든 사적인 책이 무한히 존재했을 것이다. 우리가 흔히 지나쳐버리기 쉬운 것은, 이와 같은 책의 이중구조이고, 표층에 나타난 책에 비해 심층의 책이라고 불러야 할 광범위한 텍스트 생성의 공간이다. 물론 도코노마床の間[23]에 족자를 걸기도 하고, 글씨를 액자에 넣어 꾸미기도 하는 것은, 오늘날 우리 생활 속에도 있다. 그러나, 그것은 이미 향유하는 사람과 함께 하는 생동하는 의미 생성 작용을 잃고, 전통과 권위에 의거하는 것처럼 별개의 기호성을 띠어버렸다. 견고한 입방체의 물질에 언어를 봉해 넣은 서양 책이, 건축물이든, 책이든, 사람들의 생활에서 일단 동떨어졌던 데 비해서, 책을 둘러싼 일본의 환경은 경계선이 느슨해서 생활 속으로 침투하는 것을 특색으로 했다. 이렇게 생활 속에서 쓰기책와 공생하는 것은, 서양적 근대를 목표로 한 메이지1868~1912 이후의 일본에서 점차 배경으로 밀려나 버리는 것이기도 했다.

한편, 일본의 근세 후기는 출판문화의 개화기이다. 가장 오랜 인쇄물로는 8세기 나라奈良시대의 목판 또는 동판이라고 전하는 '백

---

23 일본식 방의 상좌(上座)에 바닥을 한층 높게 만든 곳. 벽에는 족자를 걸고, 바닥에는 꽃이나 장식물을 꾸며 놓는다.

만탑다라니불百萬塔陀羅尼佛'이 현존하는 것으로는 세계 최고라고 해서 유명하지만, 그 이후, 무로마치室町 말기부터 에도시대 초기에 걸쳐서 동활자나 목활자를 사용한 고활자판古活字版, 기리시탄판(切支丹版),²⁴ 분로쿠칙판(文禄勅版),²⁵ 게이초칙판(慶長勅版),²⁶ 사가본(嵯峨本)²⁷ 등이 단기간에 나타났다. 그러나 이 고활자판은 편리성과 경제 효율 등에서 쓰이지 않게 되고, 간에이 연간寛永, 1624~1644 이후, 다시 판板 한 장에 원고를 뒤집어 붙여서, 직인職人이 새기는 정판인쇄整版印刷²⁸가 번창하게 되었다.

목판 정판의 보급은, 일대일로 베껴 쓰는 것일 뿐인 사본에 비해서, 훨씬 많은 복제본을 만들 수 있다는 점에서 출판 인쇄의 역사에서 획기적인 전환을 의미했는데, 그 문자표기에는 판화에 정통한 직인의 수작업 운동이 짙게 남았다. 그리고 이 책 미디어의 특색은, 본문과 삽화를 같은 페이지에 쉽게 조판할 수 있다는 점이었다. 판화와 같은 요령으로 제작된 삽화는, 판板 한 장의 오른쪽 절반에 새겨지고, 본문이 왼쪽 절반을 차지하는 방식으로 나뉘었다. 인쇄하면 한가운데에서 안쪽으로 접혀 들어가기 때문에, 이어지는

---

24 근세 초기, 예수회가 주로 규슈지방에서 간행한 활자본의 총칭.

25 16세기 말 고요제(後陽成) 천황(天皇)의 명에 따라 만들어진 고활자판 가운데 하나. 임진왜란 때 도요토미 히데요시가 조선을 침략해서 빼앗아 온 동활자로 인쇄되었다.

26 게이초 연간(1596~1615), 고요제 천황의 명에 따라 출판된 목활자본.

27 에도시대 초기, 혼아미 고에쓰(本阿弥光悦) 등에 의해서 교토의 사가(嵯峨)에서 출판된 호화본.

28 목판인쇄를 가리킨다.

페이지에서 삽화와 본문이 연동하는 효과를 만들어 낼 수 있었다. 우키요에와 관련된 화가들이 책 제작의 배후에 가까이 있거나, 저자 본인이 붓을 잡고 [작업했기 때문에], 에도 게사쿠의 책은 화려하게 보이는 시각적인 책으로서 융성했다.

이런 출판의 역사 속에서 보쿠시의 『호쿠에쓰 설보』 간행은 두 가지 의미에서 시사하는 바가 있다. 하나는 무척 오랜 시간이 걸렸지만, 한 지방 사람이 에도에서 출판할 것을 결심하고 실행할 수 있을 만큼, 출판업이 산업적으로도 성립했다는 점이다. 또 하나는 교환된 언어의 기능 변화이다.

실제로, 보쿠시가 바킨과 교잔 등 에도와 난바難波[29]의 게사쿠 사戱作者[30]에게 여러 번 상담했던 분카文化, 1804~1818와 분세이文政, 1818~1830 시기는, 출판의 중심이 교토와 오카사에서 에도로 옮겨감과 아울러 양적으로도 크게 비약한 시기였다. 그 사이에는 짓펜샤 잇쿠의 『도카이 도추히자쿠리게東海道中膝栗毛』 시리즈1802~1822[31]가, 에도의 지혼地本[32]으로는 처음으로 교토 부근의 서적상 유통망을

---

29 오늘날 오사카시와 그 부근의 옛 이름.

30 통속소설 게사쿠를 짓는 사람.

31 짓펜샤 잇쿠가 지은 곳케이본(滑稽本, 에도 후기에 성행한 소설 가운데 하나. 해학적인 맛을 주안점으로 해서 서민의 일상생활에서 소재를 찾았다). 8편 18책으로, 1802~1809년에 간행되었다. 삽화는 잇쿠 자신이 그렸다. 야지로베(彌次郎兵衛)와 기타하치(喜多八)가 에도에서 교토·난바(오사카)까지 가는 길에 쓴 여행기이다.

32 에도에서 출판된 샤레본(灑落本, 화류계의 놀이와 익살을 묘사한 풍속소설책), 닌조본(人情本, 일반 서민의 애정 생활을 묘사한 풍속소설), 구사조시(草双紙, 에도시대 삽화가 든 통속 소설책)를 말한다. 교토 부근에서 간행된 에혼

타고 판매되고, 출판 유통계에서 전국적으로 시장 점유율이 확대되는 그야말로 획기적인 사건이 일어났다. 또 직인 조합의 성격이 강하고 폐쇄적이었던 도매상 제도가 변동함에 따라, 1829년분세이 12 이후, 류테이 다네히코柳亭種彦의 『니세무라사키이나카겐지僞紫田舍源氏』[33] 38편이 그때까지 백 부 단위로 팔리다가, 편마다 1만 부 가까이나 팔리는 상황을 맞이하게 되었다. 또 덴포天保, 1830~1844 시기에 들어서자, 서적 중개인에서 저술로 옮겨간 다메나가 슌스이爲永春水의 닌조본人情本[34] 『슌세쿠우메고요미春色梅兒譽美』1832~1833[35]가 그때까지 곳케이본과 샤레본에 굶주린 독자에게 커다란 충격을 주게 된다.

덴포 후기는 로주老中[36] 미즈노 다다쿠니水野忠邦의 정책에 따라, 출판 통제가 다시 엄격해진 때이기도 하다. 에조시繪草紙[37]와 유곽 여인의 그림 등을 금지하고, 슌스이와 『에도번창기江戶繁昌記』[38]의

(繪本)에 대비한 이름이다.

33 고칸(合卷, 에도시대 후기에 간행된 구사조시의 일종으로 그림이 있는 장편소설)의 대표작으로, 1829~1842에 간행되었다. '가짜 무라사키 시골 겐지'라는 뜻으로, 『겐지모노가타리(源氏物語)』를 무로마치시대의 세계로 옮겨서 번안한 작품이다.

34 일반 서민의 애정 생활을 묘사한 풍속소설.

35 4편 12책으로, 1832~1833년에 간행되었다. 미남자 단지로(丹次郎)와 그의 약혼자 오초(お長), 게이샤 요네하치(米八), 아다키치(仇吉) 사이의 연애담을 그렸다. 닌조본 양식을 확립한 작품으로 평가받는다.

36 에도 바쿠후(幕府)에서 쇼군(將軍)에 직속되어 정무를 관장한 최고의 직책.

37 에도시대에 희한한 사건 등을 그림으로 그려 종이 한두 장에 인쇄한 흥미 본위의 책.

38 도시 에도의 번영과 태평을 기록한 지지(地誌). 5편 5책으로, 1832~1836년

데라카도 세이켄寺門靜軒[39]에 대한 탄압 등, 바킨의 말년을 위협한 사건에 대해서는 그의 일기에 남아 있다. 한편, 대기근에 따라 농촌의 피폐, 위기 상황은 이미 감추기 어려울 만큼 심각해져, 구황 대책을 둘러싼 실천적인 계몽서가 잇따라 발매되었다. 동시에 데라코야寺子屋[40]가 늘어남에 따라 민중이 리터러시읽고 쓰는 능력를 획득하도록 힘써서, 반란으로 폭발할지도 모르는 농민의 불만에 대해, 지주층이 촌락의 질서를 유지하기 위해서 새로운 사고와 인식을 통합해야 하는 때이기도 했다. 정보를 전달하는 미디어로서 '요미우리讀賣'[41]가 등장하는데, 바쿠후와 흥정하는 가운데 정보가 필요하게 되었기 때문이다.

바킨의 『난소사토미핫켄덴南總里見八犬傳』[42] 9집, 98권, 106책 1814~1842이 유교적인 윤리 덕목을 내세우면서, 일상 언어와는 다른 말로 직조되어 자연-우주를 관통하는 장대한 빛과 어둠의 야외극을 펼친 데 비해서, 『호쿠에쓰 설보』는 급속하게 넓어진 덴포 시기의 정보 공간 속에서 독자에게 이국적인 토지, 자연, 기후에서 살아가는 사람들의 온갖 생활을 보여주었다. 일정한 토지에 얽매이

에 간행되었다.

39 에도 후기의 한문 시인. 에도에 사숙(私塾)을 열었다. 재미 삼아 쓴 『에도번창기』가 바후쿠의 출판 통제에 걸렸고, 뒤에 여러 지방을 방랑했다.

40 에도시대 주로 절에 있던 서당.

41 에도시대 사회에서 일어난 사건 따위를 와판(瓦版)으로 인쇄해서 거리를 누비며 읽으면서 팔러 다닌 일, 또는 그 사람.

42 에도시대 요미혼(讀本, 내용이 복잡한 전기적(傳奇的)·교훈적 소설)의 대표작이다. 중국의 『수호지』와 그 전거를 자유롭게 구사한 권선징악의 전기소설이다.

고, 그 문화 속에서 태어나고 죽는 것을 자명한 것으로 여긴 사람들에게, 일본 국내에서 다양한 지역에 따른 차이를 깨닫게 해서, 상대화의 감정을 불러일으킨 것은, 새로운 자기 생성으로 이어지기도 했을 것이다.

바쿠후 말기의 동란이 구로후네黑船[43]로 상징되는 서양의 충격으로 시작된 것은 말할 필요도 없지만, 국내에서도 폐쇄된 세계를 '횡단'후지타 쇼조(藤田省三)해가는 정보가 의식 안의 안정된 질서를 뒤흔들었다. 그런 장場을 공유하는 몇몇 사람들이, 그 의미와 형상, 가변적이고 역동적인 맥락에서 언어를 즐기고, 서로 교환하던 때부터 정보를 공공화公共化하는 데 이바지하는 출판의 힘이 정치와 사회의식의 변화를 일으키는 거대한 힘으로 의식되기 시작하는 때를 향해서, 책의 근대는 압도적인 양의 언어를 마련해냈다.

활자와 속도

알파벳과 활자의 조합이, 청각적인 중세 공동체를 장사지내고, 세계를 분절화와 해독할 수 있는 시각적인 텍스트로 바꾸었다고 강조한 것은, 『구텐베르크의 은하계』의 저자 M. 매클루언이었다.

---

[43] 근세에 일본에 온 서양의 범선. 선체를 검게 칠했기 때문에 그런 이름이 붙여졌다. 바쿠후 말기에는 서양식 범선 전반을 가리켰다. 특히 1853년 일본의 개항을 촉구하기 위해 가나가와현 우라가(浦賀)에 찾아온 페리 제독의 미국 함대를 뜻한다.

소리의 직접성을 신뢰하는 매클루언의 담론은, 조화로운 전체로 회귀한다는 것을 믿기 때문에 조금 고개를 갸웃거리게 하는 부분도 있지만, 한자와 가나를 섞어 쓰는 일본어의 표기체계에서, 가동성 있는 활자와 양면 인쇄를 할 수 있는 양지의 등장, 그리고 많은 양지를 합쳐 묶는 제본술의 수입이, 읽고 / 쓰는 문화적 실천, 곧 신체화된 전前 의식적인 관습 행위에 역사적으로 커다란 단절을 일으킨 것은 확실하다. 서양의 선적線的 원근법이 일본인의 시각에 변혁을 일으킨 것과 마찬가지로, 활판인쇄의 테크놀로지는 점충적으로 언어와 인간 사이의 관계를 바꿔갔다.

예를 들면 덴포 개혁天保改革44이 좌절한 뒤, 바쿠후 말기에 다시 살아난 고칸본合卷本45 가운데 하나로, 근대 메이지 시기가 될 때까지 계속 쓰인 히트작, 류카테이 다네카즈柳下亭種員46의 『시라누이 모노가타리白縫譚』 1편이 여기에 있다. 이야기는 와카나若菜 아씨의 복수 이야기를 축으로 영웅·호걸·미녀가 활약하는데, 기이하고 엽기적인 요소를 가미한 요괴물이다. 통속성이 뛰어난 일종의 전

---

44 1830~1844년에 실시된 정치 개혁. 영주 재정의 궁핍과 파산, 대기근을 계기로 한 물가 폭등, 반란의 격발 등의 사회적 동요, 외국 선박의 내항으로 인한 대외적 위기 등을 극복하고 바쿠후 체제를 유지 존속하기 위해 실시되었다. 그러나 제후들의 강력한 반대로 개혁은 좌절되었다.

45 1804~1818년 이후에 유행한 구사조시(草双紙)의 일종. 그 이전의 기뵤시(黄表紙, 대화나 간단한 설명으로 묘사된 해학적인 소설)가 5장 1책이었다면, 고칸본은 여러 책을 합쳐 1책으로 하고, 긴 것은 수십 책에 이르렀다. 내용은 교훈, 괴담, 원수 갚기, 연애담, 고전의 번안 등 다방면에 걸쳤다. 어린이뿐만 아니라 성인의 읽을거리로도 환영받았다.

류카테이 다네카즈의 『시라누이 모노가타리』 20편 표지. 표지화는 우타가와 구니사다. 오른쪽이 상편, 왼쪽이 하편. 합치면 한 장의 그림이 된다.

기傳奇 로망이라고 해도 좋다. 1855년안세이 2에 닌교초人形町47의 지혼조시돈야地本草紙問屋48에서 히로오카야 고스케廣岡屋幸助49가 출판한 그 20편을 보면, 상하로 두 권을 분책하고, 그것을 한 책으로 묶었다.

물론 목판 와소본和装本50의 작은 책으로, 모두 20장이다. 표지는

---

46   에도 말기의 통속소설가. 특히 장편 고칸에 뛰어났다. 여러 가지 취향을 한데 모으는 데는 교묘하지만, 독창성은 없고 타인이 쓴 작품의 후속편을 잘 지었다고 평가받는다.

47   도쿄도 주오구의 마을 이름.

48   지혼(地本)을 출판하는 서점. 지혼이란 '에도에서 출판된 책'을 뜻한다. 에도 중기 이후에 에도의 마치에서 교토와 오사카와는 달리 그림이 들어간 오락용 책을 출판하는 것이 성행했다.

49   에도시대부터 메이지시대까지 에도에 있던 지혼돈야(地本問屋).

50   일본식 장정 양식으로 만들어진 책.

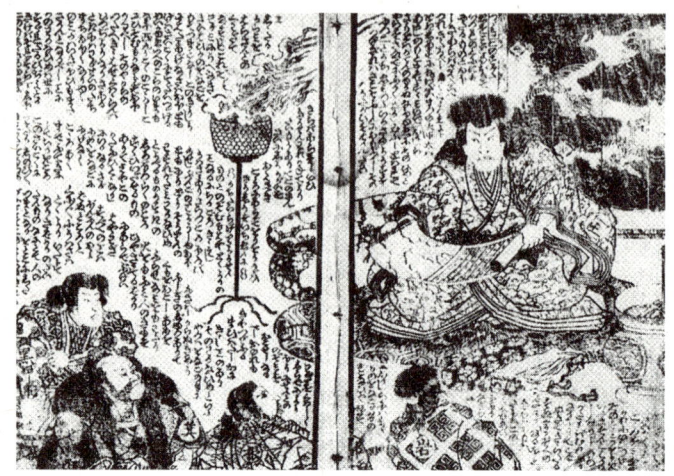

『시라누이 모노가타리』 본문. 삽화 주위에 본문이 쓰여 있다.

바이초로梅蝶樓 우타가와 구니사다[51]의 니시키에錦繪[52]로, 위아래를 떼어서 늘어놓으면, 그림 한 장이 되게 만들어졌다. 이런 취향은, 한 책이 얇은 와소본에서는 책에 모이는 시선이 표지에 집중하는 것을 고려한 결과로, 고안되었다. 책에는 좌우도 상하도 없다. 어떤 것은 평면으로 이루어진 표지이다. 본문은 마주 보는 좌우 두 페이지에 가득한 삽화의 여백에, 가느다란 가나 글자가 빽빽이 쓰여 있는데, 이것도 서로 참조하는 두 개의 계열로, 그림과 본문이 연동한다. 독자의 시선은 지면 위를 떠돌고, 그림을 해독함과 동시에, 곳곳마다 써넣고, 잘라서 분리된 본문을 상하좌우로 헤매면서, 더듬어 찾아가게 된다.

---

[51] 바이초로(梅蝶樓)는 우타가와의 별호이다. 우타가와 구니사다(歌川國貞). 에도시대 후기의 우키요에 작가로, 배우 그림, 미인화, 고칸(合卷) 삽화에 뛰어난 재능을 발휘했다.

[52] 풍속화를 색도 인쇄한 목판화.

주인공의 이름이 같고, 줄거리가 같다고 해도, 실질적으로 설화적인 단편 읽을거리의 분책을 골격으로 하는 샤레본, 곳케이본滑稽本[53]에 비해서, 원래 고칸合巻의 간행 스타일은, 장편을 지향한 데 대응한 책의 형태였다. 그러나 그 한 편은 겨우 20장, 지금이라면 40페이지 안에 하나의 결말을 만들어야 했다. 당연히, 이야기의 구성에도 그 조건이 관련된다.

이 20편의 서문에서 다네카즈는, 재미있는 것을 말한다. 곧 이 18편부터 25편까지는 방계 인물의 사건을 이야기할 작정으로 "초고"를 쓴 것인데, "친한 벗" 가운데 한 사람이, 추신구라忠臣藏[54]의 다섯 번째 단락, 여섯 번째 단락이 허전한 까닭은, "최고의 주역 배우 유라노스케由良之助"가 나오지 않기 때문이고, "당신이 쓴 시라누이[55]도 1부의 주인공이라고도 불러야 할 와카나 아씨가 잠깐이라도 나오지 않으면 독자들이 흥미를 느끼지 못할 것이니 그들의 마음을 생각해서 써주세요. 이렇게나 긴 이야기의 이후 편은 더 중요하니 반드시 주의하세요"라고 가르쳐주었다고 한다. 그 결과, 다네카즈는 플롯의 앞뒤를 바꾸고, 전체적으로 "지갑의 줄무늬를 가로세로로 뒤섞어 엮는 것처럼" 구성을 고쳤다고 "속마음"을 털어놓고, 독자의 "높으신 뜻에 따라" "안을 바꿀 생각"이라고 알렸다.

곧, 끊임없이 독서에 대한 긴장감을 잃지 않도록, 주인공을 계

---

53 에도시대 후기의 골계적 통속소설.
54 아코(赤穂)의 사무라이 47명이 주군의 원수를 갚는다는 이야기를 주제로 한 조루리(浄瑠璃, 음곡에 맞추어서 낭독하는 옛날이야기), 가부키(歌舞伎) 각본(脚本), 고단(講談) 등의 총칭이다.

속해서 출연하게 하고, 줄거리가 복잡해져도, 플롯의 뒤얽힘은 허용하지 않는다는 제약을, 고칸의 작자는 의식하지 않을 수 없었다. 핫켄시八犬士[56]처럼 주인공을 복수複數로 둠으로써, 제약을 벗어난 것이 바킨이었다면, 다네카즈 같은 경우, 40페이지 안에 메인과 서브의 두 줄거리를 '줄무늬' 모양처럼 엮어내는 일이 맡겨졌다.

1868년메이지 1에 56편·57편이 간행되고, 또 제자인 류스이테이 다네키요柳水亭種清가 90편까지 계속해서 이어 쓴 『시라누이 모노가타리』의 바로 옆에서, 일본의 '인쇄혁명'아이젠슈타인이 진행되었다. 그것은 그림과 본문을 일단 분리하고, 주종관계를 분명하게 해서, 선線 / 행行에 따라서 명확하게 된 언어 공간을 만들어 냈다. 그것은 양적으로 늘어난 정보를 교묘하게 잘라 나누고, 단위로 만듦으로써, 새로운 체계 아래에 질서를 이루어가는 일로 언어 ＝ 정보의 구조적인 명령 체계에서 일어난 변환이었다.

일본 문자의 활판인쇄를 성공하게 한 것은, 나가사키의 전직 네덜란드 통역관 모토키 쇼조本木昌造[57]라고 전하지만, 그 기원은 어쨌든, 메이지 정부가 민중 앞에, 압도적인 인쇄 문자로 나타났던 것은

---

55 『白縫物語』는 『不知火物語』라고도 쓴다. 시라누이(不知火)는 규슈의 야쓰시로(八代) 바다에서 무수한 불빛이 깜박이는 현상을 가리킨다. 시라누이(白縫)는 규슈의 북쪽 지방을 가리키는 옛 이름으로 쓰쿠시(筑紫)를 수식하는 아어(雅語)이다.

56 『난소사토미핫켄덴』에 나오는 주인공 8명.

57 에도 말기의 인쇄기술자. 일본 활자 인쇄술의 비조로 꼽는다. 1869년 미국인 인쇄기술자 윌리엄 갬블에게 금속활자 주조법을 배우고, 서양식 활판인쇄 기술을 처음으로 도입했다.

기억해 두어야 할 것이다. 지방, 신분, 성별에 따라 분리된 사람들에게, 구체적인 형태로 '국가'의 존재를 보여주고, 그들에게 '신민臣民'으로서 지녀야 할 의식을 새겨 넣은 것, 그것은 세금, 교육, 징병에 관한 통고, 법 제도의 정비, 화폐의 교환이라는 문자의 형식으로 전달되었다. 토지의 사적 소유에 법적 근거를 부여한 지권地券의 발행이 수입 종이에 패배한 초지회사抄紙會社를 재건하게 한 것처럼, 정부의 주도 아래 고도의 인쇄 기술이 요구되었다. 교통이라는 또 하나의 미디어와 나란히, 멀리 동떨어진 곳을 이어줌으로써 속도와 집단을 대상으로 하는 수량에 대응한 것이 활판인쇄였다.

마찬가지로 활판에 따라서 비약한 것이 '요미우리'를 벗어나 거대화한 신문 미디어인데, 그것의 가장 큰 목적은 정보의 재편과 고속화였다. 책은 그에 비해서, 속도를 늦춤으로써, 정보를 전달 목적으로부터 용량이 큰 기억의 축적으로 전환하는 역할을 맡는다. 활자 양장본의 본격적인 책 한 권이 1877년에 나온 옛 바쿠후의 개명한 유학자 나카무라 게이우中村敬宇[58]의『개정改正 서국입지편西國立志編』기히라 유즈루판(木平讓版), 슈에이샤(秀英舍) 인쇄이었던 것은 그 문맥에서는 과도기의 특질을 잘 드러낸다. 곧 S. 스마일스의 *Self Help*를 번역해서 1870년[메이지 3], 1871년[메이지 4]에 간행한『서국입지편』은 와소본으로 11책에 이르는 분책 형식으로 되었다. 그에 비해서, 사륙판, 본문은 이중 테두리의 활판인쇄, 764페이지의 대작으로, 책등은 감

58   나카무라 마사나오(中村正直). 게이우는 그의 호이다. 바쿠후 말기와 메이지 초기의 계몽사상가, 문학가, 자유 민권 사상의 소개자이다.

『개정 서국입지편』. 일본 최초의 양장본이다.

색, 표제와 저자명은 붉은색과 갈색의 가죽에 금박을 입히고, 표지의 평면은 검은 천으로 만들어, 그야말로 양서를 재현한 양장본은, 용량을 급격하게 늘린 기억 장치이기도 했다.

그 기억 장치가 등장함으로써, 책은 다시 읽기, 다시 다시 읽기는 물론, 부분적인 다시 읽기와 확인을 가능하게 함으로써, 독서 형태의 폭을 넓혔다. 분책된 내용이 한 책이 됨으로써, 전체라는 시점을 얻을 수 있게 되었다. 이 번역서가 책등에 중심을 두고 장정된 것도, 기억 장치로써 그것의 질적인 전환을 보여준다. 양서를 모범으로 삼은 그것의 소유는, 서가에 세워두는 것을 전제로 한다. 와혼和本[59]이 어디까지나 가로로 쌓아서 보존되는 것인 데 비해서, 양서는 표제와 저자명을 새긴 참신한 장정의 책등을 눈에 띄게 함으로써, 잠재적으로 독자를 끌어당긴다. 또는 끊임없이 자신의 존재를 주장하고, 잊지 말라는 메시지를 계속 보낸다. 내용 면에서 메이지의 입신 출세주의 정신을 뒷받침한 이 책이 사물로써 맡은 역할은, 그런 기억을 활성화하는 데도 있었다.

---

59 일본식으로 장정한 책.

소설을 향한 단절

『개정 서국입지편』이 활판으로 인쇄한 본문 위에 처음으로 단단한 볼지ボール紙[60]를 이용해서 표지로 만든 1877년메이지 10 8월은, 오쿠보 도시미치大久保利通의 주창으로 제1회 내국권업박람회內國勸業博覽會[61]가 도쿄 우에노上野에서 열린 때이기도 하다. 세이난전쟁西南戰爭[62]이 한창일 때, 10년 전에 일어난 전쟁 무대에서 개최된 이 국가적 행사는 참가자가 총계 45만 명이었다고 전하는데, 그 출품자 가운데 부府가 관할하는 지역의 저명한 목판 화가도 그 대부분이 이름을 올렸다. 거기에는 니시키에시錦繪師[63]뿐만 아니라 지보리시字彫師[64]도 포함되었다. 때마침 그들은, 오랫동안 작업해 온 것으로 미토水戶의 유학자 아사카 단파쿠安積澹泊의 대저 『열조성적烈祖成績』 전 20권 가운데 4권을 출품하고, "가장 정교하게 판각된 아름다

---

60 짚을 원료로 해서 만든 두꺼운 종이.
61 1877년 8월 21일~11월 30일까지 도쿄 우에노 공원에서 열렸다. 일본이 참가한 1873년 빈 만국박람회를 참고해 초대 내무대신 오쿠보 도시미치가 추진했다. 출품작 중 식산 진흥에 불필요한 '구경거리' 이미지를 철저히 배제하고, 서구 기술과 전통 기술이 만나는 산업 장려회의 면모를 전면에 내세웠다.
62 1877년 사이고 다카모리(西鄕隆盛) 등이 사쓰마(지금의 가고시마(鹿兒島))에서 일으킨 반란. 정한론(征韓論)에서 패배하고 귀향한 사이고는 사족(士族) 조직으로 사립학교를 결성했다. 정부와 대립이 격화됨에 따라 사립학교 학생들이 사이고를 옹호해서 거병하고 구마모토를 포위했지만, 정부군에게 진압당했다. 사이고는 고향에서 자살했다. 메이지 유신 정부에 대해 불평 사족이 일으킨 최후의 반란.
63 여러 가지 색깔로 우키요에 판화를 그리는 사람.
64 책의 판목을 새기는 장인.

운 책"이라고 뒷날에도 평가받은 제품으로 봉황 무늬 상패를 받았
다. 그것은 마치 "최후의 — 그리고 최초의 — 화려한 목판 조각사
의 총출연"기무라 요시쓰구(木村嘉次)과 같았다.

　마치 교체하듯이 그 뒤의 10년은, 점차 활판인쇄가 정비되고, 목
판을 능가하는 속도와 양적 확대를 달성해 가는 시간이었다. 세상
에 나타난 활판 양장본은 또 볼지의 표지에 씌운 빈약한 것이 많았
지만, 거기에 호응한 학생 독자층이 늘어남에 따라, '음독에서 묵독
으로' 독서술도 변형될 조짐이 보였다. 그때까지 문자를 읽을 수 있
는 사람이 음독함으로써 복수의 독자와 공유하던 책은, 집단에서
벗어나 개별로 참조할 수 있는 장치로 천천히 옮겨가고, 개별적인
묵독이 새로운 독서 형태의 주류가 되어간다. 이와 나란히 가듯이,
'꾸며낸 이야기'의 재편성이 '소설 개량'의 깃발 아래 마련되었다.

　'세밀한 삽화'에 의존해서 "풍경과 사물의 묘사를 가끔 게을리
하는" 듯한 근세의 소설에서, '서사'이야기의 힘에 따라 "인물에게 활
동하게 할 뿐만 아니라, 종이 위의 삼라만상이 활동하게 하는" 소
설로. 설명적임과 동시에 끊임없이 그 이상으로 독자에게 과잉
의 의미를 불러일으키게 하는 그림과 글의 연관성이 단절되고, 활
자를 좇아, 행을 따라감에 따라, 그 언어의 연쇄적인 나열이 독자
의 머릿속에 그려지는 시각적 표상에 중점이 놓인다. 활자 언어
에 의해서 구성된 시각적인 형상은, 그림의 다의성多義性을 잃고, 글
의 통사적인 법칙에 따라, 의미의 원근법적 지배하에 들어간다. 쓰
보우치 쇼요坪內逍遙[65]가 쓴 『소설신수小說神髓』[66] 전 9책쇼게쓰도(松月堂),

1885.9~1886.4의 역할은 바로 그 단절을 둘러싼 선언서였다.

이론서『소설신수』는「소설총론」과「소설법칙총론」으로 구성되었다. 이른바 "소설의 주지는 인정이고, 세태 풍속은 거기에 뒤를 잇는다"는 유명한 테제는, 상권에서 제창되는데, 그 이론적 배치는 먼저 '미술'로써 소설의 사회적 인식과 그 유용성을 제기하고, 소설 장르의 변천을 확인한 다음에, 역사적인 '진화'에 따라 '모사模寫'의 소설을 제창한다는 문맥 속에 있었다. 거기서 바킨의 '기이한 이야기'는 '권선징악'의 낡은 소설로 낙인찍혔다. 그렇다면 '인정'을 묘사하기 위해서는 어떻게 하면 좋을까. 쇼요는 '심리학의 도리'에 기초해 "인간의 정욕을 한정적인 소책자 속에 망라"해서, '살아 있는 세계'의 '인과因果 이치의 중핵'을 파악해 '점검하고 취사선택'할 것을 내세웠다.

심리학과 인과론을 결합한 이 제언은 '소설 법칙'을 논한 하권에서, 논의의 차원을 바꾸어 '각색'의 중요성을 설명하는 이론으로 이어진다. 곧 "이야기 한편 속의 사물이 크건 작건 할 것 없이 서로 맥락을 통해서, 떨어지지 않"도록 하는 '맥락관통'이야말로, '기이한 이야기'에 상대가 되는 '보통 이야기'의 필요 조건이 되었다. 이

---

65 소설가, 극작가, 번역가, 교육자. 1884년 셰익스피어의『줄리어스 시저』를 완역해서 간행했다. 1885~1886년 소설『당세서생기질(當世書生氣質)』과『소설신수』를 발표해 일본 근대문학의 성립에 파문을 던졌다. 이후 창작, 번역, 교육 등의 방면에서 활약했다.

66 쓰보우치 쇼요의 문학론. 도쿄대학 시절부터 힘써온 소설 탐구와 영국의 여러 문헌,『브리태니커』등에서 얻은 지식을 바탕으로 조직한 작품으로, 일본 최초의 체계적 소설론이다.

'맥락관통'에 주목한 것은, 또한 바킨의 소설론과는 다른 차이 때문에 눈에 띈다. 바킨은 『핫켄덴』의 「제9집에 부치는 글」[1836]에서, 이른바 패사稗史[67] 7법칙으로 "첫째는 주객, 둘째는 복선, 셋째는 미리 알리기襯染, [68] 넷째는 조응, 다섯째는 반대, 여섯째는 생략, 일곱째는 미묘함"을 들었다. 중국 백화소설 비평의 용어를 인용했다고도 전하는 그 소설론은 기술론으로 쇼요의 앞에 아직 살아 있는 규범으로 존재했다. '주객'은 노能[69]의 주인공, 상대역에 비유되는 주인공론, '복선'은 뒤에 나오는 내용의 예고, '미리 알리기'는 뒤에 나오는 사건의 내력을 말해가는 어법인데, 쇼요는 '복선, 미리 알리기'란 '맥락관통'과 같다고 말한 뒤, '조응, 반대' 등은 '장황한 기이함'에 지나지 않는다고 배척했다.

바킨이 스스로 지은 작품을 예로 들어 정의한 것에 따르면, '조응'은 "제19회에, 후나무시船虫, 오바나이媼內가 소뿔로 죽게 되는 것은, 제74회에서 호쿠에쓰北越 니주무라二十村에서 일어나는 소싸움에 대응"한다. '반대'는 "84회에서 이누카이 겐파치犬飼現八가 센주강千住河에 묶어놓은 배를 저격하는 것은, 제31회에서 시노信乃가 호류각芳流閣 위에서 저격당하는 것과 반대"라고 예시된다. 곧, 줄거리와 플롯처럼 시간적인 인접성을 중심으로 한 구성법과는 다른 차원에서 기호와 장면이 서로 짝이 되는 관계를 가리켰다. 『핫켄

---

67 세간의 이야기를 소설체로 쓴 역사.
68 소설 기법 가운데 하나. 뒤에 중요한 극적 전환을 위해, 그 일의 원인과 내력 등을 미리 써서 준비해 두는 것.
69 일본의 대표적인 가면(假面) 음악극.

덴』이라는 텍스트에서 장대한 '조화의 대조'를 조직해가는 이런 규칙을,『소설신수』는 '소설'의 '맥락관통'이라는 합리주의하에 배제했다. 당연히 또 그 시선 아래서는, 글로 쓰이지 않는 관념을 암시하는 표현 기법으로 '미묘함'도 우의소설이 아닌 이상은 "마음의 진실을 잘 그려서" 독자를 감동케 한다면 불필요하다고 배척했다.

현실에서 일어날 수 있다고 느껴지는 개연성이 높은 사건, 인물을 배치해서, 일관성을 갖춘 인과의 논리에 따라서 줄거리를 구성해가는 소설론이, 소설의 선택지 가운데 하나에 지나지 않는다는 것은 말할 필요도 없다. 그렇지만, 그 선택지 가운데 하나를 전경前景에 놓고 중심화함으로써, '소설 개량'은 진행되었다. 가메이 히데오龜井秀雄에 따르면 쇼요의 배후에 있던 것은 19세기에 영미의 역사 서술 화법이라고 한다.「역사·시점·이야기」 시작, 중간, 끝으로 구획되는 이야기의 화법이 '소설'로 편성될 때, 선조적線條的인 시간 인식과 관련된 표현 형식이 선택되어, 중요하게 작용했다.

어떤 한정된 이론에 의해서 '맥락관통'하는 것을 제일로 생각한 이 소설론을 만들어 낸 인식 장치에는, 활자의 선 / 행을 따라가고, 양면 인쇄된 양지洋紙를 읽어가는 양서洋書의 출판-독서문화가 상호작용하면서 얽혀간다. 양서에서도 문자의 형상성이 은폐된 과정이 18세기에 일어나는데, 이미 19세기 말을 맞이한 서양 인쇄-출판 기술에 비해서, 당시 일본에서는 서양의 기술을 뒷받침한 이데올로기의 한 가지 모습밖에 알아차릴 수 없었다. 그 확고한 실재감과 효율성과 접촉해서, 와시和紙70에는 없는 흰색과 오로지 표면적인 감촉,

그리고 책의 가독성과 기능성이 문자와 책이라는 사물의 물질성을 소거하고, 언어의 지시 기능만을 돌출시키는 데 박차를 가했다.

착종하는 언어

물론 『소설신수』의 소설론은 어디까지나 이론적인 허구로써 선택지 가운데 하나를 고른 것이지만, 실제로는 어떤 소설에서도 잠재적인 선택지를 끊임없이 지연시킨다. 쇼요가 말하는 '맥락관통'의 이론에 비해서 훨씬 더 눈에 띄기 쉬운 산문 장르임과 동시에, 여러 가지 차원의 언어를 인용하고, 콜라주하면서, 언어의 다의적인 기호성을 구사해서 저항하는 것이, 소설이라고 해도 좋을 것이다. 무엇보다도 그것은, 메이지유신의 혼란에서 실마리를 발견하고 현재에 이르기까지 — 그래서 역사적인 '맥락'을 꿰뚫는 것처럼 보인다 — 오빠와 누이동생이 다시 만난 이야기, 그리고 에지마 기세키 江島其磧[71] 풍으로 우키요조시浮世草子[72]의 '기질'을 뒤섞은 쇼요 자신의 소설 『일독삼탄一讀三歎 당세서생기질當世書生氣質』[73] 전 17책반세이도

---

70 일본 고유의 제조법으로 만든 종이.
71 에도시대 중기의 우키요조시 작자. 진기한 취미, 탁월한 구성력, 통속적인 표현으로 당시 인기를 끌었다.
72 에도시대에 화류계를 중심으로 인정·세태 따위를 묘사한 소설.
73 쓰보우치 쇼요의 소설. 서생(書生) 고마치다 산지(小町田粲爾)와 게이샤 사이의 연애를 중심으로, 당시 서생의 여러 가지 풍속을 사실적으로 묘사해서, 『소설신수』의 이론을 실천하려 했다.

(晚靑堂), 1885~1886이 보여주는 것이기도 했다. 그러나, 더 확실한 형태로 소설의 이종 혼종성을, '맥락관통'의 착종성을 재현한 것이, 『소설신수』의 분책이 나올 적마다 '맥락'을 찾으러 쇼요의 집을 찾아온 하세가와 다쓰노스케長谷川辰之助 = 후타바테이 시메이二葉亭四迷의 소설이었다. "크게 미와 미술을 논하다"라고 쇼요 일기에 적힌 그들의 담론 내용은 어슴푸레하지만, 철저하게 '맥락'을 묻는 그런 사고가 이번에는, 착종을 불러일으킨다는 역설을 이미 보여주었다.

그 소설 『신편 뜬구름浮雲 』제1·2편, 긴코도(金港堂), 1887~1888. 제3편 『도시의 꽃 (都の花)』, 1889년 7~8월 연재, 미완이 책으로써 어떤 체재로 만들어졌는지 살펴보자. 제1편·제2편은 본문이 명조활자, 사륙판, 지장紙裝, 각진 책 등의 가벼운 양장본 스타일이었다. 두꺼운 상질지上質紙[74]로 만든 표지 장정은, 바깥 테두리에 붉은 괘선을 넣고, 금 모양의 테두리를 안쪽에 붙이고, 또 은색 노간주나무 모양을 둘레 안에 찍어 넣고, 저자명·제명·발행처 등을 아그배나무 목판으로 넣었다. 제1편에는 희귀하게 테두리 아래에 작게 '도쿄 신바시新橋 소주로초総十郎町 고쿠분샤國文社 발행印行'이라고 적혀 있는데, 이 "공들인 모양"『명저복각전집 근대문학관 – 작품 해제』에 대한 인쇄소의 자부심을 엿볼 수 있다. 본문 표지와 판권장의 저자는 아직 무명이었던 후타바테이를 대신해, 당시 이미 명성이 높았던 쓰보우치 유조坪內雄藏[75]의 명의로 나왔다.

본문 앞에는 후타바테이가 쓴 「머리말」과 하루노야슈진春の屋主

---

74 주로 책 등에 쓰이는 인쇄용지. 백 퍼센트 화학 펄프로 만든다.
75 쓰보우치 쇼요의 본명.

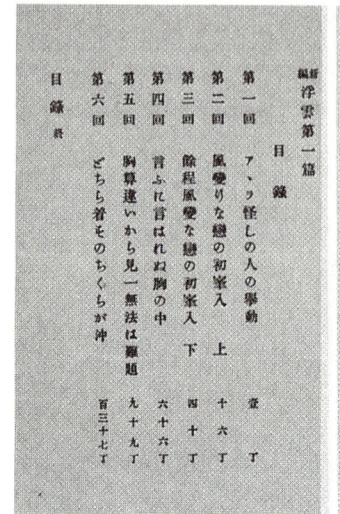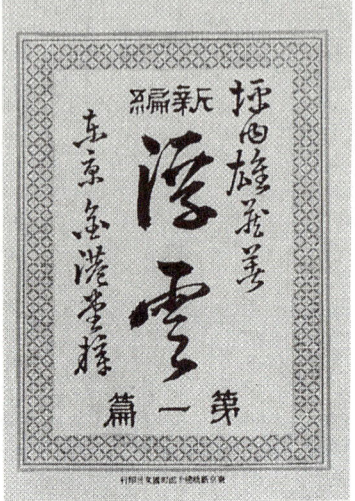

후타바테이 시메이의 『신편 뜬구름』 제1편. 왼쪽이 목록(목차) 페이지, 오른쪽이 표지.

人, 쓰보우치 쇼요의 「뜬구름 1편 서」가 있고, 청조체 활자로, 게다가 각각 3호와 5호 활자의 크기를 바꾸어 실었다. 후타바테이 쪽의 활자가 크다 권두화는 없다. 또 그 뒤에 「목록」으로, 목차가 실렸다. 장 제목이 본문 앞에 나열된 것은, 에도시대 통속소설에도 있던 의장意匠인데, 여기서 눈길을 끄는 것은 이 책이 각 장의 페이지 수를 대조해서 넣은 점이다. 목차가 전체를 전망하는 시점을 제공하는 것은 물론이고, 페이지와 대응할 수 있어서, 순서를 나타내는 수에 따라 연속성을 도입했다. 이로써 하나의 방향성·연속성이 있는 통일체로 통합되어, 각 회를 다시 읽고, 참조할 수 있게 구성되었다. 소설에서 이 「목록」 하나를 넣은 것도, 『뜬구름』의 새로운 의장이었다.다만,

페이지 수의 대응은 제2편에서는 없어져 버린 것처럼, 역사가 반드시 직선적인 것만은 아니다

소설의 내용을 살펴보면, 주인공 우쓰미 분조內海文三의 관리 면

직에서 시작해, 하숙집 아가씨 오세이お勢에게 연모하는 마음을 품으면서, 출세에도 연애에도 실패하고 고립해서 내면으로 향해가는 과정을 그린다고 대략 말할 수 있을 것이다. 그러나, 줄거리는 별도로 하고 이 소설의 표현은, 첫머리부터 관청에서 돌아오는 관원들의 수염 만들기 장면에서 시작하는 것처럼, 곁말地口,[76] 비꼼, 신소리 같은 언어유희로 가득 차 있었다. 화자 자신이 언어의 음운과 형태에 따라 숨어 있는 다른 말을 연쇄적으로 끌어당기는 놀이를 연출해 보인다. 근세의 곳케이본을 인용한 것이라고도 볼 수 있는 이런 시작은, 그러나 이 소설이 언어를 둘러싸고 전개되는 이야기임을 예고한다.

예를 들면 제1회에서 관원들 가운데 클로즈업된 분조와 동료 혼다 노보루本田昇의 대화에서도, 파면을 둘러싸고 '조리'와 '부조리'라는 말이 엇갈린다. 똑같은 사건에 대해 선택한 말의 엇갈림은, 동료인 과장에게 대하는 태도를 '지시'라고 할지 '주의'라고 할지에 따라 차이가 나고 두 사람의 가치관이 엇갈리는 것을 시사한다. 또 혼다가 분조의 면직을 "조문弔問하고 축하해야 돼"라고 양의적兩義的으로 파악하고, "아침부터 저녁까지 정부情婦 곁에 찰싹 달라붙을 수 있지 않나?"라고 말한다. 이 '정부'라는 말을 분조는 부정하지만, 화자는 분조의 '미소'를 놓치지 않고, 그 말에 반응한 내심을 암시한다.

'조리' '부조리'라는 말은, 뒤에 분조와 오세이의 대화에서 다시 등

---

76 속담이나 그 밖의 어구에 발음은 비슷하나 뜻이 다른 말을 대입(代入)하는 재담, 언어유희.

장한다. 면직이라는 말을 듣고 애먼 주위 사람에게 마구 화풀이한 숙모 오마사お政에 대해서, 딸 오세이는 '의논'한 것이라고 말한다. "당신을 위해서 변호한 것"이라고 한 오세이의 말에 분조는 감격한다.

"어때요, 분씨?"

라는 말을 듣고 분조는 천천히 머리를 들고 빙그레 웃으며 그 눈언저리가 촉촉해지면서

"저는 괜찮습니다만 …… 참으로 …… 참으로 기쁩니다 …… 어머니가 말씀하시는 대로 스물세 살이나 되었는데도 모친 한 분조차 모시기 어려운 그런 한심한 저를 감싸서 어머님과 의논하셨다니 참으로 ……."

"조리 있게 말씀드려도 풀리지 않고 비뚤어지게 화만 내시기 때문에 어쩔 수 없어요."

라고 조금 만족스러운 몸짓

(제5회 속셈이 달라서 짐작할 수 없는 것은 어려운 문제)

사실은 엉뚱하게 화내는 오세이의 말에도, 어떤 이치는 통한다. 분조는 말로는 받아들이면서도, 그 말하는 방식에 굴욕감을 느꼈다. 그런 의미에서 인용한 곳에는, 분조를 비난한 오세이의 말이 새롭게 받아들여지는데, 한편으로 분조는 오세이의 말을 그녀의 애정 표현으로 오해한다. 혼다와 서로 이야기한 '조리'라는 말이 여기서 효과가 있어서, 말은 문맥을 바꾸어 의미를 [겹치지 않게] 비켜 놓으면서 사용된다. 그 사태에 대해서 화자의 '조금 득의한 몸

짓'이라는 말이 독자에게는 유보하는 듯한 신호를 보내는데, 분조는 물론 눈치채지 못한다. 이미 이 앞에 나오는 제3회의 회상 장면에서 오세이가 "부모보다도 더 중요한 사람은 저에게도 있어요"라고 분조에게 주의를 주자, "사람이 아니에요, 그 진리"라고 답해서 찬탄의 소리를 내게 하는 골계적 장면이 있고, 그것과 관련시키면, 이 장면은 서로의 언어가 잘못 읽히는 일의 반복이었다.

모욕, 분함, 변호 등 분조, 오마사, 오세이 3자 사이에 일어나는 요소는, 뒤에 제2편의 제9회에서 혼다 노보루를 더해서 4자 사이의 갈등으로 거듭된다. 거기서는 오마사와 혼다가 분조를 조롱하고, 변호해야 할 오세이는 침묵하기로 결심한다. 분조는 오세이의 시선을 의식하면서 항변하려 해도 도리어 조롱당한다. 분조는 혼다에 대한 마지막 말로 "Self-evident Truth"^{자명한 이치}라고 말한다. 언어가 어지럽게 날아오르는 이 소설 속에서, '자명한 이치'에 안주하는 일은 타자의 언어를 배척하고 자기의 의미 체계에 갇힌 것과 마찬가지다. 마치 반복과 증폭 속에서 디스커뮤니케이션[77]의 비참한 소극이 전개되는 것과 같다.

『뜬구름』이 결정적으로 동시대의 다른 소설과 다른 점은, 같은 언어가 몇 번이고 굴절하고, 알아차릴 수 있게 되어버리는 사태를 묘사한 점이고, 각각의 장면이 그때까지 일어난 장면과 앞으로 펼쳐질 장면과 연관되면서, 의미의 연결망을 만들어 내는 경우였다.

---

77 discommunication. 커뮤니케이션에서 송신자·송신수단·수신자의 어느 쪽 장애로 송신자의 전달 의도가 수신자에게 정확히 도달되지 않는 것.

그것은 등장인물끼리 서로 나누는 대사 속에 장치되어 있을 뿐만 아니라, 제10회에서 분조가 아르바이트로 번역하기 시작한 영문 등에서도, 지극히 암시적이다.

> The ever difficult task of defining the distinctive characters and aims of English political parties threatens to become more formidable with the increasing influence of what has hitherto been called the Radical party.
>
> (대의: 영국 정당의 독자적인 성격과 목적을 정의한다고 하는 일찍이 없었던 곤란한 일은, 지금까지 이른바 급진파의 영향이 증대함에 따라서 점점 더 벅차게 된다.)

물론 "the Radical party"를 언급한 것도 있지만, 그 이상으로, 영국 정당의 성격·목적의 특이성을 밝히는 것이 점점 더 곤란하게 된 사태를 알리는 점에서 주목된다. 정치적 우의寓意를 우선 문제의 관심에서 떼어 내도, "defining"정의하는 것의 곤란함은, 마치 분조를 둘러싼 인간관계와도 관련된다. 번역 작업에 착수하면서, 분조의 마음에는 오세이가 자꾸만 떠오른다. '변심'하지 않았을까 하고 의심하지만 ― 그러나, 애초 처음부터 오세이에게는 분조를 생각하는 '마음'이 있었던가, ― 분조는 오세이의 '마음'을 "defining"할 수 없다. 당연히 또, 이 영문은 소설의 곳곳에서 등장인물들이 영어를 일상의 대화에 섞어서 쓰는 풍속의 양식과도 관련되어 갈 것이다.

이렇게 착종한 언어의 네트워크에 휩싸여 있다는 바로 그 점 때문이야말로, 『뜬구름』은 다시 읽고, 또 다시 읽어야만 하는 책이 되었다. 플롯을 해독해서 줄거리를 재구성하는 데 그치지 않고, 각각의 언어와 장면이 만들어가는 엇갈림을 풀어헤치면서, 인물들의 내심에서 일어나는 갈등과 외부의 상황을 서로 참조하게 하지 않을 수 없다. 부분을 읽고, 페이지를 앞으로 넘기고, 뒤로 날아가면서, 읽기에 의해서 '맥락'을 꿰뚫게 하고, 그렇다고 하더라도 공백으로 퍼져가는 '맥락'을 독자 한 사람 한 사람의 의미 생산력에 의해서 채워 넣지 않으면 안 된다. 어지럽게 날아오르는 시선과 앞뒤로 움직이는 손끝이, 이 책을 되살아나게 한다. 그것은 『서국입지편』 등의 양장·활판의 책이 처음부터 끝을 향해서 직선적으로 배열된 언어를 읽도록 요청하고, 부분을 선분 위의 점으로 자리 잡게 하는 것과는, 완전히 다른 의미의 책텍스트이 등장한 것을 뜻했다.

북book 형식의 책이 나타남으로써, 일본의 '허구 이야기'는 와시와 나무로 뒷받침되며 그때까지 일상의 생활공간과 맺어진 연속성에서 벗어났다. 그와 동시에 그림과 문자의 시각성은 배제되고, 의미를 짊어지고 문자를 쌓아온 고유의 자립성 / 폐쇄성을 떠맡게 된다. 선적線的 원근법을 비롯한 새로운 지각·사고·인식의 양식에 폭력적으로 노출되면서, 소설은 새로운 읽을거리의 담론으로 출발했다. 다른 책이 그랬던 것처럼, 그것은 상호 작용함으로써 독자의 심신을 다시 재편성하게 되는데, 이후, 소설이라는 장르만의 긴장과 갈등을 내포하고, 책을 규정하는 이데올로기에 바싹 다가가면서 다투고, 다투면서 다가가는 운동을 펼쳐간다.

제2장

의장의 이데올로기

읽기 위한 기계

독자가 책을 펼칠 때, 그곳이 어디인지를 알려주는 지표로 페이지^{놈부르}[1]가 인쇄된다. 책의 편집에 따라서는 페이지뿐만 아니라 장제목을 본문 위나 아래에 새겨 넣기도 한다. 목차를 붙이고, 페이지 수와 대응하게 조정함으로써, 읽고 싶은 곳을 수시로 펼칠 수 있게 한다. 색인을 넣어, 더 편리하게 한 것도 있다. 그것은 자유롭게 접근할 수 있게 하는 것이지만, 동시에 그곳이 몇 페이지에 해당하는지 끊임없이 의식하게 하고, 전체의 연속적인 질서 속에서 자리 잡게 하는 숫자적數字的 선조성線條性을 만들어 내기도 했다.

서양에서 시각적 공간으로써 책이 15세기부터 18세기까지, 어떻게 변했는지에 대해서, R. 샤르티에는 다음과 같이 정리한다.「책에서 독서로」곧 "이 사이에, 행간, 난외의 비평과 주석은 오늘날의 주注로 대신하게 되고, 본문과 본문에 대한 주석은 분리되었다." 그리고 "본문의 구분절, 장, 항목, 단락 등을 늘리고, 이런 나누기 방법을 더욱

---

1   nombre. 인쇄물의 페이지마다 난외에 써넣은 페이지를 나타내는 숫자, 페이지
번호.

더 확실히 눈에 보이는 형태로 하기도 하고, 또는 구두점의 사용, 행 바꾸기 등 인쇄할 때 적절히 처리함으로써 문장의 성질에 따른 차이를 눈에 띄게 하는 변화"가 일어났다.

이런 '읽히는 기계'로써 장치의 정밀도 면에서, 와소본和裝本[2]에는 미리 준비된 것이 없었다. 종이 질로 말하면, 와시로 만든 봉철袋綴じ[3] 형식은, 책의 단단한 정도가 약하다. 크기에 따라 다르지만, 손에 지니기보다, 엎어 읽거나, 독서대 위에 두는 것이 어울린다. 페이지를 넘기고, 읽고 싶은 곳을 찾는 데는 수고롭고, 한 장씩 넘기면서 읽는 것이 훨씬 더 적당한 독서 형식이 된다. 처음부터 끝까지 읽어야만 하는데, 일단 읽고 나면 다시 읽기나 검색하기에 불편한 것이 와혼和本[4]의 특징이다. 그렇지만, 그 처음부터 끝까지 읽어야 한다는 전제를 없애버리면, 펼친 페이지를, 글을, 때로는 구사조시처럼 그림과 글이 조합된 것을, 내용의 연속성에서 일탈해서, 즐기게 되기도 한다.

활판으로 만든 양장본에서는 종이 한 장에 겉면과 안면을 합쳐서, 16페이지 분량을 인쇄하고, 자르고 접어서, 재단한다. 그 구성단위를 몇 개 조합해서, 책 한 권으로 철해진다. 책의 제작자는, 두 페이지마다 연속된 목판의 평면에서 벗어나, 16페이지 단위를 기본으로 하게 된다. 접는 방식을 상상해보면 알 수 있듯이, 각 페이지는

---

2   일본에서 예부터 전해 내려온 장정 양식으로 꾸민 책.
3   종이를 반으로 접어, 접히지 않은 쪽을 철하는 동양식 제책법.
4   일본식으로 장정한 책.

동일 평면에서 이루어지는 불연속을 거쳐, 철해짐으로써 입체로써 자신의 연속성을 회복한다. 와소본이 꿰맨 실을 풀어서, 해체한다고 해도, 한 장마다 펼쳐 놓으면, 읽을 수 있는 데 비해, 양장본은 제본 전이라면, 평면적으로는 읽기 어렵고, 제본하기 위해서 재단한 뒤에 해체하면, 순서 없는 페이지의 무질서에 직면하게 된다. 곧 철해진 입체가 되어야 비로소 연속하는 내용을 읽을 수 있는 양장본은, 마치 책 그 자체만으로 독립적인 기계 하나처럼 작동하게 했다.

이런 양장본의 책 시스템은, 머리말, 목차, 본문, 색인으로 분절화하고, 나아가 본문을 장, 절, 단락으로 분절화하면서도, 반대로 그에 따라서 직선적인 독서행위를 촉구하고, 그와 함께 인과론적인 해석을 끌어낸 것은 필연적이었다고 할 수 있겠다. 언어 단계에서는 인칭, 시제를 비롯해, 명쾌한 주-술 관계의 구문을 규범으로 하는 통사론적 규칙이 그 분절화와 체계화의 두 축을 뒷받침했다. 그리고 서양에서 활자 인쇄의 기술 혁신에 따라 소설이 정착하는 것처럼, 직진하는 전체의 체계 속에 부분을 질서 있게 정립함으로써 책을 만들어 낸 동일한 힘이, 시간의 흐름에 따라 펼쳐지는 줄거리를 복잡한 플롯으로 바꾸고, 그것들을 읽고, 앞뒤를 참조함으로써, 인과론적인 줄거리를 재구축해가는 읽을거리 장르로, 소설을 보급하게 했다. 그에 비해서, 물론 큰 틀에서는 줄거리에 규정되면서도, 그것은 설화적인 구조로 수렴하는 경우가 많고, 오히려 잘라서 나눈 연속된 장면을 그 내용과 표현 형식의 공존으로 즐기는 독서 형태가 있을 수 있었다. 일본에서 소설의 전사前史에 해당하는 모노가타리와 게사쿠라는 장르는, 그런 읽기 방식을 실현하는 책의 형식이었다.

마르크스를 구조주의적으로 재해석한 루이 알튀세르는, 평온하게 자발적으로 질서에 복종하게 하는 물질적·제도적 매체를 '이데올로기 장치'라고 부르는데, 언어의 읽기 방식에 따라 사고와 감성이 생성 변화하게 하는 책의 의장 형식도 또한 그런 이데올로기 장치 가운데 하나다. 그러면 소설이 서양에서 수입된 예술 장르로 인식되기 시작한 1890년에, 소설책은 어떤 의장을 걸친 것일까. 막 작동하기 시작한 장치를 앞에 둔 망설임과 갈등의 여러 양상을, 소설가 오자키 고요尾崎紅葉와 사이토 료쿠우齋藤綠雨를 따라 살펴보자.

겐유샤의 커뮤니케이션 공간

결사를 만들고, 잡지를 발행하는 미디어적 실천은, 단순히 자신의 담론을 공표한다는 목적을 넘어서, 동시대의 다양한 담론과 선을 하나 그어서 자신들의 담론을 위한 생산-향유의 회로망을 만들어 낸다는 것을 의미한다. 다른 것과 일단 단절된 그 새로운 해석 공동체 만들기가 공동체의 위력을 발휘함에 따라, 사회 일반의 담론 규칙으로 침투할 수 있다. 후쿠자와 유키치福澤諭吉와 모리 아리노리森有禮 등이 만든 메이로쿠샤明六社[5]의『메이로쿠 잡지明六雜誌』

---

[5] 1873년에 결성된 일본 최초의 학술 결사로, 당대 최고의 엘리트 학자들로 구성되었다. '의견을 교환하고 지식을 전파하고 인식을 밝힌다'는 것을 목적으

가 계몽가들에 의한 해석 공동체를 과시하고, 연설회 등을 통해서 그 공동체를 확대했던 것 등은, 메이지 근대에서 가장 뛰어난 모델이었다.

그것을 본받아, 아직 시민권을 얻지 못한 문학의 애호가들이 결집하기 시작한다. 오자키 고요, 야마다 비묘山田美妙, 이시바시 시안石橋思案 등의 결사 겐유사硯友社[6]가 만든 『가라쿠타 문고我樂多文庫』1885.5~1886.5가 그것이다. 원래, 회람잡지로 창간된 이 잡지가 제국대학 예비 학교에 다니는 학생들을 중심으로 만들어진 것은, 정보의 유통이 특정의 토포스[7]로 집중해가는 과정을 살펴보아도 극히 암시적이다. 거기에 오자키 고요와 야마다 비묘 두 사람이 필사한 원고 용지를 묶었을 뿐인 회람잡지가, 결사라는 폐쇄성 아래에서, 이른바 미니코미적[8]으로 친밀한 상호 커뮤니케이션 공간을 만들어 냈다.

게다가 이 필사판은 한카쓰진半可通人, 오자키 고요[9]의 「가라쿠타 문고 피력披露」에서 "붓의 숲에 한거閑居하며 선하지 않은 일은 하지 않

로 매월 두 번 모여 연구 토론하고 강연회를 열었다. 또 그것을 발표하기 위해 최초의 계몽잡지 『메이로쿠 잡지』(1874년 3월 창간, 발행 부수 약 3,200부)를 발행하고, 정치, 경제, 외교, 사회부터 언어, 종교, 교육, 과학에 이르는 광범위한 분야에 걸쳐 서양문명에서 섭취한 담론을 펼쳤다.

6   1885년에 오자키 고요 등이 결성한 문학 결사. 기관지 『가라쿠타 문고(我樂多文庫)』를 발행했다.

7   topos. 원래는 '장소'를 의미하는 그리스어. 단순히 물리적인 공간을 의미할 뿐만 아니라, 아리스토텔레스 이래로 수사학적 장소, 곧 무언가를 논할 때 기본적인 논술 형식 또는 논제를 간직하는 장소를 의미하기도 한다.

8   mini와 communication의 약자. 소수인에게 정보를 전달하는 일이나 그 전달 매체. 동인지·사내보를 포함하기도 한다.

9   잘 모르면서 아는 체하는 사람이란 뜻으로, 오자키 고요의 호 가운데 하나.

는 군자 등의 쾌락과 한 동아리一派. 와
카 시문의 뛰어난 작품에서부터 소설광
문예광文狂의 시가구詩歌句에 이르기까지
사면에 굳센 뿔을 버리고 하우타端唄[10]는
모두 하나의 마음가짐. 일체 무차별. 긁
어모아서 가라쿠타 문고라는 이름으로
신겠소. 여러분도 나도 즐겁게 많은 책
을 달마다 엮어서 책 읽는 틈에 근심 잊
기. 아, 이것이야말로 천하에 둘도 없는
쾌락"이라고 쓴 것처럼, 장르를 따지지

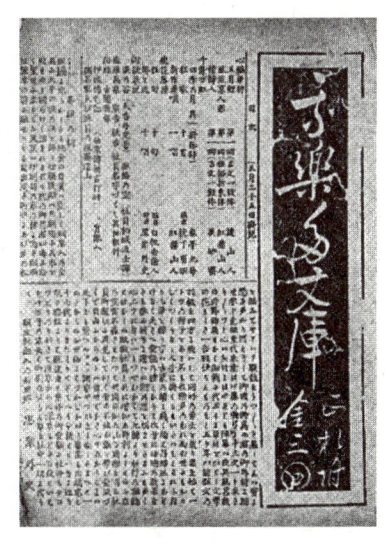

『가라쿠타 문고』. 공개적으로 발매된 제1호.
1885년 5월 발행

않는 '글文'의 공유를, 목표로 삼은 점이 주목할 만하다.가쓰모토 세이이치로
(勝本清一郎)의 번각본을 참고함 결사 회원 한 사람당 열람 일수를 3일로 결정
한 이 잡지는, 회람할 때마다 난외에 찌지付箋를 붙이고, 희평戱評·촌
평寸評을 서로 주고받아 마치 소통의 토포스 같은 것이 되기도 했다.

　필사판으로 시작해서 점차 결사 회원이 늘어나자, 필경筆耕 회람
으로는 충분하지 않게 되었고, 『가라쿠타 문고』는 1년 뒤에 활자·
비매판1886.11~1888.2이 된다. 그 뒤부터 소설 난인「심직필경心織筆耕」,
익살스럽게 쓴 신체시를 싣는「천자만홍千紫萬紅」, 교카와 센류川柳[11]
등의「비화낙엽飛花落葉」난에 더해서, 신간 서평·비평을 비롯한

10　샤미센(三味線)에 맞추어 부르는 짧은 속요(俗謠).

11　에도시대 중기에 마에쿠즈케(前句付, 제시된 7·7의 글귀에 대해 5·7·5의 글
　　귀로 짝을 맞추어 노래 한 수로 만든 것)에서 독립된 것으로, 5·7·5의 3구 17
　　음으로 된 짧은 시. 풍자나 익살이 특색이다.

「가담항담街談巷談」 난이 신설된다. 내부자만의 커뮤니케이션은 그 문체를 연장해, 결사 바깥의 책에 대해 언급해 나간다. 야마다 비묘가 이른바 '언문일치'라고 칭한 새로운 문체를 시험하고, '—'과 '!' '?' 같은 서양 활자의 기호를 받아들여 평판을 얻는 것도, 이 활자판에서부터 일어난 일이었다.

그리고 다시 2년 뒤에 공매판公賣版 『가라쿠타 문고』1888.5~1889.2로 비약한 것은, 그들의 해석 공동체가 더욱더 그 저변을 넓혀간 것을 보여준다. 공매판 제1호의 「젠유샤 사칙社則」은 패러디로도 우습지만, 그 가운데에는, "본 결사는 널리 일본문학 발전을 도모하는 데 뜻을 두었다. 사랑하는 마음을 씨앗으로 해서 풍부한 언어가 되는 법이다. 한 번 보고 들은 것에 덧붙여서 말로 표현하는 교쿠狂句12를 품위 없다고 그저 타박만 하지 않고, 천지를 뒤흔들고 귀신도 눈물 흘리게 하는 등의 수준에는 이르지 못했더라도, 적어도 세련되지 못한 구석을 잘 마무리해서 남녀의 사이를 좋게 하는 것을 주된 뜻으로 하겠습니다"라는 첫 번째 사칙이 있고, 다른 한편 다음과 같은 사칙도 내걸었다.

6. 본 결사는 소설의 초고 쓰기. 극장의 대본. 소설의 반역反譯13(윤필潤筆14은 한 글자마다 1천 금씩 받습니다). 광고 문안. 노래 가사와 잡문을 첨삭하고 비평하는 등의 청탁에 응할 수 있습니다.

---

12 익살맞은 하이쿠 또는 하이쿠 형식의 재담.
13 속기로 쓴 글자를 일반 문자로 다시 쓰는 것.
14 남의 부탁을 받고 쓴 글.

다만 건의서의 초안 기고, 그밖에 정사政事를 위한 문서는 목숨을 걸고라도 받지 않습니다.

7. 세상의 저작가로서 그 저서를 본 결사에 보내주시면 본 결사는 항간의 이야기에 그 비평을 내걸고 또 삼라만상에 대해서 그에 알맞게 광고할 수 있습니다.

8. 전국의 신문 잡지 등에서 본지를 비평한 그 한 문장 또는 일부를 본사로 보내주시는 노력을 베풀어 주시면 본사는 곧이어서 다음 호를 보내드리겠습니다. '새우로 도미를 낚는다蝦釣鯛'는 시구가 있는데 이것을 말함이 아닙니다.

즐거움이 엿보이는 『가라쿠타 문고』의 방향 전환은, 문학을 사랑하는 일부 독자의 범위를 뛰어넘어, 이미 폭넓은 정보의 유통 정거장으로 향하게 된다. 활자화와 공개간행의 발걸음이 다른 활자, 공개 간행본, 신문 잡지 미디어와 쌍방향적인 관계를 만들어 내며, 정보를 선택하고, 가시화하고, 유동화流動化하는 장을 만들어 냈다. 같은 호에는 게재 광고의 요금을 정한 「광고안 대필 가격할인 없음」이 실렸다. 이것도 익살로, 실제로는 의뢰인이 없었다고 하는데, 게사쿠샤 식으로 상점의 증명서 등을 쓰기도 한 오자키 고요, 야마다 비묘에게 이런 장난을 칠 수 있는 상황이 분명히 존재했음에 틀림없다.

이것과 서로 앞뒤로 해서 「문단의 시라쓰카구미白柄組」[15]를 자처

---

15 에도 초기의 하타모토얏코(旗本奴, 에도시대에 무사로서 의협을 일삼던 자) 일단의 속칭. 칼자루와 옷깃에 흰 끈을 사용하며 이색적인 복장을 선호해 에

한 이 공동체 가운데, 비묘는 긴코도에서 발행하는 잡지『미야코노 하나都の花』[16]『이라쓰메以良都女』[17]의 편집 주간으로 발탁된다. 언문 일치의 작가 야마다 비묘의 이름이, 광고로 기능하는 기호로 흘러 나왔다. 비묘의 겐유샤 이탈에 이어서, 이시바시 시안石橋思案, 오자키 고요가 대학을 중퇴하고, 창작에 전념하는 사태를 맞아, 겐유샤 안에 원심과 구심이 서로 어긋나는 역학이 작용했다. 오자키 고요의 「고시케고紅子戯語」10~13호, 1888.10~12에서는, 활판소의 이웃집을 빌린 편집실에 겐유샤의 인물들이 양산박처럼 떠들썩한 곳임을 전하고, 활자 이미지를 통해서 새롭게 집단의 공동성이 전경화되어 간다. 그것은 난외에 찌지를 붙여 넣은 잡지와는 성격이 크게 달라서, 잡지에 인쇄됨에 따라 보강되고, 확인되는 커뮤니케이션 공간으로 변화되었음을 보여준다.

역시 고요의 신간 비평 가운데 "적어도 일본소설을 개량하려는 겐유샤 사원으로서"「참 미인의 평판」라는 평가의 말이 나타난 것도, 같은 잡지 10호이다. 도도이쓰都都逸[18]가 예부터 내려온 폐단이고 비

도 시내를 활보했으나, 1664년에 바후쿠에 의해 처형당했다.

16   일본 최초의 상업 문예지. 1888년 10월에 창간되고, 1893년 6월에 종간했다. 당시 대부분의 작가를 망라해 메이지 20년대 문학계의 수준을 보여주었으며, 38호까지 야마다 비묘가 편집을 맡았다. 이후 그와 대립하던 겐유샤 계열의 작가들도 참여해 집필진은 확대되었으나 특색이 약해져 점차 매력을 잃어갔다.

17   1887년 7월에 창간된 여성잡지로 1891년 6월에 종간되었다. 여자 교육과 여성의 지위 향상, 언문일치의 문체를 세상에 널리 알리는 것이 주된 목적이었다. 14호부터는 야마다 비묘가 편집인이 되어 소설, 번역, 신체시, 평론 등에서 활약했다.

18   속요 가운데 하나. 가사는 7·7·7·5조(調)이고, 내용은 주로 남녀 사이의 애

속하다는 이유에서 폐지되고, 소설이 여러 장르 가운데 특권화되어간다. 그것은 도쿠토미 소호德富蘇峰[19]의 민유샤民友社가 발행하는 『국민지우國民之友』1887.2~1898.8에서 사설 「근래 유행하는 정치소설을 논하다」 등의 소설론과 오니시 하지메大西祝의 「비평론」, 이와모토 요시하루巖本善治 등의 『여학잡지女學雜誌』1885.7~1904.2? 지상에 발표한 이시바시 닌게쓰石橋忍月의 소설비평 등의 기운機運에도 조응해서, 언어유희에서 시간 순서에 익숙한 근대소설로 변환되었음을 알리는 지표였다. 또 겐유샤는 스스로 발행하고 발매한 앞의 간행 시스템을 바꾸어, 16호1889.2부터 출판권을 요시오카吉岡서적점에 이양委讓하는 "특필할 만한 변동"마루오카 규카(丸岡九華)이 생긴다. 그것은, 집필·편집·인쇄·판매 등 모든 일에 관여했던 사원들의 분업화를 의미했다.

「신저백종」 총서

비묘가 빠진 뒤의 겐유샤를, 책 시장에서 내세운 것은 물론 요시오카서적점의 신작 소설총서 「신저백종新著百鍾」이다. 요시오카서

정을 다룬다.

19 근대 일본의 언론인이자 평론가. 도쿠토미 로카(德富蘆花)의 형이다. 1886년 『미래의 일본(將來之日本)』으로 문명을 떨치고, 이듬해 민유샤(民友社)를 창립했다. 평민적 유럽화를 표방하는 잡지 『국민의 벗(國民之友)』과 『국민신문(國民新聞)』을 창간했다.

적점은, 대학의 이과를 졸업한 이학사理學士 요시오카 데쓰타로吉岡哲太郎가 창업한 신흥 출판사인데, 고등여학교와 물리학교의 교과서『렘젠[20] 화학서』등을 지은 이 이학사는, 대학 시절의 교류를 바탕으로, 경제학, 법학과 역사, 한문 교과서를 펴내고,『고등학교 시험학과 예습지』등의 입시 대책 안내서를 간행하는 한편, 영어잡지 *The Student*를 발행하고, 겐지이야기의 통속 번역을 촉구하기도 하고, 겐유샤를 지원하는 일 등을 했다. 쓰보우치 쇼요의 동창으로, 요시카와 오손吉岡鶯村과도 서로 이름을 부를 정도로 가까운 것이 그 사주이다.『가라쿠타 문고』가 간행소를 옮기고, 17호1889.2.25부터 제목을 바꾼『문고』에는「소설총서」를 칭송하는 문구가 쓰이게 된다.

「신저백종」의 새로움은 신작 소설총서라는 구상을 내세운 점에 있는데, 그와 함께 표지에 '체신성遞信省 인가'가 있듯이, 정기 간행의 잡지로 인가를 받았다. 매월 한 책을 발행하고반드시 그 공약이 지켜진 것은 아니지만, 연간 계약으로 예약 구독을 받았다. 잡지 미디어에 통하는 이런 판매 시스템을 도입하고,『가라쿠타 문고』에 작가와 독자의 관계를 반복·확대하는 흐름 속에「신저백종」을 두었다. 제1호로 나온 고요紅葉의『두 비구니의 색 참회』1889.4에는, 요시카와 오손에게 보낸 사적인 서간을 도입부로 해서 쇼요의 서문이 실렸다. 서문에서 "겐유샤 사람들은 온통 모두가 소설[가]이고 우리 문학의 미래를 위해 믿을 만하고 또한 즐거운 사람들뿐"이라는 찬사는 축

---

20 Remsem. 미국의 유기화학자.

하 인사말이라고 해도, 서로 주고받은 서간을 권두 앞에 둔 것은, 독자를 수신자로 겨냥하게 하고, 그 전에 겐유샤-오손-쇼요를 잇는 해석 공동체의 존재를 강조한 연출이었다.

오자키 고요에서 시작한 이 총서는, 아에바 고손饗庭篁村, 고다 로한幸田露伴, 모리 오가이森鷗外 같은 주변 문학가를 품으면서, 이시바시 시안, 이와야 사자나미巖谷小波, 히로쓰 류로廣津柳浪, 가와카미 비잔川上眉山, 와타나베 오토와渡部乙羽, 마루오카 규카 등 겐유샤의 등장 무대가 되는데, 사륙판 장정, 양지에 청조활자 인쇄, 백여 쪽의 소책자로 보일 정도로 쉽게 읽을 수 있는 것이 특징이었다. 쓰보우치 쇼요가 반세이도晚青堂에서 낸 반지판半紙判[21] 와시 분책 형식의 『일독삼탄 당세서생기질』과 『내지잡거內地雜居 미래의 꿈未來の夢』에서도, 책의 형태로는 긴코도에서 간행된 쓰보우치 유조坪內雄藏 명의의 후타바테이 시메이 『신편 뜬구름』 제1, 2편과 유사하다. 긴코도의 주인 하라 료자부로原亮三郎의 이니셜 R. H를 디자인한 『뜬구름』 속표지 장정을 모방한 것처럼, 「신저백종」도 제2호로 나온 아에바 고손의 「파낸 것」1889.5에서는 속표지에, 요시오카 데쓰타로의 T・Y가 장식문자로 박혔다.

표지 장정은 오손의 호와 관련지은 것인지, 꽃이 핀 매화 가지 모양으로 전체가 통일되고, 각각의 호에 그 바탕색이 변한다. 「신저백종」의 문자는 약간 왼쪽 위로 꺾인 매화가 들어간 종이 위에

---

21 와소본의 대표적인 판형으로 24.2×33.8cm이다.

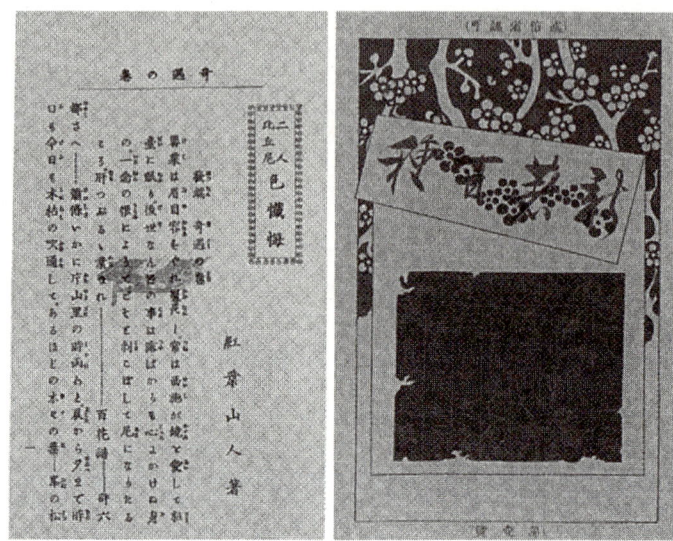

오자키 고요의 『두 비구니의 색 참회』. 왼쪽은 겹쳐 찍기를 한 본문 1면, 오른쪽이 표지. 「신 저백종」의 제1호로 나왔다.

쓰이고, 그 아래에 각호의 제목이 나온다. 에도 후기의 닌조본 스타일을 그대로 따른 것을 알 수 있다. 전국시대를 배경으로, 산 깊숙한 암자에서 비구니 법사 두 사람의 만남으로부터 시작해, 같은 남자를 사랑하고 마는 여자들의 기이한 인과응보를 이야기하는 『두 비구니의 색 참회』에서는, 감색 바탕에 금색 문자, 그 위에 벌레 먹어 들어간 경전 두루마리 모양으로 제목 등이 박혔다.

또 본문에서는 넷으로 나뉜 각 장권의 첫 페이지에 이중으로 인쇄하고, 활자 위에 각 권의 내용에 관련된 도상을 색채 인쇄로 겹치게 해서 공을 들였다. 예를 들면 기이한 만남의 권에서는, 경전 책상에 두루마리, 전장의 권에는 갑옷과 투구, 원망하는 말의 권에는 소매 조각, 자해의 권에는 허리에 차는 칼이라고 하는 것처럼.

이 아름다운 인쇄는 모두 닌조본 등에 보이는 의장인데, 활판인쇄의 지면 속에서 이루어지고 또 그것을 실천한 경우가 주목된다. 이 특수 인쇄는, 총서 가운데서도 오자키 고요의 소설에만 한정된다.

　다시 공연된 '근세'의 짜임새와는 달리, 이 소설의 문체는 다음과 같은 표현으로 뒷받침되었다.

　　눈물로 흐려지면서 다 읽은 글. 가만히 머리 숙여. 또 글을

　　읽어. (그런데…… 닮은 필적도 있는 법. 고시로小四郎님께

　　그대로, 누구의 붓글씨인가…… 편지 받는 사람 이름뿐……)

　　잠시 생각에 빠져 (아 — 어지러운 마음)

　　입으로는 말해도 마음에 걸리는가.

　비묘와 후타바테이가 글 말미를 "です입니다"와 "た었다(했다)" "である이다"로 통괄하고, 그 평범함, 단조로움을 벗어나기 위해, 문체의 시행착오를 거친 데 비해, 고요의 텍스트는 글 끝 그 자체를 회피하는 것처럼, 명사 마침과 연용형 마침을 구사해서, 얼마 안 되는 글 끝 표현에서는 고전적인 문어로 대응 처리했다. 그러나, 다른 한편 인용문에서 보이는 것처럼, ( )과 —, ……, ***의 활자 기호를 비묘 이상으로 최대한 가동하게 해서, 줄 바꾸기 증가, 공백의 삽입 같은 무기호의 기호성을 교묘하게 사용했다. 그 지면이 시각적으로 보여주는 효과는 크고, 아에바 고손이 제2호 『발굴한 물건』의 「작자 왈」에서 『색 참회』의 「작자 왈」을 완전히 거꾸로 뒤

집어서 줄 바꾸기와 회화의 구별, 여러 종류의 기호 등은 쓰지 않기 때문에, 페이지 수는 적어도 원고의 실제 매수는 1호와 바뀌지 않았다고 야유할 정도였다.

확실히 고손의 『발굴한 물건』은 『색 참회』에 비해서도, 하치몬 지야본八文字屋本[22] 등의 우키요조시와 통하는 안정된 이야기의 화법을 간직하고, 구두점과 같은 활자 기호까지 배치한 문체로 쓰였다. 당시 최고의 소신문이었던 『요미우리신문』의 교정계에서 잡보 기자로, 그리고 읽을거리 작가의 길을 걸은 것이 고손이다. 활자의 크기, 기사의 분량, 지면의 레이아웃을 효과적으로 집어넣어, 마치 시각적으로 정보를 전달해가는 신문 미디어에 속하면서도, 그렇지만, 고손은 책의 시각적 재편을 오히려 완고하게 거절한다고 말할 수 있을 것이다.

그에 비해 고요는 뒤의 「문맹 안내 초안」『문고』26·27호, 1889.9·10에서, 여러 종류의 기호를 장난삼아 해설하는 등, 활자 인쇄시대에 정보를 시각적으로 배치함으로써 담론체계에 어떤 변화가 일어나는지 확실히 꿰뚫어 보았다고 말할 수 있을 것이다. 그것은 앞에서 나온 근세적인 의장의 도입과도 어울리고, 지면에 반응하는 문화 속에서, 선적으로 진행하는 문화를 포섭해가는 수용 과정이기도 했다.

---

22 우키요조시 가운데 1701년부터 1770년대에 걸쳐 교토의 하치몬자야 하치자에몬(八文字屋八左衛門)이 간행한 작품들. 초기에는 호색물, 나중에는 연극을 번안한 장편 시대물이 많았고, 기발한 정취와 기묘한 구성으로 평가받았다.

『숨바꼭질』의 빛줄기

　요시오카 데쓰타로가 출판에서 손을 떼면서, 요시오카서적점이 급속도로 침체에 빠진 데 비해서, 새롭게 오자키 고요와 굳게 맺어지고, 또 오래 메이지의 문예 출판계를 주도한 것은, 순요도^{春陽堂}이다. 순요도는 1890년^{메이지 23}부터 이듬해까지, 「신저백종」과 비슷하게 여러 작가의 신작 총서를 기획·간행했다. 이 새로운 총서 세 개는 「신작 12번」 「문학세계」 「취방십종^{聚芳十種}」이라고 이름 붙였다.

　1878년^{메이지 11}, 세이난전쟁에서 돌아온 와다 도쿠타로^{和田篤太郎}가 창업하고, 소매점에서 출판업으로 발전한 순요도는, 개화기의 실용서부터 메이지 고칸모노^{合卷物 23} 등으로 손을 뻗어, 바킨과 난보쿠^{南北 24}의 작품 복간, 사카자키 시란^{坂崎紫瀾}의 『한혈 천리마^{汗血千里馬}』¹⁸⁸⁵ 등의 신작으로 전선을 확대하고, 1887년 전후로는, 번역소설을 많이 간행한다. J. 베른이 짓고, 이노우에 쓰토무^{井上勤}가 옮긴 『35일간의 공중 여행^{三十五日間空中旅行}』¹⁸⁸⁶과 괴테가 짓고, 이노우에 쓰토무가 옮긴 『금수 세계 여우의 재판^{禽獸世界 狐の裁判}』^{같은 해}, 스콧트가 짓고, 우시야마 가쿠도^{牛山鶴堂}가 옮긴 『정치 소설 바이라이요쿤^{梅蕾余薫} 〈아이반호〉』전후편^{1886~1887}, 디포우가 짓고, 우시야마 가쿠도가 옮긴 『로빈

23　1840년대 이후 근대 초까지 유행한 구사조시의 일종으로, 기이한 회화 오락 소설이다. 기존에는 5장 한 권이었던 구사조시를 15장 또는 20장으로 한 권을 만든 것이다. 한 장마다 그림이 그려져 있고 줄거리가 평이한 것이 많으며, 연극의 취향을 도입한 것도 많다.

24　쓰루야 난보쿠(鶴屋南北). 에도 후기의 가부키 각본 작가.

슨 표류기魯敏遜漂流記』등 당시 유행한 볼 표지, 활자판의 양장본이다.

이윽고 이하라 사이카쿠井原西鶴[25]의 재평가 등이 이루어지면서, [슌요도는] 네기시파根岸派라고도 불리는 아에바 고손, 스도 난스이須藤南翠의 소설로 출판 방향을 바꾸었다. 고손의 「소설 대나무 숲小說むら竹」이라고 총제總題[26]를 붙인 모든 저작의 총서와 마찬가지로 난스이의 「떨어진 솔잎こぼれ松葉」이라는 총서가 나온 것이, 1889년메이지 22, 1890년메이지 23이다. 이른바 압도적인 서양 지향에서 흔들리는 가운데, 신인의 소설에 주목하면서, 전통을 따르려고 해서 기획된 총서가 「신작 12번」 「문학세계」 「발굴한 십종」이었다.

이들 총서의 배본 순서에는, "모든 가벼운 것을 존중한다"고 평가받은 당시의 인기 작가 아에바 고손에서, 소설의 주안점을 사랑의 '눈물'로 정한 신진 작가 오자키 고요로, 슌요도에서 주요 작가가 교대한 점이 보인다. 그러나 이 가운데 「신작 12번」과 「문학세계」는 활자 양장본이 주류가 된 시기에 굳이 목판본, 와소본의 반시대적인 의장으로 간행되었다. 하이칼라[27]이기는 하지만 정나미 없는 타이포그래피와 장정의 양장본에서, 부드러운 와시의 촉감, 목판의 유려한 문자, 시각적으로도 아름다운 색채를 넣은 와소본이 재발견되었다. 그것을 전후로 해서 목판 채색 호쇼奉書[28] 접이라

---

25 에도시대 전기의 하이쿠 작가이자 우키요조시 작가. 1682년 『호색일대남(好色一代男)』을 간행했는데, 이것이 우키요조시의 선구가 되었다.

26 여러 작품으로 이루어진 작품군의 제목.

27 서양풍을 좇거나 유행을 따라 멋을 부림.

28 닥나무로 만든 고급 종이.

는 획기적인 인쇄로 일관된 와타나베 세이테이渡邊省亭의 편집 회화 총서「미술세계」전 25권1890~1893과 서로 통하는 슌요도의 출판전략이 여기에 있었다.

'에도식 작가로서 최후의 한 사람'쓰보우치 쇼요이라고 불리는 사이토 료쿠우의『숨바꼭질』은 이『문학세계』제6호1891.7로 간행되었다. 국판, 야마토토지大和綴じ,29 13면으로 이루어진 와혼이다. 쇼지키 쇼다유正直正太夫, 료쿠우 세이캬쿠綠雨醒客 등의 작품이 실린 호에서 예리한 풍자, 아이러니로 가득 찬 비평을 쓴 료쿠우의 이 소설은, 화류계를 무대로 '부모 슬하에서 소중히 자란' 건실한 젊은이가 우연히 요정의 유흥을 알게 되어, 서서히 게이샤에게 손을 뻗어 '유명한 호색한'으로 변해가는 과정을 그렸다. 취향도 줄거리도 닌조본을 바탕으로 했던 것은 말할 필요도 없지만, 겨우 13장에 남녀관계의 미묘한 사정과 거기에 대응한 인간의 변화를 포착한『숨바꼭질』의 내용은, 설득과 단골 되기의 과정을 전형적으로 표현한 닌조본보다 훨씬 더 신랄한 인간상을 제시했다.

책으로 보면 료쿠우의 첫 번째 저작은, 책을 둘러싼 동시대의 제도에 대해서, 역설적인 비평성을 내포했다. 총서 자체도 목판 봉철의 와소본 형식으로, 전통적인 의장을 구사했다. 니주산카이도二十三階堂 주인主人, 마쓰바라 이와고로(松原岩五郎)의 제3호『숨긴 아내かくし妻』1891.4 등도, 병풍에 표제 등을 써넣고, 옆에서 엿보는 여인의 구도를 표지,

---

29 일본식 서적 철하기 가운데 하나로, 여러 장의 종이를 겹쳐 반으로 접고 접힌 자리에 구멍을 뚫어 실로 철한다.

표제에 속표지로 인쇄해, 참신하게 연출했다. 특히 『숨바꼭질』은 언뜻 보아 책이라는 것이 의심스러울 정도로 뛰어난 장정이었다.

곧 『유기리아와노나루토夕霧阿波鳴門』[30]의 이자에몬伊左衛門 같은 사람이 입을 것 같은 기장이 긴 옷이 표지 전면에 그려진 구도로, 제첨題簽, 책의 제목을 써서 표지에 붙이는 종이나 천도 아무것도 없다. 그 긴 옷은 잘 보면, 종이를 이어 붙여 만든 지의紙衣로, 검은 바탕에 에도무라사키江戸紫[31]로 물들인 모양이고, 거기에 문자가 적혔다. 어깨가 있는 곳에 '문학세계 제6호ぶんがくせかい 第六号'가 있고, 등에는 '숨바꼭질'이라고 황색으로 쓰였다. 이들 문자를 제자로 읽으면, 그 둘레에 초서체로 휘갈겨 쓰인 것이, 에도 속요 시가임을 알 수 있다. 의상 디자인이고, 동시에 책의 표지가 되는 이 구도는 「문학세계」의 다른 호, 예를 들면 야마다 비묘의 『원숭이 상의 젊은이猿面冠者』[32]가 한가운데의 큰 표주박에 제목, 저자명을 써넣은 장정인 데 비해, 참신한 면에서 뛰어났다.

제목의 문자는 특권성을 잃고, 기모노의 디자인에 녹아 들어가, 책으로서 자신을 억누르지만, 그런데도 강렬하게 호소한다. 작은 소매에 문자를 무늬만 바탕 빛깔로 남기고 다른 부분을 염색하기도 하고, 문자를 형상으로써 디자인적으로 즐기는 것은 중세 이래로 내려온 일본의 장식 전통이다. 언어는 거기서는 의미를 전달하

30　1712년 오사카에서 초연된 인형극. 유녀 유기리(夕霧)와 후지야이자에몬(藤屋伊左衛門)의 사랑 이야기를 각색했다.

31　푸른색이 감도는 보라색.

32　도요토미 히데요시의 젊었을 때 별명.

니주산카이도 주인의 『숨긴 아내』. 오른쪽이 표지로,
이것을 넘기면 왼쪽의 면지가 된다.

는 매체의 기능과는 달리, 그 형상에서 해석되어, 형태와 의미가
정교하게 조율되었다. 기모노의 패션에서는, 텍스트를 몸에 걸친
다고 하는 비유가 성립할 만큼, 선택된 언어의 의미와, 쓰인 문자
의 형태와 움직임, 색채가 서로 얽혀 하나의 아름다움을 쌓아 올렸
다. 료쿠우는 이런 기모노의 장식 양식을 자신의 책 표지에 끌어서
썼다. 그것은 이야기된 '아름다운 악역色惡'의 뒷모습 같기도 하고,
언어의 형상성을 즐긴 문화의 뒷모습이기도 한 것 같다.

　또 『숨바꼭질』의 「서문」은 '쇼지키 쇼다유正直正太夫'[33]가 육필 문
자로 쓴 석판인쇄의 인쇄 형식이었다. 닌조본 가운데서도 다메나
가 슌스이爲永春水 등은 『슌쇼쿠우메고요미春色梅兒譽美』[34] 속에서 목

<hr />

[33]　사이토 료쿠우의 별호.
[34]　닌조본의 대표작으로, 1832~1833년에 4편 12책으로 간행되었다. 미남 단지

사이토 료쿠우의 『숨바꼭질』표지

판인쇄의 이점을 살려서, 인물이 서로 주고받게 되는 편지를 마치 실제의 일인 것처럼 육필의 서체 그대로 새기고, 본문 안에 짜 넣는 창의성을 발휘했다. 삽화뿐만 아니라, 타이포그래피도 자유로운 것이 목판의 특색이다. 활판은 모든 문자에 몇 가지 서체와 호수가 다르지만, 어쨌든 균질한 활자로 통일된다. 이 부자유함에 대해서 메이지시대가 되고 나서부터는 석판이 육필 서체를 재현해서, 특별한 집필자가 쓴 서문과 발문을 인쇄해 왔다. 그러나, 여기서 료쿠우가 보여준 것은, 겉모양이 요란한 서체의 서문이 아니라, 가필하고 말소하고 난 뒤의 모습을 생생하게 떠오르게 해서 원고 그대로임을 강조한 서문이었다. 고모리 요이치(小森陽一), 「사물로 본 책(物としての書物)」참조

「서문」의 본문을 활자로 바꾸어 보면, 그 차이를 이해할 수 있을 것이다.

서문

천하의 귀한 보물인 백지에 아깝게도 먹을 발라서 보시면 살아있는 것이라고 말할 만한 도리는 없어지고 그것을 뻔뻔하게 잘 해치우는 것을 오늘날의 소설가라고 하거나 야시香具師[35]가 말하는 인과응보라면 이 일은 3

로(丹次郎)와 후카가와(深川)의 게이샤 두 명 사이의 사랑을 그렸다.

35 축제일 따위에 번잡한 길가에서 흥행·요술 따위를 하거나 싸구려 물건을 소

『숨바꼭질』서문

년 전에 새가 울었다고 하면 아마 이것을 비웃을 것이다.

그러나 잘 생각해보면 소설가는 극히 죄가 가벼운 자이다. 그에게 기대하는 유일한 것은 말을 교묘하게 잘한다고 말하면 그만이다. 굳이 말하지 않더라도 스스로 만족하다고 말할 만큼 행복을 느끼는 것 가부키의 세 번째 막에 등장하는 놈이 목이 잘리는 것보다도 쉬울 테지만 태평한 세상의 지렁이를 찬양할 일도 없다. 꾸짖어서 작은 칼을 한 번 휘둘러도 '소용이 없다'는 다섯 글자 대신에, '묘하다'는 세 글자로 하면 그것으로 언제라도 대만족하고 해탈해서 성불하기에 의심할 여지가 없다.

못난 료쿠우도 보잘것없지만 이번에 「숨바꼭질」이라는 것을 쓰고 말았다. 일찍이 내가 소설을 배우면서 깨달은 것은 **컬러**로 표지를 인쇄해서 **출판**하면 **훌륭하다**는 평가가 있다. 본인을 일찍이 알게 되었다고 해서 일부러 보실 필요는 없다. 틀림없이 순요도만 돈을 벌 뿐이다. 만일 「숨바꼭질」

리처 파는 사람.

은 어떤가 하고 물으면 그때마다 인사말로 미묘하다고 말해두면 끝날 일이다. 이 소설을 읽고 평하는 일대 비밀의 편법이다. 그러면 옥에 흠이 없을 것이다. [강조는 원저자]

24년 5월 쇼지키 쇼다유 삼가 쓰다

료쿠우는 이 「서문」에 대해서, 자필의 서문에 재능을 쏟는 요즘의 경향에 대해서 "작가가 된 것, 표지에 서문에, 지나치게 생각하는 것은 쓸모없다"는 풍자의 의도로, 일부러 '악필' 또는 '칠해서 지워버리는 흔적'까지 넣었다고 말한다.「문학계의 파렴치한」,『국회(國會)』, 1892.2~3 후타바테이와 쇼요가 글을 쓰지 않게 되고, 다른 한편으로 소설이 점차 생산되어가는 시기를 맞이해, 료쿠우는 자칭 '대가'의 배후에, 신문·잡지·출판 미디어가 공범이 되는 "『소설대가제조소小說大家製造所』라는 간판을 내건 무한책임무책임이라고 해도 된다의 합본合本회사"「초학소설심득」,『요미우리신문』, 1890.2~3를 보았다. 겐유샤에서 본 것처럼, 새로운 장르의 정착은 그 생산과 향유를 뒷받침하는 해석공동체의 생성과 불가분이었다. 그렇지만, 소설을 '패사稗史' '희문戲文'으로 보는 가치관과 갈등하는 속에서 그야말로 공동체는 충실할 수 있었지만, 상품 가치가 인정됨에 따라, 미디어 자본과 연결되어, 자족적인 소설생산 시스템으로 작동하게 되었다. 외부적 긴장을 상실함과 동시에 공동체 내부의 갈등도 상실해 '마음껏 포폄'한 비평 상황에 대해 비꼬는 것이 '쇼지키 쇼다유正直正太夫'가 말하는 "일대 비밀의 편법" 중 하나일 것이다.

동시에 또한 고모리가 지적한 것처럼, 글 쓰는 사람의 손 움직임을 생생하게 전달한 이 「서문」은, 서툰 필치와 망설임, 막혀가면서도 글이 쓰이는 과정을 분명하게 연출해내고, 의미가 한 방향으로 흘러가는 것을 막는 움직임을 만들어낸다. 이 총서 자체가 와혼을 반동적으로 연출함으로써, 양장본이 융성하는 가운데 차이 만들기를 목표로 삼았지만, 그 가운데 『숨바꼭질』은 더 나아가 활자에 의해서 완성된 통사적統辭的인 문장의 질서에 감춰진 언어의 잠재력을 암시했다. 활자를 따라 부드럽게 따라가는 직선적인 독서에 대항하는 것처럼, 이들 문자는 글의 아름다움과는 그만큼 거리가 멀고, 손과 사물이 만나 닿는 순간을 그대로 파악했다. 그것은 무수한 화류계의 기호를 교묘하게 파악해서, 여인들을 나누어 쓰고, 이야기의 동력으로는 우연성에 의존해서, 인과론적인 읽기의 규범을 배척한 담론과도 관련될 것이다.

이제 레플리카복제를 보아도, 『숨바꼭질』 표지의 기모노, 면지의 우산에 넣은 잠자리 도안은, 색채적으로도 산뜻하고, 근세 후기의 게사쿠와도 다른 시각 공간을 만들어낸다. 「서문」의 서툰 서체는 쓰는 사람 손의 신체를 환상하게 하고, 해학과 풍자, 야유에 가득 찬 말로 독자의 몸과 마음을 끌어넣게 한다. 그 풍자성이야말로 언어의 공시작용共示作用, connotation을 이용한 수사학이었다. 이 말에 연동한 독자는, 남자가 있었다고 말하는 사이에 변모해가는 이야기에 이끌려서 "변한다고 말하면 마음이 아픕니다"라고 하는 마지막 말로 마치는 소설의 끝에, 닌조본과도 고요의 소설과도 다른 쓰라린 인식에 뒷받침되면서, 회복되지 않는 시간 속에서 변해가는 인간관계의 가혹함을 발견하게 된다.

오자키 고요와 『곤지키야샤』

사이토 료쿠우의 저항은 와소본의 의장에 공을 들인 「문학세계」 총서에서 이루어졌지만, 인쇄 출판 기술과 수요 공급의 균형은 압도적으로 활판 양장본으로 흘러갔다. 고요는 슌요도의 「신작십이번」 가운데 제2번 『주인此ぬし』1890.9을 목판 와소和裝로 냈는데, 오히려 주목받은 것은 활판 양장본으로 낸 「취방십종」의 2권 『신 색 참회新色懺悔』1891.1일 것이다. 출세작 『두 비구니의 색 참회』와 내용은 서로 이어지지 않지만, '신新'이라고 붙인 그 장정은 사륙판 장정에, 실로 와소본 표지의 의장을 표지 디자인으로 채택했다. 곧 이타메板目[36]의 엇나간 결 모양의 바탕에, 나뭇잎 다섯 개를 흩어놓은 제첨, 또 꼰 끈을 비스듬히 걸쳐서 왼쪽 한가운데에서 묶은 도안을, 표지에 인쇄해 넣었다. 구체적인 손의 감촉을 느낄 수 있는 와소본은, 새로운 디자인으로만 받아들여졌다. 이런 전도야말로, 고요의 전략이었다.

고요는 장정뿐만 아니라, 책의 크기에도 다양한 취향을 발휘해서, 국판과 같은 대형 책부터 횡본橫本[36]『붉은 사슴(紅鹿子)』, 1889년 등과 작

---

36   세로로 가늘고 길게 묶은 책.

37   판자와 판자의 이음매.

은 책『종이 다듬이질**38**』, 1892년 등도 만들었다. 책의 판형에서도 종래의 와소본에 있던 판형을 의식적으로 모방해서, 새로운 인쇄 기술로 재연再演했다. 쇼요의 경우에도 본문을 보충하기 위해 삽화를 넣었지만, 권두화·삽화 그 자체로 독자에게 정서적으로 환기할 수 있게 한 것도, 고요의 공적이었다. 『아내 세 사람三人妻』 상하편쇼요도, 1892.12을 비롯해 화가 다케우치 게이슈武內桂舟와 단짝이 되어 작업한 것은 그 대표적인 예이다. 인쇄 기술의 발전은, 아름다운 니시키에를 권두화로 그려 넣은 에도 닌조본이 초기 활판의 단조로움으로 퇴행한 뒤에, 다시 다색 인쇄의 정치한 화려함을 가능하게 했다.

또한 고요는, 『다정다한多情多恨』쇼요도, 1897.7에서는 다케우치 게이슈, 와타나베 세이테이 등 화가 20명을 모아서, 삽화 26매를 넣어 호화롭게 포진하게 했다. 그 이야기 내용은, 사랑하는 아내와 사별한 주인공 스미 류노스케鷲見柳之助가 그를 딱하게 여긴 친구에게 붙들려 잠깐 동거할 것을 권유받고, 그의 부인 오타네お種에게 점차 마음을 기울여가는 심리 전개를 골격으로 한다. 간통의 예감과 위기를 감돌게 하는 소설이지만, 그 가상假想의 아슬아슬한 간통 드라마를 효과적으로 고조시키는 것이, 많은 삽화였다. 표지는 또, 이불에 갓난아기를 누이고, 앞가슴을 벌린 채로 문득 뒤를 돌아다본 오타네의 모습을 중심에 두고, 그 위부터 본문의 일부를 시로누키白ぬき**39**의 활자체로 겹친 구도가 되었다. 바탕은 자주색으로, 위로

---

38   紙きぬた. 종이를 만들기 위해 원료인 닥나무를 나무나 돌로 만든 받침대 위에 올려놓고 망치로 두드리는 일.

오자키 고요의 책 두 종. 왼쪽은 『다정다한』, 오른쪽은 『신 색참회』.

갈수록 희게 되는, 색바램 효과가 입혀졌다. 시로누키 활자는 위로 사라져가는 짜임새다. 그것은 마치 이야기의 내용과 호응하는 것처럼, 이야기되어야 하는 사건을 보였다가 감추었다가 한 "미세케치見せけち"[40]의 도법圖法이었다.

오자키 고요가 소설가로서 입사한 것은, 소신문[41]에서 출발해서, 이윽고 대신문[42]·소신문의 통합으로 확대된 『요미우리신문』이다. 뒤에 나쓰메 소세키에게도 보이는 것처럼 신문사와 문학가의 긴밀한 관계는 거의 이 무렵부터 시작되는데, 이 『요미우리신문』 문예란의 독점적 지배를 비롯해, 하쿠분칸博文館에는 겐유샤의

---

39   검은색 바탕 이외의 글자·도형을 희게 함.

40   사본 따위에서 지운 글자를 알 수 있도록 가는 선이나 점 따위를 표시하는 일.

41   메이지 전기에 발행된 지면이 적은 신문. 한자에 가나를 덧붙인 쉬운 문장으로 세간에 일어난 사건이나 화류계의 소문 등을 실어 일반 대중을 독자층으로 삼았다.

42   메이지 전반기 신문의 한 종류로, 지면이 크고, 문어체로 정치 문제 등을 논의해서 지식인을 독자층으로 삼았다.

와타나베^{오하시} 오토와渡部(大橋)乙羽⁴³를 사주의 사위로 보내고, 슌요도에는 마에다 쇼잔前田曙山, 고토 주가이後藤宙外가 주로 작품을 간행한 것처럼, 문예 저널리즘에 대한 '정치적 수완'^{우치다 로안(內田魯庵), 『생각나는 사람들(思ひ出す人々)』}을 발휘한 것이, 고요였다. 그러나, 그것은 인맥을 총괄하는 정치성뿐만 아니라, 당시의 첨단 미디어에서 이야기의 내용과 아울러 활자와 장정, 사물의 책에 대해 극히 고도의 전략을 구사했다고 말할 수 있을 것이다.

그런 고요의 책 가운데 책의 총체로써 높게 평가받는 것이 『곤지키야샤金色夜叉』^{슌요도, 1898~1903}이다. 전편前篇의 판면版面은 "명조체의 타이포그래피가 완성의 경지에 이른 것"^{야하기 가쓰미(矢作勝美)}이라고 한다. 곧 국판, 164면, 클로스 장정クロ-ス装⁴⁴의 상제본上製本⁴⁵ 표지는 편編마다 색을 바꾸었을 뿐, 고요의 하이쿠 아호인 '도치만도十千万堂'가 낙관 식으로 약간 박이 입혀지고, 책등에 제목만이 쓰였을 따름인 산뜻한 장정이다. 접어서 끼워 넣은 권두화가 한 장. 이전의 『다정다한』 때와는 크게 다르다. 본문은 4호의 명조이고, 모두 루비,⁴⁶ 25자×15행의 여유로운 조판 방식. 기둥 모양의 지면에는 판면의 위쪽에 괘선이 드리워지고, 그 위에 6호 명조의 가로짜기로, 두 쪽 모두 붉은색으로 인쇄되었다. 홀수 면에는 장章의 이름이, 짝

---

43 소설가이자 출판인. 젠유사 동인으로 소설을 발표했다. 하쿠분칸 사주의 장녀와 결혼해 하쿠분칸 지배인으로 활약했다.

44 cloth binding, 표지의 재료로 천, 제본용 천으로 만들어진 제본.

45 실로 꿰맨 뒤, 가장자리를 자르고 다듬은 다음에 표지를 붙이는 제본 양식.

46 한자 옆에 가나로 토를 단 작은 활자.

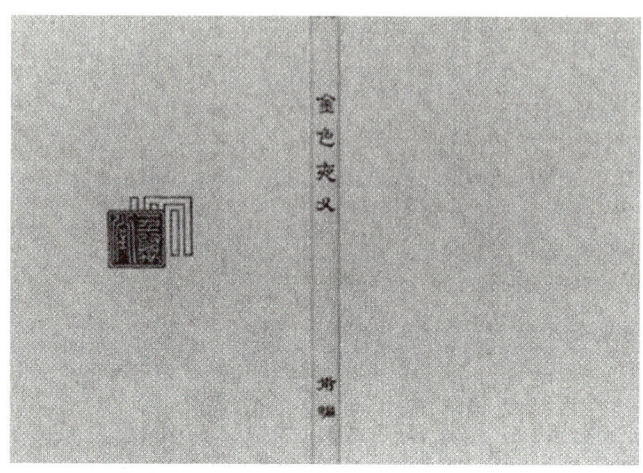

오자키 고요의 『곤지키야샤』 전편.

수 면에는 책 이름이 들어가고, 페이지 번호는 지면 옆 아래의 좌
우에 일본 숫자로 세로로 짜였다. 장이 변할 때마다 고친 페이지를
달고, 장의 이름이 역시 붉은색으로 인쇄되었다.

　신문 연재소설로 살펴보면, 고요의 텍스트는, 소재 면에서도 부
호와 고리대금업자를 비롯해, 사회의 잡보 기사 등을 바탕으로 이
야기를 조직하는 등, 담론의 파노라마로써 신문 미디어와 공통성
을 지녔다. 독서론의 관점에서 고찰해 보면, 신문은 날마다 일어나
는 반복된 일을 따로 떼어 내고, 오늘과 내일을 단절하는 시간 조
작적인 미디어이고, 여기에 연재되는 소설은 1회마다 찾아 읽게 된
다. 그것은 끊겼다 이어졌다 하는 동안에는 비연속이지만, 거꾸
로 연속성이야말로 중요하게 된다. 짧은 연재라면 어찌 되었든 간
에, 장기에 걸친 연재는 독자를 끌어당기기 위해 다양한 장치가 필
요하다. 인물들의 과거와 현재를 보여주고, 그·그녀들의 미래에

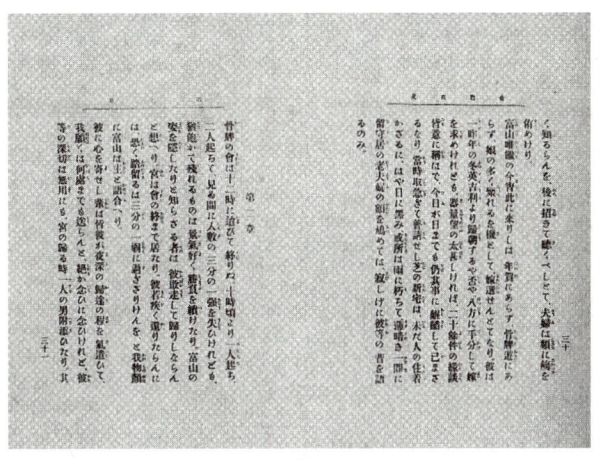

『곤지키야샤』의 본문 조판. 넉넉한 조판 방식이 주목할 만하다.

대해서 불안과 기대를 공유하기 시작하고, 독자의 관심은 지속한다. 당연히 거기에서는 모든 수수께끼와 비밀이 밝혀지는 종말이 지연되고, 복잡하게 되지 않을 정도의 플롯이 준비되어, 독서 의욕을 북돋우지 않으면 안 된다. 인과론적으로 이야기의 줄거리를 좇는 직선적인 독서가 무엇보다 요구된다.

　책으로서 『곤지키야샤』는, 일단 신문 지상에서 읽은 독자들이 대부분 책의 구매자이기도 하다는 것을 전제하기 때문인지도 모르지만, 활자를 눈으로 좇는 시각성에 대해서도, 또 책을 손에 들고 페이지를 훑어가는 신체의 움직임에 대해서도 배려해서 마무리한다. 그것은 친밀한 독자와 언어 사이의 접촉을 바라는 완결된 책의 우주이고, 사회 현상에 걸친 사건을 내포한 소설의 독립성도 보여주었다.

　그러나, 오히려 읽는 신체에 대한 배려로 뒷받침되고, 충분한 여

백도 계산에 넣고 만들어진 책의 열린 페이지 공간에서야말로, 전체를 선적인 전개 속에 파악하고, 그 가운데 독자의 위치를 측정하면서, 다음 장면에 대한 불안과 기대로 향해가는 정치한 '읽기 위한 기계'가 작동한다고 말할 수 있다. 신문에 의해서 새겨진 나날의 시간에 쫓겨 읽는 것이 아니라, 여유 있는 시간 속에 새롭게 간이치貫―와 오미야お宮의 이야기를 따라갈 수 있다. 그러나, 여유와는 정반대로 주인공의 관점에서 세부가 소환되고, 거듭해서 읽고, 건너뛰어 읽어서, 이야기 줄거리 요소 사이의 상호관계가 밝혀지고, 아직 공백의 끝을 향해서 이야기를 기대하면서 계속 읽어간다. 그 끝은 길게 연장되어 결국, 오지 않고 중단되지만, 보여주어야 할 의미의 중심에 대해서 '지금 이곳'의 읽기가 자리 잡게 되었다.

고요가 사망한 뒤, 번역서로서 『종루지기鍾樓守』 상하권1903.12이 와세다대학출판부에서 간행되었다. 원작은 V. 위고의 『노트르담 드 파리』1831이다. 실제의 번역은 오사다 슈토長田秋濤의 이름으로 도쿠다 슈세이德田秋聲가 하고, 병상에 있던 고요가 첨삭했다. 잘 알려진 것처럼, 위고의 이 소설에는, 구텐베르크 혁명의 영향이 서양의 크리스트교 세계를 변형해가는 것을 서술한 대목이 담겼다. "이것이 저것을 멸망시킬 것이다. 이 책은 결국 저 건축물을 멸망케 할 것이다"라고 한, 사원의 깊숙한 곳에 사는 노 목사의 말을 계기로, 화자가 '이야기'를 중단하고 그 의미를 길게 이어서 '해부'해 보이는 제5편 제2장이 그것이다. 세계의 도시 파리를 내려다보는 유일의 책인 노트르담 사원이, 무수한 복제를 허용하는 책이 출현함에 따라 위태롭게 되어간다는 그 내용은 뛰어난 서적론 가운데 한편이다.

크리스트교 문화와 가치의 체계를 뒤흔든 대량의 책에 대해서, 그것을 '제2의 바벨탑'이라고 결론짓는 그 장을, 오자키 고요는 죽음의 침상에서 읽었을 것이다. 계층을 뛰어넘어 폭넓은 독자를 지닌 『곤지키야샤』는 바로 죽음에 다가간 소설가의 신체를 아득히 뛰어넘어, 메이지 일본의 거리 거리로 퍼져갔다. 납 활자로 흰 종이에 기록된 여러 검은 얼룩이 한데 묶이고, 철해진 책이 되고, 상품이 되어 많은 사람의 손으로 건네졌다. 그들 대부분은 그 책을 차례로 넘기고, 언어를 찾아가면서, 남녀 한 쌍의 운명을 둘러싼 이야기에 몰두해 푹 빠졌음에 틀림없다. 앞으로 있을지도 모르는 자신의 가능성을 겹쳐보면서, 사람들은 세계를 통사적으로 파악해가는 화법을 획득했다.

와시에서 양지로

근세에서 근대로 넘어오면서, 일본의 책은 큰 변형을 강요받았다. 그것은 사물로서 책의 변형임과 동시에, 언어·문자·책에 관한 '살아온 공간'의 변형이기도 했다. 적어도 에도 후기에 글로 쓰인 언어는, 의미를 전하는 기호로써뿐만 아니라, 오히려 그것 이상으로 표현으로써 기호성이 개발되고, 일상의 생활환경 속으로 녹아들어 갔다. 그것은 문서 기록 행위에 관한 도구인 붓과 먹과 와시라는 사물 자체가, 의복과 공예, 회화, 건축 등과 맞닿아 있던 것과 연결된다. 거기서는 책도 사물로서 굳건한 독립성을 주장하기보다, 묶고 / 푸는 일의 가변성으로, 두 번 접을 때 그 안에 숨겨진 공백의 벽을 접어 넣었다. 목판에 의한 연속적이고 부드러운 곡선의 움직임과 그 선에 의해서 생겨난 시각적인 형상은, '흰' 바탕을 배후에 숨기고, 일의적인 의미로 환원되지 않는 의미의 발생을 향해 열려갔다.

메이지시대의 많은 책이 에도의 출판문화를 계승하면서 직면한 것은, 정보 유통의 가속과 대량화에 어울리는 활판인쇄와 양장 형식의 새로운 테크놀로지였다. 그 전환을 뒷받침한 또 하나의 물질적 조건이 종이다. 수작업인 고해^{叩解}[47]와 손으로 종이를 떠서 만든 와시가 양면 인쇄를 곤란하게 한 데 비해서, 목재 펄프와 고해기와 초지기로 만든 양지의 질적 향상과 대량 생산에 따른 가격 저렴화가, 상품으로서 책을 후원했다. 1887년부터 1897년에 걸쳐서 와시의 총생산량이 배로 늘어난 데 비해서, 양지의 국내 총생산량은 7배나 늘어난 것을 보아도, 대세를 알 수 있을 것이다.

상품으로서 책이, 소설과 같은 저작에서도, 거의 활판 양장본으로 흘러간 가운데, 소학교용의 교과서는 1903년^{메이지 36}까지 손으로 뜬 와시로 만든 와소본이었다. 이것이 같은 해의 국정화를 계기로 양지·양장본으로 바뀐 것은 하나의 징표였다. 그 가운데서도 1910년^{메이지 43}부터 사용되고, "ハタ^{깃발} タコ^연 コマ^{팽이}"로 시작하는 제2

---

47 종이를 뜨기 위해 펄프 따위를 물에 넣고 짓이기는 일.

기 국정교과서 권7에는 다음과 같은 구절이 있었다.

제14 서양 종이와 일본 종이

서양 종이가 일본 종이에게 다가와,

"세상이 열린 뒤부터, 아무래도 너의 친구에게도, 나의 친구에게도 잘 쓰이게 되었다고 생각해. 먼저 매일의 신문은 서양 종이로 만들고, 책도 요즘은 큰 서양 종이로 만들어지게 되었어"라고 말하자, 일본 종이는,

"바로 앞의 다다미방을 바라보아도, 이 많은 미닫이는 모두 내 친구들로 발라지지 않았어? 여기에 있는 부채 안도, 역시 그래"라고 말합니다. 서양 종이는,

"너희들은 겉밖에 쓰이지 않지만, 우리는 겉도 속도 쓰여. 편리함에서는 이길 수 없어"라고 말합니다. 일본 종이는,

"아니 아니야. 너희들은 찢어지기 쉽고, 조금도 강하다고 말할 수 없어. 일본 종이는 끈으로 물건을 묶을 수 있어. 머리카락 묶는 실과 선물용 포장 끈 같은, 그런 튼튼한 것은 일본 종이가 아니면 안 돼"라고 자랑합니다. 서양 종이는 여전히 지지 않고,

"너희들은 물에 젖으면, 곧 끈적끈적하지만, 우리는 조금쯤 물에 젖어도, 속으로는 스며들지 않아."

일본 종이는 웃으며,

"우리 친구들은 종이우산이 되기도 하고, 비옷이 될 수도 있어. 물에 젖는 것쯤은 아무것도 아니야."

서양 종이는 또,

"엽서와 우표 등은 모두 우리 친구들이야"라고 말하자, 일본 종이는 가미다나神棚[48]를 가리키며,

"그렇게 뽐내도, 저 가미다나의 부적이랑 고헤이御幣[49]는 될 수 없어"라고 말했습니다.

여기에 있는 '일본 종이'와 '서양 종이'의 말다툼은, 그 호칭의 선택을 포함해서 러일전쟁 뒤에 일어난 일본의 국가적인 내셔널리즘을 상상할 수 있게 마무리되었다. 그렇지만, 여기에서 엿볼 수 있는 것은 거꾸로 압도적인 세력으로 정치·경제·문화의 여러 단면에서 언어를 옮기고, 사람과 사람을 잇는 양지의 승리였다. '미닫이' '부채' '종이우산' '비옷'이라는 일상적인 생활용품에 남은 와시도 '신문' '책' '엽서와 우표'에서 양지의 지배력을 부정할 수 없고, 다음으로 '부적'과 '고헤이'에 힘입지 않으면 안 되는 처지에 빠졌다. 그것은 억지를 쓰는 것이 아니라, 물과 나무에 뿌리 내린 '흰 것'으로 회귀하는 것을 의미했다. 실용성 앞에 패배한 '일본 종이' 이야기는 르상티망[50]을 몰래 내부로 향하게 하고, '신'을 언급하지 않으면 서양에 대항할 수 없었던, 그 뒤에 일어난 일본의 역사적 과정도 암시하는 듯하다.

48　집안에 신을 모셔놓는 감실.

49　신에게 기도할 때, 또는 액풀이할 때 쓰는 것으로, 종이·삼 따위를 오려서 드리운 오리.

50　ressentiment. 원한, 증오, 특히, 프리드리히 니체의 용어로, 강자에 대한 약자의 복수심으로 울적한 심리 상태를 말한다.

제3장

서재의 공간, 책의 우주

책 만드는 사람 소세키

나쓰메 소세키夏目漱石의 책에 대해서 추억이 있는 사람은 많을 것이다. 이와나미서점岩波書店에서 나온 국판 전집이 늘어선 응접실의 서가는, 확실히 고도 경제성장을 겪은 일본에서 중류 계층보다 위에 있다는 것을 보여주는 지위의 상징이기도 했다. 붉은색 바탕에 연한 초록으로 문자가 디자인된 그 장정은, 소세키가 스스로 꾸민 『마음ㄷ ›ろ』1914의 의장을 바탕으로 한다. 고서점에서 출발한 이와나미 시게오岩波茂雄가 출판업을 처음 시작했을 때, 최초로 간행한 단행본이 소세키에게 간청한 『마음』이었다. 이때의 의장이 뒷날까지 소세키본에 관한 이와나미서점의 장정이 된 것은 잘 알려진 사실이다.

소세키는 자신이 쓴 책을 만드는 데 마음을 기울인 사람이었다. 하시구치 고요橋口五葉, 쓰다 세이후津田青楓 같은 화가에게 장정을 의뢰하고, 때로는 자신도 연구를 거듭했다. 최근에도 소세키와 세이후의 공동 제작이라고 말할 수 있는 『길가의 풀道草』『명암』의 축쇄본 초판이 이와나미서점에서 적은 부수지만 복각되기도 했고, 일본근대문학관의 복각 시리즈 가운데 뛰어난 것으로 정평이 난『명저 복각 소세키문학관』은, 소세키의 초판 단행본 전부를 원형으로 해서 정리한 획기적인 개인 전집이었다.

그것은 단순히 호사가의 수집벽에 호소하는 것만은 아니었다. 예컨대『현대 일본의 북 디자인 1975~1984』에서 나카니시 아키히로中西昭博는 소세키의 책에 지면을 할애해서, 장정·제본·제작·도서 설계 등 전체에 걸쳐서 "근대 일본에서 나온 양장본의 원형"이라고 평가했다. 그렇다면 더군다나, 언어에 의한 기억 장치임과 동시에, 사람과 사람 사이를 이어주는 전달 장치인 책이라는 매체가, 소세키라는 지휘자에 의해서 어떻게 변환되었는지 생각해볼 필요가 있을 것이다. 이번 장에서는 소세키가 쓴 최초의 책『나는 고양이다』주변을 문제 삼아 살펴보자.

『나는 고양이다』의 등장

1905년메이지 38 1월, 잡지『호토토기스ホトトギス』[1]에 소세키의 「나는 고양이다」가 실렸다. 이 소설은 전년부터 다카하마 교시高浜虚子의 권유에 따라 원고를 쓰기 시작하고, 세상을 떠난 마사오카 시키

---

1   1897년 1월 마사오카 시키를 중심으로 창간된 하이쿠 잡지. 이듬해 1898년 10월 도쿄로 옮겨 간행되었다. 1902년 시키가 사망한 뒤 나쓰메 소세키의 「나는 고양이다」를 싣는 등 문예지로 변모했다.

正岡子規와 인연이 있는 시키안子規庵[2]의 낭독회 '야마카이山會'[3]에서도 이미 발표되었다. 원래는 1회로 완결될 예정이던 단편이 예상 밖으로 독자의 희망·기대에 호응하는 형태로 속편을 써서, 연재가 길어졌다. 영문학자로서 제1고등학교一高와 도쿄제국대학 문과 강사였던 나쓰메 긴노스케夏目金之助[4]는, 그때까지 사용했던 하이고俳號[5] 소세키를 그대로 써서, 소설가 나쓰메 소세키의 얼굴이 되었다.

단행본『나는 고양이다吾輩ハ猫デアル』가 간행된 것은, 같은 해 10월. 오오쿠라서점大倉書店, 핫토리서점服部書店의 공동 이름을 내걸고 출판되었다. 처음에 오오쿠라서점이 소세키에게 요청하고, 이어서 경영 면에서 도움을 받기 위해, 핫토리서점과 함께하게 되었다고 한다. 이후, 이듬해에는『나는 고양이다』중편이, 그 이듬해에는『나는 고양이다』하편이 간행되었다.제목의 표기가 가타카나로 된 것에 주의. 뒤에 히라가나『나는 고양이다(吾輩は猫である)』로 고쳤다. 이하, 제목은『고양이』로 약칭한다. 또 최초의 단행본을 편의에 따라, 상편이라고 부른다

상편 간행에 즈음해서, 높이 평가받은 것은, 내용뿐만 아니라, 책의 형식에도 있었다. 뒤에 책 연구자 사이토 쇼조齋藤昌三는 "내용에서도 물론 독서계를 경탄하게 했지만, 장정의 참신함에서는 더욱더 새롭게 경악하게 했다"「책 장정 종횡담」, 『가이조(改造)』, 1933.5라고 증언했는데, 당시 가장 빨랐던 서평도, 책 자체를 언급한 경우가 많았

---

2   무라오카 시키의 옛집.

3   1900년부터 병상에 있는 시키의 베갯머리에서 글을 읽는 모임.

4   나쓰메 소세키의 본명.

5   하이쿠 짓는 사람의 아호.

다. 소세키의 책을 이야기할 때, 반드시 인용될 만큼 유명하게 된 잡지 『학등學鐙』1905.10의 보도 기사가 그 가운데 하나다. 우치다 로안內田魯庵으로 추측되는 그 평자는 『고양이』에 대해서, "지금까지 없었던 진정한 유머를 개척한" 소설이라고 지적한 뒤, 평가의 말 대부분을 책의 형식에 대해 언급하는 데 썼다.

특히 우리 비블리오필로서 기쁜 것은 그 장정으로, 최근 서양의 고아한 취미가 가득하고, 종래의 조악하거나 졸렬한 양장과는 달리 완전히 면목을 새롭게 한다. 근래 우리 출판계는 점점 외국의 유행을 따르는 모양으로 장정처럼 자못 신기함을 다툰다고 할지라도 요컨대 서양의 잡지 또는 일본에서라면 이른바 '늘어놓는 책'이라고 불려야 마땅할 그런 얄팍한 종류의 장정을 배운 데 지나지 않아 대번에 보아도 자못 미적 감각은 찾아볼 수 없고 그래서 더욱더 새로움을 자랑하는 천박한 취미가 보이는데 갑자기 싫증 나기 쉽게 참으로, 서양의 고아한 취미를 전하는 것은 전혀 없다. 소세키 씨의 새로운 저서가 길트 톱의 언컷, 엣지에 플랫, 백으로 감싸면서 벨럼을 사용한 것은 책보다 그 속표지 종이와 나사종이羅紗紙로 만든 포장지의 장식처럼 화공의 기량을 추측해볼 수 있다고 해도 저자가 고아한 취미로 지도하지 않았으면 아무래도 그와 같이 될 수 없고, 그 내용과 외관이 둘이면서도 나무랄 데 없는 근래의 뛰어난 작품이라고 말할 수 있을 것이다.

'비블리오필'이란 애서가를 가리킨다. 메이지 20, 30년대에, 로안은 비평가로서 활약했는데, 그때부터 오자키 고요 등의 책 장정

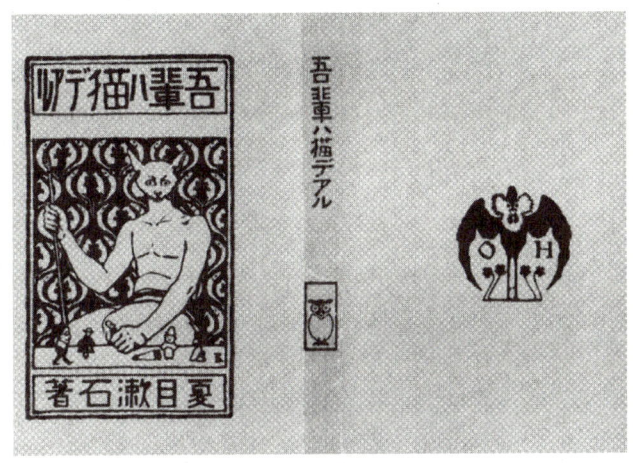

나쓰메 소세키의 『나는 고양이이다』(상편) 재킷. 장정 하시구치 고요.

을 언급했다. 1901년^{메이지 34}부터는, 당시 최대의 양서 수입처인 마루젠^{丸善}의 서적부 고문이 된 것이 로안이다. 여기서 말하는 '길트 톱'은 금박 입힌 것, '언컷'은 옆면^{小口, 각 페이지를 둘러싼 옆의 끝}을 자르지 않은 것, '엣지에 플랫, 백으로' 한 것은 책의 등 부분을 모나게 장정한다는 뜻이고, '벨럼'은 모조 가죽 종이를 가리키고, 표지의 종이 질을 말한다. '포장지'는 오늘날의 북 재킷^{일반적으로 커버라고 하는 사람이 많지만, 정식으로는 재킷}이다.

평판이 높은 그 책은 국판, 290면, 소설책으로는 대형이다.^{중편이 238면, 하편이 218면, 다만 권말에 서평이 다시 실렸다} 정가 90전은 당시로서는 비싸다. 또 표지와 속표지, 컷 등의 장정은, 도쿄미술학교 서양화과를 막 졸업한 하시구치 고요, 삽화는 상편에서는 프랑스 유학에서 돌아온 직후에, 태평양화회^{太平洋畵會}에 속했던 나카무라 후세쓰^{中村不折}가, 중하편에서는 시키를 통해서 공통의 벗이 된 서양화가 아사이

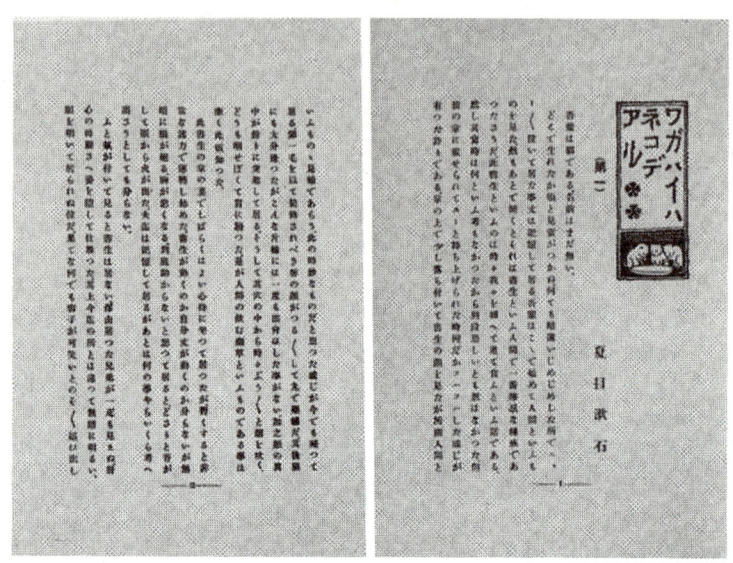

『나는 고양이다』의 첫 부분 면

추淺井忠가, 소세키 의뢰로 맡았다.

본문은 5호 명조체이고, 한 행을 32자로 하고, 한 면에 14행하편은 13행으로 짰였다. 위아래에 여백이 있어서, 여유가 있다. 『곤지키야샤』 전편의 4호, 25자×11행중편 이하는 5호, 26자×13행에 비해서, 『고양이』는 구두점과 갈고리 모양의 괄호 등의 기호를 1밀리미터 폭의 자간에 채웠기 때문에, 빽빽이 가득 차 보인다. 원래라면 그들 여러 기호에는 한 글자 분량 또는 두 글자 분량의 여백 공간을 둔다. 그것을 보통의 자간에 메워 넣고, 더구나 드물게 행을 바꾸어서, 한자가 많은 문자가 연속하고, 읽는 리듬과 호흡은 현저하게 흐트러지게 되는데, 한적을 볼 때와 같은 시각적인 효과를 가져오기도 한다.

동시대의 평 대부분에서 "무척 공을 들인 아름다운 책"이라든가 "고양이의 성장盛裝"이라는 평가의 말이 나왔는데, 그런 서평은 내용에 관해서 "고급 라쿠고落語"⁶ 또는 "문명의 히자쿠리게"가미쓰카사 쇼켄(上司小劍), "마음 편히 읽을 수 있는 소설"『신초(新潮)』기자이라는 말로 끝맺기도 했다. 오랜 뒤까지 『고양이』를 둘러싸고 "풍자 유머 소설"이라고 한 평은, 이 소설의 고립을 미리 알려준다. "무척 공을 들임" "성장"이라는 어구에는, 찬사라기보다는, "골계 취미"가 넘치는 "일대 기이한 책"을 포함해 책 형식에 대한 빈정거림도 담겼다. 그래서 고지마 우스이小島烏水가 편집한 잡지 『문고文庫』1905.11의 「6호 활자」 난에는 "나쓰메 소세키의 나는 고양이다 두툼한 책 1엔, 돈이 남아돌아서 곤란한 사람이 아니라면 사서는 안 된다. 남이 주더라도 읽기는 아깝다"라는 기사가 나왔으리라. 이것에 대해서 소세키는 2판을 한 책, 우스이에게 바치려고 생각했다. 또 『호토토기스』에는 "세상 사람들이 이 책을 비싸다고 한 것은 잘못이다. 용지, 표지 장정, 삽화만으로 보아도 요즘 나온 출판물 가운데 값이 싼 편에 속한다. 독서인의 책상에 없어서는 안 될 장정이 아름다운 책이다"라고 옹호하는 기사까지 나왔다. 이렇게 미술적인 가치, 상품으로서 그 가격의 타당성에 관해서도, 책으로서 『고양이』는 그때까지 나온 책을 둘러싼 고정 관념에 동요를 일으키며 등장했다.

---

6   해학이 주를 이루고 능란한 화술로 사람을 즐겁게 하는 예능으로, 마지막에 재치 있는 익살로 끝맺는 오치(결말)가 있다.

시키와 소세키

소세키는 상편 서문에서, 먼저 잡지에 발표된 것을 다시 단행본으로 펴내는 경위에 대해서 언급하고, 다음과 같이 말했다. "그저 내가 쓴 것이 내가 생각한 대로 그런 체재로 세상에 나온 것은, 내용의 가치가 어떻든 관계없이, 나만은 기쁘게 생각한다. 나로서는 이 사실이 출판하는 데 충분한 동기가 된다"라고 말했다. 이 거듭된 '나'는 다른 외부의 압력을 물리치고 책 전체를 통괄하려는 '자기 본위'의 제작 동기를 말한다. 출판업자와 작업하면서 도움을 받고, 저작의 서명자이지만, 상대적인 위치밖에 차지하지 못했던 그때까지 이어져 내려온 필자에 비해서, 나쓰메 긴노스케가 소세키가 되었을 때, 일관되게 지향한 것은 먼저 이 "나만은 기쁘다"라는 개인의 감각·윤리였다. 상편에 이어서, 1906년^{메이지 39} 5월에 오쿠라·핫토리 두 서점에서 나온 『양허집漾虛集』에서도 그 서문에서 "내가 생각한 대로 그런 체재"로 나온 것을 기뻐했다.

그러나, 책에 대한 시각을 보여주는 소세키의 이들 발언에 비해서, 『고양이』 중편의 서문은 거기에 감추어진 또 하나의 측면을 보여주었다. 곧 세상을 떠난 친구 마사오카 시키에 대한 언급이다. 소세키는 1900년^{메이지 33} 9월부터 1902년^{메이지 35} 말까지 2년 반에 걸친 런던 유학 시절에, 도쿄대 예비문東大豫備門⁷ 때부터 오랜 친구였던

---

7   옛날 교육제도에서 제1고등학교의 전신이다. 개성학교에서 분리되어 1873년 도쿄외국어학교가 설립되었다. 또 뒤에 영어과가 분리되어 1874년에 도쿄영

시키를 잃었다. 척추 만성 염증에 걸려, 몸져누워 있는 시키에 대해서, "나"는 유학을 떠날 즈음에, 다시 만날 수 없게 될 것을 각오했다고 한다. 병상에 있는 시키가 런던의 소세키에게 보낸 편지를 "나"는 서문 속에 특별히 인용한다. 요청에 따라서 받은 소세키의 「런던 소식」 등의 편지『호토토기스』에 실림가 얼마나 재미있었는지 말한 그 편지.

나는 못쓰게 되어버렸다, 매일 까닭 없이 울고, 그래서 신문 잡지에 아무것도 쓰지 않는다. 편지는 아예 끊어버렸다. 그래서 오랫동안 격조했다. 오늘 밤은 문득 생각나서 특별히 편지를 쓴다. 언젠가 보내준 군의 편지는 무척 재미있었다. 요즘 나를 즐겁게 해준 것 가운데 최고다. 내가 옛날부터 서양을 보고 싶었다는 것은 군도 알 것이다. 내가 병자가 되어버렸기 때문에 아쉽기 그지없지만, 군의 편지를 보고 서양에 가고 싶은 마음이 들어서 무척 유쾌하다. 만일 글을 쓸 수 있다면 내 눈이 아직 밝을 때 지금 한 장 보내줄 수 있는가?(무리한 주문이지만)

[…중략…]

나는 정말이지 군을 다시는 만날 수 없다고 생각한다. 만일 그럴 수 있다고 해도 그때는 이야기도 나눌 수 없을 것이다. 실은 나는 사는 것이 괴롭다. 나의 일기에는 '[후지노] 고하쿠가 내게 오라고 말한다古白曰來'[8]의 네 글자가 특별히 쓰인 곳이 있다.

─────────

어학교가 설치되었다. 1877년 도쿄대학이 설립됨에 따라 영어학교를 도쿄대학 예비문으로 개칭했다.

8 후지노 고하쿠(藤野古白)는 하이쿠 작가, 극작가, 소설가로 마사오카 시키의 종형제이며 자살했다. 시키는 1897년『고하쿠 유고』를 간행했다.

일본의 전통적 문예 장르인 와카, 하이카이에 홀로 영리하게 변혁을 완수하고, 신문 『일본』과 잡지 『호토토기스』에서 크게 활약했던 시키가 "사는 것이 괴롭다"고 말한다. 이 비통한 편지를 쓴 뒤에도, 시키는 다시 『병상육척病床六尺』 등을 이어서 쓰지만, 결국 이듬해인 1902년메이지 35 9월에 사망했다. "고하쿠가 내게 오라고 말하다"의 문자는 『앙와만록仰臥漫錄』에 실렸다. 일찍이 자살한 사촌 동생 후지노 고하쿠가 자신을 부른다는 뜻이다. 죽기 열 달 전, 격심한 통증에 시달리던 시키는 자주 자살의 유혹에 사로잡혔다.

그리고 소세키는 불과 4년 전에 받은 이 편지를 자신의 문장 속에 써넣었다. 인용의 너머에서 떠오른 것은, 「런던 소식」과 「자전거 일기」를 즐겨 읽던 시키이다. 겨우 '육척' 방안의 세계밖에 없던 시키에게, 읽기는 생의 쾌락에 가득 찬 체험이었다. "등불의 불빛 고요하고 닭도 울지 않아 읽으면서 지은 이야기" "햇볕에 쬐고 바람에 쏘인 책을 열고 펼쳐서 붉은 종이를 보면 어쩐지 그립네" 등의 단카를 읊고, 주변 사람들에게 "돈과 책은 빌려주는 것"이라는 규정을 만들어낸 것도 시키였다. 그리고 『병상육척』의 99, 죽기 한 달 전에 쓰인 「전해 받은 저물녘」 속에는 다음의 조카長歌9 한 수가 있다.

---

9   와카의 한 형식. 5·7의 구를 반복하다가 맨 뒤는 7·7의 구로 맺는 시가.

이 글을, 남긴 사람, 이 글을, 읽으라고 전하고, 그것을 읽으면, 글을 펼쳐보면, 글자가 있는 곳에서, 울고 싶어진다, 인정사정없이

독서인 마사오카 시키의 모습은 이 노래를 마지막에 실은 가토리 호쓰마香取秀眞의 「시키 거사와 독서」『독서전망』, 1936.9에 자세하다. 거기에는 『먹물 한 방울墨汁一滴』에서 1901년 5월 20일의 기록도 인용되는데, "아프지도 않고 안 아프지도 않다. 부슬부슬 비가 내리는데 베갯머리에 손님이 없다. 낡은 잡지를 꺼내 호시노星野 박사의 슈고지토고守護地頭考[13]를 읽는다. 10년 동안의 의문이 대번에 풀리는 즐거움, 저승에 보낼 선물 하나 더하고 싶다"라는 강렬한 대목도 있다. 인연이 없다고 생각한 역사학 논문에 대해서도, 시키는

10　헤이안시대의 공경이었던 후지와라노 요리나가(藤原賴長)의 일기로 12권이다. 1136년부터 1155년까지 쓴 부분이 남아 있다.

11　에도시대의 수필. 고노에이 에히로(近衛家熙)의 시의(侍醫)였던 야마시나 도안(山科道安)이 1724년부터 1735년까지 에히로의 언행을 일기 형식으로 썼다. 다도에 관한 기록이 많다.

12　에도시대 후기에 편찬된 일본 화가의 전기. 신슈(信州) 스자카(須坂, 오늘날의 나가노현) 번주(藩主) 나오타다(堀直格)의 초고를 국학자 구로카와 하루무라(黑川春村)가 증보했다.

13　슈고는 가마쿠라 바쿠후·무로마치 바쿠후의 관직명으로, 1185년에 미나모토노 요리토모(源賴朝)가 칙허를 받아 각국의 유력 가문을 임명해 설치했다. 군사-경찰권을 중심으로 각국의 치안-경비를 담당했다. 무로마치시대에 이르러 점차 영지 지배를 강화해 슈고다이묘(守護大名)라고 불리게 되었다. 지토는 가마쿠라 바쿠후의 직명으로, 1185년에 미나모토노 요리토모가 칙허를 받아 제도화했다. 전국의 장원·공령(公領)에 배치되어 토지 관리, 조세 징수, 재판권 등의 권한을 가졌으나, 무로마치시대에는 지방의 영주가 되었다.

반응했다. 그것은 읽기가 쾌락적이기까지 한 인식 지도의 재구성이라는 사실을 이야기한다.

읽기의 극한을 열어젖힌 이 친구에 대해서, 소세키는 미농지美濃紙에 행서로 쓰인 그 편지를 인용한 뒤에, "가여운 시키는 내가 소식 전하기를 기다리며 살고, 기다리며 산 보람도 없이 숨을 거두었다"고 썼다. 그리고 "쓰고 싶은 말은 많지만 괴로우니 이해해 주기 바란다"라고 한 최후의 말을, 자신의 글 지문地の文[14]에서도 방점을 붙여서 두 번이나 거듭해서 인용한다. 이 말에는 거짓이 없지만, 바쁘다는 이유로 요청에 따르지 않았던 자신의 답서에는 '책임회피'가 있었다고, 소세키는 인정한다. 야유와 조롱에 능했던 시키는 얄궂은 남자지만, 마지막 말에서 볼 수 있는 시키는 '가엾기' 그지 없다. 그리고 "지난날의 가여움을 5년 뒤인 오늘에 푼다"면서, 『고양이』를 시키에게 바친다.

소세키의 어휘 속에서도 '가엾다'는 말은 의미가 깊다. 시키의 고통이 시키의 고통이고, 소세키의 고통은 아닌 것처럼, 한 개인의 삶과 다른 개인의 삶은 교환이 불가능하고, 타자의 감각과 감정을 완전히 이해할 수 없다. 그러나, 그 절대적인 단절의 사실을 전제로 하면서도, 사람에게는 깊은 단절의 밑바닥에서 다가오는 공감적인 일체화의 감정이 작용하는 때가 있다. '기氣'에 따라 움직여졌다고 밖에 말할 수 없을 것 같은 감정의 공명이 일어나는 때가 있

---

14   소설 따위 문장 중에서, 대화문이나 인용문 이외의 문장.

다. 어느 때는 희미하게, 어느 때는 깊고 농밀하게 찾아오는 감정의 흔들림은, 시간과 공간을 뛰어넘어 사람의 몸과 마음에 파문을 퍼뜨린다.

이 중편 서문에 나타난 것은, 미디어인 언어를 단순히 전달 기능으로 파악하는 견해가 아니다. 시키에게 언어를 찾아간다는 것은 공간적 거리를 뛰어넘어, 의식의 자유로운 운동을 만들어내는 생존의 조건이었다는 것을 새롭게 응시하는 시선이다. 언어가 시키의 심신을 삶의 즐거움으로 이끌어간 것처럼, 소세키의 심신은 시키가 남긴 언어에 흔들린다. 그리고 독자의 심신도 서로 거리를 두면서 공명하는 복수의 언어를 찾아감으로써, 양자의 심신을 독해하면서, 새로운 운동으로 함께 따라가게 된다.

소세키는 쓴다는 것, 책을 만든다는 것의 밑바닥에 '자기'의 만족을 두었다. 그것은 다른 것으로는 바뀌기 어려운 '자기'였다. 그 바뀔 수 없음에 만족한 뒤에, 자신의 언어 / 신체를 차가운 활자로 바꾼다. 죽음의 고독에 몸을 맡기면서, 언어가 바쳐진다. 읽는 사람과 쓰는 사람 사이에 있는 거리야말로 죽음의 공간임을, 이 서문은 넌지시 보여주었다. 그리고 죽음의 공간이 새로운 되살아남의 공간으로 바뀔 수 있을지 어떨지 하는 것이, 바로 책의 가치라는 것을 보여주었다.

'서가'가 보이는 그림

『고양이』이전에 소세키가 그린 작품 가운데 1903년^{메이지 36} 10월이라고 날짜가 쓰인 수채화 「서가도」가 있다. 이때는 따로 「내 무덤」이라고 제목이 붙여져 마음에 걸리는 그림도 있는데, 겨우 몇 장, 소일거리처럼 보인다. 「서가도」는 그 제목이 보여주는 것처럼 서재의 서가와 벽이 교차하는 한 모퉁이를 그리고, 가지런하지 않은 선반 사이에 각양각색의 책 등이 늘어선 그림이다. 거기에는 구석에 영어 시구가 쓰였다.

You and I

and nobody by

"그대와 나, 곁에 아무도 없네." 하가 도루^{芳賀徹}는 『나쓰메 소세키 유묵집 제3권·회화편』^{규류도(求龍堂)} 해설에서 "이 'You'는 서가에 늘어선 책에 호소하는 것일까?"라고 추측한다. 영시에 무언가 전거^{典據}가 있다고 해도, 적어도 서가의 모퉁이, 늘어선 책의 등을 보는 구도에는 변함이 없다. 유학을 마치고, 가족이 모두 센다기^{千駄木}의 빌린 집에 살기 시작한 것은, 반년 전인 3월이다. 서간 속에 자주 '신경쇠약'을 자칭하고, 제5고등학교 퇴직 때문에 정신의학과의 구레 슈조^{呉秀三} 교수에게 진단서를 받은 것도 이 해의 일이었다.

하지만, 긴노스케의 생활사를 따라가는 것이 본래의 뜻은 아니다. 책과 서가의 형상에 주목하고 싶다. 서가라는 서양 가구가 일본의 가정에 도입된 것은 그다지 오랜 일은 아니다. 뒤에 우치다 로안은 「서적 취미」『취미』, 1908.1에서 생활공간의 중심이 장롱에서 서가로 변해갈 필요가 있다고 주장한다. 장롱이라는 가구가 옷, 자질구레한 물건을 수납하기 위해 생활의 필요에 뿌리내린 데 비해서, 서가는 잉여의 산물에 지나지 않는다. 그러나, 경제적인 부담을 느껴도, 서가를 찾는 인간이 나타났다는 것이, 너무나 문화주의적인 우치다 로안의 발언 그 배후에 있다. 그것은 생활 속에서 책의 위치를 잡는 일에 나타난 변화를 말했다. 게다가 거기에서 말하는 책이란 양서, 양장본을 전제로 했다.

와소본의 장서는 겹겹이 쌓인 것이지, 나란히 놓이는 것은 아니다. 따라서 와쇼和書[15]에서는 책등은 문제가 되지 않고, 표지의 장정과 제첨에 정열을 기울인다. 평면적이지만, 그 속에 몇 겹이나 접어 개키는 세계를 신체 감각을 통해서 열어가는 것이 와쇼를 읽는 즐거움이었다. 그에 비해서 양서는 접장折丁[16]의 코덱스 형식이고, 사본시대부터 입방체의 공간이었다. 활자본 등장 후에도, 표지, 등, 속표지, 윗면과 아랫면이 일체가 된 입체적인 물질이고, 서가에 나란히 세울 수 있는 것이 양장본의 특질이다. 그리고 책등에는 한눈에 알 수 있게 제목이 인쇄되었다.

서가라는 가구가 도입된 것은, 일본의 집 안에 책을 대량으로

---

15   일본식으로 장정한 책.
16   제본하기 전에 인쇄된 종이를 페이지 순서대로 접어서 제본한 것.

나쓰메 긴노스케의 「서가도」. 시구 아래에
"K. N. Oct. 1903"의 사인이 있다.

나란히 세우고, 게다가 그 책들의 제목을 한 눈으로 바라볼 수 있는 공간을 만들어냈음을 의미했다. 당연하게도, 그것은 책의 배열 속에 일정한 질서를 요구한다. 곧 신체적 조건에 따라서 서가의 선반 위치는 제각기 차이가 난다. 눈보다 위의 높이에 있고, 때로는 좌우 끝을 세워서 책을 놓지 않으면 안 되는 최상단부터 허리를 구부려서 책을 빼야 하는 하단까지, 책에 대한 애착과 끄집어내는 빈도에 따라서, 거두어들이는 단이 선택된다. 어디에 무엇을 거두어들이는가에서 거꾸로 애착과 친숙함의 방식이 보인다. 와쇼의 경우, 소유자와 책의 관계는 은밀히 맺어지는 데 비해서, 양서·양장본의 서가는 그 관계를 드러내놓고 자타의 시선에 띄게 한다.

이렇게 사람과 책 사이의 관계가 변형된 것은, 서재가 등장한 것과 맞물렸다. 일본의 전통적인 건축에서 서재라는 공간은 존재하지 않았다. 쇼인즈쿠리書院造り[17]라는 건축양식은 선종 사원의 학교를 모델로 하고, 주인이 독서에 힘쓰는 안방을 만들어냈는데, 경계

---

[17] 무로마치시대 중기에 시작되어 모모야마시대에 완성된 무가(武家) 주택 양식. 한 건물을 여러 개의 방으로 나누어 사용하게 되면서 후스마(襖)-미닫이문(障子)-덧문(雨戶) 등 다양한 창호가 발달했다. 천장을 설치하고 방의 바닥에는 다다미를 깔았다.

를 두지 않는 열린 공간은 서재의 폐쇄성을 인정하지 않았다. 예를 들면 영국에서도 중세에는 책은 음독·낭독을 기본으로 하고, 공동사회에 열려 있었다. 그러나, 그것이 가옥 구조 안에서 '자신만의 방'을 가진 생활이 가능하게 된 것과 나란히, 단독으로 읽고/쓰는 행위가 이루어지게 되었다. 버지니아 울프가 「자신만의 방」을 여성의 지적 자립을 위한 조건으로 내세웠던 것은, 영국에서도 20세기에 이르기까지 여성이 서재의 공간에서 소외되었음을 보여준다.도야마 시게히코(外山滋比古),『근대독자론』

귀국 직후에 긴노스케가 빌린 센다기의 집은, 원래, 개업 예정인 의원 건물로 지어진 것이었다. 현관 곁의 8첩 칸이 긴노스케의 서재가 되었는데, 진찰실이 되어야 할 공간이 서재가 된 것은, 일본의 일반 민가에서 서재를 확보하는 것이 얼마나 곤란했는지를 말해준다. 뒤에 긴노스케는 여기에서 소설가 나쓰메 소세키가 되고, 1906년메이지 39 12월에 혼고本郷 니시카타마치西片町로 옮기고, 또 9개월 뒤에는 와세다早稲田 미나미초南町로 이사한다. '소세키산방'이라고 불리는 세 번째 집도, 그 집은 모리타 소헤이三田草平 등에게 '기묘한 구조'라고 평가받기도 했는데, 역시 미국에서 돌아온 의사가 지은 것이었다. 삼면을 복도로 둘러싸면서, 안쪽이 두꺼운 흰 벽으로 막혀, 창에서 흘러드는 빛에 의지할 수밖에 없는 서재는 원래 의원의 진찰실이었던 듯하다.이시자키 히토시(石崎等)·나카야마 시게노부(中山繁信),『나쓰메 소세키 박물관』 이렇게 해서 겨우 확보된 서재에서, 가족과 일단 단절한 공간을 만들어내고, 책과 대화하는 시간을 얻어냈다.

센다기 시절의 소세키 서재

앞에서 말한「서가도」는 이런 서재의 한쪽 구석을 그리면서, 거기에 일상을 보내는 사람의 삶을 보여주었다. 수수께끼 같은 시구도 암시의 깊이를 더한다. 그 속에서 엿볼 수 있는 것은, "nobody by"라는 고독의 의식이고, 동시에 "You and I"라는 은밀한 확인이다. 그림에서 "You"가 서재의 책이라고 추측한다고 해도, 거기에 따뜻한 즐거움은 없다. 거리를 추구한 구도이면서, 서가가 그려진 선은 원근법에 잘 담기지 않고, 안정감이 없다. 마찬가지로 "You and I"에서도 서로 시선을 주고받는 관계는 없고, 보는 주체와 대상 사이에 놓인 거리의 안정은 무너지고, 폐쇄된 압박감이 떠돈다. 책이라는 사물을 "You"라고 부를 수밖에 없는 고독이 강하게 감돈다. 시키처럼 언어와 그 물질적 형태를 띤 책을, 삶을 기쁘게 하는 촉매로써 받아들이는 되살아남의 의식儀式이 결여된 것처럼 보인다. 그것은 마치 치유되지 못한 채로 책에 기대게 된 사람의 마음 풍경에 가까웠다.

탑, 관, 서재

런던에서 보낸 유학 체험에 대해서, 소세키는 뒤에 『문학론』^{오쿠}
^{라서점, 1907.5}에 쓴 긴 서문에서 총괄한다. 여기서 초점에 맞추어 떠오
른 것은 '하숙'에 틀어박혀 고립된 '독서인'의 모습이다. 그렇지 않
아도 적은 경비를 아껴서, 어렵사리 책값만을 마련해 낸 유학의 나
날이었다. 그리고 영문학을 모두 독파한다고 하는 몽상이 불가능
하다는 것을 깨달았을 때, 이번에는 문학이 심리적 사회적으로 왜
필요한 것인지 묻는 이론적 연구로 목적을 돌리고, 맹렬하게 "산
책을 닥치는 대로 읽고, 읽은 곳에 방주^{傍註}[18]를 달고, 필요할 때마
다 노트"했다. 그 노트는 "파리 머리처럼 가느다란 글자로 써서 5,
6촌의 높이에 이르렀"다고 한다. 거기에서 읽기 그 자체가 수단화
되어 자유를 잃고, 일종의 강박관념이 되었다.

과거의 자신을 얼마나 거리를 두고 바라보는가 하는 시선은, 소
설 『고양이』에서 구샤미^{苦沙彌}에 대한 고양이의 시선과 통한다. 『고
양이』가 '서재'와 '다다미방' 등의 공간적 지표를 새로운 의미의 배
치로 받아들인 것은, 이미 다케모리 덴유^{竹盛天雄}에 의해서 치밀하
게 논의되었다.『소세키 문학의 실마리』 구샤미는 평소 '서재'에만 틀어박힌
남자이고, 가족과 지내는 것은 밥 먹을 때 등 한정된 시간뿐이었
다. 고양이가 보는 그대로 낮잠을 자면서 책에 침이 흘러내린다고

18　본문 옆에 덧붙여 쓴 주석.

나쓰메 소세키의 『양허집』 표지

해도, 구샤미의 '서재'는 아내 자식 가족과 외부 세계에 대한 방어적 성채의 역할을 맡는다. 다케모리의 지적에 따르면, '나'를 자칭하는 '고양이'의 눈에 의해서 '서재'를 바깥에서 상대화하는 한편, 그곳이 '환상의 나라'로 비상하는 곳이기도 함을 보여주는 것이, 「런던탑」『제국문학』, 1905.1, 「칼라일 박물관」『학등』, 1905.1과 같은 단편이다.

거기에 나타나는 '탑'과 '관'은 많은 사람의, 또는 칼라일이라는 저술가 한 사람의 삶과 죽음을 새긴 장소이고, 과거의 기억을 현재로 전하는 '전생의 꿈이 모이는 곳'이다. 한편으로는 정치권력의 항쟁에서 패배한 사람의 유폐 공간이고, 다른 한편으로는 거꾸로 외부 세계의 현실에 격렬한 혐오를 느끼면서, 도시의 한 모퉁이에 홀로 틀어박힌 장소였다. 그 격절한 공간을 '내'가 찾아가는 이야기 구조에서, 두 단편은 서로 통한다.

'탑'을 찾은 '나'는 돌다리를 건너, 중탑, 종탑, 역적문逆賊門으로 들어간다. "이미 정상적인 상태를 잃"은 '내'가 공상하는 시선은, 작은 배를 타고 내리는 대승정大僧正과 월터 롤리의 모습을 보고, 혈탑血塔 문에 이르러, 처형 직전의 왕자 모습을 본다. 옥중에서 『만국사』를 쓰던 롤리, 죽는 순간까지 『성서』를 읽던 왕자, '나'의 공상에 떠오른 것은 무엇보다도 읽고 쓰는 사람들이다. 그리고 백탑白塔을 지나쳐, 런던탑의 중심, 보상탑Beauchamp Tower으로 찾아간다.

「칼라일 박물관」삽화.
나카무라 후세쓰(中村不折) 그림

　보샹탑의 한 방에서 본 것은, 벽 위에 남겨진 수십 종에 이르는 문자의 연속이다. 옥에 관련된 사람들이 못이나 날카로운 손톱으로 새긴 문자. '나'는 처음, 자기의 존재를 새긴 그 기념비에 아이러니를 느낀다. 문자를 남겨서 사람들에게 자신을 회고하게 하려고 해도, 자기 자신을 구할 수는 없다. "공허한 물질"만 남은 것은, "물거품의 몸"에게는 굴욕이 아닐까. 그러나, 문자를 거슬러 읽는 사이에 '내' 속에, 상상이 문뜩문뜩 솟아오른다. 닫힌 공간 속에서, 삶을 실감하게 하는 모든 '활동'을 금지당하고, 무위의 시간을 견디지 않으면 안 되었던 그 수인들은, 실질적으로 "죽음보다도 괴로운 고통"을 맛보게 되었다. 그 고통과 싸운 끝에, "앉아도 일어나도 견딜 수 없게 된" 때에, 그들은 부러진 못과 자기의 손톱으로, "일없는 가운데 일을 찾고, 태평 속에 불평을 흘리고, 평지 위에 파란을 그렸던" 것이다. 죽을 운명을 눈앞에 두고서, "살자"라는 속삭임이 선이 되고, 글자가 되었다. 이런 상상의 문맥, 벽 위에 남은 '흠'이 "삶을 바라는 집착의 혼백"으로서 신체적으로 또렷하게 실감 나는 것처럼, 소설은 펼쳐진다. 현실과 환상의 차이는 소멸하고, '쓰는' 것을 둘러싼 생생한 원리를 '나'는 읽어낸다. '쓰는' 것과 '읽는' 것 사이의 관계식을 탐구하는 모티프는, 『의상철학』과 『프랑스 혁명사』의 저자 칼라일의

'관'을 찾았을 때도 변하지 않는다. "사천만의 어리석은 사람과 천하"를 매도한 문인을 경모하는 '나'는 안내자를 따라서 4층 건물의 '관' 내부를 둘러본다. 칼라일이 디자인했다고 하는 '서가'를 보고, 책의 종류와 책 수를 헤아리고, 칼라일도 보았던 창에서 시가를 바라보며 피안彼岸과 차안此岸의 시간 차에 대해 생각에 잠긴다. 짧은 방문기의 클라이맥스는 최상층의 지붕 속에 있던 서재에 오르고 내려올 때이다. 속계의 '음향'을 싫어했던 이 문인이 특별히 만들게 한 서재는, 천상에 가장 가까운 장소에 설치되었지만, 그러나, 추위와 더위의 차이에서 오는 불편함, 그리고 완전히 차단될 수 없는 사원과 기차에서 울려오는 소리를 견뎌내지 않으면 안 되었다고 알려준다.

방에서 방으로, 계단에서 계단으로 이동하는 '나'의 시선은, 거기에서 칼라일의 언어를 되살아나게 하고, 이 '관'의 방문이 칼라일의 책을 읽는 체험과 같다는 것을 암시한다. 안내자의 말이 "낭독의 음조"였다는 것을 거듭해서 기록하는 것을 놓칠 수는 없다. '관' 자체가 책 한 권이 되는 것이다. 보는 것, 걷는 것을 제외한 사소한 행위로, '내'가 네 번에 걸쳐서 방문자 명부에 서명했던 일이 특별히 기록된다. 그것은 '관'이라는 책에 대해 읽기의 반복이고, 동시에 새롭게 가필된 펜의 흔적이다.

책으로서 '관'은 바로 '탑'의 건물 전체가 영국의 역사를 엮은 '태피스트리' 책이었다는 사실과 호응한다. 확실히 「런던탑」에서는 '나'를 감동하게 한 글씨가 후세의 위조 필적에 지나지 않았다고 하숙 주인이 밝힘으로써, 환상은 깨지지만, 그렇다고 해서 읽은 체험의 생생함이 사라지지는 않는다. 현실과 환상의 거리는 새삼스럽게 확인된다. 그러나 그 위조 필적이라는 픽션을 포함해서, '쓰는' 행위와 '읽는' 행위 사이에 열린 공허의 교감이, 이 소설의 독자에게도 건네지게 된다.

'탑'과 '관'을 책의 메타포로 읽음으로써, 내포되었던 '쓰는' 장소가 나타난다. 그것은 죽음과 교환된 극한의 토포스이고, 달아날 수 없는 속계와 끊임없이 갈등하는 가운데 드러난 토포스이기도 했다. '읽는' 행위에 의해서 '쓰는' 행위의 원리를 드러내게 하는 이 주제 자체가, 동시에 이 단편을 '쓰는' 행위를 통한 '읽는' 행위의 추구 속에서 엮여 나온다. 위조 필적은 차라리 텍스트를 다시 고쳐 씀으로써 새로운 의미가 일어나는 운동으로 편입되고, 서명은 텍스트에 늘 새로운 읽기가 실천되는 흔적으로써 여백에 적어 넣는 행위로도 이해된다. '쓰기'의 근원에 '읽기'가 있고, '읽기'의 받침대에 '쓰기'가 있다. 결코 동심원은 되지 않는 그 겹침과 엇갈림 속에, '서재'의 토포스가 있다. 그것은 '서가'를 계속 응시하고, 책에 강요되고 독서에 사로잡힌 소세키가, 닫힌 '서재'를 서서히 밖으로 열어감으로써 자유로운 '읽기 / 쓰기'의 지평으로 전환해 갔다는 징표였다.

입방체 = 책

젊을 때 소세키의 희망이 문학과 건축이었다는 것은 암시적이다. '탑'과 '관'을, 사람이 살았던 공간으로 파악하는 눈길은, 동시에 사물 속에서 사람들의 삶이 각인된 것을 해독하는 시선이기도 했다. '읽는' 것과 '쓰는' 것은, 물질과 그것을 뒷받침하는 주변 세계와 신체적으로 접촉하는 것이기도 하다. 사물의 세부에 얽매이고, 그 세부를 쌓아 올려서 세계를 만들어 낸다는 것은, 언어에 의한 창작이 그런 것 이상으로, 자기를 갱신해 가는 치유 / 생성의 주술이다.

공간적인 시선은 바로 소세키가 기대했던 신예 화가 하시구치 고요가 찾던 것과 합치했다. 뒤에 고요는 호접장胡蝶本[19] 등 수많은 책과 총서의 장정을 맡고, 장정가로서 더욱더 유명하게 되는데, 「생각나는 일들」『미술신보(美術新報)』, 1913.3에서, 잡지와 단행본의 차이에 대해 다음과 같이 말한다.

단행본의 표지는 그 만드는 방법이 달라, 평면적으로 보는 것이 아니라

---

[19] 책 제본 가운데 하나. 인쇄하거나 필사한 종이 한 장을 글자 면이 안쪽으로 향하게 해서 중앙에서 세로로 두 번 접는다. 바깥쪽 면에는 글자가 없다. 그 종이의 접힌 면을 나란히 겹쳐서 접힌 면의 바깥쪽에 접착제를 발라 책 한 권으로 만든다. 그 뒷면에 각 잎의 접힌 부분이 바르게 나란히 정렬되어 펼치면 글자 면이 마치 나비가 날개를 펼친 것처럼 보인다고 해서 붙여진 이름이다. 나중에는 겉면에도 글자가 인쇄되거나 쓰이기도 했다.

표지, 책등, 뒤표지라고 말하는 것처럼, 삼면을 찾아서 보는 일이 되고, 특히 총서와 같은 것은 책등만 늘어놓고 보는 경우가 많고, 그래서 면지라든가 속표지처럼 이어주는 것이 있다. 그래서 책의 형태라든가, 본문의 형태라든가 본문의 활자 짜는 방법 등 여러 가지 관계가 있고, 입체적으로 보지 않으면 안 되기 때문에, 스케치북의 그림에는 어울리지 않고, 장식의 형식을 띤 그림이나

『나는 고양이다』(상편) 표지. 장정 하시구치 고요

모양이 아니면 안 된다. 그리고 광고 부분이 잡지에 비해 적고, 실내의 장식품이라고 하는 점이 많게 되고, 특히 총서의 장정은 실내장식이 일의 중심이 된다.

고요의 작업 내용에 대해서는 이와키리 신이치로岩切信一郎의 『하시구치 고요의 장정본』에 상세한데, 적어도 책을 용기가 아니라 새로운 개념으로 다루었다는 것은 확실하다. 입체적인 사물로서 책은, 서재의 서가에 어울리는 '실내장식'의 오브제로 구성된다. 공간을 점유하는 사물은, 동시에 그것을 열고, 넘긴다고 하는 행위의 대상이고, 또한 그 사물을 책으로 만들어내기 위해서는, 연속하는 신체적인 행위의 과정이 필요하다는 의미에서, 시간을 발생하게 하는 장치이기도 했다.

예를 들어 천금天金[20]은, 서가에 세워서 보존하는 양장본에서, 먼지를 피하는 장치 가운데 하나이고, 실용성으로 뒷받침된 발상인데, 『고양이』세 편은 이것에다 표지화에 금박을 입히는 것「나는 고양이다」의 변형 문자와 고양이·쥐·물고기의 도상을 대응하게 하고, 의장의 화려함에도 통하게 했다. 붉은색과 금은, 표지·책등·뒤표지의 삼면을 통괄하는 표지의 중심적 색조가 되었다. 이것에 금박을 입히면, 서가에 늘어설 때, 눈에 들어오는 사면의 모든 것책의 아랫면과 옆면 두 면은 반드시 감춰진다이 교묘하게 장식된 것을 알 수 있다.

표지를 덮은 북 재킷93면 참조은, 상편에서는 소세키 자신의 지정에 따라, 도리노코가미鳥の子紙[21]라는, 털실의 부스러기를 넣어서 뜬 나사 종이ラシャ紙[22]다. 언뜻 보면, 나사 같은 모직물로 보이는 것이 이 종이의 특징이다. 제목과 저자명을 둘러싼 괘선 속에는, 머리가 고양이, 몸이 인간인 반인반수가 긴 펜을 오른손에, 왼손으로 책상 위의 인형을 가지고 노는 구도가 묘사된다. 배경 그림은 쥐와 물고기의 아르누보[23] 스타일의 디자인이다. 이 고양이 인간은 표제의 컷에서도, 고대 이집트풍의 옷차림으로 펜과 책을 지닌 모습으로 그려지고, 중편의 같은 컷에서도 이번에는 고대 그리스의 철학자풍으로 그려져, 『고양이』를 관통하는 아이콘이 된다. 재킷의 책등

---

20 양장본 책의 도련을 친 윗머리에 금박을 입히는 것.

21 기러기 가죽으로 만든 고급 일본 종이의 하나. 새의 알처럼 옅은 노란색을 띠고 있어 이런 이름이 붙었다.

22 나사(羅紗)를 닮은 두꺼운 종이. 양지 제조 과정에서 나사의 찌꺼기나 털실 찌꺼기, 또는 펄프에 색을 입힌 것을 섞어 만든 종이.

에서는 세 편 모두 책 제목 아래에 올빼미가 도안으로 나타나, 커다란 눈을 뜨고 있다. 지혜의 신을 상징할 것이다. 모두 목판을 손으로 새긴 것이다.

이들 재킷의 색과 지질, 의장, 겉표지를 본보기로 삼아서 만들어진 모조피지模造皮紙의 표지(아랫면은 크림이 더 강한 흰색)와 참으로 대조적으로, 극히 옅은 녹색에 차茶(상), 짙은 회색에 연한 청靑(중), 그리고 차계열의 크림색에 청록(하)의 재킷을 벗기면 나타나는 흰색, 붉은색, 금색의 색채는 뚜렷하게 눈에 비친다.

심지어 언커트uncut 책으로서 『고양이』는, 읽기가 입방체의 책 내부를 잘라서 나누어가는 신체적 행위라는 것을 뚜렷이 보여준다. 보통 잘린 면小口[24] 부분이 재단되어 그저 페이지를 차례로 넘기면 되는 책에 익숙한 우리는, 거의 무의식적으로 페이지를 넘기고, 오로지 눈으로 활자를 따라가는 일에만 집중한다. 속도와 효율성을 중시하는 우리는, 책을 그런 내용의 전달 장치로만 만나고, 소비한다. 그러나, 언커트는 인쇄된 종이 한 장이 재단되지 않고 접어 개여, 16페이지에 걸쳐 한 묶음을 형성한다. 등에 접어 넣어져 풀이 붙여진 경우는 좋지만, 8페이지씩 두 묶음, 한쪽은 잘린 면과 책 밑이, 한쪽은 밑이 접힘으로써, 서로 이어진다. 가운데 페이지는 제각각의 잘린 면과 밑을 자르지 않으면 보이지 않는다. 종이 칼로 한 장씩

---

23 19세기 말기에서 20세기 초기에 걸쳐 프랑스에서 유행한 건축, 공예, 회화 따위 예술의 새로운 양식. 식물적 모티브에 의한 곡선의 장식 가치를 강조한 독창적인 작품이 많으며, 20세기 건축이나 디자인에 많은 영향을 미쳤다.

24 책등을 제외한 3면의 자른 자리를 총칭한다.

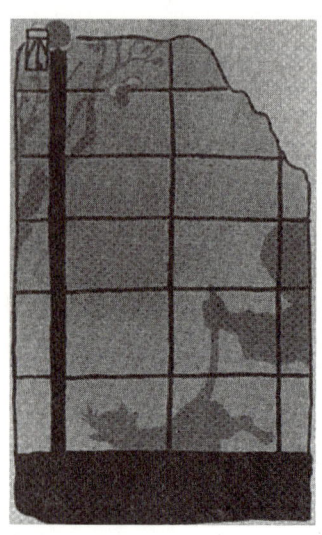

『나는 고양이다』(상편) 삽화.
나카무라 후세쓰 그림

독자 자신이 자르지 않으면 안 된다.

물론 본문의 종이는 상질지^{上質紙}로, 자르기 쉽지는 않다. 잘린 면은 섬유인 종이의 단면을 이루고, 보푸라기가 일어나 요철^{凹凸}이 생긴다. 그러나, 언어라는 점과 선의 기호를 화학 잉크로 물들인 종이가 아무리 표면은 희고 매끈매끈해도, 무수한 식물섬유를 가공한 사물이라는 점을, 그 잘린 면은 가르쳐 준다. 그런 종이를 잘라서, 넘김으로써, 다음의 언어가 나타나게 되는 것처럼, 접어 갠 주름 속에 책이 숨어 있다. 그러나 『고양이』 상편에는 후세쓰가 그린 삽화가 여섯 장, 들어있는데, 이 가운데 몇 장은 잘리지 않은 페이지 속에 끼어 있어, 잘려 나갔을 때 그 속에서 저 '하이쿠의 맛'이 담긴 동양풍 회화^{戱畵}처럼 걸작 삽화가 나타나는 구조가 되었다. 어린이로 돌아간 것 같은 읽는 재미의 발견이 거기에 있다.

튀어나오는 그림책은 어린이 독서의 커다란 즐거움이었는데, 그것은 바로 평면적으로 보는 책에서 입체적인 3차원이 갑자기 눈앞에 나타나는 놀라움과 즐거움의 체험이었기 때문이다. 인디애나대학의 릴리 라이브러리에는 서양의 입체 그림책 컬렉션이 있는데, 엿보기 그림책과 파노라마풍 접이책, 튀어나오는 그림책이 이미 18세기부터 있었다는 것을 알 수 있다. 그러나, 그런 서양의 그림책과 언커트 책과 관계없이, 에도 시기의 그림책과 완구가 와시의 특색을 살리고, 그보다 더 좋은 장치를 만들어냈다는 것은 잘 알려져 있다. 또 양면 인쇄를 할 수 없어서, 한가운데를 접어서 봉철로 한 와소본이야말로, 안에 흰 종이를 접어 갠 언커트 책이기도 했다.

책은 『고양이』가 등장함에 따라 다시 입방체로서 자신의 존재 조건을 열어 보여주었다. 여러 방면에서 다가오는 시선을 의식하는 토르소임과 동시에, 거기에 적극적으로 관계하는 사람의 신체 운동을 계산해서 끌어들인 것이, 소세키의 책이었다. 대학 강의 노트를 토대로 만든 『문학론』 가운데 제4편 제8장의 「간격론間隔論」은 독자에게 '환혹幻惑'25의 효과를 논한 독서론이었는데, 독자의 상상적 참가를 문학의 요소로 한 그 사고방식은, 책이라는 사물에 관한 탁월한 지적이었다고 할 수 있을 것이다. 더 나아가 독서행위에서 처음 읽기의 쾌락적 특권성을 강조하면서, 활자 매체로 치환된 언어의 신체성을 되찾으려고 시도했다.

앞에서 『고양이』와 『양허집』의 타이포그래피에 대해 말하고, 구두점과 갈고리 모양의 괄호 등의 기호가 글자 사이에 채워진 것을 지적했는데, 읽기 어려운 판면에, 오히려 한적을 연상하게 하는 비분절적인 텍스트가 살아난다고도 말할 수 있다. 근대소설이 첫 번째로 내건 가독성은, 다른 각도에서 보면, 바로 읽기에서 속도와 효율성을 추구하는 것이었다. 뒤에 소세키본은 구두점과 괄호를 한 글자씩 나눈 일반화한 타이포그래피로 고쳐지지만, 초기의 이들 단행본에 있는 것은 '사색에 잠기면서 천천히 거니는 취미'라고 말할 수 있는 다원적이고 다방향적인 '읽기' 사상의 구체화였다. 이야기의 내용에 입각할 때, 그것은 "처음부터 얽어놓은 이야기의 골격을 읽게 하는 보통의 소설이 아니고," "취향도 없고, 구조도 없고, 머리와 꼬리에 심장이 없는 해삼과 같은 문장"^{상편의「서」}으로 나타난 것이다.

소세키는 『고양이』 출판을 기획할 때, 제자에게 보낸 편지^{나카가와 요시타로(中川芳太郎)에게, 1905.8}에서 다음과 같이 썼다. "아름다운 책을 펴내는 일은 즐겁다. 책값이 비싸서 잘 팔리지 않아도 좋으므로 훌륭하게 만들어달라고 말했다. 무엇보다도 삽화라든가 무언가를 했기 때문에 일 엔쯤 될 것이다. 도저히 팔리지 않을 거야. 팔리지 않아도 아름다운 책이 유쾌하다." 발행 부수가 적어도, '취미'를 함께하는 사람들과 나누는 공감을 중시한 소세키 초간본의 독특한 점은, 『고양이』 이후, 그가 죽을 때까지 계속되었다. '기술 복제시대'^{W. 벤야민}에 손으로 만든 책을 목표로 했다고 말해도 좋다. 지금의 시점에서 보면 나쓰메 소세키의 이름으로도 놀라울 만큼 적은 부수이지만, 한편, 축쇄 수진본 형태로 대량 생산에 의한, 염가의 소형 책을 냈던 것도 소세키이다. 책과 사람 사이의 관계를 둘러싼 이 열린 쪽과 닫힌 쪽은 마치 사람과 사람 사이에 이루어지는 커뮤니케이션과 같은 양면성을 체현했다.

---

25 눈을 어리게 해서 미혹시킴.

환상의 도서관

서재는 많은 책을 간직하는 공간이다. 당연히 그것은 도서관이라는 무척 특이한 고서 아카이브 시스템을 떠올리게 한다. 좀 더 정확히 말하면 원래, 중세 교회와 대학에 갖춰진 도서관을 모델로 해서, 왕후 귀족의 저택에 주문 제작된 것이 서재였다. 고서를 둘러싼 개인 컬렉션을 성립하게 한 것도, 이런 사람들이다.

대학에서 가장 기분이 좋았던 것은 도서관의 열람실에서 새로 들어온 잡지 등을 본 때였다.

소세키는 대학 강사를 그만두고, 도쿄아사히신문사와 전속 계약을 맺을 즈음의 「입사의 말」에서 이렇게 썼다. 왜 대학의 직을 내던졌는가 하는 이유로, 강의할 때 뒤에서 우는 개가 시끄러웠기 때문이라고, 소세키는 답했다. 물론 농담이지만, 칼라일과 쇼펜하우어를 힘들게 했던 근대의 '소리'가 변주된 것을 가리키는 한에서, 진심이기도 했다. 그런 그에게 약간의 안식을 준 도서관에서는, 바빠서 자주 찾을 수는 없지만, 드물게 열람실에 있을 때는 관원의 떠들썩한 소리가 '맑은 흥취'를 방해했다고 한다. "매일 서재에서 일하면 그것으로 그만이다"는 것이, 신문사 입사로 마음이 끌린 이유였다.

'도서관'에 틀어박힌 것은, 막 입학한 무렵의 산시로도 그랬다.『산시로(三四郞)』, 슌요도, 1909 수업이 재미없다고 하소연한 산시로의 너무나 평범한 말에, 요지로與次郎는 당연하다는 얼굴로 도서관에서 공부하라고 권했다. 즉시, 책을 빌려서 나온 산시로는 빌린 책 전부를 그전에 누군가가 읽은 사실을 알고 깜짝 놀란다. 그리고 그가 흥미롭게 읽는 것은, 페이지의 여백에 써넣었다. 수업에서 들은 말은 살아 있는 말이 아니었는데, 산시로가 향한 도서관도, 무척 많은 활자의 퇴적으로, 그것을 분류하고, 배열하고, 쌓아둔 죽은 언어의 공간이었다. 그들 언어를 "다시 살아나게" 할 수 없는 산시로는 겨우 익명의 누군가가 써넣은 것을 읽을 수밖에 없다.

서재 / 도서관에 틀어박히는 일이 어느 의미에서 위험하다는 것은, 그것이 인간의 'You'와 이루어지는 열린 관계가 없기 때문이고, 죽음과 광기로 서로 이어진 공간이기 때문이다. 시키는 장서량은 적어도, 빌리는 일에는 천재적이었다. 그렇지만, 'You'와 이어진 관계가 단절됨으로써 틀어박히지 않을 수 없게 된 것도, 서재 / 도서관이다. 소세키는 그 서재에 틀어박힘으로써, 책과 대화를 거듭하고, 새로운 '읽고 / 쓰는' 토포스로 탈바꿈하게 했다.

『분초文鳥』『도쿄아사히신문』, 1908.6.13~21에서 '자신'이 사는 장소는 "절 같은 서재"라고 표현되었다. 아마 이 '절'이라는 비유는, 러시아로 도항하기 직전에 이별을 알리기 위해 처음으로 찾아온 하세가와 다쓰노스케長谷川辰之助, 후타바테이 시메이의 "왠지 절 같네"라고 묘사한 데서 유래한 것이 틀림없다. 그것은 어쨌든 '유리창'을 사이에 두고 외부 세계와 차단된 '절'은, 원고용지 위를 달리는 펜의 소리만이 울리는 정적의 세계이고, 아침에 깨어 일어나는 장소도 가족과 떨어진 그 차가운 상이었다. 그곳에 가끔 들어온 새하얀 '분초'와 이루어진 교류가, 가련하고 섬세한 모습과 '치요千代, 치요'라고 여자 이름을 생각나게 하는 새소리에 의해서, 서재 주인의 먼 기억의 문을 열고, 환상으로 이끈다. '분초'는 결국 '자신'과 가족의 실수로 죽어버리지만, '가엾은' 일을 했다는 생각이 몰래 마음을 죄어온다. 정말로 뜻하지 않은 'You'의 방문이 서로 눈길을 주고받는 공간을 잠깐 만들어내고, 다시 영원의 저편으로 사라져 간다. 『고양이』에서는 닫힌 것과 열린 것이 '서재'와 '다다미방'으로 나뉘었지만, 『분초』에서는 이미 그럴 필요가 없었다. '서재'는 무수한 문을 열어서 환상의 공간으로 기능했다.

　이런 서재 공간을 둘러싸고 다음과 같은 해석의 기호를 도입할 수도 있을 것이다. 곧 도서관을 불타오르게 한다는 비유로, 근대적인 문학 텍스트의 생성을 암시했던 M. 푸코의 말이다.

　　상상적인 것은, 현실적인 것에 대립함으로써 형성되지, 이것을 부정하거나, 또는 보충하려고 하는 것은 아니다. 그것은, 무수한 기호 사이에서, 책에서 책으로, 되풀이되는 언어와 해설의 간극을 메우려 하고, 넓혀간다. 그것은, 텍스트와 텍스트의 경계에서 생겨나고, 성장한다.「환상의 도서관」

　푸코의 말을 흉내 내보자면, 서재에서 책에서 책으로 상상의 연쇄를 넓히고, 읽음으로써 쓰고, 씀으로써 읽는 행위를 펼치고, 방대한 자료 속에서 환상을 불타오르게 하는 것이, 『고양이』와 『양허

집』의 나쓰메 소세키이다. 죽음의 공간은 불에 에워싸이고, 새로운 삶으로 흔들리는 것을 엿볼 수 있다. 이때 책은 다양한 언어를 편집하고, 이레코入れ子[26]처럼 조합된 텍스트를 뒷받침하는 사물로서 존재함과 동시에, 모자이크처럼 층을 쌓아 올린 다면적인 입체로 나타났다. 손의 운동과 눈길이 교차하는 가운데, 그때마다 얼굴을 바꿔 가는 책의 우주가 눈앞에 펼쳐진다.

---

26 크기의 차례대로 포개어 안에 넣을 수 있게 만든 그릇이나 상자.

제4장

책의 리얼리즘

시마자키 도손의 '사업'

『나는 고양이다』가 소설의 혁신성을 알릴 뿐만 아니라, 소설을 뒷받침하는 물질적 형식으로써 책의 형태에서, 단순히 실용성과 미적 감상의 추구를 뛰어넘어, 근원적인 물음을 감춘 책이었다면, 그 앞뒤로 시장에 나타난 『파계』 또한 내용과 긴밀한 관계를 맺은 형태를 갖춘 획기적인 책이었다. 예를 들면 좀 편리한 대로 말하자면 그것은 사물로서 과묵함을 명제로 한 책이라고 해도 좋다. 가능한 한 검소하고 수수하다는 점, 그것은 책을 만들 때 시마자키 도손이 마음을 기울인 점이다. 그것은 전달 기능에 역점을 두고, 거기에 관련된 왜곡과 변압變壓을 낮추고 억누르려는 근대 일본 책의 한 형식이라고 말해도 좋다.

1906년메이지 39 3월 25일, 『파계』는 저작 겸 발행인을 사마자키 하루키春樹, 발매소를 간다구神田區 우라진보초裏神保町 우에다야上田屋로 해서 출판되었다. 인쇄소는 교바시구京橋區 니시콘야마치西紺屋町의 슈에이샤秀英舍. 정가는 금 70전이었다.

책의 만듦새는 세로 18.5센티미터, 가로 13센티미터의 사륙판,

가제본의 간단한 차림새. 표지는 짙은 녹색 바탕에 약 2밀리미터 폭의 괘선이 종횡으로 달리고, 전체를 셋으로 나누었다. 상단에 「녹음총서緑蔭叢書 제1편」, 하단에 '사마자키 도손 지음島崎藤村著'이라고 가로쓰기로 인쇄되고, 중단에 '소설파계小說破戒'라고 세로쓰기로 쓰였다. '파계'의 제자는 친필로 쓴 석판인쇄, 책등에는 활자로 '도손저 파계 녹음총서藤村著 破戒 緑蔭叢書'로 적혀 있다. 속표지는 같은 색의 민무늬이다.

표제는 크림색의 바탕이 조금 두꺼운 종이로, 그것을 에워싸면 「녹음총서」의 취지 설명이 인쇄되어 있다. "녹음총서는 도손의 저작을 간행하는 것으로, 1년에 1책 또는 2년에 1책, 되는대로 편篇을 거듭할 예정이다. 그러면 세상에 있는 많은 총서에 비해서, 그 성질을 조금 달리하는 것. 종이 수와 같이 편마다 반드시 일정하기는 어렵다고 해도, 판본板本의 검소함은 모두 독자를 위해 친절한 마음을 으뜸으로 한다"라는 것이 그것이다. 다음 왼쪽 페이지는 흰 종이, 책장을 넘겨서 오른쪽 페이지는 가부라키 기요카타鏑木淸方의 삽화, 왼쪽 페이지가 혼도비라本扉[1]로, 여기에 제목 외에 "이 책이 세상에 나온 것은 하코다테函館에 있는 하타 게이지 씨秦慶治氏, 그리고 시나노信濃에 있는 고즈 다케시 씨神津孟氏 덕분이다. 노작을 마치는 날을 맞아 이 이야기를 두 분의 은인에게 바친다"라는 헌사가 쓰였다. 이어지는 페이지가 가부라키 기요카타의 두 장짜리 삽화로, 그 다음 페이지부터 종이 질이 바뀌어, 제1장의 본문이 시작된다. 본문은 578페이지. 도중에 「지쿠마가와 유역지도千曲川流域之圖」

라는 컬러 지도가 삽입되었다.

헌사에 있는 하타 게이지는 도손 곧 시마자키 하루키의 부인 후유의 아버지이고, 고즈 다케시는 고모로의숙小諸義塾 재직 당시에 교류한 사쿠佐久의 부농이다. 하루키는 장인 하타 게이지에게 출판 자금의 출자를 의뢰하고, 고즈 다케시에게 교사를 사직하고부터 가족 생활비의 보조를 부탁한다. 자비출판에는 우선 이러한 후원자가 필요했다. 유서 깊은 가문의 젊은 당주當主로서 문학을 좋아한 고즈는 차치해 두고, 하코다테의 어망 도매상 하타 게이지에게 사위의 저술은 투자 사업으로 비쳤다. 러일전쟁이 한창이던 1904년메이지 37, 시마자키 하루키는 평온하지 않는 분위기를 감지하고 신슈信州2 고모로에서 출발해 하코다테의 게이지를 방문했다. 방문 목적은 자비출판의 비용 4백 엔의 염출이었고, 사위의 부탁을 게이지는 흔쾌히 받아들였다. 그동안 일어난 일을 소재로 한 도손의 단편 「관통」『태양』, 1913.1에서는, '하코다테의 아버지'가 한 대답은 "자신이 쓴 것을 출판하는 것도 일종의 사업이지. 필요할 때 전보를 한 번 치게. 돈은 바로 보내줌세"였다고, 쓰였다.

흥미로운 사실은, 하타 게이지의 또 다른 사위, 곧 후유 언니의 남편으로 양자가 된 하타 데이자부로秦貞三郎가 활판인쇄를 겸한 종이를 파는 업자였다는 것이다. 하코다테 근교의 농가에서 태어난 셋째 아들이 상경해서 경찰로 지내던 시절에 관청에서 사용하던

---

1   책의 속표지.
2   나가노(長野)현의 딴 이름.

서류의 양지에 주목해, 모필에서 펜으로 목판에서 활판으로 종이를 둘러싼 관련 기술의 필요를 깨달았다. 미국으로 건너가서 기술의 습득을 의논하려고 했던 그가, 때마침 상담했던 그 지방의 실업가가 하타 게이지였다. 게이지는 그를 평가해서, 사위로 삼아 사업에 전념하게 했다. 1892년^{메이지 25}의 일이다. 하코다테에서 개업한 종이 가게의 업무는, 시대의 동향과 요구를 알아차리고 『홋카이도 50년사』¹⁹¹⁸에 기록될 만큼 그에게 큰 성공을 가져다준다. 하루키가 방문한 1904년에 그는 하코다테의 상공회의소에 이름을 올렸다. 메이지 중기까지라면 있을 수 있을지도 모르는 '입신출세'의 코스를 밟은 인물이 하타 데이자부로였다. 지방 실업가였지만 홋카이도의 양지 유통에 한 역할을 맡은 인물이 하루키의 매형이었다.

사업욕에 불타고, 개척자의 합리 정신을 몸에 지닌 지방 실업가 가운데 한 사람의 자금으로부터, 이렇게 종이와 소설이 움직이기 시작한다. 한쪽은 일찍부터 종이 자체를 상품으로 발견해 사람들에게 공급하고, 다른 한쪽은 종이에 글을 쓰고, 편집하고, 인쇄해, 책으로 만듦으로써 사람들에게 언어를 건네려고 시도했다. 시마자키 하루키에게는 그것이 소설가 시마자키 도손에게 자기 동일시해가는 과정과도 겹쳤다. 차원이 다르다고는 해도, 이 종이와 소설을 둘러싼 자신에게 가까운 우연의 일치는, 『파계』 출판의 배경에 광범하게 퍼져가는 종이의 수요 공급에 일어난 변화를 말해준다. 그것은 두 차례의 청일, 러일전쟁을 거쳐서 근대국가의 새로운 미디어 환경을 만들어가는 것이기도 하다.

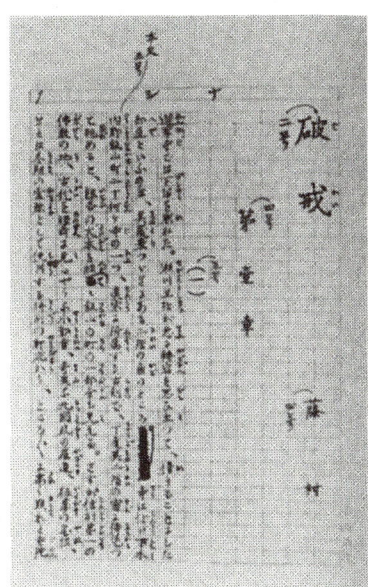

시마자키 도손의 『파계』 원고 ▶
『파계』 첫 부분 면 ▼
앞의 원고와 거의 대응하는 것을 알 수 있다.

하루키가 도손이 되어가는 과정에서 주의해야 할 것은, 단순히 책의 장정뿐만은 아니다. 그는 원고를 쓸 때 36자, 12행의 특별 주문한 원고용지에 정서했다. '도손씨제藤村氏製'라고 모퉁이에 인쇄된 원고용지의 자수, 행수는 『파계』의 본문 짜임새와 같다. 용지에는 더구나 상단에 가로쓰기용의 둘레가 있다. 첫째 장에는 그 왼쪽 끝에 페이지 수 1이, 가로에는 '없음ナシ'이라고 쓰였다. 『파계』의 본문 페이지를 펼치면 알 수 있듯이, 이 첫 번째 장이 1페이지에 해당하고, 2페이지 이후는 「파계」의 표제가 본문 위에 가로로 인쇄되었다. 본문 제목은 2호, 작자 이름과 장의 이름은 4호, 본문 5호로, 활자 크기 모양으로, 도손 자신의 필적으로 써넣었다. 곧 "독자를 위해 친절한 마음을 으뜸으로 한다"는 「녹음총서」의 취지는, 이런 본문 조판 등의 레이아웃까지 미치고, 언어의 연속을 시각적으로 좇아가는 독자의 눈 운동을 상정해서 실천되었다. 『파계』의 자비 출판은 "의기왕성한 신흥 정신"간행 예고의 말에 뒷받침될 뿐만 아니라, 이런 세부에 이르는 정치한 겹쳐 쌓기로 이루어진 것이다.

자비출판의 형태

에도 시기의 판본에서는 지방의 학술서 출판이 자비로 이루어지는 일도 가끔 있었다고 하는데, 메이지 이후에는 반드시 많지는 않다. 도손이 자비출판이라는 사업을 일으켰을 즈음에, 선례로 삼은 것이 오오쓰키 후미히코大槻文彦가 펴낸 최초의 일본어사전『언해言解』이고, 도쿠토미 로카德富蘆花의 소설『고쿠초黑潮』[3]였다.

『언해』는 1889년메이지 22부터 2년에 걸쳐서 분책 4권으로 간행되었는데, 이것이 문부성의 위촉을 받아 17년간에 걸쳐 작업했음에도 불구하고, 어쩔 수 없이 자비로 출판되었다. 국가적인 문화사업을 한 개인의 입장에서 완성한 오오쓰키 후미히코의 생애는, 예를 들면 다카다 히로시高田宏의『언어의 바다로』에서 살필 수 있는 것처럼, 둘째 딸과 아내를 잇달아 잃은 일 등 도손과 서로 겹치는 경우도 적지 않다. 그러나, 오오쓰키 겐타쿠大槻玄澤, 반케이磐溪의 가계를 잇고, 오우타도코로御歌所[4]의 중진 다카사키 마사카제高崎正風, 일본은행 총재 도미타 데쓰노스케富田鐵之助가 협찬하는 후미히코의 시도는 자비라고는 말해도, 파격적 조건으로 뒷받침되었다.

한편, 로카는 1903년메이지 36 1월, 초기의 국민사상 계몽가에서 러일개전론의 국권파로 전환한 형 소호와 결별하고 민유샤에서 탈퇴했다. 그리고 혼자서 고쿠초샤黑潮社를 일으켜 출판한 것이,『국민신문』에 연재하고 중단한 소설『고쿠초』이다. 분가할 때 아버지에게 물려받은 미이케방적三池紡績의 주식을 팔아서 마련한 돈 470

---

3 도쿠토미 로카의 소설. 메이지유신에 공이 있었던 번(藩)의 출신자가 만든 파벌 정치에 반항하는 옛 바쿠후 신하를 주인공으로 당시 상류 사회의 부패와 타락을 그렸다. 미완성.

4 원래 궁내부에 소속되어 천황·황족의 오우타(御歌, 황후·황태후·황족이 지은 단가)와 오우타카이(御歌會, 궁중에서 열리는 단가 짓는 모임)에 관한 사무를 취급한 곳. 1888년에 창설되고 1956년에 폐지되었다.

엔이 자본이 되었다. 『고쿠초』 권두에 실린 「소호 가형」이라는 결별의 표명을 읽어보면 알 수 있듯이, 그 배경은 대對 러시아 정책을 둘러싸고 개전론의 시비是非에 관한 형제의 정치적 대립이었다. 또 그것에 대응해서 소설의 내용은 로쿠메이칸시대鹿鳴館時代[5]의 정치 부패를 사건으로 다루었다. 그것의 출판은 문학의 근대를 둘러싼 획기적인 사건처럼 보이기도 한다. 그렇지만, 적어도 로카의 경우는 먼저 이데올로기의 대립이 있고, 출판은 그 전략상의 수단에 지나지 않았다. 이에 비해서 『파계』는 지은이가 자기의 담론을 물질화하는 과정에 처음부터 참가하고, 자각적이었다는 점에서, 적지 않은 차이가 있었다.

자비출판의 시도에 대해서는, 그 뒤 「녹음총서」가 도손이 프랑스로 건너갈 즈음에 신초사新潮社에 판권이 팔린 일도 있어서 "반드시 성공하지는 못했지만, 진실한 시도였고, 도손의 기업가적 모험심을 증명하는 것"세누마 시게키(瀬沼茂樹), 『시마자키 도손 평전』이라는 평가가 내려졌다. 그러나 『파계』의 출판 형태는 소설가 한 사람의 우연한 '모험'이라고 하는 것 이상으로, 문학과 책을 둘러싼 역사적인 단층을 암시하는 사건이었다.

---

[5] 1880년대, 로쿠메이칸에서 서양식 야회 등이 성행했던 유럽화주의 시대. 로쿠메이칸의 무도회로 상징되는 표면적인 서구화 정책은 이노우에 가오루(井上馨) 외무경의 조약 개정을 부수적으로 촉진하는 역할을 했지만, 이노우에의 실각으로 막을 내렸다. 근대화의 다양한 가치와 가능성을 내포하고 있던 문명개화와는 달리, 겉은 화려하나 실질이 따르지 않는 것이라고도 할 수 있는 로쿠메이칸시대는 같은 시기의 국수보존주의에 자리를 내어주게 되었다.

도손은, 뒷날의 회상 속에서 "실로 당시의 저작자와 출판업자의 관계에 편안하지 못한 점이 있었다"고 말하고, "저작자의 위치"를 높이려는 의도가 있었다고 적었다.「저작과 출판」,『요미우리신문』, 1925.5 에도 시대 이래로 발행소와 게사쿠샤의 종속적 관계를 개혁하는 것이 우선 거기서 구상되었다. 소설이 책이 되어가는 과정에서, 그때까지는 소설가와 편집자 또는 출판사의 공동작업 — 말하자면 듣기는 좋지만, 실제로는 발행소에 대해서 '정실'에 의해 연결된 지배·피지배를 둘러싼 암묵의 투쟁 — 이 전제가 되었던 데 비해서, 자비출판은 소설 = 책을 완전히 장악하는 주체인 작가상을 만들어냈다. 많은 소설가에게 제1고등학교 교수 나쓰메 긴노스케가『나는 고양이다』의 출판에 즈음해서 오오쿠라서점·핫토리서점에 대해서 취한 태도는 먼 피안에 있었다. 자비출판을 통해 처음으로, 자신이 썼으면서도 그저 발행소로 넘겨졌을 뿐인 소설이 활자화되고, 책이 되어 판매되기까지 그 과정을 파악하는 일이 가능해졌다.

그것은 당연하고 또 경제적으로도 출판사에 의존할 뿐인 체질에서 탈피하는 것을 의미했다. 자비출판이 장사로 성공하려면, 독립적인 직업으로 '문학'이 성립할 가능성이 거기에서 싹튼 것이다. 「저작과 출판」 속에서 도손은 "인세의 약속에 따르지 않는 한은 자신이 지은 글을 출판하지 않는다고 우리가 말할 수 있게 된 것도, 러일전쟁 이후의 일로 기억한다"라고 했고, 나쓰메 소세키의 인세가 많은 것을 "하나의 식견"이라고 강조했다. 거기에는 "우리의 경제 관계는 곧 우리의 도덕 관계다"라고도 쓰였다. 직업적인

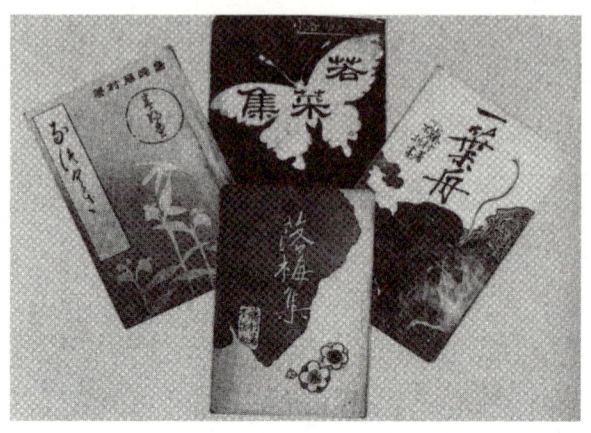

시마자키 도손의 시집 4책.
『조각배(一葉舟)』『낙매집(落梅集)』에는 나카무라 후세쓰의 그림이 있다.

쓰는 사람과 출판사의 계약 관계가 시민권을 얻기 이전에, 자비출판은 위험이 큰 사업이었는데, 출판계의 상거래 관습에 큰 파문을 던졌다.

덧붙여서 도손이 그때까지 출판한 『약채집若菜集』『조각배一葉舟』『여름풀夏草』『낙매집落梅集』의 시문집 4책은 모두 다 슌요도에서 간행한 것으로, 인세는 모두 15엔이었다.『도손전집』별권의 연표 참고 고모로 의숙에서 받은 월급이 1899년메이지 32에 부임할 당시, 30, 40엔이기 때문에, 대충 상상할 수 있을 것이다. 어느 판도 판권장을 보는 한에서는, '판권소유' 아래에 사각으로 검인란을 둘러싸고 "이 난 안에 발행자의 인장 날인이 없는 것은 가짜 판이다"는 문자가 인쇄되고, 난 안에는 슌요도의 붉은 도장이 찍혔다. 인세라고는 해도 재판마다 금전이 작가에게 지급되게 계약이 되었는지 어떤지 정해지지 않았다. 나카무라 후세쓰가 장정한 『봄나물』의 표지에는 '시마자키 도손 저'와 함께 '슌요도 발행'의 문자가 크게 인쇄되어,

이 책에 관여한 두 힘의 존재를 암시한다.

도손은 1904년메이지 37 9월에도 합본판 『도손 시집』을 슌요도에서 내고, 게다가 이듬해에 이 합본 시집은 6판을 헤아린다. 적어도 출판사와 그가 맺은 관계만으로 보면 강하게 자비출판을 해야 할 정도로 소원했던 것은 아니다. 실제로 잡지의 소식 난에서 『파계』의 출판 계획을 알게 된 가네오분엔도金尾文淵堂의 주인 가네오 다네지로金尾種次郎가 도손과 만나 출판을 제의했다.1905년 5월 8일자 고즈 다케시에게 보낸 서한 가네오분엔도는, 메이지 30년대에 스스키다 규킨薄田泣菫의 『저물녘의 피리 소리暮笛集』 『가는 봄ゆく春』 등의 시집을 출판했고, [규모는] 작지만 책 제작에서 의장에 힘쓴, 오사카에서 손꼽히는 문예출판사이다. 그 전해에 거의 파산하게 되어 오오쿠라 도로大倉桃郎의 『비파의 노래琵琶歌』『오사카마이니치신문』의 현상 소설로, 차별 부락 문제를 다룬다 판권을 가지고 상경한 분엔도에서 본다면, 『파계』는 매우 적절한 소재였을 것이다. 그러나 도손은 합본 『도손 시집』에 넣은 와다 에이사쿠和田英作의 삽화를 그림엽서로 만들기로 계약을 맺었을 뿐, 출판을 받아들이지 않았다.

출판사를 끼지 않고 직접 "새로운 독자를 개척하고 싶다"고 한 의도는, 당분간 슌요도, 하쿠분칸의 두 대형 출판사를 축으로 확대해간 출판업계에 대해서, 더욱더 넓은 시야에서는 저널리즘이라고 불리는 담론의 집산集散 장치에 대해서 균열을 일으키는 기능을 했음에 틀림없다. 그러나, 그야말로 '작가'의 탄생을 이야기하는 것 같은 이 책은, 원고 집필자로서 시마자키 도손의 이름을 강하게 각

인하면서도, 사물로 편집된 책이었다는 사실도 보여주었다. 자비출판이란 그때까지 쓴 원고를 넘기는 것뿐인 역할에 그치지 않고, 다양한 편집, 공정에 대응해야 했다.

책으로 나온 『파계』

앞에서 말한 「저작과 출판」에서 도손은 다음과 같이 썼다.

> 자비출판이 생각난다. 『녹음총서』는 스키야바시數寄屋橋[6] 쪽에 있던 슈에이샤 공장에서 인쇄했다. 원래, 나는 기소木曾[7] 같은 시골에서 태어나, 소년시대에 자신이 입는 옷도 먹는 것도 대부분 집에서 만들었기 때문에, 그렇게 어릴 적부터 생긴 습관이 자연스럽게 내 안에 스며들어, 스스로 자신의 책을 낸다고 하는 경우에도 물건을 손수 만들려는 즐거움을 느꼈다. 게다가 나는 서재 안에만 틀어박혀 있기보다도, 때로는 공장을 찾고 제본소를 방문해서, 직업이 다른 다양한 사람들과 교제하는 것도 즐겁다고 생각했다. 그 총서의 첫 번째 제본이 나오던 날, 나는 책을 쌓아둔 짐수레 뒤에 매달려, 스키야바시에서 간다神田의 우라진보초裏神保町까지 걸었다. 마침 비가 내린 뒤에 찌는 듯이 무더운 날이었다. 굽 높은 왜나막신을 신고 그 간다강 기슭의 마른 길을 걸었던 일은 잊을 수 없다.

---

6 도쿄도 주오구(中央區) 긴자(銀座)와 치요다구(千代田區)에 인접한 구역.
7 나가노 현의 남서부 지역.

기소의 산속 생활에서 길러진 사람과 사물 사이의 관계가 책 제 작과 겹치는 점에 주목하고 싶다. '손수 만들기'의 즐거움은 공장 과 제본소의 "직업이 다른 다양한 사람들"과 사귀는 즐거움을 포 함하면서, 사물에 작용하는 다양한 힘의 총합을 누리는 데 있다. 그것은 반드시 회상하는 현재의 편향에 달린 것도 아니다. 1906년 메이지 39 1월에 고즈 다케시에게 보낸 서간에는, 인쇄소에 오가는 것 을 놀리는 친구들에 대해서 "장부를 기록하는 남자, 여학생 풍의 전화 담당자, 활자판을 들고 2층으로 다니는 남녀 노동자, 더러워 진 얼굴의 직공 등, 누구나 일종의 감동을 줍니다. 지나치게 서재 에만 갇혀 있고, 실제의 세상과 먼 것이 문사의 폐해라면, 소생은 반대로 세상과 접촉하는 기회로 삼아, 오히려 이 사업에 유쾌함과 용기를 느낍니다"라고 썼다. 여기에서 떠오르는 것은, 지금뿐만 아 니라 활자의 종류, 크기, 종이 질, 장정, 제본 등을 둘러싸고 사물로 써 책을 가공하고 제조해가는 공정에 깊이 관여하고, 거기에서 생 겨나는 공동작업을 즐겁게 전하는 한 작가의 모습이다.

책의 외관. 그것은 사람이 책과 만나는 최초의 장면에 크게 작용 한다. '잡지 가게'의 진열대에 쌓인 책의 형태, 색채, 장정 등은 그 만남을 연출하는 중요한 무대 도구였다. 도손은 이런 장면에서 교 묘한 연출가로 행동했다. 그는 『파계』의 인쇄를 슈에이샤에 의뢰 했다. 표지는 "메테를링크의 판본 색을 참고하고, 2백 근의 상질 양 지로 인쇄"하게 하고, "표지, 삽화, 내용의 인쇄, 위치 등 모두 독자 에 대한 친절을 으뜸으로 삼고, 서양의 진보한 판본을 참고로 하면, 완성품은 세상의 많은 출판물보다 열등하지는 않을 것"이라고 앞의 서간에서 썼다. 몇 달이 지나서 『파계』가 완성된 뒤에 보낸 서간에서는 거듭해서 책을 기쁘게 설명했다. 곧 "판본의 체재는 하이네만사에서 최근에 나온 출판물에 따르고, 기타 여러 판의 장점을 참고해서 완성한 것, 표지는 한눈에 보면 소박하지만, 다이킨도 泰錦堂 석판부에서 고심해서 만들고, 뜻밖의 깊은 색깔 배합이 나온 것이 기쁩니다. 이것은 색을 인쇄하게 할 때, 2주일쯤 말리고, 그런 뒤에 '돌의 결石目'이라는 것을 덧붙여, 겉보기와는 달리 무척 손이 많이 가는 일이기도 합니다. 인쇄한 바탕색이라고는 알아차리기 어렵게 됩니다. '야, 재미있는 종이가 있구나'라고 말하는 사람도 있어 무척 우습습니다"라는 글이 있다. 하이네만사는 영국 문예출판사의 명문이다. 메테를링크의 저서라는 것은 짙은 녹색의 천 장정으로 만들어진 『지혜와 운명』 같은 것을 가리키는 것이 아닐까 생각된다.

이 책이 실제로 유통된 장면에 대해서, 우리는 다음과 같은 동시대의 증언을 읽을 수 있다.

지난날 잡지 가게 앞에서, 시마자키 도손의 「파계」라는 소설을 보았다. 제본에서부터 잔뜩 멋을 부린 근래의 것과는 달리, 왠지 산뜻하고도, 지질이 좋은 것이, 우선 나에게 왠지 읽어보고 싶은 느낌을 일으켰다.

우즈라하마 생(鶉濱生),

「소설 파계를 읽다」, 『게이오의숙학보(慶應義塾學報)』, 1906. 5

책의 체재는 수수하고, 모두 독자에게 친절함을 으뜸으로 삼았다고 말하는 가운데서도, 어딘가 세련된 장정으로 나타났다.

레이 요코(羚羊子), 『파계』를 읽다, 『예원(藝苑)』 1906.5

그들은 이 책이 내보내는 메시지에 민감하게 반응한 독자이다. 메시지란 '근래의' 책과 다른 점이었다. 형태로 제시된 그 기호를 그들은 그들 나름대로 해독하고, 제각각의 의미를 덧붙였다. 20세기를 맞이해서 염가, 소박한 장정의 책이 영국에서도 대량으로 출판되는데, 일본에서 그 움직임은 작가 쪽에서는 다시 사물로서 책과 만나게 하고, 독자 쪽에서는 '수수'하지만 신선한 책이라고 받아들였다.

표지 인쇄를 요청받은 다이킨도는, 1885년메이지 18에 슈에이샤 안에 설치된 석판인쇄의 담당국이다. 러시아 유학에서 전태사진동판電胎寫眞銅版의 제조 기술을 배우고, 육군 참모본부의 측량국 지도과에서 일하던 오오카 긴타로大岡金太郎와, 마찬가지로 측량국 지도과의 석판인쇄사인 사메지마 소타로鮫島總太郎가 기술 지도를 하고, 측량국 석판부 주임인 다고 사네토시多胡實敏가 아연 석판의 기술 등을 가르쳐서, 다이킨도의 업무는 시작되었다. 곧 당시, 최대의 인쇄회사 슈에이샤의, 석판에서 사진제판에 이르기까지 기술 혁신을 펼친 직인들의 손으로, 『파계』의 표지가 인쇄되었다. 거기에는 메이지 이후 인쇄 기술의 역사가 배후에 자리 잡고 있었다. 물론 주의해야 할 것은, 동시대의 독자들이 '산뜻' 또는 '수수'하면서

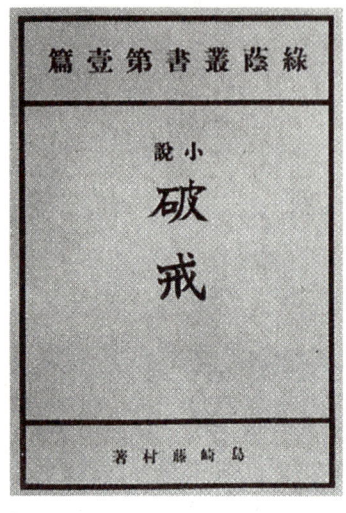

『파계』 표지

'기발하다'고 받아들이고, 작가 자신에 의해서는 '한눈에 보면 소박'하다고 평가받은 표지 장정이 인쇄라고 알아차리지 못할 정도로 고도의 인쇄 기술이라고 '겉보기와는 달리 무척 손이 많이 가는 일'에 의해서 뒷받침된 것이다. '잔뜩 멋을 부린' 장정의 책들이 오히려 종래 제판 기술의 연장이고, '소박'함이야말로 기술 혁신으로 보강되었다. 책으로서 『파계』가 맡은 드라마는 먼저 여기부터 시작되었다.

글씨와 제자

의식적으로 '소박'을 연출한 표지에는 크게 '小說소설 破戒파계'의 문자가 인쇄되었다. '小說'은 쓰노가키角書[8] 식으로 가로로 2호 활자가 선택되었다. '破戒'는 육필의 석판인쇄이다. 이 제자는, 고모로의숙 동료, 사메지마 스스무鮫島晋에게 소개받은 서예가 아키야마 헤키조秋山壁城가 썼다. "서체는 해서로, 필력은 극히 굳세게"라고 주문받자, "활자풍活字風으로 재미있게 써 보겠습니다"라는 회답

---

8   논문의 제명이나 책 이름 위에 두 줄로 나누어서 작은 글씨로 쓴 간단한 내용의 글.

을 받았다는 것을, 역시 서간에서 도손은 고즈 다케시에게 보고했다. 이 의뢰를 받은 서예가 아키야마 헤키조에 대해서 어느 서도사전書道辭典은 대략 다음과 같이 기록한다.

아키야마 헤키조는 1864년겐지(元治) 1, 에도에서 태어났다. 이름은 준純, 통칭 류도隆道, 처음에는 헤키조로 호를 지었다가 만년에는 하쿠간白巖이라고 호를 삼았다. 서예는 처음 마키 오슈卷鷗州에게 배우고, 뒤에 바쿠후 말기 삼필三筆 가운데 한 사람인 마키 료코卷菱湖의 우치데시內弟子⁹가 되고, 한학 한시를 오노 보쿠쇼大野木處, 시게노 세이사이重野成齋에게 배웠다. 1886년메이지 19 청나라로 건너가, 서삼경徐三庚의 문하로 들어가, 그와 동시에 초서는 포작영蒲作英의 뒤를 이었다. 중국 각지를 유람하고, 옛 비석을 찾고, 1891년메이지 24에 귀국했다. 그 뒤에도 여러 번 중국을 방문해 정치가 묵객과 교유했다. 일본에서 한 활동으로는 도쿄, 마쓰모토松本, 삿포로札幌, 대만에 서숙書塾을 열고, 서도의 보급에 힘썼다고 한다.『서도사전』, 도쿄도(東京堂) 아키야마 헤키조 뒤의 하쿠간과, 도손을 잇는 점과 선은 마쓰모토시대에 맺어진 것으로 보인다.

시문과 회화, 건축, 음악이라는 표현 장르가 제각기 일본의 전통적 양식으로 그에 대응하는 서양의 표현 양식에 맞닥뜨리고, 압도된다고 해도 어쩔 수 없이 긴장과 갈등이 일어난 데 비해서, 대응물이 없던 근대의 서예는 어떤 궤적을 따랐을까. 이런 서예의 역사는, 평가가 높은 최근 저작으로, 이시카와 규요石川九楊(원서에는 揚으로 표기되어 있으나 바로잡았다─옮긴이)의『서書의 종언─근대서사론近代書史論』등에서 잘 알 수 있다. 서도가 인맥의 역사만 있을 뿐 그 동안 빠져 있던 서예 표현의 역사는 이제 새롭게 이시카와의 사론에 의해서 메워졌는데, 여기에서 흥미를 끄는 것은 도손이 의뢰한 의도와 함께, 서도 역사가 가운데 소수자의 위치에 있던 아키야마 헤키조에게 '활자풍'으로 써달라고 한 발상이다.

지금까지 전해진 근대 서도사를 살펴보면 1880년^{메이지 13}에 양수경楊守敬이 일본에 오고, 구사카베 메이카쿠^{日下部鳴鶴}, 이와야 이치로쿠巖谷一六 등이 비판법첩碑板法帖, 석비(石碑)의 탁본과 판쇄(板刷)의 수본(手本)을 학습한 것을 지표로 해서, 그 이후에 뒤이어서 중국 육조 서예가 유행했다. 도쿠가와시대의 오이에류御家流¹⁰에 대해서 새로운 서예가 자립함으로써 중국의 고전으로 회귀했던 것처럼. 해서의 복권도 이와 관련되었다. 이에 비해서 이시카와가 주목했던 것이, 근대 서예가 그때까지 이어진 전통적 동일성에서 벗어나, 새로운 서예 그 자체를 자각해가는 과정이다. 그에 따르면 육조 서예의 발견은, 서예와 인격을 일체로 보아온 종래의 관습적인 양식에 대해 이탈하려는 몸짓으로 다시 파악된다. 서예를 통해서 문자 그 자체가 대자화對自化되고, 문자의 형태와 서예의 기법, 표현법이 의식으로 들어오게 되었고, 육조 서예의 '발견'은 그 계기였지, 원인은 아니라고 한다.

소에지마 다네오미副島種臣, 나카바야시 고치쿠中林悟竹, 구사카베

---

9   스승 집에서 침식하고 일을 도우면서 그 기예를 배우는 제자.

10   일본 서도(書道) 유파 가운데 하나. 에도시대에 바후쿠의 문교 정책으로 널리 일반에게 유포한 쇼렌인(靑蓮院) 유파를 말한다.

메이카쿠 등 이 시기 서예가들의 표현에 대해서는 위에서 말한 책에서 자세히 나오는데, 육조 서예의 유행을 이러한 근대 서예사의 맥락에 둘 때, 마찬가지로 중국 옛 비석에서 배운 아키야마 헤키조의 응답은 서예가 맞이했던 동시대의 국면을 전하는 것이다. 곧 '파계'라는 제자는 서예를 '쓴다'는 신체의 움직임을 그 필법 속에 남기면서도, 문자=의미의 완결된 독립성을 강조한 표현이었다. 예를 들면 예서 풍으로 쓰인 '약채집若菜集'의 제자, 또 초서 풍으로 쓴 '조각배一葉舟', 변체가나變體かな11로 쓰인 '여름 풀なつくさ'의 제자는 제각기 문자 그 자체의 의장을 고심해서, 그래픽적인 시각성을 획득해갔다. 그러나 문자의 움직임이 유발하는 시각의 운동, 시각에 내포된 전신체적全身的인 공감각의 흔들림이 여기서는 버려진다. 확실히 이 서체에 '굳센' 붓의 움직임은 느껴지지만, 장식성을 잃고, 인격의 옹호를 잃고, 서체는 그 자체의 의미시니피에만을 전하는 것이다.

이렇게 볼 때 '파계'의 서체는, 의미의 전달에 목적을 두고 문자 그것의 자율을 낮춘 비면 판의 글씨와 겹쳐 간다. 그렇다면 헤키조가 답했다고 하는 '활자풍'이란 말 속에, 우리는 일본어 문자를 새긴 '활자'의 서체가 바로 붓의 서체와 납 주조 기술의 합체로 만들어진 것을 떠올린다. 청조체, 송조체에서 명조체로 거슬러 가는 활자 타이포그래피의 변천은 그 명칭에 남아 있는 것처럼 모두 중국

---

11 보통의 히라가나(平仮名)와 다른 초서체의 가나.

각 왕조 시기의 서체에 기원을 두면서, 붓의 흔적을 더욱더 적게 해 가는 방향으로 나아갔다. '활자풍'이라는 응답은 메이지 이후, 서예가 자기의 내부에서 외화外化하는 형태로 새로 만들어낸 활자 서체에, 오히려 규범을 따른다고 하는 얄궂은 반작용을 새로 만들어냈음을 보여주었다. 필력의 굳셈만은 희미하게 남기면서, 고유성을 잃은 제자는 결코 뛰어나다고 말할 수 없음에도 불구하고, 그러므로 과묵함을 가장하고, 독자를 책의 내용 속으로 유혹했다.

권두화 두 장

『파계』는 페이지를 넘기면 곧바로 '상질의 양지'에 인쇄된 권두화 두 장이 독자를 바라보는 형태가 되었다. 근대소설의 삽화 대부분이 그랬던 것처럼, 가부라키 기요카타가 그린 권두화도 기본은 설명적, 종속적인 삽화와 같은 흐름 속에 있는데, 권두에 걸린 내용 설명의 목적에 봉사하기보다는, 그 자체가 지닌 의미의 발생을 재촉하는 듯이 보인다.

그림 한 장은 손을 뒤로 잡은 남성의 등이 화면의 절반 이상을 가린 그림이다. 그가 보고 있는 것은, 벼의 수확에 쫓겨 일하는 농부들이고, 얼굴을 푹 감싼 인물 두 사람과 볏짚 모자를 쓴 여성 한 명, 그리고 오른쪽 끝에 아이 같은 얼굴도 언뜻 엿보인다. 두 번째 그림은 뜰에 마주한 툇마루에서 얼굴을 손수건 같은 것으로 가리고 우는 처녀와, 그 등을 어루만지며 달래는 동생 같은 남자아이가 그려져 있다. 계절은 늦가을이고, 화면 속에는 낙엽을 쓰는 하인 같은 남자의 모습도 그려져 있다.

가부라키 기요카타는 가나가키 로분假名垣魯文과 나란히 메이지 초기의 게사쿠샤 조노 사이기쿠條野採菊를 아버지로 두고, 풍속의 세부에 걸친 열정과 미의식에서 이즈미 교카泉鏡花에게 평가받고 이미 『신소설』의 권두화를 장식한 일본화가였다. 도손은 서양화가 와다 에이사쿠와 이어진 관계도 있었을 텐데『도손 시집』 표지와 삽화, 『파계』에서는 오사나이 가오루小山內薰를 매개로 해서 직접, 기요카타에게 권두화를 의뢰했다. 이 권두화를 그릴 때 도손이 기요카타에게 넘긴 것이, 농부 사진 네 장이었다. 가을 수확의 풍경 등의 사진을 도쿄에서 자란 기요카타에게 '참고'로 삼게 했다고, 도손은 고즈 다케시에게 전했다. 권두화는 얼핏, 서양화로 보일 정도로 '사실寫實'적이고, 기요카타의 화풍과는 다른 그림이 되었다. 적어도 풍속화가 지닌 미적 추상화의 힘은 희박하다. 그러나, 그럼에도 사진을 매개로 한 이 그림은 시뮬레이션의 시뮬레이션이라는 이중의 조작을 거친 작위적인 '사실寫實'에 다름 아니었다.

마음에 걸리는 것은 첫째 그림의 구도이다. 사진을 바탕으로 일하는 농부들의 모습은 배경이 되고, 전경에는 커다랗게 남자의 뒷모습이 위치를 차지한다. 이 남자의 등이 전체 그림에서 차지하는 비율은 화면의 구도에서 보면 이상한 모습이기조차 하다. 기마타 사토시木股知史는 「풍경의 시학」『<이미지>의 근대일본문학지』 속에서 이 도상을 분석해서, "〈풍경을 보는 사람〉의 화상화畵像化"를 읽어낸다. 곧 뒤의 두 손은 "외부에 해방된 적이 없는 우시마쓰丑松의 내부의 힘"을 암시하고, 동시에 또한 대상인 농부에게 소외된 보는 주체가 표현되었다고 지적했다.

확실히 『곤지키야샤』 등의 권두화가 상황과 인물 관계의 설명을 목적으로 한 데 비해서, 이 그림은 오히려 보는 주체와 대상 사이의 관계, 주체의 볼 수 없는 생각을 암시적으로 묘사한다고 말해도 좋다. '파계'의 속표지 제목과 서로 마주 보게 배치된 이 그림을 보면서, 독자는 이 얼굴을 볼 수 없는 남자를, 또 나타나지 않은 주인공과 상상적으로 서로 겹치면서, 이야기에서 주인공의 위치와 시선의 관계를 둘러싸고, 읽기의 얼개를 부여받게 된다.

기마타의 논의는 권두화와 소설의 어긋남을 지적하는 데 비중이 있었다. 곧 권두화가 이 남자 주인공 세가와 우시마쓰(瀬川丑松)를 뒤에서부터, 곧 바깥에서 보는 시선에 뒷받침된 것에 비교해서, 소설 자체의 표현 구조에서는 이야기를 구성하는 담론과 우시마쓰에게 초점을 맞추어 그 감각과 생각을 전하는 담론이 분간하기 힘들 만큼 겹치고, 보는 주체 자신을 보는 시선이 표현되어 있지 않다는 것이다. 이야기가 진행되는 과정에서, 확실히 그러한 엇갈림이 일어나는데, 권두화에서 제1장에 걸친 흐름은 오히려 부드럽기조차 하다. 제1장을 읽기 시작한 독자는, 렌게지蓮華寺 2층에서 한잔飯山의 "예스러워 보이는 마을의 풍경"을 보는 우시마쓰의 모습을, "창에 기대어 바라보면" 등의 표현에서 당연히, 권두화의 등과 겹쳐서 상상

『파계』에 실린 권두화 두 장. 가부라키 기요카타 그림

하게 될 것이다. 권두화는, 독자에 대해서 우시마쓰의 시선에 어정 쩡하게 관계하는 이야기를 따라가면서, 거기에 명시되지 않아도 상상으로 우시마쓰의 등을 읽어내라고 재촉하는 보완적인 기능을 맡았다.

첫 번째 권두화에 해당하는 장면은 본문 속에 있는 데 비해서, 두 번째 권두화에 대응하는 장면은 본문에 없다. 인물로 보면, 울고 있는 것이 가자미 게이노신風見敬之進의 딸 시호志保, 그리고 옆에 있는 것은 우시마쓰가 가르치는 아이기도 한 쇼고省吾의 누이동생이고, 배경의 남자는 '쇼바카庄馬鹿'라고 불리는 렌게지의 남자 하인일 것이다. 양자로 들어간 집 아버지인 주지에게 제멋대로의 요구를 받은 오시호お志保가 고뇌하며 우는 장면은 있어도, 이런 인물과 배경의 배치가 활용된 장면은 없었다.

주관적인 권두화라고도 할 수 있는 이 그림은, 그러나 『파계』의 서브 모티프를 보여주었다. 곧 '사실寫實' 소설의 모습과 그 속에 잠재하는 전기적傳奇的 이야기 형식이었다. 박복한 누이와 이를 따르는 동생 산쇼다유山椒大夫 설화[12]로부터 에도시대의 독본讀本, 메이지 30년대의 가정소설로 흘러드는 인물 유형이 여기에서 나타난다. 그것은 가부라키 기요카타라는 화가를 기용한 이유를 풀이하듯이, 이야기의 발생을 재촉하는 그림이 되었다. 처음의 독자는 이런 이야기의 기호를 『파계』를 읽어갈 즈음에, 또 하나의 준거 틀로 삼게 된다. 또 읽어나가는 사이에 배경의 남자를, 종 치는 남자 '쇼바카'와 동일하다고 여기는 독자는, 여기서 묘사된 세 사람이 모두 가혹한 현실을 살아가는 '순진무구'한 인간들로서 공통된 설정을 한 것을 알아차릴 것이다. 그들은 아직 지혜롭지 못하고, 아이이고, 여자이며, 성인 남자에게 맡겨진 '인간' 규범에서 벗어난 존재이다. 우시마쓰의 마음을 지지하고, 차별 없이 맞아들인 것은 그들이었다. 권두화는 뜻밖에도 『파계』 이야기의 중심선에서 벗어난 숨겨진 모티프를 암시했다.

어긋나는 것은 권두화와 소설 사이만이 아니다. 권두화 두 장 사이에도 큰 어긋남이 있었다. 이 어긋남의 해석은, 첫 번째의 구도를 활용해서 두 번째의 그림에 시호 누이동생을 보고 있는 인물의 등을 상상으로 삽입함으로써 가능하게 된다. 곧 이 그림은 정확히 농작업의 광경이 그랬던 것처럼 어느 인물에 의해서 보이게 된 세계

---

12 부자 전설 가운데 하나. 영화를 자랑하던 부자가 몰락하는 이야기다.

인 것이다. 가련하면서도 꿋꿋한 여자아이들에 대해서, 무구한 존재로 의미를 규정하는 시선을 계속 보내는 인물. 그림 두 장을 봉합하는 데는 이렇게 해서 투명화하는 우시마쓰의 등을 삽입할 수밖에 없다. 우시마쓰의 시선을 통해서 떠오르는 '풍경'임에도 불구하고, 그 '풍경'이 화자에 의해서도 공유되고, 마치 현실 그 자체처럼 착시되어 가는 과정. 그것은 바로 이 소설의 표현 구조가 품고 있는 뒤틀림인데, 그 뒤틀림은 권두화 두 장 사이에서도 이미 엿보인다.

그렇지만 권두화 두 장이 '시로누키 옅은 색 인쇄'로 당시로서는 고도의 인쇄 기술로 인쇄된 것이 주목할 만하다. 도손 서간에 따르면, 새로운 사진 제판 기술을 미국에서 막 사들여 온 다나카 이타로田中猪太郎가 슈에이샤에서 협력했다고 한다. 다나카는 사진의 삼색인쇄 기술을 사진가인 오가와 잇신小川一眞과 연구해서, 1902년메이지 35에는 잡지 『문예구락부』 권두에 실린 권두화 사진예기(藝妓)을 삼색으로 인쇄하는 데 성공했다. "화가와 인쇄자가 공감하지 않으면, 이렇게까지는 해드리지 못했을 것"이라고 도손은 쓰고, "특히 기쁘게 생각하는 것은 다나카 씨의 열정"이라고 찬탄했다. 그때까지 이루어진 목판인쇄를 기술의 토대로 한 삽화는 니시키에 풍의 선 그림에 지나지 않았고, 화려한 다색 인쇄는 있었지만, 색채의 독자성만 발휘되었다. 그림의 육감성을 남기고, 연한 세피아 계열의 황색으로 전체를 덮고, 인물의 얼굴과 빛을 시로누키 기법으로 표현하는 참신한 기술이 오히려 소설의 입구로써 효과적이었다. 가부라키 기요카타의 회상 문집 『지나온 세월의 기록』은 이 시로누키 부분의 삭제를 지시하는 도손의 모습을 전하는데, 이것은 바로 엷은 바탕색으로 세계를 색칠하면서, 둘러싸인 '흰색' 속에 빛을, 표정거기에 돌출하는 '내부'을 읽어가는 표현 장치의 개발이었다고 말할 수 있을 것이다. 권두화 사이의 엇갈림은 이런 기술에 뒷받침되었고, 이 책에서 독자가 구성하는 의미의 장 주변으로 내쫓겨서, 이윽고 소설 표현과 연결된 적합성 속으로 해소되어간다.

지도의 사상

『파계』를 읽는 독자는 제6장과 제7장의 사이에 삽입된 지도 한 장을 볼 수 있다. 〈지쿠마가와 유역지도千曲川流域之圖〉라고 새겨진 그 지도는 아트지에 4색 인쇄한 호화로운 것이다. 지금도 신초문고와 이와나미문고의『파계』에 흑백 1페이지는 있지만, 고쳐 쓰인 지도가 끼워져 있다. 초판은 그것보다는 훨씬 아름답고, 다색茶色으로 채색된 산 모양은 어렴풋이 색바램조차 베풀어져, 입체적으로 보일 정도이다.

지도의 오른쪽 끝에 작게 '쓰가네 료키치津金良吉 제판製版'이라는 문자가 인쇄되었다. 도손은 미리『파계』에 지도를 삽입하기로 계획하고, 고모로 시절의 제자 쓰치야 소조土屋總藏를 통해서 지도의 제작을 권했다. 그리고 그 제판에 즈음해서는 고모로에 사는 석판 직인인 쓰가네 료키치에게 부탁했다. 산악 기행으로 알려진 고지마 우스이小島烏水는 "지도를 삽입한 것은 순간적 발상"「『파계』를 읽다」, 『문고』, 1906.5이라고 그 아이디어를 평가하고, 오오쓰카 구스오코大塚 楠緒子는 "전편 23장 신슈神州 지방의 풍경과 토지의 방언 등에 정통하고, 지도까지 덧붙여져 있어서, 가본 적이 없는 사람까지, 대략의 상상은 할 수 있을 정도입니다"「『파계』를 평하다」, 『와세다문학』, 1906.5라고 독자에게 끼친 효과를 전했다.

책 안에 지도를 삽입한다는 발상을, 도손은 어디서 착안한 것일까. 이 물음에 대한 정확한 해답을 찾아내기는 어려운데, 적어도 반드시 읽었을 것이라고 짐작되는 책은 있다. 다야마 가타이田山花袋의 『제2군 종정일기第二軍從征日記』하쿠분칸, 1905이 그것이다. 하쿠분칸의 사진반 부속 종군기자로서, 가타이는 러일전쟁에 즈음해서 육군의 제2군을 따라, 요동 반도를 중심으로 전쟁지를 빠짐없이 보았다. 히로시마 항구를 나서면서부터 반년 정도에 걸친 그 종군 기록이 그것이다. 이 책은 「제2군 진행 경과 지도」라고 이름을 붙인 요동 반도와 진군 경로를 그려 보여준 지도를 한 장, 접어 넣기 형식으로 권두에 삽입하고, 데라사키 고교寺崎廣業의 권두화, 사령관과 수송선, 전장의 사진 열다섯 장을 담았다. 문학가의 전쟁 기록은 이미 청일전쟁 때에 구니키다 돗포國木田獨步의 『애제통신愛弟通信』이 있고, 전쟁이라는 비일상적인 체험을 '지금 이곳'에 재현하는 것처럼 서술하는 문학가의 수사학에, 독자는 읽을거리의 즐거움을 발견했다. 돗포가 통신 도중부터 일본의 동생에게 호소한 문체를 의도적으로 선택하고, 그에 따라서 동정적으로 독자를 끌어넣은 것

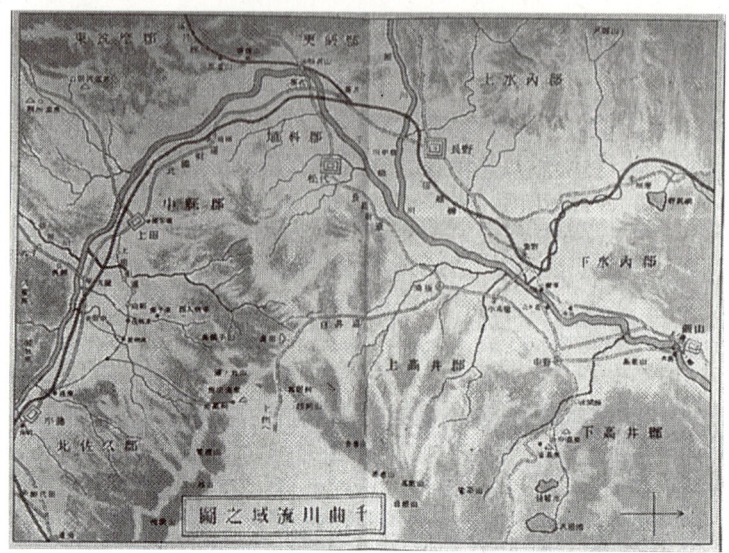
『파계』에 삽입된 〈지쿠마가와 유역지도〉. 한잔(飯山)이 있는 북쪽이 오른쪽이 된다.

처럼, 가타이도 감상적인 화자로서 독자에게 호소했다.

'지금 이곳'을 의식하게 한 문체는, 그러나 익숙하지 않은 지명과 장소의 위치 관계와 거리감을 설명할 여유를 주지 않는다. 지도는 전쟁에 종군하는 자신조차 정확하게 알 수 없는 토지의 공간 파악을, 말하자면 사후적으로 살리는 작용을 한다. 그렇지만, 읽는 쪽에서 보면, 사후적으로 준비된 지도가 보여주는 정보가, 문체에서 상상적으로 구성된 '지금 이곳'을 더 가깝게 느끼게 한다. 전혀 모르는 토지임에도 불구하고, 지도가 불안과 서먹서먹함을 없애준다. 실제로 지도는 체험할 수 있는 어느 일정한 공간을 2차원의 평면에서 기호로 옮겨놓는 것이다. 세계의 모습을 우선 그 평면도에서 인식하고, 자신의 위치를 확인한다. 그러나 지도가 한 사람이 걸어서 만들어낸 때부터, 우리는 가본 적이 없는 장소에서도 지도에서 상상하는 읽기 방법을 몸에 익혔다. 지도와 언어의 결합은 전쟁 보도에 따라 한층 효과를 발휘했다.

『제2군 종정일기』의 배경에는, 하쿠분칸을 중심으로 한 전쟁 보도 미디어 『청일전쟁실기日清戰爭實記』『러일전쟁실기日露戰爭實記』『러일전쟁 사진화보日露戰爭寫眞畫報』 등의 순간지가 있었다. 50편에 이르는 『청일전쟁실기』야말로 하쿠분칸을 출판사로서 대약진하게 하고, 인쇄를 맡은 슈에이샤에게는 기술 혁신을 낳았다. 사진과 지도를 기본으로 두었던 기록 잡지는 러일전쟁에 즈음해서 모방 잡지를 배출하게 하면서, 더욱더 정교한 인쇄 기술을 개발하게 하고 10만 부를 돌파하는 대단한 판매고를 보였다. 지도의 제작은 물론 국가의 성립과 관계가 없을 수 없다. 『파계』 주변의 인쇄 기술이 육군 참모본부의 측량국 지도과를 하나의 출처로 해서 펼쳐졌다는 것은 앞에서 본 그대로지만, 지도를 읽는다는 개념으로 보면 『파계』는 분명히 전쟁 기록과 접점이 있었다. 도손이 전장의 가타이에게 보낸 서간 가운데 "신문지에서 과학적 서술체의 전쟁 보도, 전쟁 평론 등을 다투어 읽는 오늘날의 습관은, 앞으로 다가올 저술계에 주목할 만한 현상이라고 생각합니다"라고 썼던 것은, 미디어 변화와 담론의 변화를 간파한 평가의 발언이라고도 할 수 있다.

지도가 주목받은 것은 그런 문화적 맥락뿐만이 아니다. [앞에서] 지적한 것처럼 지도는 제6장과 제7장 사이에 삽입되었다. 6장 끝에는 "이윽고 우시마쓰는 쇼바카가 손수 만든 짚신을 신고, 사람들에게 배웅받으며 렌게지의 문을 나섰다"라고 되어 있다. '숨어야 한다'라는 계율을 준 아버지가 급사했다는 소식을 받고, 렌게지

『러일전쟁실기』 제1편 표지

에 있는 한잔을 떠나는 장면이다. "그것은 잊을 수 없을 만큼 쓸쓸한 여행이었다"로 시작하는 7장에서, 우시마쓰는 한잔에서 다나카田中를 거쳐 히메코자와姬小澤의 목장으로 가는 길을 따라 간다. 지도는 이 사이에, 보통의 지도와 위아래를 바꾸어 배치되었다. 북을 위쪽으로 한 일반 지도의 도법과는 달리, 이 지도는 오른쪽을 북쪽으로 해서 작성되었다. 그 결과, 지도상에서 훨씬 더 북쪽에 위치한 한잔이 오른쪽 끝으로, 다나카, 네즈根津, 히메코자와라는 행선지가 왼쪽 끝으로 간다. 이 두 점을 이어서 크게 활을 그리는 것처럼, 지쿠마가와와 신에쓰信越 본선[13] 선로가 꾸불꾸불 나아간다.

설명할 필요도 없지만, 이 지도는 우시마쓰가 이동하는 방향과, 독자의 눈이 움직이는 이동선을 겹치는 것처럼, 오른쪽 페이지에서 왼쪽 페이지로 읽을 수 있도록 만들어졌다. 가니사와蟹澤까지 북국가도北國街道[14]를 걸어서 여행하기, 시야에 펼쳐지는 미노치水內의 평야, 도요노豊野에서 이노코 렌타로猪子蓮太郎와 만난 기차 여행이라

---

[13] 군마현(群馬縣) 다카사키(高崎)에서 니가타(新潟)까지 이어지는 JR동일본(東日本) 철도선.

[14] 호쿠리쿠도(北陸道)와 나카센도(中山道)를 잇는 옛 가도.

는 우시마쓰의 시야와 신체의 이동이 지도와 서로 비치어 추체험할 수 있게 된다. 그런 의미에서는 문고판 『파계』가 무엇보다도 간략화했기 때문에 지도를 보통 북쪽을 위로 해서 삽입한 것은, 초판에 있던 지도와 본문의 상보성을 낮추었다고 말하지 않을 수 없다.

도손이 『파계』를 정서할 때 본문의 조판과 같은 자수, 행수의 특별한 원고용지를 사용한 것은 앞에서 말했다. 활자화되어 조판될 때 각 페이지의 시각적인 인상이 그로 인해서 파악되었다. 읽는 쪽의 시점을 선취하던 그런 쓰기 방법이, 여기서는 지도와 연동해서, 독자 시선의 움직임과 상상된 신체의 움직임도 파악하면서, 『파계』라는 책을 만들어냈다. 『파계』의 소설 표현은, 우시마쓰에게 어정쩡한 화자를 통해 '사실寫實'을 의도한 것이었다. 차별받는 사람으로서 우시마쓰의 마음속 전쟁이 이야기의 줄거리를 구성해가는데, 그 현실감 있는 재현을 위해 지도라는 또 하나의 기호 표현이 이용되었다. 물론 지도가 결코 '현실'은 아닌 것처럼, '현실'이라는 환상이 독자에게 미치는 효과로 구성된 것이다.

가타이의 종군을 알았던 도손이 자신을 '인생의 종군기자'에 비유한 것은 너무나도 유명하다. 그것은 비유로써 각오를 표명한 것이지만, 비유 그 자체로써 뜻밖에도 전쟁과 소설의 유사 관계를 암시한다고도 할 수 있다. 무엇보다도 『파계』는 지도를 한 손에 들고 손에 땀을 흘리며 전장의 기록을 읽는 독자의 의식을 엮어냈다. 실제의 전장이 끊임없이 미궁의 공간으로서 눈앞에 나타난 데 비해, 전쟁 기록이 끝을 향해가는 단선적인 진군의 계보가 된 것은 부정할 수 없다. 하나의 선택이 생과 사에 직결하기 때문에, 그야말로 미혹이 많고 결단이 요구되는 것이 전장이다. 그 전장의 시간과 공간을 모의 체험하는 것. 그것이 전후에 발견된 문학적 담론의 새로운 과제였다. 『파계』에 삽입된 지도는, 이런 과제를 향해서 복합된 미디어 결합인 책의 생성을 이야기한다.

『파계』 속의 책

문학사는 『파계』에서 자연주의 리얼리즘의 첫 번째 표징을 보아왔다. 그러나, 거기에서 발견된 '리얼리티'는 소설 표현의 현실적 성과에 그치는 것이 아니라, 시각적인 면을 포함해서 고도로 발달한 동시대의 테크놀로지를 배경으로 편집 종합된 책이었다는 점도 깊이 관계되었음은 지금까지 살펴본 대로이다. 새로운 책의 출현은, 출판 유통 과정의 변혁을 의도하고, 새로운 작가-독자의 관계_{해석공동체} 생성을 촉구했다. 책의 각 부분은 독자를 향한 직접적인 힘으로 통제되고, 본문 조판, 표지, 제자, 권두화, 지도 등, 담론의 배후와 주변에서 전달을 뒷받침하면서, 자신의 존재를 소거하는 데 힘썼다. 권두화에 보이는 조금의 왜곡 현상을 품으면서도, 그것은 역으로 책의 통일성을 눈에 띄게 해서 조율되었다.

이런 문맥에서 『파계』를 다시 읽으면, 이야기는 그때까지 보이지 않았던 다른 측면을 보여준다. 곧 『파계』의 이야기는 다름 아닌 책 한 권을 둘러싸고 전개된다. 우시마쓰의 고뇌에서 고백에 이르는 줄거리의 시작은, 차별의 현실에 공포를 느낀 우시마쓰가 렌게지로 하숙을 바꾸는 것과, 책 한 권과 만나는 데 있었다. 그 책 한 권이 우시마쓰를 '새로운 세계'로 데리고 나감과 동시에 '견딜 수 없는 고통'을 깨닫게 해주었다.

그 만남은, 제1장에서 우시마쓰가 렌게지에서 돌아오는 길, 마을의 잡지 가게 앞을 지나가려 했을 때부터 시작된다. 가게 앞에 "전에 신문 광고에서 보고, 출판의 날을 즐기고 있던" 이노코 렌타로의 저서 『참회록』을 본 것이다. 정가 40전은 우시마쓰를 망설이게 하지만, 결국 '정신의 욕심'을 이기지 못하고 거의 없는 돈을 지불하고 『참회록』을 산다. 우시마쓰가 책을 손에 넣은 장면은 다음과 같이 쓰였다.

그것은 좀 악취가 나는 것 같은, 조악한 양지에 인쇄한, 누런 표지에 『참회록』이라고 쓴 책. 가난한 사람의 손도 닿게 하려는 취지에서, 일부러 소박한 체재를 선택한 것은, 이 책의 성질을 잘 나타낸다.

앞에서 인용한 우즈라하마 생의 말대로 『파계』를 잡지 가게 앞에서 손에 넣은 장면 그대로다. 앞의 평가는 패러디이기도 했음에 틀림없다. 그러나, 이 패러디에서 읽어낼 수 있는 것은 『파계』가 책으로 구입되는 장면을 자각적으로 내포한 점에도 있다. 물론 『파계』의 종이는 '조악한 양지'는 아니었지만, 『참회록』과 마찬가지로 '일부러 소박한 체재'를 선택함으로써 잠재적인 독자의 관심을 끌어당기는 데는 변함이 없다. 『파계』는 분명히 서적론을 내포한 책이었다.

우시마쓰가 렌타로와 교류한 것은, 강한 경애의 감정과 함께, 신분을 은폐함으로써 떳떳하지 못하다고 느끼는 데서 갈등이 일어나는 중요한 계기가 된다. 그들은 책을 매개로 해서 처음으로 교류하기 시작했다. 그러나 여기서 우시마쓰가 직면한 것은, 시장에서 유통되는 상품으로서 책의 현실이다. 우시마쓰는 '바지 호주머니'에 손을 넣어 젖은 은화 수를 확인하면서, 책을 살까 말까 고민한다. 그것은 '정신의 욕구' 앞을 가로막아 선 금전의 논리이고, 봉급자의 생활을 확인하면서, 가혹한 경쟁 원리에서 일어난 사회 모순을 다루려고 한 이 소설의 모티프 가운데 최초의 파도이기도 했다.

이것은 후반부에서 우시마쓰가 교원 속에 '새로운 평민'이 있다는 소문에 겁먹고, 이노코 렌타로의 『참회록』을 비롯한 저서 몇 권을 헌책방에 파는 장면과 대응하고 있다. 장서인을 대신한 도장을 지우고, 어학 참고서에 섞어 넣어 숨겨진 그 책들은, 겨우 55전으로 내놓게 된다. 시장의 논리가 상품으로서 책의 가치를 규정해 간다. 그 부당하게 낮은 가격이, 렌타로에 대해 유다를 떠올리는 듯한 배신을 했던 우시마쓰의 자의식을 더욱더 깊이 책망하게 된다. 그러나, 이것을 계기로 해서 우시마쓰는 오히려 팔아버린 책을 자신의 안에 품는다. 읽던 책의 언어를 더욱더 깊이 자신의 마음에 새겨넣고, 그 언어를 살리는 방법을 찾아간다.

사고파는 장면에 나타난 것은 책의 상품성이다. 거기서 책은 그 자체의 가치를 묻지 않고, 파는 자와 사는 자 사이에서 수요와 공급, 희소성이라는 경제적 가치에서 평가받았다. 이것에 비해 우시마쓰가 집착한 것은 책에 투영된 작가렌타로와 독자우시마쓰의 일체감이었다. 분명히 책을 통해서 독자인 우리가 어느 작가상을 떠올리고, 거기에 강한 동경과 일체감을 품는 것은 있을 수 있다. 그러나, 그 책에서 귀납된 작가상과 실제의 작가가 다르다는 것은 암묵적 전제이기도 하다. 그러나, 이 소설에서는 우시마쓰가 저자인 렌타로 본인과 만나도 책의 작가상과 단층斷層은 생겨나지 않는다. 책과 저자는 직접적인 등호等號로 맺어지고, 우시마쓰 안에서 차이가 생기지 않을 뿐만 아니라, 제3자의 시선을 공유하는 화자話者도 그것을 책망하지 않는다. 이때 소설 속에서 상품성이라고 하는 공공적 책의 조건이, 간사한 악의로만 수용된다.

상품성의 초월로 요구된 일체의 커뮤니케이션은 렌타로의 죽음으로 결국 달성되지 못하고 끝나고 말지만, 우시마쓰가 책의 언어를 자신의 언어로 바꾸고, 발화할 때 우시마쓰의 안에서 일체화되는 것은 성취되었다. 독자의 일부는 투쟁적이었던 렌타로와 최후까지 자기 비하를 잊지 않는 우시마쓰의 차이에 대해 눈치채지 않을 수 없는데, 죽음을 내건 진지함에서 포섭적으로 통합되어, 렌타로의 친구와 아내가 그를 맞이하게 된다. 게다가 여주인공 오시호가 『참회록』을 빌려서 읽고 싶어 하는 장면이 덧붙여지고, 책을 매개로 한 사람과 사람의 마음이 이어지는 것에 대한 기대와 바람이 일관되게 관통한다.

『참회록』의 언어가 "나는 에타穢多15이다"라는 권두의 한 마디 밖에 인용되지 않은 것은 이러한 서적론의 필연이다. 이 한 구절만이 인용을 통해서 『파계』 속에 초대받았는데, 그밖에는 모두 바뀌어 서술된다. "동족의 무지無智와 영락이 살아 있는 그림처럼 그려졌다"라든가 "열정적 남성의 오열嗚咽이 소리가 들릴 것처럼 쓰여 드러났다"라고 할 만큼, 렌타로가 차별 때문에 사범학교에서 쫓겨나는 '광경'조차도 냉정할 만큼 간단하게 부연되고, 나중에는 "우시마쓰는 남의 불행이 남의 일 같지 않게 딱하게 느껴져서 그런지, 몇 번이나 읽던 책을 덮어, 눈을 감고, 이윽고 그것을 읽는 것이 괴로워진" 것처럼, 이 책에 대한 단 한 사람의 독자 반응만이 기술되었다. 『파계』의 독자는 이렇게 해서 『참회록』의 언어로부터 닫혀버린다.

끝으로 우시마쓰에 의해서 발화된 '고백'의 언어는 바로 『참회록』이라는 책이 수행하는 일체화의 매체라는 역할과 맞물린다. 표준어로 말해진 그 언어는, 사투리의 토착성과 신체성도 빠졌음에도 불구하고, 우시마쓰의 '생명의 땀'으로 말해지며 '순수무구'한 어린이들의 마음을 크게 뒤흔들었다. 곧, 이렇게 생각할 수 있다.

---

15 에도시대 바쿠후 정권에서 민중 지배의 일환으로 히닌(非人, 미천한 잡역 종사자)과 함께 사농공상(士農工商)보다 낮은 신분으로 가혹한 차별을 받았던 계층. 죽은 우마 처리, 가죽 제조, 짚공예 등 천대받는 직업에 종사하고, 죄인의 체포와 처형 등 부역도 강요당했다. 거주지도 열악한 지역에 집단적으로 격리 소외되어 자손 대대로 그 신분에서 벗어나지 못했다. 1871년 태정관 고시로 법제상으로는 히닌 신분과 호칭이 폐지되었으나, 사회적 차별관은 존속해 신평민, 특수부락민 등의 천한 호칭으로 불리며 차별을 받았다. 현재까지도 부당한 차별은 근절되지 않았다.

『참회록』의 언어가 인용되지 않는 것은, 우시마쓰의 읽기와 그 실천의 '고백'이 렌타로의 담론과 달라지는 것을 피하기 위해서였다. 인용은 거기에서 발생하는 의미의 다양화를 막을 수 없다. 인용이 불러오는 이종혼종성異種混淆性이 우시마쓰의 언어와 행동을 상대화해 버릴지도 모른다. 『파계』라는 책과 『참회록』이라는 가공의 책이 맺는 관계는, 이렇게 해서 최소한의 언어를 회로로 해서, 계속 동심원을 그려간다.

성스러운 책, 복제된 책

책 한 권과 만나고, 읽고, 헤어지는 과정을 거쳐온 한 독자가, 읽기와 삶을 포개려고 한다. 『파계』의 이야기를 서적론의 기호에 맞춰 요약하면, 이런 얼굴이 나타난다. 그 책이 어떤 책이었는지는, 유일한 독자의 수용 방법에 의해서만 나타나고, 독점된다. 작가와 독자가 직접 마주한다고 환상되는 책. 우리는, 그 책을 화폐 40전으로 사고 나서, 독자 한 사람 가운데 성스러운 책으로 의미를 변환해가는 과정에 입회하게 된다. 『파계』의 독자들에게 '성스러운 책'은 공허한 중심에 지나지 않는다. 그러나 그것을 '남의 불행이 남의 일 같지 않게 딱하게 느껴져' 읽는 독자 한 사람이 줄거리를 따라가고, 자신도 '남의 불행이 남의 일 같지 않게 딱하게 느껴져' 읽음으로써, 공허함은 채워지고, 실체로 보인다. 『파계』는 그 책을 숨김으로써, 안과 밖의 반전을 노린다. 손으로 건네진 '성스러운 책'이, 그야말로 바로 이 책이라는 것을 연출한다.

『파계』에는 책과 사람의 관계가 집요하게 쓰여 있는데, 그것은 상품화와 물신화라는 양의적兩儀的인 기능에 그치지 않는다. 책은 서명과 저자명, 책의 외장外裝에 의해서 실제로 통독하는 독자뿐만 아니라 복수의 독자 예비군과 관계를 맺는다. 그들이 모두 친절한 독자라고는 할 수 없다. 책이 무수한 복제품 가운데 하나이고, 광고되는 상품인 이상, 그 책을 둘러싼 이차적인 담론이야말로 관심과 호기심의 눈을 크게 뜨게 할 수도 있다. 곧 서평, 해설, 또 그것을 고정화해서 유포한 평가, 가치 부여의 담론. 그 이차적 담론이 어지럽게 날아드는 환경 속에서, 표식으로 보이는 책을 들고 걸어가는 사람을 보면, 그것은 어떤 사람인가 하고 관심이 갈 것이고, 어느 특정의 누구누구가 어떤 책을 읽는가 하는 무례한 시선도 생겨난다. 책이 그것을 읽고 소유하는 인간에 대해 해석하는 중요한 기호 가운데 하나가 된다.

예를 들면 우시마쓰는『참회록』을 사고 난 뒤부터 오히려 '기운의 쇠퇴'를 느끼고, 돌아오는 길에 동료인 쓰치야 긴노스케土屋銀之助와 또 한 명의 준교원을 만났다. 긴노스케가 먼저 본 것은 우시마쓰의 '안색'이고, 신체 상태를 생각하면서, 다음으로 물어본 것이 안고 있던 책이다. 긴노스케는 책을 손에 들고 "누런 책 표지를 살펴보기도 하고, 내부를 조금 열어서 보기도" 한다. "와, 이런 책이라니 ― 이런 소박한 책이라니"라고 하는 긴노스케의 말투는 이노코 렌타로에 대한 '숭배' 열이 높은 우시마쓰와는 달리, 책의 메시지를 따로 해석하는 가치 의식의 존재를 보여준다. 우시마쓰가 40전을 털어서 구입한 책의 '의미'는 일순간, 거기서 상대화된다.

긴노스케의 시선 앞에 있는 것은, 어느 책을 읽고 소유하는 것 자체가 지닌 기호성이다. 우시마쓰가 '안색'을 읽히는 것처럼, 책의 기호가 시선에 의해서 해독되고, 의미가 부여되어 간다. 발견된 의미가 우시마쓰의 '안색'에 대해 참되게 해독되는지 아닌지는 문제가 아니다. 오히려 오독이 중요한 문제다. 우시마쓰가 렌타로의 저서를 소유하는 것 자체에 깜짝 놀란 것은, 이런 타자의 시선에 의해서 오독되어버릴지도 모르는 책의 기호성을 알아차리기 때문이다. 독자가 책과 맺는 관계의 형식은 어떻게 해석되는가.『파계』의 주인공은 그런 타자의 시선과 해석의 가능성을 둘러싸고 미리 의심하는 인물로서 보기 드문 존재였다. 만일『파계』의 새로움을 말하자면, 남에게 보인다고 느끼는 것과 어떻게 보이고 있는가에 대해 더욱더 민감한 감각을 주인공에게 부여하는 것이고, 나아가 거기에 책의 관계를 도입하는 것이다.

덧붙여서 말하면 시선은 책에만 기울어지는 것은 아니다. 우시마쓰가 신문을 읽는 장소, 자세, 그리고 읽는 기사 부분에, 그의 신분을 의심하기 시작한 교장의 시선도 더해진다. '안색'을 읽을 뿐만 아니라, 사람의 마음을, 진심을 읽는 것이 엇갈리는 이 소설 속에서, 우시마쓰의 읽는 신체가 되풀이된다. 읽는 신체가 동시에 읽히는 신체이기도 하다는 것이 이 소설이다. 그러나 이야기는, 오독된 우시마쓰의 두 신체가 하나로 겹치는 것을 향해 전개된다. 읽는 신체는 '고백'하는, 말하는 신체로 바뀐다. 그때 주위는, 아이들을 필두로 '올바르게' 우시마쓰의 말과 행위를 읽어낸다. 긴노스케 등이 보여준 우시마쓰와는 다른 가치 의식은 거기서 자신의 무지와 상상력의 결여를 인식하고, 하나의 가치로 통괄되어 버린다. 순진 무구한 것으로 향하는 우시마쓰의 기도는 아름답지만, 오독이 지닐 수 있는 다원적인 갈등과 대화에 이르는 잡다성은 거기서 배제되어 버린다. 우시마쓰의 '고백'을 차별에 대한 전략으로 읽는 시점도 거기서는 허용되지 않는다.

읽고 / 읽히는 반복의 중심에, 책이 있다. 같은 언어가 사람과 사람을 접속하기도 하고, 단절하기도 하는 것처럼, 책도 단순히 대량 생산된 복제 가운데 하나에 지나지 않는 것이기도 하지만, 다시 없는 매우 신성한 것으로 변하는 순간이 있기도 하다. 누구나 자신에게 신성한 책을 지니고 있기도 하다. 그러나, 그것은 어디까지나 지금 이 순간의 '나에게'이고, 객관적 공준公準 등이 있을 리는 만무하다. 독자 한 사람 한 사람에게, 또 그때그때에 다른 의미의 편차를 낳으면서, 책은 다른 사람에게 건네진다.

『파계』가 중요한 것은, 읽기의 테크놀로지를 동시대의 많은 사람이 담당한 편집, 인쇄, 출판 등의 기술로 만들면서, 그 흔적을 지워간 것이다. 소설에 내재하는 읽기의 이야기가 '신성한 책'으로 수렴해서 배제되어 갈 때, 거기에 호응하는 것처럼 책으로서『파계』는 투명한 매체로서 자신의 리얼리즘을 완성하게 했다. 출판문화를 비평했음에 틀림없는 이 책의 사상이, 이후, '작가' '작품' '문학'의 관념과 밀접한 관계를 맺어 가는 것은 다시 설명할 필요도 없다. 적어도 지금 우리가 읽는 것은, 만들어진 책의 우주가 훌륭하다는 것보다도, 거꾸로 이 우주로 통하는 무수한 균열의 흔적이다.

제5장

침입하는 초상사진

시선이 교차하는 공간

'언문일치'라는 담론 시스템의 모색기에, 후타바테이 시메이와 야마다 비묘에게 산유테이 엔초三遊亭円朝의 『괴담 모란 등롱怪談牡丹燈籠』을 비롯한 속기본速記本[1]이 의식된 것은, 너무나도 유명한 이야기이다. 말하는 언어를 그대로 문장으로 만드는 그 속기술에 대해서는, 언급된 적이 그다지 많지 않지만, 그때까지 일본에는 없었던 그 언어 전사轉寫 기술은, 일본어를 음성의 체계로 일원화한다는 큰 변혁을 내포했다. 한자와 가나를 섞어 썼던 일본어에, 음성만으로 맞선 것이다. 다쿠사리 고키田鎖綱紀와 와카바야시 간조若林玕藏 등은, 음성의 차이를 표시하는 기호 체계를 만들어 내고, 동음이의어 등에 대해서는 또 다른 기호를 사용해 나누어, '방청속기술傍廳筆記術'을 실용화했다. 곧 속기가 문자화되어가는 과정에서는, 발화된 언어가 일단 기호로 번역되고, 그 기호의 번역을 거쳐, 다시 읽을 수 있는 문장이 만들어지게 된다. 당연히 그 이중의 번역 과정에서는, 발화

---

1   라쿠고(落語), 강담(講談)의 구연(口演) 필록(筆錄)의 간행물. 1884년 간행된 산유테이 엔초의 구연 『괴담 모란 등롱』을 효시로 한다.

장면의 말실수와 반복, 말 막힘과 엉클어짐이 정리되고, 새로운 문장화가 이루어지는데, 마치 실제로 당사자가 발화하는 듯한 착각을 일으킴으로써, 미디어로서 언어의 독립성은 소거되어 버린다.

그 속기술이 '말의 사진'이라는 비유로 불리는 것은, 지극히 암시적이다. 전달 매체로써 미디어를 뛰어넘어, 그 자체로 다양한 의미를 새로 만들어낼 수 있는 기호의 힘을 발휘하는 것이 사진이라고 한다면, 오히려 사진에 관한 담론이 사진 자체의 관능적이고 다산적多産的인 매력과 가능성을 억압해온 것은, 메이지 이후였다. 언문일치를 만들어가는 계기가 된 속기술 역시, 그 번역 과정을 의식의 바깥으로 쫓아내고, 실제의 발화를 그대로 파악하는 기술로 포착함으로써, 뒤의 리얼리즘 개념에 이르는 오류의 맹아가 있었다.

근대가 낳은 또 하나의 테크놀로지인 사진은, 이윽고 책의 내부에 침입해간다. 첫 번째로는 사진 그 자체가 책에 삽입되어 인쇄된다. 그리고 또 사진을 둘러싼 행위와 행동이 텍스트 속에서 언급 대상이 된다. 다양한 침입자 가운데, 특히 중요한 역할을 맡은 것이, 초상사진이다. 먼저 사진 일반을 작가의 초상에 한정해서 생각하면, 사진은 독자에 대해서, 손에 넘겨진 언어의 텍스트를 최종적으로 통괄하는 인간의 존재를 시각적으로 확인하려고 방향을 잡고, 또 신체 부위 가운데 얼굴을 도드라지게 한 의미 발생 장치가 된다.

쓰인 텍스트와 그 저자의 얼굴이 등호로 묶이고, 한 쌍의 세트로 상정되고, 얼굴이 떠오르지 않는 것이 독자의 불안과 호기심을 불러일으키기도 한다. 물론 그 얼굴은 화학적인 영상 처리와 촬영, 편집, 인쇄의 몇 번에 걸친 미분 적분 작업을 거쳐서 만들어진 이미지에 지나지 않는다. 그렇지만, 이런 사진을 보는 것에 익숙해진 측의 요구는, 작가들에게 독자의, 또는 출판사의 요구에 따른 몸짓을 강요하는 것이기도 하다. 사진에 찍힌 것을 자기의 온 존재를 내건 신체 퍼포먼스로 의식하는 것을 이미 작가의 자의식으로 짜 넣지 않을 수 없게 된 것이, 현재이다._{다카하시 세오리(高橋世織), 「하기와라 사쿠타로(萩原朔太郎)의 입체사진(상(上))」} 우리는 그 전형으로 1970년에 할복자살한 한 작가를 안다. 사진을 찍고 / 찍히는, 보고 / 보이는 관계 속에 성립하는 시선의 교차를 사진공간이라고 부르면, 이런 사진 공간의 성립과 문학 텍스트의 변형은 어떻게 자취를 더듬어 확인할 수 있을까.

먼저 우리가 일본에서 생활하는 그 누구도 관련되지 않을 수 없는 지폐에 인쇄된 초상사진의 인물이 사용된 텍스트를 살펴보자. 곧 나쓰메 소세키의 『유리문 안에서』가 그것이다.

사진 속의 소세키

『유리문 안에서』_{『도쿄아사히신문(東京朝日新聞)』, 1915.1.13~2.23}의 2면에는, 어느 잡지사의 남자가 '나'의 사진을 찍고 싶다고 부탁하는 삽화가 있다. '어색하게 웃고 있는 얼굴'이 많은 그 잡지에 불쾌감을 느끼던 '나'는, '바로 앞 얼굴'로 찍는 것을 다짐받고 방문을 허락했다. 그러나, 사진기를 들고 온 남자는 그곳에 이르자, 약속은 했지만,

그래도 웃어달라고 부탁한다. 어이없는 '나'는 개의치 않고, 끝까지 버텼지만, 나중에 우송된 사진은 주문한 그대로 웃는 얼굴이었다.

수정 사진을 보고 깜짝 놀란 '나'는 다음과 같이 탄식한다. "나는 태어나서부터 지금까지, 남 앞에서 웃고 싶지도 않고 웃어 보인 경험이 몇 번 없다. 그 거짓이 이번 사진사 때문에 보복을 받은 것인지도 모른다." 그리고 '기분이 좋지 않은 쓴웃음'을 떠오르게 한 사진은 왔지만, 그것이 실린 잡지는 결국 보내주지 않았다.

잡지 저널리즘의 경박함에 대한 혐오의 감정을 느끼게 했을 듯한 이 삽화는, 그러나 초상사진을 둘러싼 여러 가지 시사점을 던져준다. 첫 번째로는 초상사진이란 사회적으로 유통하는 기호라는 점이다. 여기서는 웃는 저명인의 얼굴이야말로 잡지의 기본 구상이고, 그것이 독자에게 일으키는 효과에 주안점을 두었다. 그 기호작용이 유효하기 위해 피사체는 연출된다. 그러나 초상사진의 기호성은 이 경우뿐만 아니라, 일반적으로도 타당하다. 촬영자는 자신도 포함해서 사진을 보는 사람의 시선을 무의식적으로 상정하기 때문이다.

또 하나는 사진이란 보정이라는 점이다. 꾸며진 웃음은 사진이 일정한 광학적 기계와 화학적 처리에 따라 만들어진 것에 지나지 않는다는 점을 잘 보여준다. 수정하지 않은 초상사진이었다고 해도, '이것이 나다'라는 것을 시각적으로 인식하게 하지만, 어떤 차이의 감각을 언제까지나 남긴다. 나이지만, 내가 아니라고 하는 답답함. 사진은 차이와 동일성의 순환구조 속에 사람들을 부른다.

잡지 『니코니코(ニコニコ)』에 실린 소세키의 사진. 두 손을 비비며 웃는 것처럼 보인다.

참모습을 찍는다고 하는 말의 의미와는 반대로, 결과적으로 사진이 표현하는 것은 찍히는 자와 찍는 자의 시선 관계 자체이고, 사회적 문화적으로 규정된 관계의 복합체였다. 『유리문 안에서』의 '내'가 주시한 사진은, 잡지사의 시선에 의해서 데포르메[2]되고 기호화된 자신이었다. 과거에 남 앞에서 '웃고 싶지도 않은데 웃어 보인 경험'은, 특정한 타자와 맺은 관계 속에서만 성립하는데, 여기서 인쇄된 사진은 불특정다수 익명의 대중을 향해 유통된다. 영원히 자신을 소외시켜가는 '웃는 소세키'라는 기호가 대중 속으로 달려간다.

---

2   déformer. 자연 형태를 예술적으로 변형함.

그러나, 그 '내'가 세계에 대치하는 것도 '유리문'이라는 사각의 렌즈를 통해서다. 유리 / 렌즈를 매개로 하면서 기호와 반기호의 숲을 걷는 '나'의 괴로움은 어지간한 것이 아니다. 물론 70년 뒤의 현재, 그 사진이 기호 이외에 아무것도 아닌 지폐에 인쇄된 사태는, 그야말로 아주 짓궂기는 하지만 말이다.

또 하나의 기억 장치

프랑스에서 루이 자크 망데 다게르에 의해서 세계에서 최초로 사진 기술이 실용화되고, 다게레오타이프라고 이름 붙여진 것은 1839년의 일이다. 렌즈와 어둠상자暗箱에서 만들어지는 카메라옵스큐라는 예부터 사람들의 관심을 끌어왔는데, 찍혀나온 영상을 인화하는 감광재료가 발명되어, 은판 사진이 탄생했다. 그리고 이어서 종이 네거의 캘러타이프calotype, 탈보타이프(talbotype)가, 이어서 네거-포지 형식의 콜로디온collodion 프로세스습판사진가 개발되고, 1871년메이지 4에는 건판 사진이 발명되어, 사진 기술은 일거에 비약적으로 발전한다.

19세기 유럽에서 과학기술의 급격한 발전 속에서 첫소리를 올린 사진술이, 인간과 인간을 둘러싼 환경을 어떻게 바꾸었는지에 대해서는, 이미 많은 사진론이 언급한다. "오늘날, 모든 것은 사진이 되기 위해서 존재한다"란, 말라르메의 말을 바꾸어 쓴 수전 손택의 발언이다. 사진가는 철도나 기구를 타고, 미지의 세계를 파노라마식으로 볼 수 있는 시선을 획득하는 데 열정을 기울였다. 그리고 대상을 원심적으로 넓히는 한편으로, 보는 측 대중의 욕망과 결부된 것이, 초상사진이었다. 왕후 귀족과 부르주아에 의해서 독점되었던 초상사진에 비해서, 발흥하는 중산계급이 자기 정체성을 확인하고, 시간을 봉인하는 기억 장치로 초상사진에 주목했다.

일본인이 일본인을 찍은 초상사진의 효시는 바쿠후 말기의 개명파였던 사쓰마薩摩 번주 시마즈 나리아키라島津齊彬이다. 일본에는 1841년덴포 12부터 1850년가에이 3 무렵의 시기에 네덜란드 또는 중국에서 다게레오타이프가 도입되었다고 하며, 사쓰마번은 초창기의 사진술에 크게 공헌했다. 또 일본에서 사진가의 비조라고 전해지는 우에노 히코마上野彦馬, 시모오카 렌조下岡蓮杖라는 직업 사진가가 나가사키와 요코하마 등에서 활약하기 시작하고, 많은 문인을 배출해가는 것이 메이지 전후이다. 1872년메이지 5, 1873년메이지 6에는 우치다 구이치內田九一가 메이지 천황의 초상사진을, 일본 복장과 서양 복장으로 제각기 찍어, 국가의 상징을 시각화하는 데 실마리가 되었다. 이 사진이 이윽고 1888년메이지 21의 '어진영御眞影'으로 이어진 일은 다키 고지多木浩二의 『천황의 초상』에 상세하다.

사진 기술의 개발은 민간 차원에 맡겨지기보다는, 이런 천황의 시각화, 대만 정벌과 세이난전쟁 등의 전쟁 보도, 또 육군 참모본부 측량부의 지도 제작에 기여한 것과 관련해서, 근대국가에서 통치·관리 시스템의 자기 확립에 대한 요청과 연결되었다. 말하자면 관민일체가 된 기술 개발이 이루어지고, 그 결과로 이미 1878년^{메이지 11} 무렵에는 많은 사진관이 개업하고, 문명개화의 새로운 유행 상품이 되었다. 1877년^{메이지 10}에는 『도쿄 사진 선발 경쟁^{東京寫眞見立競}』이라는 사진가 순위가 발행되고, 도쿄의 사진가 수는 130명을 넘고, 사진 재료상도 20곳을 넘었다고 한다.

이 시기의 사진은 습판법에 따른 것인데, 더욱더 간편한 건판법이 일본에 소개된 것은, 1883년^{메이지 16}의 일이다. 제2세대 사진가로 불려야 할 에자키 레이지^{江崎禮二}와 오가와 가즈마사^{小川一眞}가 스냅숏 사진을 팔기 시작한 것도 이때부터이다. 오가와 가즈마사는 천 엔 지폐가 되는 앞서 든 나쓰메 소세키의 상장^{喪章} 사진을 찍은 사진가로, 연초 산업에서 성공한 이와야 마쓰헤이^{岩谷松平}와 짝이 되어 긴자에 광고 사진등^{寫眞燈}을 짓는 등, 사진을 둘러싼 근대 시각 공간의 변형에 크게 관여한 인물이다. 그 밖에도 오가와는 1891년^{메이지 24}에는 아사쿠사^{淺草}의 료운카쿠^{凌雲閣}에서 「백미인전^{百美人展}」을 개최하고, 도쿄를 눈 아래로 내려다보는 탑 위에서 아름다운 여성들의 초상사진을 한눈에 바라본다고 하는 성적인 도시의 시선을 연출하기도 한다. 1910년^{메이지 43}에 결성된 '도쿄 사진사 조합'의 초대 회장이 되고, 제실기예원^{帝室技藝員}[3]이 되는 영예를 누린 것이

---

[3] 1890년 황실이 일본 미술, 공예의 보호와 장려를 목적으로 제정한 황실 기술자 제도에 의해 임명된 미술가. 제작을 하명받거나 기술 자문을 받는 것 등이 규정되어 있다. 인격과 기량 모두 뛰어난 사람이 임명되어 미술가 최고의 명예와 권위를 보였다. 1944년까지 회화 45명, 조각 7명, 공예 24명, 건축 2명, 사진 1명, 총 79명이 임명되었으나 제2차 세계대전 후 이 제도는 폐지되었다.

이 오가와 가즈마사라는 것도 기억해둘 필요가 있을 것이다.

　복제가 가능한 사진이기는 하지만, 그 수에는 한정이 있다. 캘러 타이프를 발명한 영국인 톨벗Talbot이 1844년의 단계에서 이미 최초의 사진 인화가 들어간 책『자연의 연필』을 출판한 것처럼, 어떻게 해서 사진을 인쇄할 수 있게 할지가 새로운 과제였다. 일본에서는 일찍이 1880년메이지 13 무렵에『사진 신문』젠신샤(全眞社)이라는 실제의 사진을 붙인 유행품 식의 신문이 발행되고, 마찬가지의 잡지가 나온 사례가 보이지만, 본격적으로 사진 제판이 실험되고, 망목사진판網目寫眞版4에 의한 인쇄가 가능하게 된 것은 1890년메이지 23의 일이다. 제판은 오가와 가즈마사가, 망목판은 원래 육군 참모본부 측량국의 지도 조각 기술자인 호리 겐키치堀健吉의 유코샤猶興社가 실용화했다.『매일신문』부록으로 실린 중의원·귀족원 의원의 초상 사진이 그것이다. 제1회 중의원 선거가 치러진 직후여서, 이 사진 인쇄 기술도 극히 정치적인 프레임 업5과 결부되어 정착되었다고 할 수 있을 것이다. 거기에서 출판물 속에 사진이 인쇄되어 삽입된다는 새로운 책 체험이 시작되었다.

4　사진이나 그림의 복제 인쇄에서 원화의 음영을 망사형 점의 크고 작은 점으로 재현하는 제판 방법.
5　frame up. 정치적 반대자 등을 대중으로부터 고립시켜 탄압하고 공격할 목적으로 사건 따위를 날조하는 일.

사진의 문학지文學誌

소설 텍스트의 내부에 도입된 사진에 대해서 간단히 살펴보자. 문명개화의 풍속을 소재로 한 게사쿠에 사진이 등장한 것은 당연하지만, 그런 풍속의 사례와 함께 '사실寫實' 이론에 사진이 비유적으로 겹친 사례 등은 일단 생략하자. 실제의 사진이 소설 속에 등장하는 경우로는, 후타바테이의 『뜬구름』을 곧바로 들 수 있다. 우쓰미 분조는 시즈오카静岡에 사는 모친에게 혼담緣談을 권유받고, 상대의 사진을 편지와 함께 받았다. 오세이가 이 사진에 관심이 있고, 사진을 서로 빼앗으려는 모습이 분조의 입에서 말해지고, 두 사람의 숨겨진 마음의 흥정이 독자에게 암시되었다. 사진은 일찍이 기호성을 띠고, 혼담에서 상대의 사진을 보이는 현재의 소개 관습이 이미 시작되었고, 용모가 결혼의 조건에서 강조되고 있음을 알 수 있다. 남성 작가의 텍스트이기 때문이기도 하겠지만, 보내진 것이 여성의 사진이라는 것은, 사진을 찍고 — 보이고 — 소유하는 일상적 실천의 관계에서 은밀한 섹시즘이 관통하고 있는 것도 상상할 수 있다.

히구치 이치요의 『키재기』『문학계』, 1895.1~1896.1에서도, 사진은 기호론적인 기능을 맡았다. 사진뿐만 아니라, 사진을 찍는 행위도. 제6회에서, 요시와라 오모테초吉原表町의 리더이자 대금업자인 쇼타로正太郎는, 요코초구미橫町組의 조키치長吉가 던진 짚신을 얼굴에 맞고, 몹시 우울해하는 미도리美登利를 위로한다. 그리고 미도리의 아름다움을 격찬한 뒤, 함께 사진을 찍자고 말한다.

저 미도리 씨 지금 같이 사진을 찍지 않을래요, 나는 축제 때의 자세로, 당신은 스키야透綾[6]의 아라시마荒縞[7]로 의기 있는 모습을 하고, 스미초角町의 가토加藤에서 찍어요.

'가토'는 실제로 요시와라에 있던 사진관 이름이다. 한 쌍이 사진을 찍고, 가게 앞에 걸어둠으로써 쇼타로가 기대한 것은, 신뇨信如에 관한 소문을 없애고, 미도리와 자신 사이의 절대적인 관계를 공표하는 것임은 말할 것도 없다. 언니 오마키大卷와 마찬가지로, 요시와라의 유녀가 되기로 결정한 미도리와, 같은 사진 속에서 투 샷[8]에 담기는 것. 그것은 유녀로서 혼자서 사진을 찍지 않으면 안 되는 미도리의 장래상을 부정하려는 것이기도 하다. 당시의 예기藝妓나 온나기다유女義太夫[9]가 브로마이드적인 사진에 찍힘으로써, 대량으로 뿌려져, 불특정 남성 대중의 욕망을 북돋운 것처럼, 유녀도 많은 남자에게 욕망의 대상이 되어야 하므로, 혼자서 찍히지 않으면 안 되었다.

미도리는 쇼타로의 제의에 대해 "이상한 얼굴로 찍히면 당신이 싫어하실 거예요"라고 답한다. 두 사람의 관계를 항상 확인할 수 있는 수단으로, 가장 화려한 자세로 찍는다고 하는 쇼타로에 비해

---

6   매우 얇은 견직물.
7   올이 성긴 줄무늬.
8   two shot. 남녀 두 사람의 사진.
9   요세(寄席) 연희 중 하나로, 젊은 여성이 음곡에 맞추어 옛 이야기를 노래하는 것이다. 에도 말기부터 다이쇼시대(1912~1926년)까지 유행했다.

서, '얼굴'이야말로 그녀의 인간관계에서 중요한 역할을 차지하는 것을 알아버린 미도리의 대답은, 상품의 허영이 은근히 스며든 말투여서 견디기 괴로웠다. 만일 찍었다고 해도 쇼타로의 희망은 다이코쿠야大黑屋의 어른들에 의해서 좌절되었을 것이다.

문명개화가 수입한 새로운 도구인 사진에 관심을 기울인 문학가도 적지 않았다. 그 가운데 한 사람인 마사오카 시키는 "내가 사진의 오랜 새로움을 꺼내어"라고 머리말을 붙이고, 다음과 같이 노래한다.

아프고 야윈 사람의 모습이여 새삼스레 그대를 가여워할 만한 남자여

또한 다시 이런 노래도 시키에게는 있다.

4년 전 찍은 나와 비교하면 지금 사진은 나이 들었구나

임시로 찍어 두었지만 내 뒤의 유품이라고 생각하면 슬프도다

모두 1899년메이지 32에 읊은 노래다. 자신을 찍은 사진은 '살았던 시간'을 그의 전신적全身的인 공통감각에서 돌출해서 시각적으로 정착하게 하고, 시간의 연속적인 흐름을 끊어내 간다. 다시 과거와 현재의 낙차를 들이대고, 자기를 '그대'라고 부르는 차이화하는 자기를 만들어낸다. 또 찍힌 현재는 '내 뒤'라는 사후의 시간, 곧 그 사진을 보게 될 남겨진 유족의 시간에 대한 상기想起로 연결된다.

사진은 일단 시간을 단절함으로써, 자기가 살아온 역사를 인식하게 함과 동시에, 그것에 의해서 끊임없이 현재를 단편화해 버린다.

사진에 관심을 둔 것은 시키만이 아니었다. 고다 로한幸田露伴은 『신소설』의 권두화에 자신이 찍은 「무코지마向島와 렌게지」1899 등 몇 점을 실었고, 오자키 고요는 1901년메이지 34, 아마추어 사진가들과 함께 '도쿄 사우회寫友會'를 결성하고, 이시바시 시안, 이와야 사자나미, 가부라키 기요카타, 가와바타 교쿠쇼川端玉章 등 150명을 회원으로 하고 스스로 회장에 취임했다.

시키가 기억 장치로 파악한 사진을 도입한 소설이라고 하면, 너무나도 유명한 것이 다야마 가타이의 『생生』『요미우리신문』, 1908.4~7이고, 시마자키 도손의 『집家』『요미우리신문』 외, 1910~1911이다. 『집』에서는 붕괴해가는 기소木曾의 옛집에서 대가족이 함께 사진을 찍는 장면을 첫머리에 두고, 뒤에 주인공이 그 시간과 장소를 반추하게 한다. 또 두 소설에서도 가족의 사진이 '작은 상자小箱'에 간직되고, 등장인물들에 의해서 그 '작은 상자'가 열리고, 사진을 바라보는 장면이 준비되었다. 정주한 땅을 떠나, 근대에 과감히 도전하면서 패배하고, 흩어져가는 가족을 앞에 두고, 사진 바로 그것이 가족이라는 환상의 시스템을 뒷받침하게 되었다. 도손은 『봄』『도쿄아사히신문』, 1908.4~8에서도, 청일전쟁 전야의 설정 아래 사진을 교환하는 남녀를 그린다. 스테키치捨吉는 사진을 통해서, 사랑하는 여성들에게 자기의 분신을 보내고, 그녀들의 마음에 자신의 모습을 새겨넣으려고 한다. 그러나, 가쓰코勝子에게서 받은 그녀의 사진에 대해서, '실물과는 다른' 인상에서 그녀 안의 성적 고뇌를 간파하고 '불쾌한 사진'이라며 기분이 나빠지기도 했다. 사진 자체에서 읽어낸 의미를, 피사체인 그녀의 숨겨진 본질이라고 이해하려고 한다. 그래서 사진은 '참'을 그려내는 장치로써 무척 소박하게 파악된다.

역시 사진과 관계하는 방식에 대해서 예사롭지 않은 인식을 보여준 것은, 『유리문 안에서』의 저자가 쓴 텍스트였다. 예를 들면 『산시로』[1908]. '숲의 여인'의 초상화에 감춰진 해석 기호는 시선을 둘러싼 인식론적 문제에 연동하고, 그 작은 변주로써 사진을 비유적으로 도입한 담론을 새겨넣는다. 히로타廣田 선생에 대한 요지로與次郞의 발언, "서양은 사진으로 연구한다. (…중략…) 그 사진으로 일본을 통제하기 때문에 참을 수 없다. 더러운 짓이야"는 경험적 지식보다도 모상模像의 지식이 침투하는 것을 풍자하고, 나아가 그것밖에는 없는 메이지 후기의 지적 풍경을 지적한다.

당연히, 그것은 또 산시로가 미네코美禰子의 본심을 의심하는 장면의 서술, 곧 "마치 더러운 곳을 깨끗한 사진으로 찍어서 바라보게 하는 느낌이 든다. 사진은 사진으로서는 어디까지나 진짜임에 틀림이 없지만, 일반적으로 실물의 더러움도 부정할 수 없고, 같아야 할 두 가지는 결코 일치하지 않는다"와도 연결된다. 사진에 의해서 만들어지기 시작한 초상과 본인의 어긋남을 지각하면서도, 사진과 같은 매개를 통하지 않으면 타자를 인식할 수 없다. 사진은 『산시로』 속에서 자주 나오는 거울상鏡像의 모티프와 상호작용하면서, 어긋남과 겹침 속에서 타자의 미궁을 그려낸다. 그리고 산시로에게는 히로타廣田 선생의 얼굴도 "사진판에서 본 누군가의 초상과 비슷하다"고 비친다.

한편 현실보다도 사진 속에서 유쾌함을 느끼는 『피안 지나기까지彼岸過迄』『도쿄아사히신문』『오사카아사히신문』, 1881.1~4의 스나가 이치조須永市藏까지는 거리가 멀지 않다. 「마쓰모토 이야기松本の話」에 따르면, 이치조는 "여성 잡지의 권두화에 나오는, 어느 미인의 사진"에 매혹되는데, 그것은 사진의 차원에 그치고 찍힌 대상으로 의식을 향하려고는 하지 않는다. "즉 나는 어디까지나 사진을 실물의 대표로 바라보고, 그는 사진을 그저 사진으로 바라본다. 만약 사진의 배후에, 진정한 위치와 신분과 교육과 성정이 덧붙여지고, 종이 위의 초상을 살려서 걸어둔다면, 그는 오히려 마음에 든 그 얼굴까지 아울러 버려두어 버릴지도 모른다." 마치 복제 환경 속에서, 사진과만 대화하는 모습이다. 동시대의 청년들이 비슷한 환경에 있었던 것은 말할 것도 없다.

시가 나오야志賀直哉의 『오쓰 준키치大津順吉』『중앙공론』, 1912.9에는, 주인공이 자신의 방에 레이놀즈의 「천사의 머리」 사진 동판 액자를 걸고, 그 아래에 '여성 잡지'의 권두 사진을 바라보는 장면이 있다. 그리고 서로 알던 아가씨에게 초상사진의 교환을 요청받고, 신경쓴 사진 두 장 가운데 어느 것을 보낼 것인지 헤매기도 한다. 겨우 선택해서 우송한 뒤에, 이번에는 그는 *The Theater*라는 연예 화보의 사진판을 바라보기 시작한다. 여기서 '오쓰 준키치'도 구독했을 잡지 『시라카바白樺』1910.4~1923.8가, 그 권두화에 많은 사진을 사용하고, 수많은 서양미술을 복사했던 점을 서로 겹쳐서 생각해야 할 것이다. 사진에 둘러싸인 환경이 이 무렵에 정비된 것이다.

인쇄된 '얼굴'

이야기를 실제의 사진 인쇄로 돌려 보자. 1890년(메이지 23)에 실용화된 사진 인쇄는 처음 다카하시 겐조高橋建三, 오카쿠라 덴신岡倉天心 등의 전통 미술 잡지『곳카國華』등을 무대로 하는 미술 사진에 중심을 두었다.그것을 담당한 것도 오가와 가즈마사이다『문학계』제40호1896.4부터 실린 부록 그림 여덟 장도, 서양 명화의 복사, 사이교 법사 상西行上人像의 사진으로, 문학잡지에 실린 미술 작품의 선편을 잡았다. 인쇄된 사진은, 오로지 그 피사체를 그때까지 볼 수 없었던 동서의 숨겨진 보물과 회화, 조각, 건축 등의 여러 미술에서 뽑고, 미술을 폐쇄된 성에서 해방했다. 가 본 적도, 본 적도 없는 풍경과 함께, 사진은 피사체에 관한 정보를 시각적으로, 정확한 인상으로 전달함으로써 그 능력을 발휘했다.

1895년(메이지 28)에 동시에 창간된『문예구락부』『태양』『소년세계』등의 잡지는 모두 권두 사진에 정성을 들였다. 잡지와 사진의 결합이 이후, 다른 잡지에도 미쳐 강화되어간다. 이들 잡지를 창간한 것은 하쿠분칸博文館이고, 그 배경에는 청일전쟁을 보도한 기록의 순간旬刊 잡지『청일전쟁실기』1894~1896의 대성공이 있었다. 그 제

1편을 보면, '오가와 가즈마사 사진 조각 동판과 인쇄'로써 아리스가와노미야有栖川宮 육군대장, 가바야마 스케노리樺山資紀 육군 군령부장 등의 초상사진, 그리고 조선국 군신君臣의 사진이 실렸다. 제6편이 되면 '대일본황제폐하'를 비롯한 각국 황제의 사진이 실리는 등, 매호, 몇 장의 사진이 삽입되었다. 이윽고 사진은 초상에서 전장의 풍경으로 변해가는데, 이런 사진 효과가 국가와 전쟁을 사람들의 눈길 속에 구체적인 모습으로 시각화했다. 국가와 군대의 지도자가 '신민'인 사람들 위에 군림하는 얼굴의 이미지가 되어 표상되어갔다.

물론 초상사진은 우러러보는 시선과 함께, 욕망의 시선이 향하는 방향으로 피사체를 뽑아낸다. 앞에서 이야기한 예기藝妓들의 초상사진이 『문예구락부』의 지면을 장식하기 시작한 것이다. 하쿠분칸이라는 출판사의 이데올로기가 거기에서 단적으로 드러난다. 그런데, 이 『문예구락부』 1895년메이지 28 12월의 임시 증간호 '규수 소설' 특집에는 모인 여성 작가들의 초상사진이 고르게 실렸다. 『13일 밤』을 기고한 이치요一葉와, 와카마쓰 시즈코若松賤子, 다자와 이나부네田澤稻舟, 고가네이 기미코小金井喜美子 등의 사진이 거기에 배치되었다. 당초, 이치요는 미야케 가호三宅花圃가 초상사진을 싣는다는 하쿠분칸의 설득으로 촬영을 허가했는데, 가호의 사진은 자필 공책만 실리고, 초상이 나오지는 않았다.세키 레이코(關禮子), 『히구치 이치요를 읽다』참조 남성 작가에게 그런 예는 없고, 문학가의 초상사진은 우선 여성 작가에 대한 관심에서 눈앞에 나타났다. '얼굴'을 바라

『청일전쟁실기』 제6편에 실린 각국 황제의 사진.
오가와 가즈마사 촬영

『문예구락부』 규수소설 특집호의 권두 사진

보는 대상으로써, 남성 독자, 또는 남성의 시선을 선점한 여성 독자의 호기심 어린 시선 아래 눈에 띄게 되는 목적으로 등장한 것이다. 같은 잡지에 실린 '규수' 작가와 예기의 조합이야말로, 사진 역사의 한 페이지를 장식해야 할 사건이라고 말할 수 있을 것이다.

 덧붙여 말하면 남성 작가의 초상사진이 한데 모여 잡지에 등장한 것은, 『신소설』 1897년^{메이지 30} 1월의 「작가 화백 초상 33씨 사진판」이 빠른 시기의 것으로 추정된다. 내용은 초상사진과 소개문으로 이루어졌고, 「제2회 작가 화백 초상 42도와 소전^{小傳}」^{1898.2}, 「문단 여러분의 초상 24와 소전」^{1898.4}으로 이어진다. 다만 남성 작가

뿐이고 여성 작가는 들어있지 않다. 이후, 『신소설』에는 문학가의 원고 외에, 가부키 배우들의 사진이 매호, 지면을 장식했다.

앞에서 본 『키재기』는 『문학계』에 처음 실렸지만, 높은 평가를 받고 『문예구락부』 1896년메이지 29 4월호에 다시 실리기도 했다. 뜻밖에도 우리는 텍스트로써 『키재기』가 지닌 힘을, 텍스트를 규정하는 미디어 환경에 대해서도 뻗어 있던 무의식의 비평성에서 볼 수 있다. 사진을 둘러싸고 쇼타로와 미도리의 주고받기에 감춰진 시선의 정치학은, 이치요 등 '규수' 작가들을 둘러싼 공간에도 온통 둘러쳐져 있었다.

덧붙여서 말하면 이치요가 사망한 뒤에 나온 최초의 『이치요 전집』은 오하시 오토와大橋乙羽 편집으로, 하쿠분칸에서 간행되었다.1897.1 권두를 장식한 것은, 다케우치 게이슈武内桂舟의 다색 인쇄, 접혀 넣어진 권두화이고, 이치요를 떠올리게 하는 여성이 붓을 쥔 구도였다. 초상사진은 들어있지 않다. 그러나, 이것이 같은 판의 교정판에서는, 권두화가 사라지고, 『문예구락부』에 실린 초상사진이 나타난다. 문학가의 초상사진이 책에 들어간 것은, 개인 전집이라는 사상, 제도가 성립했기 때문이고, 말하자면 『이치요 전집』은 그 과도기에 간행되었다.내가 확인한 『교정 이치요 전집』은 1911년 5월에 나온 제32판. 재판은 이미 초판과 같은 해인 1897년 6월에 나오기 때문에, 지금 특정할 수 없지만, 그 사이의 어느 판에서 권두화에서 초상사진으로 바뀌었을 것이다

호시노 덴치星野天知, 히라타 도쿠보쿠平田禿木, 도가와 슈코쓰戶川秋骨 등 『이치요 전집』과 같은 스태프가 관계된 『도코쿠透谷 전집』하쿠분

칸, 1902.10에서는, 권두는 초상사진이었고, 2면이 「풍류를 논해서 갸라마쿠라伽羅枕[10]에 이름」의 자필 원고 사진판이다. 기타무라 도코쿠北村透谷에 대해서는 얼굴 사진보다도, 원고와 서체에 독자의 관심을 집중하게 했다. 그리고 1904년메이지 37에 제1권이 나온『고요 전집』하쿠분칸, 1902.10에 이르면, '메이지 24년1891의 고요산진紅葉山人'

『고요 전집』제1권의 권두 사진

이라고 이름이 붙여진 전신의 입상 사진이 오가와 가즈마사의 제판으로 실렸다. 그리스풍으로 지은 건축물의 무대 배경 앞에, 학생 모자, 양산, 손가방, 명주 바지를 입은 청년 고요의 사진은 통속적이기조차 하다. 그러나 한 시대를 그린 작가의 기개를 전하기도 하는 듯하다. 이렇게 해서 고인의 전집이라는 형태로, 초상사진은 책의 내부에 침입하기 시작했다. 덧붙여 말하자면, 소세키는 생전의 자저自著에는 초상사진 등을 싣지 않았음에도 불구하고, 사후 전집전집간행위원회 편, 1919에는 물론 사진이 각 권에, 한 장 끼워졌다. 아마 고미야 도요타카小宮豊隆 등이 소세키의 전설을 구축하는 것으로 이어지는 것처럼. 그때부터 초상과 소설이 무수한 선분으로 이어져 가게 된다.

---

10   오자키 고요의 소설. 메이지 23년(1890)『요미우리신문』에 연재되었다. 요시하라(吉原)에서 전성기를 구가한 사다오(佐太夫)의 반생기다.

초상, 입체, 활동

러일전쟁은『러일전쟁 실기』『러일전쟁 사진화보』^{모두 하쿠분칸} 등을 비롯한 전쟁 보도를 더 확대하고, 사진을 한층 더 일상의 생활로 침투하게 했다.『러일전쟁실기』와 견주어봐도, 사진 기술, 인쇄 기술의 비약적인 발전을 엿볼 수 있다. 예를 들면,『사진 화보』제2권^{1898.5}에는 다음과 같은 기사가 보인다.

전쟁 기사에 사진을 삽입하는 것, 청일전쟁 무렵에는, 겨우 하쿠분칸에서 발행한 청일전쟁실기가, 처음으로 이른바 사진 동판을 응용해서, 인물 풍경을 사진 그대로 권두화로 삼은 데 지나지 않지만, 이후 10년 사이에, 우리나라 출판물에 사진을 응용하는 기운은 두드러지게 진보해서, 요즘은, 모든 잡지가 절반 이상은 권두화에 사진을 삽입할 뿐만 아니라, 요즘 갑자기 발흥한 수천 종의 전쟁 전문 잡지는 어느 것이나 사진을 넣지 않는 것이 없고, 지금은 신문지 중에도 많은 사진을 싣게 되었다. 쓰보야 스이사이(坪谷水哉), 「사진집 고심담」

1906년^{메이지 39}에 창간된『문장세계』는, 하쿠분칸의 보도 사진반에 이어서 종군기자로 근무했던 다야마 가타이를 편집자로 하고, 창간호부터 권두화에 시인의 초상화와 그 육필을 사진판으로 실었다. 독자가 보낸 투고를 첨삭하고, 평가해주고, 일본어의 문체를 통괄적으로 변혁하는 방향으로 이끌었던 이 잡지는, 다른 차원에서는 사진을 통해 문학가와 독자의 거리를 좁혔다. 원래는 이미 오랜 과거에 속하는 명문가를 실었지만, 이윽고 시키, 이치요 등 고인의 초상으로 바꾸고, 현재의 저명 문학가로 바꾼 것은 필연적인 흐름이었다.

시마자키 도손의 『신카타마치에서』에 실린 권두 사진

전집과 유고집 외에 단행본에서 초상사진을 실은 책이 등장하는 것도, 시간의 문제였다고 말할 수 있을 것이다. 지금 최초의 그것이 무엇인지 정확히 특정할 수는 없지만, 사쿠라쇼보左久良書房의 「문예입문」 시리즈 등은 오래된 것 가운데 하나일 것이다. 그 제1편은 시마자키 도손의 에세이집 『신카타마치新片町에서』1909 이고, 권두에 신카타마치의 자기 집에서, 시마자키 하루키島崎春樹라고 표찰이 걸린 현관에 기댄 저자의 초상사진이 실렸다. 그것은 표제와도 합치되고, 자연스럽게 자택 안으로 부르려고 하는 듯하다.

독자 앞으로 보낸 '일종의 통신'으로 엮는다고 하는 도손 자신의 서문도 그런 것이면서, 권말에 실린 사쿠라쇼보 동인의 후기에서, 신문·잡지 등의 문예란 개설, 문학가의 '문화文話 감상' 발표 등 독자의 '취미' 향상에 대응했고, 그것을 발전시키기 위해 한 사람씩 문학 에세이집을 한데 모으기로 했다는 발언이 주목된다. 이후, 가타이의 『잉크병』1909을 비롯해, 도가와 슈코쓰 등의 에세이집을 간행해 가는데, 소설이 아니라 에세이를 수록한 총서에 초상사진이 붙여진 것이 무엇보다 흥미롭다. 사진을 수록함으로써 저자가 직접 현전한다는 착각을 틀로 하면서, 독자를 향해 '문학'의 정수를 이야기하는 문화적 지도자의 담론이 거기에서 성립하는 것을 볼 수 있다. 거의 이때부터 다이쇼 시기에 간행된 작가의 '문화'집에, 적지 않은 초상사진이 삽입되어 간다.

다카하시 세오리高橋世織가 지적하는 것처럼 나가이 가후永井荷風의 번역시집 『산호집』모미야마 서점(籾山書店), 1913에 실린 서양 시인들의 사진, 또 하기와라 사쿠타로萩原朔太郎의 『하늘색 꽃』1913에 보이는 권두 초상화 사진은, 이런 책과 사진의 만남 속에서 준비되었다. 그 사쿠타로가 입체사진에 관심을 기울인 것은, 사진을 둘러싼 시선이 다양한 미디어와 융합해, 사회 전체를 뒤덮게 된 시대와 관계된다. 다카하시가 말한 것처럼, 개인으로 '엿보는 상자'를 봄으로써 향유할 수 있는 입체사진은, 인쇄의 공적 미디어에 실리지 않는 사적인 감흥의 대상이 되었는데, 공간을 이차원에 넣고 봉해버리는 사진에 비해서, 3차원적인 공간의 착시 현상은 시인의 감성을 자극하는 새로운 시각 체험이었다.

그 입체사진과 함께, 눈의 쾌락을 도입한 것이 활동사진이다. 입체사진이 그 성질상, 피사체의 정태靜態를 강요한 데 비해서, 활동사진은 그 이름대로 움직이는 사진으로, 나아가 다수의 관객을 향해 상영함으로써 다른 미디어성을 발휘했다. 다니자키 준이치로谷崎潤一郎를 비롯한 문학가의 대부분이 활동사진에 적극적으로 관여했던 것은 잘 알려져 있다. 사진은 테크놀로지의 발달에 따라 이렇게 분기하면서, 문화의 전모를 뒤덮어가게 된다. 사진을 둘러싼 잡지도 그때까지는 기술 정보지였지만, 작품 사진을 주장하는 잡지가 등장하는 것이 1920년대이다.

영상의 시대를 앞두고, 이것을 출판 전략으로 끌어들인 것이 가이조샤改造社였다. 1926년다이쇼 15부터 나온 『현대 일본문학 전집』, 이른바 엔본円本은, 구메 마사오久米正雄가 감독한 활동사진 「일본 현대 문학 순례」의 필름 상영과, 아쿠타가와 류노스케芥川龍之介, 사토미 돈里見弴 등의 강연을 세트로 한 일대 캠페인 아래서 시작했다. 간사이關西, 도후쿠東北, 홋카이도北海島로 차례로 펼쳐진 선전 활동은, 움직이는 사진과 실물을 조합하면서, 연출된 문학가들의 얼굴, 표정, 신체, 몸짓, 의복, 주거, 그 아내와 가족, 애인의 모습 등을 관객에게 보여주었다. 이 『현대 일본문학 전집』이 권두에 수록작가들의 초상사진을 넣은 것은, 가이조샤의 분명한 의도와 부합했을 것이다. 그리고 이후로 속출하는 신초샤新潮社, 슌요도春陽堂, 헤이본샤平凡社의 엔본은 그 책 만들기를 모방함으로써 성립해 나간다.

문학 전집이라는 제도는, 문학 텍스트의 모든 것을 망라할 것을 목표로 많은 독자를 획득하는 한편, 그 결과로 배제와 포용, 체계화와 서열화를 만들어냈다. 독자 한 사람 한 사람이 서가에 '현대 일본문학'의 총체를 소유하고, 형태가 같은 책의 텍스트를 제각각 개인성의 기호가 된 초상사진으로 각인하고, 차이를 만들어 가는 감상 방법이 그렇게 해서 성립했다. 규격화로 책의 개성을 분리하고, 투명한 언어만이 돌출한 텍스트와, 그 텍스트의 지배 관리자로

서 명시된 저자 초상사진의 조합이, 독자와 텍스트의 관계를 재편
성해 가게 된다.

기호로 표현된 작가

그러나, 사진화의 속도는 거기에서 그치는 것이 아니었다. 엔본
의 성공은 피사체의 대상을 기성 작가에서 신진 작가까지 확대했
다. 1930년쇼와 5부터 시작된 신초샤의 「신흥 예술파 총서」, 가이조
샤의 「신예 문학 총서」 시리즈는 엔본의 수입에서 거둔 윤택한 자
금으로 간행되었는데, 사륙판, 지장으로 거의 비슷한 두 총서는 모
두 속표지에, 표제, 저자명과 함께 초상사진을 넣었다. 신초샤에서
는 이부세 마스지井伏鱒二, 오카다 사부로康田三郎, 요코미쓰 리이치橫
光利一, 가무라 이소타嘉村礒多, 가와바타 야스나리川端康成 등이, 가이
조샤에서는 이부세, 구로시마 덴지黑島傳治, 하야시 후미코林芙美子, 호
리 다쓰오堀辰雄, 구보카와 이네코窪川いね子 등이 선정되었다. 「신흥
예술파 총서」의 한 책으로 『깊은 밤과 매화꽃』1933을 간행한 이부
세는 뒤에 이때의 초상사진을 둘러싸고 다음과 같이 증언한다.「첫 번
째 책―『깊은 밤과 매화꽃』에 대해서」, 『정본 깊은 밤과 매화꽃』, 자서(自序), 1984

이 책이 나오기 전에, 속표지에 들어갈 내 사진을 보내달라고 신초샤에
서 편지가 왔다. 그 무렵 아마추어 사진을 찍는 친구가 없어서, 곧바로 가

까운 사진관에서 찍은 사진을 들고 신초샤에 갔다. 내가 신초샤에 간 것은 이때가 처음이다.

응접실은, 2층이었는지 계단 아래였는지 기억나지 않는다. 어쨌든 응접실을 통해서 응대하러 나온 25, 26세의 사람에게 사진을 건네자, 그 사람은 느긋하게 말했다.

"애써주셨는데, 이것은 결혼 맞선 사진과 같지 않습니까? 이렇게 딱딱한 느낌으로는, 창작집에는 어울리지 않네요. 죄송하지만, 우리 회사에서 드나드는 사진관에서 찍어주시지 않겠습니까? …… 좀 더 자연스러운 느낌이 나도록 해주세요. 바라는 것을 말씀드리면, 아쿠타가와 선생님처럼 팔꿈치를 세우고 손으로 턱을 괴는 자세를 하든가 무언가를 하셔서, 서정적으로 보이는 쪽이 좋아요."

실제의 사진에서는, 소파 반대편으로 어깨를 돌리고 비스듬하게 찍힌 앵글 속에서 이부세는 몸을 뒤틀고, 왼쪽 팔꿈치를 가볍게 걸친 자세를 보인다. 그 사진이 '서정적'인지 아닌지는 제쳐놓고, 연출된 초상을 끼워 넣으면서 상품화의 과정을 걸어간 책 역사의 한 삽화가 될 수 있을 것이다. 또 뒤의 회상이라고 해도, 사진에 관한 자의식의 작용은 농담처럼 들리지만, 『깊은 밤과 매화꽃』에 실린 단편소설들과 관련된 것으로 보인다.

「어느 방문기」라고 부제가 붙은 「탄광 지대 병원」『문예도시』, 1929.7 도 그 가운데 하나다. 보도 기자로 보이는 화자 '나'는, 탄광 지대의 병원에서, 기사장에게 강간당했던 때의 상처가 원인이 되어 아가

이부세 마스지의
『깊은 밤과 매화꽃』 속표지 사진

씨 한 사람이 죽은 사건과 마주친다. 그리고, 유해 앞에서 세 사람의 증언을 듣는다. 닥터 게테, 아가씨의 아버지, 간호부 세 사람은, 그때에도 탄광 사고로 갱부가 '오징어포' 같은 몸이 되어 운반된 살벌한 상황 속에서, 사건의 윤곽과 제각각의 생명관·인생관을 말한다. 그들은 기사장에 대한 소송 계획에 대해서, 서로 자신이 관여한 것을 부정하는데, 거기서 이 소설의 줄거리를 둘러싼 수수께끼가 생겨난다. 그러나, 계속 의심하는 '나'에 대해서, 마지막으로 아버지는 말한다. "사람들의 친절함을 허위라고 지적하는 입장으로 자신을 추천하시는 태도는 어떠한 것일지 생각합니다. 그런 일을 하는 사람의 충고는 위조지폐와 비슷합니다." 곧 아쿠타가와 류노스케의 『덤불 속』과 같은 구성을 보이면서도, 듣는 사람으로서 공평한 객관성 아래에서 초월적인 위치에 있던 검비위사檢非違使[11]와 달리, '나'는 증언자에 의해서 이야기의 '위조지폐'성이 폭로되어 버린다. 『덤불 속』에서는 상대주의적인 인식에 입각하면서도 또한 신뢰받던 듣는 사람 / 말하는 사람의 객관성이, 그 근거 없음이 일거에 드러나게 된다. '지폐'의 본질에 실은 위조도 진짜도

11 헤이안시대 초기에 설치된 관직 가운데 하나. 도성 안의 범인 검거와 풍속 단속 등을 직무로 삼았다.

다자이 오사무(太宰治)의 『만년』. 왼쪽은 권두 사진, 오른쪽은 표지와 띠지.

없는 것처럼, 진실을 전하는가와 같은 말하는 사람의 시선에 대한 물음은, 그대로 허구와 현실이 합쳐져서 하나가 된 사진 공간에 대한 인식과 하나로 이어진다.

책이 상품화되고 획일화된 상황에 저항하기 위해, 1930년대 전후로 새로운 서적론이 등장한 것은 말할 필요도 없다. 제일서방第一書房과 스나고야쇼보砂子屋書房 등 뛰어난 딜레탕트 출판사가 시장의 게릴라로 활약하기 시작한다. 또는 극히 정신주의적으로 파악된 책의 숨겨진 물질성이 활자공들의 반란으로 시대의 밑바닥을 뒤흔들었던 일도 덧붙여 두어야 할 것이다.

그 극에 위치하는 것으로, 스나고야쇼보에서 펴낸 다자이 오사무太宰治의 창작집 『만년』1936의 권두 사진을 언급해 두자. 책의 제작부터 장정까지 다자이가 뜻한 대로 다한 이 책은, 새하얀 표지 위에 파라핀[12]을 바르고, 띠지를 달았다. 그리고 권두에 삽입한 초상

---

12 글라신 페이퍼나 모조지 따위에 파라핀(원유를 정제할 때 생기는, 희고 냄새가 없는 반투명한 고체)을 먹여 방수성을 좋게 한 종이.

사진은, 정사情死 미수와 파비닐Pavinal 중독으로 추문에 휩싸인 다자이의, 이른바 장례식 사진을 연출했다. 그 철저한 연출은, 이부세 등이 놓인 사진 공간에 대한 의식적인 새로운 참가와 비평의 가능성을 이야기한다. 곧『만년』이라는 책은,『어릿광대의 꽃』을 칭찬한 것으로 사토 하루오佐藤春夫가 야마기시 가이시山岸外史에게 보낸 서간, 또 이부세 마스지가 "헤진 옷에 찢어진 모자, 헝클어진 머리에 꽃 같은 얼굴을 한 한 대학생"물론 다자이를 가리킴에게 보낸 다정한 감정이 담긴 서간을, 띠지의 안과 밖에 각각 인쇄해 넣었다.『후지산 백경』『인간실격』으로 이어지는 사진론적 모티프의 계보는, 바야흐로 문학 텍스트가 사진과 접촉함으로써 변형된 과정이 단계적으로 완료된 것을 의미한다.

제6장

활자의 범람, 미디어의 투쟁

도시를 주파하는 비라

1929년쇼와 4 6월부터 잡지 『전기戰旗』에 발표된 도쿠나가 스나오德永直의 소설 『태양이 없는 거리』의 제1회는, 「거리 Ⅰ 비라」라는 작은 표제를 붙이고, 가두에 비라가 뿌려지는 장면을 첫머리에 실었다. 『전기』는 일본 프롤레타리아 작가동맹, 미술가동맹 등이 연합한 전일본무산자예술단체협의회의 기관지. 같은 잡지에는, 고바야시 다키지小林多喜二의 『게잡이 어선蟹工船』이 나란히 연재되었다.

전차가 끊기고, 자동차도 일제히 멈춘 이례적인 사태를 이야기하는 데서 소설은 시작한다. "무슨 일이야?" "무엇이 일어난 거야?"라는 사람들의 말이 기록되고, "××궁 전하의 고등사범학교 행차셔!"라고 속삭임 소리가 응답한다.복자 부분은 '섭정' 궁으로, 뒤의 쇼와 천황 그리고 행렬이 거리를 통해 지나간 직후, 혼잡한 군중 속에서 '새하얀 종이쪽지'가 날아올랐다. 형사와 인파가 뒤얽히고, 혼란의 뒤, 노파가 주워 올린 종이쪽을 형사가 빼앗아, 비라의 내용이 거기서 처음으로 인용된다.

친애하는 고이시카와小石川 구민 여러분

아울러 도쿄시민 여러분에게 호소한다!!

우리 대동인쇄회사 종업원 3천, 가족 1만 5천 명의 쟁의단은, 횡포한 대자본가 오카와大川 사장의 간교한 책략에 따라서, 주조과 38명의 해고를 구실삼아, 우리의 조합출판노동을 뿌리째 쳐부수고 1만 5천의 호구를 기아에 빠뜨리려고 하는 악랄한 마수에 대항해서, 이미 50여 일을 싸워왔다. 우리가 소속한 전일본노동조합평의회와 전국의 노동자 단체에서 열렬한 지지 응원을 얻어, 만족할 줄 모르는 대자본 족벌 오카와와 싸우고, 전일본 무산계급의 최전선에서 우리의 아성을 일보도 물러나지 않을 것이며, 필승을 기하는 바이다. […중략…]

우리는, 정의의 이름으로, 호소한다.

여러분의 지지 응원과, 또 여러분의 여론으로, 이 부덕한 놈을 장사지내고, 우리 쟁의단의 승리에 진력하게 할 것을!

1926년 10월 ××일

대동인쇄쟁의단

고이시카와 구민 유지

소설 속에 다른 텍스트가 인용된 것은 드문 일도 아니다. 그러나, 이 소설에서는 허구의 비라 텍스트가 그 말만 인용되는 것이 아니라, 검은 괘선에 둘러싸여, 아마도 비라 그 자체를 책 속에 시각적으로 드러나게 하는 것처럼, 인쇄되었다. 이 바로 뒤에는 "사복의 눈은, 나뭇가지 끝의 새처럼, 활자와 활자 사이를 난다"는 글이 있다. 독자는 이 비라의 내용을 알아차린 뒤에, 순식간에 몇 개의 단어만을 눈으로 좇아서 해독한 형사의 직업적인 읽기도 상상할 수 있을 것이다.

거리의 교통과 사람의 흐름을 가로막는 천황제-정부의 권력 구조, 또 그 군중 속에서 저항의 의지를 담아 날아오르는 비라. 그 비라는 눈앞의 현실과는 다른 지층에서 일어나는 사건의 존재를 전하고, 정부에 의해 제어된 정보의 흐름을 거꾸로 토막토막 끊어버리고, 전환해간다. 그리고 눈 깜박할 사이에, 비라도, 비라를 뿌린 사람도, 그것을 좇는 사람도 시가지를 달려가, 시야에서 모습을 감춘다. 1926년^{다이쇼 15} 1월 21일 자 『도쿄아사히신문』 기사에 따르면, 모델이 된 공동인쇄쟁의에서는, 종업원 2천1백여 명이 20일부터 파업에 들어가, 다음 날 아침 「시민 여러분께 호소한다」는 격문 10만 장을 시중에 뿌릴 예정이었다. 쟁의단의 주장에 근거한 것뿐으로 조금 과장되었지만, 비라 10만 장이 도쿄 거리를 질주하는 광경은 그것만으로도 놀랍기 그지없다.

게다가, 이 비라에 기록된 서명에 따르면, 그때까지 활자를 모으고, 인쇄, 제본에 종사하며, 타인이 쓴 문장을 잡지와 책, 포스터를 완성하는 일에 묵묵히 전념해온 직공들이, 동업자의 회람과도 조합 뉴스와도 달리, 불특정다수의 도시 군중을 향해 자신들의 집단 의지를 활자 텍스트로 발신했다. 받는 사람 쪽에서 말하자면, 물론 비라를 통해, 인쇄공들의 집단이 처음으로 구체적인 주체의 모습을 드러냈다.

덧붙여서 문학사의 연표를 살펴보면, 다카하시 신키치高橋新吉 · 쓰지 준辻潤의 『다다이스트 신키치의 시』중앙미술사가 나온 것이 1923년다이쇼 12, 이나가키 다루호稲垣足穂 · 기타소노 가쓰에北園克衛 등이 만든 잡지 『게 기무기가무 프루루루 기무게무ゲエ・ギムギガム・プルルル・ギムゲム』, 무라야마 도모요시村山知義 · 야나세 마사무柳瀬正夢 등의 잡지 『MAVO』, 하기와라 교지로萩原恭次郎 · 쓰보이 시게지壺井繁治 · 오노 도자부로小野十三郎 등의 잡지 『다무다무ダムダム』 등이 나온 것이 1924년다이쇼 13이다. 언어 표현의 표상 · 재현의 폭을 철저하게 좁히고, 언어 그 자체의 물질성을 끌어내고, 예술적 전위와 스캔들을 동거하게 한 그 시인들의 전략은, 투명한 매체로 여겨진 활자가 전대미문으로 날뛰는 사태로 구현되었다.

이런 움직임과 연속한 것처럼, 1920년 전후부터 고조된 노동운동을 배경으로, 활자와 마찬가지로 쓰는 사람과 읽는 사람 사이에서 묵살되어 온 인쇄공들이, 출판업계에서 생산량의 비약적 확대와 그에 따른 노동조건의 악화, 조합활동에 대한 억압에 대항해, 자신들의 말을 처음으로 활자로 인쇄해 넣었다.

그들 앞에 있었던 것은, 거대한 자본을 투하해서 사람들에게 상품에 대한 욕망을 북돋운 산업사회의 정보 전략이었다. 인쇄 기술이 향상됨에 따라 세련도를 높인 포스터, 비라가 도시를 중심으로 대량으로 뿌려지고, 도시를 포장하기 시작했다. 거리, 빌딩의 외벽, 역 앞, 쇼윈도는 이렇게 해서 상업적으로 도안화된 문자와 그림의 캔버스로 바뀌고, 그것을 보는 시선의 주체를 소비사회의 담당자로서 조직했다. 광고산업이 시작하고, 모든 미디어가 동원된 사회. 그것은 대지진 뒤의 도쿄를 '스펙터클의 제국 도시'로 바꾸었다.

출판 저널리즘에서 광고 전략이 도입된 최대의 사례로, 대일본웅변회 고단샤講談社의 잡지 『킹』을 들 수 있다. 서양의 잡지를 연구하고, 프로젝트를 조직해서 1925년다이쇼 14 신년호로 창간된 그 잡지는, 처음부터 백만 부 판매를 목표로 내걸고 대리점·소매점을 경악하게 했다고 한다. 고단샤는 170만 장에 이르는 선전 비라를 전국에 뿌리고, 전국의 관청, 학교, 재향군인회, 부인회, 유권자, 유명인에게 보내는 봉한 편지의 인사장 32만 5천 통, 엽서로 만든 선전 83만 6천 통을 발송했다. 소년부원은 몇 반으로 나누어서 반년 전부터 전국의 서점을 돌고, 옷깃에 '대일본웅변회'라고 물들인 아쓰시厚司[1], 검은 띠, 굽 높은 나막신 차림으로 서서 줄거리를 읽어주었다. 그리고 창간호 발매와 함께, 전국의 3백여 신문에 1면 광고를 일제히 내고, 판매점에 '진력盡力을 바란다'는 전보 5천 통이 전해지

---

1   아이누 사람이 옷감으로 쓰는 난티나무 껍질 섬유로 짠 두껍고 질긴 천. 앞치마 등 작업복으로 쓰인다.

고, 결국 전국의 친돈야チンドン屋²가 총동원되었다.

나왔다!

새 잡지

킹

잡지계 최초의 대장관

일본에서 제일 재미있다!

유익하다!

싸다!

일본에서 가장 많은 부수!

신년 창간호 굉장한 4대 부록 증정

예를 들면 미쓰코시三越의 하시구치 고요, 스기우라 히스이三浦非水 등이 만든 회화적 포스터와 다케히사 유메지竹久夢二의 광고 그림, 또는 사진 인쇄로 제작한 포스터에 비해서, 놀랄 만큼 노골적이지만, 『킹』을 손에 들고 읽는 아버지를 아내와 아이들이 둘러싸고 함께 읽는다는 가족론적인 구도로 일관한 포스터, 비라가, 출판 광고의 장면을 새로 칠하게 되었다. 그 통속도덕적인 신화와는 정반대로 광고 문구가 선정적으로 보여주듯이, 이 잡지는 '일본에서 가장 많은 부수'라는 것도 선전 전략으로 끌어들이고, 잡지 본체의

---

2   이상한 복장을 하고 악기를 울리면서 거리를 돌아다니며 선전·광고하는 사람.

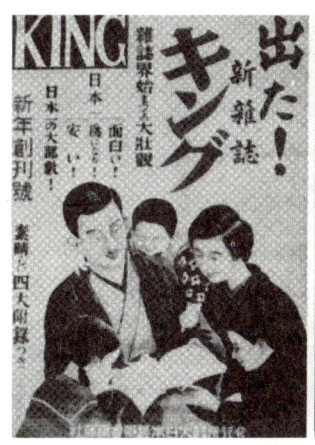

1920년대의 광고. 오른쪽은 스기우라 히스이가 그린 미쓰코시 포스터,
왼쪽은 『킹』 창간 때의 포스터

내용을 호소하는 것 이상으로, 다시 시장이 '상징교환'^{J. 보드리야르}의
공간임을 보여주었다. 모두가 사니까, 당신도 늦어서는 안 된다고
말하는 것만으로, 잠재의식에 새겨져, 기호의 홍수가 사람들을 엄
습했다.

　포스터 예술의 창시자라고도 할 수 있는 로트렉과 쥘 쉐레^{Jules}
^{Chéret}의 작품이 이미 그랬던 것처럼, 선전 매체에서는 문자가 의미
의 담당자로서 종속되는 것을 그치고, 그 형상성의 효과를 다시 강
조하게 된다. 그에 따라 활자의 타이포그래피는 대담하게 도안화
되고, 화면의 미학적 통일, 또는 『킹』 포스터에 보이는 것처럼 광고
목적에 의한 극단화가 추진되었다. 기껏해야 간판과 노보리^{のぼり 3}
가 광고의 주류였던 시대에서, 이리해서 도시의 외관은, 거듭해서
쓰인 것은 사라지고, 사라진 것은 쓰이는 팔림세스트^{palimpsest, 양피지}

3　상품명이나 가게 이름, 또는 행사 등을 알리기 위해 사용되는 옥외 광고물의
　일종. 대부분 천 등에 인쇄되어 장대에 꽂아 세워두는 것이 일반적이다.

처럼, 엄청난 포스터와 비라가 뿌려진 공간으로 변형되었다. 의미의 봉사에서 해방된 활자의 범람은, 한편으로 인쇄공들의 반란과 연동하면서, 큐비즘과 다다이즘의 그림이 틀림없이 바로 실제의 풍경이라는 사실을 보여주었다.

『태양이 없는 거리』

무명의 신인이었던 도쿠나가 스나오의 『태양이 없는 거리』는, 발표 직후부터 많은 지지를 받았다. 그리고 이례적으로 일찍이, 『전기』연재가 완결되기 전에 일본 프롤레타리아 작가 총서의 한 책으로, 1929년^{쇼와 4} 12월, 전기사^{戰旗社}에서 간행되었다. 후지모리 세이키치^{藤森成吉}의 『빛과 어둠』, 고바야시 다키지의 『게잡이 어선』, 야마다 세이자부로^{山田淸三郎}의 『오월제 전후』에 이어지는 총서 제4편이고, 당시, 비합법 공산당의 지휘 아래에 있던 나프^{NAPF}의 하부조직, 일본 프롤레타리아 작가동맹의 유력한 담당자로 주목받았다.

장정은 원래 『MAVO』의 야나세 마사무, 삽화는 메구로 생^{目黑生}, 발행 겸 인쇄인의 명의는 야마다 세이자부로, 인쇄는 유니온사였다. 야나세는 모더니즘에서도 좌경에 속하고, 크림 바탕에 붉은색과 검은색, 감색의 색채를 배합하고, 해머를 치켜올린 노동자의 신체를 역동적으로 도안화한 표지를 그렸다. 그 문자도안은, 1920년대 당시의 프롤레타리아 운동을 석권한 그래픽 문자이고, 오른쪽

도쿠나가 스나오의 『태양이 없는 거리』　　　　『태양이 없는 거리』삽화. 메구로 생 그림
표지. 장정은 야나세 마사무

어깨를 치켜 올라가게 하고, 한 글자 한 글자를 역삼각형으로 정돈
한 문자의 표기법은, 그 형상에서 남성 노동자의 대열을 이미지로
만들었다.

　소설은, 앞의 비라를 둘러싼 사건을 프롤로그로, 고등사범에 행
차한 '황족 님宮樣'이 내려다보는 시선에 근거해서 고이시카와 동물
원에서 시미즈타니淸水谷의 고지대, 센카와죠스이千川上水를 낀 골짜
기 아래의 거리로 독자를 안내한 뒤, '횡포한 대자본가'와 대동인
쇄 쟁의단의 투쟁을 그려낸다. 과거의 쟁의에 동조한 옛 활동가와
당의 지령으로 움직이는 새로운 활동가들, 여성 단원과 그 가족,
테러리스트 등 복수의 인물을 배치하고, 「대치하는 진영」「임무」
「가면을 벗고」「전선」「돌풍」「부상」「질곡」「깃발이 어둡다」 등
의 장 제목이 공공연히 보여주는 것처럼 전쟁 첩보소설 비슷한 이
야기를 전개해간다. 한 손에 부채를 펴고 이야기하는 강담의 내용

은, 이야기하고 싶어 하는 프롤레타리아문학의 요구에 알맞았다. 단편적인 스케치나, 단편으로 시종일관한 그들은, 그 활극에 갈채를 보냈다.

형식적으로도 이 소설에는 메이지 20년대 이후, 정착한 회화 기호인 「 」을 쓰지 않고, ― 라는 대시로 대화 부분을 표시하는 등, 곳곳마다 표현에 고심한 모습도 보였다. 『게잡이 어선』의 첫머리에 실린 "이봐, 지옥으로 꺼져라!"라는 대사에 대해서, 히다카 쇼지日高昭二는 활동사진을 근거로 한 영화 체험을 인용한 것으로 파악하는데, 프롤레타리아문학과 영화의, 장르를 뛰어넘은 연관성은 깊고, 『태양이 없는 거리』에서 나타난 회화 기호의 변화 등도, 분명히 무성 영화의 자막을 의식한 수법이라고 할 수 있다. 또 몽타주를 근거로 한 재빠른 장면 전환, 극히 활동사진적인 자동차 추격 장면 등, 영화적 소설을 겨냥한 것은 분명했다. 메구로 생의 삽화에도 카메라 앵글을 생각나게 하는 구도가 적잖이 눈에 띈다.

『태양이 없는 거리』의 호평은, 이런 연출에 뒷받침된 것이고, 거기에는 전년의 프롤레타리아문학을 둘러싼 두 개의 논쟁, 곧 예술 대중화 논쟁과 형식주의 논쟁의 그림자가 드리우고 있었다. 곧 "프롤레타리아 예술의 형식도, 미래파, 입체파 이전으로 돌아가는 것이 아니라 이들 모두의 예술적 형식을 이용함으로써, 그 위에 수립되어야 한다"구라하라 고레히토(藏原惟人), 「프롤레타리아 예술의 내용과 형식」, 『전기』 1929.2라는 거의 부조리할 만큼 애매하게 결말이 난 문제에 대해서 적당한 실천의 사례가 거기서 발견된다.

작가 도쿠나가 스나오가, 야간 중학교에 다녔을 뿐인 무명 인쇄 노동자 가운데 한 사람이었다는 사실은, 이 소설의 통속성을 감추고 '프롤레타리아'적 성격을 강조하는 데 효과적이었을 것이다. 열한 살 때, 초등학교 6년으로 퇴학하고 구마모토 시내에 있는 인쇄소의 견습공이 된 도쿠나가는, 일급 7전을 받고 하루 열 시간 일한 것으로 시작해서, 뒤에 하쿠분칸 인쇄소의 식자공으로도 근무했다. 공동인쇄는 그 하쿠분칸 인쇄소의 후신이고, 틀림없이 이 소설은 그 자신이 그 속에서 체험한 공동인쇄 대쟁의를 소재로 삼음으로써 성립했다. 소설을 둘러싸고 사실에 뿌리 박은 기록이라는 부가적 요소도, 안성맞춤이었다.

그러나, 일어난 사실을 담은 『태양이 없는 거리』는, 인쇄공들이 획득한 언어를 소설의 형식으로 상품화하는 한편, 이것을 또다시 이어지는 운동의 네트워크로 전개하게 하는 새로운 담론의 등장이기도 했다. 그것은 무언가를 전하는 매개의 과정에서 일어난 것을 언어화하고, 전달 회로에 올라타는 인식 운동의 시작이다. 비유적으로는 다음과 같은 광경을 떠올려보면 좋을 것이다. 정연하게 짜인 활자 상자에서 튀어나와, 닥치는 대로 여러 방향의 운동에서, 다시 대열을 갖추고, 새로운 의미의 전달을 목적으로 해서 조직화되어 가는 활자들의 모습. 근대의 책을 구성한 최소의 단위인 활자의 범람 = 반란의 역사를 확인할 필요가 있다.

전달 과정의 자각

분쿄구文京區 고이시카와小石川의 덴쓰우인傳通院[4] 일대는, 절이 많은 곳이면서, 중소 규모의 인쇄소가 북적거리는 마을이기도 하다. 오늘날의 고이시카와 식물원, 옛 도쿠가와 가문의 별장인 하쿠산白山 어전御殿 아래로 펼쳐지는 골목길을 걸으면, 지금도 작업장의 창 너머로 쿵쿵거리며 리듬 같은 기계음이 들려온다. 윤전기와 재단기 소리는, 우리가 읽는 신문·잡지와 책의 문자가 바로 직공과 기계 노동의 결과라는 것을 분명히 느끼게 한다. 컴퓨터 사진 식자가 왕성한 현재, 이미 활판인쇄의 시대는 지나갔지만, 근대 일본의 출판문화를 지금까지 뒷받침해온 것은 활자이고, 식자-제판, 인쇄, 재단-제본의 공정 가운데, 다양한 직공이 그 기술과 노동력을 제공함으로써, 문자는 많은 사람의 손으로 만져지고, 읽을 수 있는 구체적인 사물의 책이 되었다. 이러한 책의 유물론적 기반을, 같은 활자 미디어에 관여하는 많은 문학가는 의식하지 못했다. 책에 관한 인식은 그들에게 타이포그래피, 장정과 디자인, 책 만들기의 문제로만 성립했다.

이미 살펴본 것처럼, 출판 자본에서 1910년대는, '문학'이라고 불리는 담론의 생산-유통-소비 시스템이 거의 나선형의 운전으로 변화가 완성된 시기였다. 『태양』『문장세계』『신소설』『신초』『중앙공론』 등 출판사 계열의 잡지가 정비되고, 제각기 상응하는 후원자의 문학가 집단이 형성되고, 한편 또 대학별로 결집한 문학 지망생들에게 발표의 장이 마련되었다. 이미 노포가 된 『와세다문학』에 더해서, 가쿠슈인學習院 계열의 『시라카바白樺』, 게이오慶應 계열의 『미타문학三田文學』, 도쿄대 계열의 『신사조』 등의 잡지가 창간된 것이 모두 1910년메이지 43이다. 각 신문도 제각기 문예란을 두고, 『요미우리신문』과 마사무네 하쿠초正宗白鳥, 『아사히신문』과 나쓰메 소세키라는 실질적인 편집 고문 제도로, 직업적인 문학가와 그것을 지망하는 사람, 애독자 동호회를 만들어냈다.

또 다음 세대의 문학가들은, 그 잡지의 독자, 투고자로서 약간 보이지만, '문학' 사회를 동경해서 상경한 그들의 생계는, 잡지 편집과 출판 교정 일로 유지된다. 『와세다문학』과 『미타문학』은 모두 제각기 대학 졸업생을 편집부원으로 하고, 머지않아 연관된 미디어로 인재를 들여보냈다. 그런 가운데 모리오카盛岡 중학교를 중도 퇴학하고, 문학에 뜻을 둔 이시카와 다쿠보쿠石川啄木 등은, 『명성明星』 『스바루スバル』 계열의 가인들과 같은 대열에 끼어서 잡지 발행에 관여하기도 하면서, 다른 한편으로는, 혼고 유미초本郷弓町의 하숙에서 오타루小樽에서 신문을 발행할 것 등을 몽상하면서, 『도쿄아사히신문』의 교정계에 다니면서 나날을 보냈다.

교바시京橋 다키야마초瀧山町의

---

4 분쿄구 고이시카와에 있는 정토종 사찰. 1415년 개창하고, 1602년 도쿠가와 이에야스의 생모인 오다이노카타(お大の方)의 매장을 계기로 그 법명으로 불리게 되었다.

신문사

등불이 켜질 무렵의 분주함이구나

(『모래 한 줌一握の砂』)

초라한 고향의 신문을 펼쳐보면서,

오식을 뽑아낸다.

오늘 아침의 슬픔.

『슬픈 장난감悲しき玩具』

이렇게 세 행으로 나누어 쓴 다쿠보쿠의 스타일은, 공책과 원고지에 붓으로 쓰인 와카 언어의, 연속적이고 미적으로 세련된 에크리튀르를 거의 기계적으로 바꾸어 옮긴, 활자로 쓴 단카의 서기·인쇄 형식에 짝하는 것이었으리라. 그것은, 활자에 따른 언어 배열의 시각적인 효과, 그리고 행을 바꿈으로써 생겨난 넉넉한 여백 안에, 일정한 모양의 문자 수에 담기지 않지만 헤아릴 수 없는 감정을 상상하게 하는 것이기도 했다. 출판 공정 가운데 한 작업인 교정에 종사하고, 예를 들면 후타바테이 시메이가 사망한 뒤에 곧 아사히신문사판 전집에도 관여했다고도 전해지는 다쿠보쿠의, 활자-조판에 대응한 의식적 연습이 거기에서 작용한다고도 말하지 않을 수 없다.

또는 다이쇼기를 명실공히 대표하는 아쿠타가와 류노스케도, 소년을 주인공으로 한 서정적인 단편소설 「트럭」『대관(大觀)』, 1922.3에서, 회상하는 화자로서 도시의 귀퉁이에 있는 "잡지사의 2층"에서 교정용 붉은색 펜을 잡은 인물을 그렸다. 소년이 공사용 트럭에 동경과 호기심을 품다가, 인부가 태워준 탈것에 타서, 처음으로 기뻐하며 탈것의 쾌감을 맛보다가, 마을 바깥의 낯선 먼 곳으로 끌려가고, 이윽고 공포와 불안 속에서, 혼자서 저녁의 철도 길을 걸어서 돌아오는 그 이야기는, 몸이 옮겨진 사람이 근거를 빼앗긴 상실감을 시사하고, 회상하는 화자의 심상에 수렴되도록 틀이 짜였다. 의지할 데 없는 소년의 공포를 어른이 된 지금, 과거를 되살아나게 하는 직업으로, 이 소설에서는 '교정'계를 선택하고, 소외된 노동 가운데 하나의 역할이 연출되었다.

적어도 1920년대에 이르기까지, 문학가들은 자신의 언어를 활자로 바꾸고, 책을 만들어가는 사람들의 존재를, 겨우 교정의 차원까지밖에 의식하지 못했다. 그리고 아쿠타가와에게서 보이는 것처럼, 지식의 계층 제도에 서서 아마도 그 당시에 유통하던 요약적인 이미지로 노동의 내실을 일관되게 파악했을 것이다. 그런 의미에서 1912년메이지 45에 세상을 떠난 다쿠보쿠 쪽이, 사업에 대한 꿈과 실제 노동에 관해서, 동시대의 자연주의 문학 등이 정치 제도와 사회적 권력의 관계에서 어떤 기능을 완수했는가에 대해서, 훨씬 자각적이었다.

노동자 작가 미야지마 스케오宮島資夫와 미야치 가로쿠宮地嘉六의 등장은, 소설을 쓰는 사람의 계층적인 제약을 느슨하게 했는데, 그것은 '문단'이 성립함에 따라 소설이 상자 안에 만든 모형 정원처럼 된 것에 비해서, 그것을 가능하게 한 출판 제도의 비약에 따른 또 하나의 사태, 곧 이루 헤아릴 수 없는 독자층의 양적 확대에 대응해가는 길이기도 했다. 그러나, 소재 면에서 식민지 개척이기도 했던 노동문학은, 생산에 종사하는 갱부와 직공의 모습을 시민층의 독자 앞에 미지의 현실로 보여주기는 했지만, 인식의 촉수를 이야기의 내용 밖에, 자신들이 쓴 언어를 활자로 뽑아서, 인쇄·제본해가는 많은 직공의 존재로까지 확장하지는 못했다.

다카바타케 모토유키高畠素之가 옮긴 마르크스의 『자본론』 일본판이 간행되기 시작한 1920년다이쇼 9 전후부터, 마르크스주의 운동에 호응해서 프롤레타리아문학도 조직화의 길을 걷기 시작하는데, 『씨뿌리는 사람』 『문예전선』에서 『전기』에 이르는 그 코스는, 동인잡지의 단계를 뛰어넘어, 독자에 대한 계몽, 조직화, 지시 계통의 확립을 목적으로 하고, 나아가 출판 자본으로부터 자립할 것을 목표로 한 점에서 매우 획기적이었다. 운동체임을 불가분의 것으로 한 때부터, 프롤레타리아문학은 무엇을 어떻게 써야 하는가 하는 것과 같은 비중으로, 누구에게 어떻게 전할까를 인식해야만 했다. 운동론에서 일어난 이런 미디어 전략의 필요가, 당연히 그 미디어의 물질적 공정에 관여하는 노동자들의 생활권을 둘러싸고 펼쳐지는 조직적인 투쟁과 평행하게, 전경화前景化되어 갔다.

메이지기의 제판·인쇄공

1886년메이지 19에 니혼바시日本橋 가키가라초蠣殼町에서 태어난 다니자키 준이치로의 생가가 '다니자키 활판소'를 경영했던 사실은 잘 알려져 있다. 활판소는 새로운 사업에 몰두하는 데 의욕적이었던 할아버지의 여러 방면에 걸친 사업 가운데 하나였는데, 가까운 곳에 있는 미곡거래소의 시세표를 매일 인쇄했다고 한다. 작가로서 다니자키가, 뒷날, 텍스트의 표기 형태에 의식적이었던 것은 우연이었을까.

메이지기의 출판 인쇄 노동자에 대해서는, 오히려 도쿠나가 스나오와 마찬가지로 직공이기도 했던 노동운동가 가타야마 센片山潜의 『자서전』가이조샤, 1922.11에 그 일단이 보인다. 1881년메이지 14에 오카야마岡山 사범학교를 중퇴하고 상경한 스물두 살의 청년이 하숙집 주부의 소개로 일한 것은, 긴자 나베초鍋町에 있던 활판소 세키분샤績文社였다고 한다.

세키분샤 공장은 벽돌로 지은 서양관 2층짜리 건물로 꽤 큰 건축물이었다. 이 공장은 보슈房州에서 온 30, 40대 중년 부부가 경영했다. 문선文選하는 아이들 7, 8명을 보슈에서 데리고 왔고, 모두 기숙하게 하고 부인이 그들을 돌봐주고, 하녀 한 명을 두고 있었다. 주인은 교정을 본다. 여기에 식자공이 두 명 있다. 인쇄공장에는 아래 1층에 수동인쇄기 두 대와 제본기 두 대가 있고 어린이 인쇄공 두 명과 종이 배급과 잉크 칠하기를 아우르는 두 명이 있다. 직공장은 정직하고 성실한 노직공 스즈키鈴木씨였고, 거기에 떠돌이 직공 한 사람이 조수로 있었다.

가타야마의 일은 "8면 걸이와 16면 걸이의 인쇄 기계 바퀴"를 돌리는 것이었는데, 하루 열 시간 노동으로, 하숙비가 나오는 것이 고작이었다. 뒤에 활판소 [주인의] 부인이 베푼 호의로, 문선공의 일로 바뀌어, 2층에서 일했는데, "숯 굽기, 나무하기, 낫과 가래를 드는 데 익숙한 내 손은 활자를 다루는 데는 꽤 곤란"하고, 『논어』 『맹자』 『문장궤범』을 읽은 정도로는 "활자가 있는 곳을 쉽게 알 수 없었"다고 한다. 그리고 원래 "문선하는 어린애들은 인쇄하는 어린애를 바보로 여기는 식"이었다고 적는다.

활판인쇄의 노동 공정은 크게 두 개로 나뉜다. 곧 원고를 읽고, 활자를 골라내고, 페이지당 조판을 정돈해가는 문선-식자-교정의 제판 공정, 그리고 이 제판된 것을 조합해서 두루마리 모양의 큰 종이에 인쇄하고, 이어서 종이를 재단해서, 제본해가는 공정이다. 활판인쇄가 산업으로 막 성립하던 메이지 전기에, 목판은 어디까지나 목판 직인과 각수의 특수한 장인적 재능을 필요로 했던 데 비해, 제판에 종사하는 노동자는, 당시 한문 투의 문장을 이해하고, 원고를 해독해, 6, 7천 자의 글자를 한눈에 읽고 알아챌 수 있을 정도의 문해력이 요구되었다. 적어도 문장 표현의 통일적 개혁이 이루어지기 이전에는 누구라도 익숙해질 수 있는 일은 아니었다. 따라서 바쿠후가 무너진 뒤, 실업한 신분이 낮은 하급 무사층이 많이

메이지기의 인쇄(제판) 공장 내부

이 문선공이 되었다고 하며, 육체적인 동력만으로도 손으로 당기고 발로 밟는 방식의 기계를 사용하던 인쇄 공정의 직공들과는, 신분적으로도 직능의 자각에서도 큰 차별이 있었다고 한다.요코야마 가즈오(橫山和雄), 『일본의 인쇄 출판 노동자 이야기』 제1부

자본력이 부족한 상황에서 노동력의 잠재적인 가능성을 개발하는 데 힘써왔던 일본의 초기 자본주의는, 출판업계에서도 인재의 등용, 능력의 향상에 중점을 두었다. 문선공의 경우에도, 소년공의 양성을 목표로 한 업계는, 1878년메이지 11에는 창업 3년째의 사쿠마 데이이치佐久間貞一가 이끄는 슈에이샤秀英社가, 도제교육제도를 도입하고, 견습공에게 인쇄 기술에 관한 학과와 실기의 습득을 맡도록 했다. 가타야마가 처음 인쇄공에 고용되면서, 평소에 책을 읽음으로써, 문선공으로 발탁되었지만, 오히려 악전고투한 배경은 거기에 있었다. 그리고 열 살부터 열두 살 정도에 가타야마

『인쇄잡지』 창간호 표지

이상으로 성인처럼 일한 소년 문선공들이 있던 것을 그 회상 수기는 전한다.

인쇄 노동자의 조합이 세워진 경위에는, 사쿠마 데이이치, 가타야마 센이 각각 관여했다. 사쿠마 데이이치에 관해서는, 그가 세상을 떠난 뒤 얼마 뒤에 나온 도요하라 마타오豊原又男의 『사쿠마 데이이치 소전』비매품, 1904, 최근에 나온 야하기 가쓰미矢作勝美의 「사쿠마 데이이치와 초기 『인쇄잡지』」『활자 = 표현·기록·전달하다』에 실림에 자세하다. 그것을 읽어보면, 바쿠후의 식료품 조달 담당 가문에서 태어난 사쿠마 데이이치는, 새로운 시대의 사업으로 활판 인쇄의 슈에이샤를 창업했는데, 메이지 초기의 실업가다운 합리적인 계몽 정신과 이상을 실천하려고 적극적으로 노력한 인물이었던 듯하다. 새로운 인쇄 기술의 도입·개발에 열심이었던 것은 물론이고, 노동자의 보호 육성에도 의욕적이었다. 성공하지는 못했지만, 이미 1884년메이지 17에는, 문선·식자공의 일부가 직공의 지위 향상을 요구하는 단체를 결성하려고 했을 때, 사쿠마 데이이치는 협력을 아끼지 않았고, 1889년메이지 22에는 직공들의 하루 8시간 노동을 제창하기도 했다.

그 밖에도 사쿠마 데이이치는 도쿄활판인쇄업자조합1885, 도쿄석판인쇄업조합1892의 결성에도 관여하는 등, 동업자 사이의 조정을 맡았고, 업계의 근대화에 힘썼는데, 특히 기술의 연구 연마를 취지로 한『인쇄잡지』를 단독으로 발간한 것이 주목할 만하다. 1891년^{메이지 24} 2월에 창간된『인쇄잡지』는 "서양 인쇄잡지의 체재"를 배우고, "동업자 여러분과 공동 진보의 실익을 얻어서 몇 년을 지나서 서양의 기술과 함께 달릴" 것을 의도했다. 야하기는 그 논문에서 이 잡지의 초기 편집상 특징으로, 서양과 국내에서 개발된 최신 기술의 소개, 인쇄 산업의 관리 경영에서 본연의 자세를 둘러싼 문제 제기, 인쇄의 역사 등 세 가지를 꼽았다. 사물, 사람, 역사의 세 방면에서 다가가려고 한 것이다. 단순한 정보 교환과 선전을 위한 업계 잡지의 영역을 뛰어넘어, 인쇄를 문화로 취급하려는 의지가 넘쳤다고 말할 수 있을 것이다.

실제로『인쇄잡지』를 창간호부터 읽어보면, 기술을 구사한 아름다운 채색화의 인쇄와 망목철판^{網目凸版5}에 의한 사진 인쇄 등, 현재도 색이 바래지 않는 매력을 내뿜고, 각 활판소에서 제각기 개발된 일본어 활자 주조의 문제 등에 대한 언급, 또「우리나라의 목각본과 활판」「서양 인쇄사」와「구텐베르크전」「모토키 쇼조^{本木昌造} 군의 초상과 행장」이 실렸다.「직공 조합의 필요」도 그런 과정에서 사람에 관한 과제로써 새삼스럽게 제기된 것이다. 야하기가 지적한 것처럼, 그것은 노사협조 노선을 벗어난 것은 아니라고 해도, 반드시 은혜적인 것에 그치지 않고, 방위 수단으로 실행한 동맹 파업도 받아들인 획기적인 주장이고, "사회의 개혁과 발전의 주체를

---

5   연속적인 색조(色調) 그림의 상이 새겨져 있는 사진 철(凸)판.

노동자에게 응집"하는 선구적인 사상을 내포했다.

　또 이 잡지는 서양에서 나온 인쇄 관련 잡지사와 교류하고, 잡지를 교환했다. 실효성은 없지만, 판권장도 영문으로 인쇄하고, 구독료와 광고 게재에 대해서도 영문으로 설명된다. 거기서는, 서양화를 목표로 한 메이지기의 풍조라고 요약할 수 없는 열린 의식이 엿보인다. 덧붙여서 하쿠분칸의 『청일전쟁실기』가 슈에이샤에서 인쇄되고, 거기에 보이는 사진 인쇄 등의 최신 기술이 더욱더 좋은 평판을 불러왔다. 시마자키 도손의 『봄나물』도 슈에이샤가 인쇄했고, 자비출판 『파계』를 낼 때 도손은 직접, 슈에이샤와 교섭해, 그 새로운 기술을 자기의 책에 사용할 수 있었다. 나쓰메 소세키의 『나는 고양이다』 3편과 『양허집』도 슈에이샤에서 인쇄했다. 다만 소세키는 오식이 많아서 할 말을 잃어버렸지만.

조합과 산업 합리화

　사쿠마 데이이치와 시마다 사부로島田三郎, 마쓰무라 가이세키松村介石, 아베 이소오安部磯雄 등의 지지를 받아, 노동조합기성회가 결성된 것은, 1897년메이지 30이다. 청일전쟁 뒤의 불황 속에서, 영자신문 기자로 노동문제에 관심이 컸던 다카노 후사타로高野房太郎와 미국 생활을 거쳐 크리스트교 사회주의를 지니고 귀국한 가타야마 센이, 이 조직에 협력했다.회원 수는 이듬해 5천 7백 명 AFL미국노동총동맹을 모델로 한 기성회는, 파업 원조, 공장법 제정, 치안경찰법 반대 등을 부르짖고 각 산업의 조합 결성을 촉구했는데, 기본은 일관되게 노사 협조를 지키는 입장이었다. 거기에 호응해서, 철공 조합, 철도 기관사 조합, 활판공 조합이 이듬해에 걸쳐 결성되었다.

그러나, 회원 수 2천 명으로 출발한 활판공 조합에서도 앞길은 엄혹했다. 열 살 이하의 어린이 노동을 금지하고, 14세 미만 공원의 노동 시간을 하루 열 시간을 넘지 않게 한다는 것 등 노동조건의 개선을 목표로 한 공장법안의 성립이 결국, 1916년^{다이쇼 5}까지 미뤄지고, 그때조차 골자가 빠져 규제력이 약한 법률이 되는 경위를 밟아갔다. 또 조합 탄압을 노린 치안경찰법^{쇼와기에 제정된 치안유지법의 전신}이 제정되는 추세 앞에서, 사실상 활동이 불가능하고, 해산 상태를 맞이하게 되었다.

그동안에도 인쇄 기술은, 사쿠마의 『인쇄잡지』가 목표로 한 기술적인 정밀도의 차원 이상으로, 속도와 수량의 단계에서도 발전되었다. 예를 들면 마리노니식 윤전인쇄기. 한 시간에 3만 장을 인쇄하는 이 대형 기계는 그때까지 단일한 기관 동작에 의한 벨트 운전으로, 시간당 1천 5백 장을 처리한 족답식^{足踏式} 실린더 인쇄기의 능률을 현격히 능가했다. 1890년^{메이지 23}, 국회 개설 전에 관보국이 이것을 구입한 것을 시작으로, 아사히신문사는 두 대를 구입해서, 도쿄, 오사카에서 동시에 제국헌법을 인쇄하고, 발행하는 캠페인을 벌였다. 각 신문사는 뒤를 이어서 독자적으로 마리노니식을 구입하게 되고, 1903년^{메이지 36}까지 전국에서 60대가 새롭게 가동하기 시작했다.

일본의 노동운동사에서, 다이쇼기는 우애회友愛會에서 일본노동총동맹으로, 또 총동맹의 분열, 일본노동조합평의회의 결성으로 그 흐름을 파악할 수 있다. 1912년다이쇼 1, 스즈키 분지鈴木文治에 의해서 미타의 유니테리언 교회에서 탄생한 노동자의 친목 단체 '우애회'는, 공제사업과 노사협조를 주지로 하면서도, 러시아 혁명, 쌀소동, 보통선거 실시 등의 사건을 거쳐 점차 노동자의 권리 획득을 위해 급진화하고, 대일본노동총동맹 우애회, 나아가 일본노동총동맹으로 명칭을 바꾸었다. 야하타 제철소八幡製鐵所, 고베 미쓰비시, 가와사키川崎 조선소에서 잇따라 일어난 노동 쟁의와 탄압의 과정이 그 전투화를 촉구했는데, 1922년다이쇼 11에 설립된 일본공산당의 후발 조직 등에서 내린 지령을 받고, 총동맹 내부의 좌우 대립이 격화됨에 따라, 1925년다이쇼 14에 좌파 계열의 조합이 일본노동조합평의회를 결성하는 분열의 사태를 맞이했다. 공동인쇄쟁의는 이 평의회의 지령을 받아 일어난 역사적인 대규모 쟁의였다.

인쇄공에게 위협이 된 것은, 자본의 원시 축적을 달성한 기업의 설비 투자, 그리고 기계화에 따른 인원 정리, 임금 삭감이었는데, 도쿠나가 스나오의 중편소설 「약속어음 3천8백 엔」『경제왕래(經濟往來)』, 1930.5은 인쇄공들이 직면한 문제가, 경제적 문제였을 뿐만 아니라, 그들 자신의 정체성을 부정했다고 언급한다.

특히 문선공의 "손가락과 신경은, 시곗바늘보다도 정확하게, 일초 얼마 안에, 1만 종류의, 복잡한 일본 한자 가운데, 실수 없이 뽑아내야 하"는 숙련 기술이 필요했다. "어머니의 태내에서 빠져나올 때, 이미 활자를 두 손에 쥐고 있었다 — 라고 그들이 농담하는 것처럼 그것은 바로 신의 기술이었다." 7년을 들여서야 겨우 성인 노동자 수준이 된, 스물두 살의 가타야마 센이 열두 살 정도의 소년 문선공에게 뒤진다고 한 노동의 현실이 거기에 있었다. 그러나, 톰슨 주조기 등의 도입은, 상자에서 활자를 뽑아내는 과정을 불필요하게 하고, 업무의 절반 감소, 임금의 대폭 삭감으로 "직인으로서 자기 자신"을 빼앗기는 사태를 불러왔다.

> 케이스의 터널, 지하 철도처럼 켜 둔 전등 아래서, 평균 20년이나 지나면, 탄갱 안의 짐 옮기는 말처럼, 그들의 눈은 나빠진다. 그들은 약해져 가는 폐에, 술을 들이붓고, 또 그들의 문선 가락을 노래 부른다.
>
> 그들은 수많은 출판사를 벼락부자로 만들고, 수백 명의 소설가를 세상에 내보냈다. 코뮤니즘도, 아나키즘도, 군국주의도, 에로티시즘도, 학교의 교과서도, 바이블도, 주식 신문도, 길흉을 점치는 제비도 …… 모든 것에 그들은 그들의 피를 흘려서 만들어낸다.

선반공은 강철을 깎고, 밀리미터 단위의 착오도 없이 가공하기 때문에, 전쟁 전의 강좌파 마르크스주의자에게 노동자의 전형적 모델로서 파악되었다. 거기에 공통되는 것처럼, 미디어의 하부구조를 뒷받침한 인쇄공들은, 활자 — 이것도 인공의 기계 가운데 하나 — 를 상대로, 자신의 노동 형식을 만들어왔다. 터널 같은 케이스의 대열 속에서 활자 뽑기에, 또는 더 단순한 노동이면서도 인쇄 프레스의 운전에, 또는 인쇄된 종이의 접기와 제본에, 제각각 기술의 습득에 따라서 노동의 질을 강조하고, 차이를 발견해냄으로써 자기 자신을 확인했다.

급격한 기계화와 산업 합리화는 직인으로서 그들의 근거를 빼앗고, '자유노동자'와 같은 얼굴을 한 노동자로 바꾸었다. 말하자면 익명화된 노동자는 자기라는 차이의 의식을 버리고, 동료가 됨으로써 집단의 힘에 참가한다. 1923년^{다이쇼 12}의 대지진 전, 서양 문선공^{歐文工} 중심의 신우회^{信友會}, 문선공 중심의 정진회^{正進會}가 합동해서, 인쇄공연합을 조직해간다. 분산되었던 노동자 단체가 결집하기 시작할 무렵, 간토대지진이 제국의 수도를 습격했다. 신축된 지 얼마 지나지 않은 하쿠분칸 인쇄소의 철근 콘크리트 공장이 일거에 무너지고, 남녀 노동자 40여 명이 깔려 죽는 참사가 일어났다. 도쿠나가 스나오는 직공으로서 그 한가운데에 있었다.

하쿠분칸의 네트워크

대형 인쇄회사로 돗판인쇄^{凸版印刷}, 슈에이샤와 어깨를 나란히 한 공동인쇄^{共同印刷}는, 앞에서도 말한 것처럼, 원래 하쿠분칸의 전속 인쇄공장으로 출발했다. 하쿠분칸에 대해서는 이미 본서에서도 몇 번인가 언급했는데, 에치고^{越後} 나가오카^{長岡} 출신인 오하시

사헤이大橋佐平가 창업하고, 『일본대가론집日本大家論集』과 청일·러일의 「전쟁실기」로 막대한 이익을 거두고, 『태양』 『문예구락부』 『소년세계』 『문장세계』 등 여러 종합잡지, 문예잡지를 발행하고, 또한 정치, 경제, 법률, 과학, 역사 전반에 걸쳐서 메이기의 책을 주도한 출판사였다. 사헤이가 1901년메이지 34에 사망하기 전부터, 대를 이어 아들 신타로新太郎가 관주를 맡고, 시부사와 에이치澁澤榮一-6, 이시구로 다다노리石黑忠悳7 등과 교류한 것을 바탕으로 기업으로 확대하고, 메이지 후반의 출판 왕국을 만들어낸 것이, 하쿠분칸이다.

계열사업으로는, 동족 지배를 강화하기 위해, 서적·잡지의 소매점으로 일찍부터 도쿄도東京堂를 설치한 것 외에, 양지를 판매하는 하쿠신샤博進社, 이어서 활판인쇄의 하쿠신샤인쇄소, 마찬가지로 사진판 등 평판인쇄 전문의 세이비도精美堂, 국정교과서의 제조판매를 떠맡은 일본서적 등을 창업했다. 또 사헤이의 만년 사업으로, 이 시기, 국립 우에노上野도서관8에 필적하는 규모의 오하시大橋도서관지금의 산코(三康)도서관을 설립한 것도, 한 기업의 틀을 뛰어넘은 이 출판사의 규모를 생각하게 한다. 인쇄 출판 관계 이외에는 제일생명상호보험도 역시 오하시 신타로가 발기에 관여한 기업이다.

도쿄상업회의소에 드나드는 것은 말할 것도 없고, 도쿄 시정에

---

6   메이지시대와 다이쇼시대 초기의 관료이자 사업가이다. 메이지유신 뒤 대장성 관료를 거쳐 제일국립은행을 설립했다. 각종 회사의 설립에 참여하고, 실업계의 지도자 역할을 맡았다.

7   메이지와 쇼와시대의 의학자, 육군군의총감, 추밀원 고문을 맡았다.

8   현재 일본 국회도서관의 전신.

도 관여했고, 중의원 의원에도 1회 당선된 뒤로는 군이 기피했다고 하는 하쿠분칸 관주의 존재는, 이미 한 출판기업가를 뛰어넘었다. 오지제지王子製紙의 창업자 시부사와 에이치와 그의 관계는, 출판을 둘러싸고 근본적인 원재료인 양지를 확보하는 것을 의미하고, 주거래 은행인 야스다은행安田銀行에서 옮겨와서, 얼마 지나지 않아 시부사와를 통해 미쓰이三井합명회사의 일원으로 참여했다. 미쓰이구미三井組 또는 미쓰이 콘체른이라고 불리는 이 재벌 가운데, 오하시는 정계, 재계와 강력한 관계를 맺게 된다. 1912년메이지 45에 열린 창업 25주년 축하회 때는 제국극장을 통째로 빌려서, 공작 가쓰라 타로桂太郎, 문부상 하세바 스미타카長谷場純孝, 중의원 의장 오오카 이쿠조大岡育造, 남작 시부사와 에이치가 축사를 하고, 내빈 1천여 명이 초대받았다.쓰보야 젠시로(坪谷善四郎), 『오하시 신타로전』 미디어를 중심으로 한 거대한 권력 구도가 거기서 떠오른다.

　다이쇼기에 접어들어서 하쿠분칸 가문은, 신타로-신이치進一 부자로 이어지는데, 사헤이시대의 용맹한 모습은 부족하지만, 사업은 한층 더 확장하고 발전했다. 제1차 세계대전 중에는, 출판이 증대함에 따라서 하쿠분칸 인쇄소 제1공장, 세이비도 인쇄 제2공장, 일본서적 등을 증축 개축하고, 나아가 일본유지油脂공업소도쿄잉크, 일본양조, 오하시고무공업, 도쿄비누, 동아글리세린 등 관련 회사를 설립하고 계열회사를 흡수 병합하는 등의 사업을 지휘했다. 일본공업구락부를 설립하고, 정계에도 관여하는 한편, 조선, 만주 등 일본의 새로운 식민지에서 기업 경영에 적극 나서는 등, 거의 재벌계 자본이 따라가는 코스를 오하시 일족도 추진했다.

'태양이 없는 거리' 고이시카와 히사카타초小石川久堅町의 쟁의는 실로 몇 번에 걸쳐서 일어난다. 곧 한 번은 간토대지진 1년 뒤의 쟁의이다. 인쇄공장이 파괴됨에 따라 수많은 사상자가 일어난 데 더해서, 지진 뒤, 상업지역의 인쇄소가 궤멸함에 따라 발주 과잉이 일어난 공장은, 철야의 연속 잔업을 강제하고, 그 때문에 직공이 불을 냄으로써 제2공장이 불타버렸다. 이것을 계기로 오랫동안 쌓인 불만을 일거에 폭발시킨 공원들이 결집해, 경영진과 교섭에 나섰다. 때마침 적절한 공장 운전 상황으로, 쟁의는 20퍼센트의 임금 인상을 포함한 회답을 획득한 직공의 승리로 끝났다.

그리고 1925년다이쇼 14에는 돗판인쇄를 비롯한 인쇄 관계의 노동 쟁의가 잇따라, 세이비도, 하쿠분칸인쇄소, 일본서적의 하쿠분칸 계열회사로 번져가고, 퇴직 수당과 야근 수당을 둘러싼 대우 개선 요구가 나왔는데, 사장은 결국 이 조건을 받아들임으로써 결말이 났다. 그러나, 슈에이샤를 중심으로, 돗판인쇄, 하쿠분칸, 도쿄인쇄, 산슈샤三秀舍, 산세이도三省堂, 쓰키치활판築地活版, 고지마활판小島活版, 세이비도, 닛신인쇄日清印刷, 후지인쇄富士印刷 등 열한 개 인쇄회사는 동일 임금제를 시행한다는 협정을 맺고, 그때까지 일어난 쟁의에서 타결한 결과를 무효로 하려고 했지만, 결국, 각 회사의 보조가 맞지 않아서, 협정안이 철회됨으로써 회사 측이 패배, 조합 측이 압승을 거두었다. 이것을 지휘한 간토關東 출판노동조합은 회원수가 1만 명을 넘겨, 평의회 계열 조합 가운데서도 기개를 떨쳤다.

공동인쇄는 1925년 연말에 하쿠분칸인쇄소와 세이비도가 합병해 이름을 바꾼 주식회사였다. 이에 따라 자본금 3백만 엔, 종업원 2천 3백 명을 헤아리는 최대의 인쇄 자본이 되고, 10년 뒤에는 슈에이샤와 닛신인쇄와 합병, 대일본인쇄 등장의 선구가 되기도 했다. 말할 필요도 없이, 이 합병은 경영의 직접 통치로써 조합의 공세에 대응하려는 회사 측의 반격을 의미했다.

이듬해 1926년^{다이쇼 15} 1월, 그때까지 노사협조 입장을 따른 공동인쇄는, 지진 뒤의 팽창과 그 반동에 따른 경영 부진을 이유로 주조, 철공, 창고의 일부 노동자에게 조업을 단축한다고 발표했다. 합리화를 추진하는 '능률증진위원회'를 설치하고, 노사가 협의하고, 노동자가 이를 받아들이게 한다는 것이 회사 측의 전략이었는데, 조합은 수입이 대폭 삭감되는 제안을 거부하고, 배치전환과 조업 단축의 축소를 노린 조합의 대안도 회사가 거부했다. 조합은 삼과_{三科}의 조업 속행, 취업 규칙 작성에 노동자 대표가 참여할 것 등 열 개 항목의 요구를 내걸고, 이 요구 관철을 위해 파업을 단행했다. 이것을 기다렸다는 듯이, 11개 사 협정을 다시 체결한 회사 측이 공장을 폐쇄하자, 58일간에 걸친 대규모 쟁의가 시작되었다.

그러나, 이 사실은 이 장의 앞에서 말한 『태양이 없는 거리』의 설정과 조금 달랐다. 소설에서는 쟁의의 발단이 '주조과 38명의 파면'이라고 했지만, 실제는 조업 단축이었다. 파면과 조업 단축은 크게 다르다. 조합에서 주도권을 탈취하려는 회사 측의 의도는 노골적이었지만, 이 허구는 '대동인쇄' '오카와大川 사장'처럼 거의 실명에 가까운 설정과는 반대로, 선전 선동의 성격을 드러낸 것처럼 보인다.

그 이상으로 문제가 되는 것은, 앞에서 본 것처럼 조합의 요구가 인쇄공에 대한 직인적인 노동관과 어긋난 점이다. 회사 측이 기계화를 추진함에 따라, 직인들의 노동에서 질적 차이가 있는 것을 묻지 않아, 결과적으로 균질한 익명화를 불러오는 것과 호응하듯이, 평등한 권리의 주장을 전제로 한 조합은, 한 사람 한 사람의 노동 내용을 시간과 화폐로 수량화함으로써 대응하지 않으면 안 된다. 스나오의 단편 「능률위원회」『중앙공론(中央公論)』, 1929.10가 쟁의의 발단을 더 정확하게 전한 소설이라고 하는데, 만일 그렇다면, 쟁의 직전의 공동인쇄는 업무 시간에 줄넘기하는 여공, 그녀들에게 수작을 거는 잡부, 벽에 붙여진 무수한 비라와 전단, 윤전기의 굉음 사이에 혁명가가 울리는 광경이었다. 의기양양한 조합이 완전히 지배한 이 공장에서는, '형님'이라고 불리는 숙련노동자의 모습은 희박하게 되어 버렸다.

바꾸어 말하면, 도쿠나가의 여러 소설은 "그들의 피를 흘려서" 다양한 책을 만들어냈던 직공들과 부분적으로 자기 동일화하면서도, 그것을 변형하려고 하지는 않았다. 그 대신에 노동운동의 교섭과 복수의 군상이 얽힌 관계의 역동적인 이야기 전개와 전위당의 입장에 바짝 다가선 투쟁의 격한 외침이 전면에 나섰다. 오히려 그려져야 했던 것은, 회사와 조합 속에서 일어난 노동 의미의 변질을, 직공들의 입장에 서서 파악한 것이었을지도 모른다.

『킹』과 『전기』

도쿠나가 스나오는 『태양이 없는 거리』를 창작할 때 『킹』과 같은 대중잡지를 크게 의식했다고 증언했다. 「『태양이 없는 거리』는 어떻게 만들어졌는가」, 『프롤레타리아 예술 교정(敎程)』 제3집에 실림, 세계사(世界社), 1928

> 공장 노동자도, 농촌 노동자도, 모두 『킹』 계급의 독자다. 우리는 그 "견인성"을 잃어버리지 않고, 독자를 "몽환의 전당"에서 끌어내서, 숨이 콱콱 막힐 뿐인 부르주아 이데올로기를 뽑아내고, 본래의 프롤레타리아 의식으로 되돌리지 않으면 안 된다.

『킹』과 『태양이 없는 거리』의 관계는 그것으로만 그치지 않는다. 지진 직후에 하쿠분칸인쇄소共同印刷에서 쟁의가 일어난 것은, 과잉 발주에 따른 노동 강화였는데, 이때 발주처가 대일본웅변회 고단샤의 노마 세이지野間淸治였다. 그때까지 출판계의 리더였던 하쿠분칸의 관련 사업 모두가 큰 타격을 입고, 사주 오하시 신타로가 제도부흥원帝都復興院 평의원에 임명되어 분주하던 때에, 노마는 시내 곳곳에 사원을 파견하고, 타다 남은 지진의 불에서 연기가 나오는 광경을 사진으로 찍게 했다. 그리고 국판 380면, 정가 1엔 50전의 『다이쇼 대지진 대화재』 1책을 간행했다. 시내에서도 겨우 남은 하쿠분칸인쇄소의 인쇄기를 전부 가동하고, 판을 거듭해서 40만 부를 모두 팔았다. 과거 청일·러일전쟁 때에 그것을 보도한 『전쟁

오른쪽은 『킹』 창간호, 왼쪽은 『전기』 1929년 6월호

실기』로 이윤을 거둔 하쿠분칸이 지금 이곳에서 일어난 사태에 망연하던 가운데, 노마는 과거의 아이디어를 바꾸어씀으로써 멋지게 성공했다. 그것이 다른 한편에서는, 마찬가지로 지진 뒤의 피폐한 현실을 살아가던 인쇄공들에게 가혹한 노동을 강요했다.

『다이쇼 대지진 대화재』의 성공은, 그때까지도 준비하던 잡지 『킹』을 간행하는 데 탄력을 주었다. 백만 부를 찍을 예정이었지만 거래소 등의 망설임 때문에 50만 부로 줄인 창간호는, 그러나 매진 속출로 결국, 74만 부를 찍고, 이윽고 발행 부수가 백만 부를 넘겼다. 이런 기이하기까지 한 대량 생산, 대량 판매가 닥쳐옴에 따라, 인쇄소에도 기술적 혁신과 노동 강화가 한층 더해졌다. 공동인쇄가 도입한 오그덴 제판법オグデン製版法, 자동인쇄기, 6색 오프셋 윤전기

등의 최신 기종이 거기에 대응하고, 1분 동안에 다색쇄 백 장을 한 번에 가능하게 한 인쇄력으로 표지와 삽화의 컬러화에 사용되었다.

6색 윤전기는, 윤전과 제1실의 중앙에 군림한다.

일본에 단 한 대밖에 없는 신예의 기계, 30여 개의 회전통, 수백 개의 조정된 제어장치, 수천 개의 실린더 —, 광산 화물차로 운반해오는 롤러 모양의 말린 종이는 강처럼 끊임없이 흘러서, 기계에 빨려 들어가면, 이번에는 정말로 요술쟁이처럼, 눈이 뜨일 만큼 극채색의 미인화가, 웃으면서 튀어나온다 — 「약속어음 3천 8백 엔」

공동인쇄의 노동자를 움직인 것이, 실은 하쿠분칸이 아니라, 고단샤였던 사실은, 출판계에서 권력 구조가 재편되었음을 의미했다. 다이쇼 초기에는 『웅변』1910~1941과 『강담구락부』1911~1946를 발행하는 정도였던 교단샤가, 지진을 거쳐 비약하기에 앞서 실력을 기른 것은, 노마 세이지와 도쿄도東京堂의 역할이 컸다. 그의 자서전 『나의 반생』치쿠라쇼보(千倉書房), 뒤의 고단샤에 따르면, 도쿄도의 지배인 오노 마고헤이大野孫平의 신망을 얻는 노마가, 잡지·서적 거래소의 으뜸이었던 도쿄도에서 저금리로 자금을 원조받음으로써, 기획 중인 『소년구락부』1928~1962를 발행하는 데 성공하고, 몇 년 뒤에는 다이쇼 후반기의 잡지계를 이끄는 한 원인이 되었다. 그 도쿄도가 원래 하쿠분칸이 속한 오하시 재벌의 일원이었던 것은, 그동안에 자본이 자기운동을 하면서 일어난 역설이기도 했다.

때마침 다이쇼기는, 메이지 이래, 잡지 판매를 둘러싸고 도매·소매업자의 자멸적인 할인 경쟁이 이어지면서 유통 과정에서 일대 변혁이 일어난 시기이기도 했다. 우선 그 배경으로는, 실업지일본사實業之日本의 마스다 기이치增田義一가 단행한 '반품 자유제'1909의 도입이 있었다. 반품이 허용되자 도매·소매가 활기를 띠고,『부인세계』1906~1933,『일본소년』1906~1938,『소년의 벗』1908~1955 등 실업지일본사의 잡지가, 20, 30만 부로 늘어나, 잡지시대가 출현했다. 이어서 시장이 확대됨에 따라서, 잡지의 도매에 업무의 중심을 둔 오노 마고헤이 등은, 1914년다이쇼 3에 하쿠분칸을 비롯한 발행소와 도매 계약을 맺은 '도쿄잡지조합'뒤의 일본잡지협회, 도매와 소매 계약을 맺은 '도쿄잡지판매업조합'을 잇따라 결성하고, 정가 판매를 준수하게 하려 했다. 또 도쿄도를 중심으로 한 도매 6개 사가 비밀 협정을 맺고, 난매를 불러온 자유시장을 통제하고, 강제적인 틀을 만들었다.

이런 변화의 내부에서 진행한 사태가, 발행소에 대한 도쿄도의 자금 원조인데, 그것은 유통자본이 생산 현장으로 빈틈없이 파고 들어 갔음을 의미했다. 이윽고 지진 뒤에는 도쿄도, 도카이도東海堂, 호쿠류칸北隆館, 다이토칸大東館 등의 4대 도매업체 시대를 맞이하게 되는데, '인쇄문화의 대타격'이 일어난 지진 직후에, 잡지협회를 긴 도매업자와 발행소의 제휴로,『다이쇼 대지진 대화재』등에 의해 상품 유통이 회복하게 된다. 다나카 하루오田中治男의『이야기 도쿄 도시東海堂史』도쿄출판판매(東京出版販賣)에 따르면, 엔본의 선구가 된 가이 조샤의『현대일본문학전집』도, 오노 마고헤이의 자금으로 뒷받침되었다고 한다. 잡지 『킹』과 나란히 서적의 대량 판매에 선편을 잡은 엔본의 광고는, 신문 1면을 장식했는데, 이와 관련해 대금 보류로 가이조샤에게 그것을 도급 맡은 것이, 뒤에 일본의 광고업을 지배한 덴쓰電通였다.

책의 생산 현장에서 목소리를 높인 공동인쇄쟁의단의 주위로 퍼져갔던 것은, 이러한 도매·소매와 광고 등의 유통업·서비스업을 포함한 출판 산업의 새로운 지도였다. 이미 하쿠분칸을 중심으로 한 출판계의 서열화는 크게 다시 짜였고, 고단샤는 그 변화에 민감히 대응함으로써, 자본의 네트워크를 만들어 패권을 쥐었다. 그런 의미에서 『태양이 없는 거리』가 묘사한 출판 자본의 이미지는 통속적이라고 말하는 것 이상으로 이미 고전적이었다.

출판 산업이 인쇄·제본업뿐만 아니라 유통업, 정보 산업을 끌어넣은 기업 집단으로 확대되는 과정에서, 독자적인 유통망을 개척한 것은, 『전기』를 비롯한 프롤레타리아 잡지였다. 관헌이 잇따라 발매 금지했음에도 불구하고, 재빨리 감시의 눈을 피해, 모든 도시의 곳곳에 이르기까지 파고 들어가, 비밀 판매망을 만들어, 마치 1980년대의 암거래 비디오테이프처럼 비합법으로 판매했다. 그 책들은 바깥의 커다란 미디어가 정비되어 가는 상황에 비해서 내부의 소규모 미디어가 중요함을 시사했다.

그러나, 책이 상품으로서만 의미가 부여되는 한편으로, 거기에서 책은 정보 전달의 속도, 효율에 의해 가치가 부여되었다. 문학의 자율성, 곧 책텍스트을 인식하는가 아닌가, 논자에 따라 정도의 차이는 있지만, 다양한 표현 수단을 구사함으로써, 광범한 독자를 끌어들여, 프롤레타리아적인 '현실'을 깨닫게 하고, 계급적인 투사로 단련시키는 데 목적을 집중한 것은 의심할 수 없다. 정보는 일원적으로 통제되었고, 무작위의 흐름이나 혼란, 쌍방향적인 커뮤니케이션은, 조직 보존의 명목 아래, 금지되었다. 도쿠나가 스나오의 책이 이야기가 끝난 뒤, 판권장 앞 면에 다음과 같은 「덧붙이는 말」을 넣은 것은 암시적이다.

덧붙이는 말

흩어진 옛 쟁의단원, 옛 평의회 20만의 동지에게 알린다! 모델이 모두 현존하는 사람이기 때문에, 본명이 있든 없든, 또 사실이 얼마쯤 다르기도 하다.

필자가 아마추어라서, 충분히 드러낼 수 없지만, 제2부에서는 더욱더 노력해 볼 테니 양해해 주시길 바란다.

소설은 이미 끝났다. 그러나, 특정의 "옛 쟁의단원, 옛 평의회" 독자를 향한 메시지는, 소설 속 비라와 같은 역할을 맡는다. 다소의 잡음은 있어도, 텍스트는 비라의 담론 속에 담기고, 모든 소리는 한 사람의 소리로 조율되어 버린다. 책은 상실되고, 노파가 줍는 것과 같이, 비라 한 장이 남겨진다. 최초의 비라에는, 그때까지 존재하지 않는 것으로 보인 활자공들이, 담론의 발화 주체로 떠올랐다. 여기서는, 쓰인 텍스트와 현실의 연속성을 착각하게 하는 장치가, "알린다"는 양심적인 의사 표시의 몸짓과 마찬가지로 기능한다. 정보의 정확함만이 문제가 되며, 전체가 마치 비라가 된 것처럼, 끝난다. 정확한 정보란, 발신자와 수신자 사이에 일어난 납득의 정도에 지나지 않다고 하면, 이 소설이 납득하기 쉬운 설화적인 이야기 구조로 짜인 것과 아무런 모순이 없다.

『태양이 없는 거리』는 이렇게 해서 거의 무의식적으로 동시대가 텍스트로 물질화되는 과정에서 자기 자신을 언급했지만, 닫힌 고리의 그물에 빠진다. 상품과도 정보와도 다른 인식의 시야가 열리는 데는, 또 가혹한 언어의 갈등에 직면하지 않으면 안 되었다.

제7장

책을 둘러싼 지혜의 고리

비블리오필의 무리

프랑스 외교관이자, 시인·극작가이기도 한 폴 클로델은, 그 생애의 대부분을 외국에서 생활하며 보냈는데, 1921년^{다이쇼 10}부터 1927년^{쇼와 2} 사이에, 주일프랑스 대사로서 일본에 머물렀다. 랭보, 말라르메에게 계몽을 받은 이 학자 시인은, 자신의 시집을 엮어낼 무렵에는, 책의 형태에 세심히 배려하고, 모든 정력을 기울였다. 그런 그가, 일본에 머물던 1923년^{다이쇼 12}에 외무성의 소개를 거쳐 신초샤에서 간행한 것이, 프랑스어로 펴낸 시집 *Sainte Geneviéve*『성 쥬느비에브』이다. 1천 부 한정판으로 나온 이 호화본은, 병풍 모양의 접책으로, 남부의 오동나무판 장정, 고급 와시에 본문은 목판 인쇄, 도미타 게이센富田溪仙의 삽화, 최상의 포장으로 함에 넣은 공들인 형태였다. 당시 붙여진 정가가 650프랑, 일본 엔으로 환산하면 10엔이었다.

검은색 그림과 우키요에, 노, 가부키, 사찰과 신사 건축 등 일본 전통문화에 대한 클로델의 큰 관심은, 그의 사고가 거쳐온 경로 자체가 무척이나 프랑스의 자포니즘 전통을 따른다고 할 수 있다. 그렇지만, 그의 대표적인 희곡 『공단 신발』의 원고 가운데 일부가 불타 사라져버리는 등, 큰 충격과 피해를 겪은 간토대지진의 전후에, 프랑스 대사의 눈앞에 펼쳐졌던 것은, 책과 그 저자를 중심으로, 생산-유통-소비의 순환을 둘러싼 커다란 '출판 혁명'^{R. 에스카르피}이었다. 말라르메에게 자극을 줌과 동시에 책의 '죽음'을 탄식하게 한 19세기의 신문은 멀리 과거의 것이 되고, 책과 인간의 관계를 크게 달라지게 할 새로운 시장이 만들어졌다.

서양에서 서지학의 전통이 있다고는 해도, 클로델이 1925년^{다이쇼 14}에, 이탈리아로 부임해가서 피렌체의 '서적견본시'에 참가해,「책의 철학」 강연을 한 것은 상징적인 사건이라고 할 수 있을 것이다. 책을 교환하는 장^場임과 동시에, 그 희소성을 다투는 장에서, 클로델은 책을 떠돌아다니는 자신의 인생에, 또 고대·중세 이래의 건축에 비유하고, 활자와 장정, 여백 등의 역사적 변천을 이야기하면서, 현재 책의 가치가 무엇인지 물었다.^{일본어역 『책의 철학』} 책 그 자체를 논하는 서적론이 출현한 것이 책의 환경 변화에 힘입었음은 말할 필요도 없다. 일본에서도 1920년대는, 동시에 많은 비블리오필^{애서가}이 '서치^{書癡}'라는 주변적인 입장에서 벗어나, 주목받기 시작한 때이기도 했다.

그 직접적인 계기가 된 것은 '책의 적'인 화재였다. 클로델을 위협한 대지진은, 출판계에 큰 타격을 주고 변혁을 재촉하는 한편, 제국대학도서관의 80만 책을 비롯해 많은 양의 고전적, 책을 잿더미로 만들었다. 신간이 품귀로 부족한 가운데, 일단 타격을 받은 고서업계가 먼저 활황을 띠었다. 예를 들면 뒤에 세계적인 수준의 고서점이 되는 고분소弘文莊의 소리마치 시게오反町茂雄는, 1927년쇼와2에 업계로서는 이례적으로 도쿄대 법학부를 졸업한 이력으로, 간다神田 진보초神保町에 있는 고서점 잇세이도一誠堂의 입주 점원이 되었는데, 잇세이도는 지진 후에 고서가 폭등하던 시대에 확장한 서점이었다. 혼란 속에서 일약, 매매되는 고서가 증가하고, 당연히 유통이 가속화되어, 시장이 확장된다. 그때까지 호사가들에게 닫힌 좁은 영역이 출판 산업의 광장으로 나오게 되었다. 출판업을 목표로 한 소리마치의 열정도 만만치 않아서, 고서업계에 찾아온 기회도 천재일우라고 해도 좋았다.소리마치 시게오, 『한 고서점의 추억』 1 학문·교양이 책에 대한 적잖은 애착을 생기게 하고, 그때까지 고서 매매를 뒷받침하고 성공하게 한 지혜와 직감을 대신해서 그 학문·교양이 생겨난, 극히 드문 지식과 상업의 순환이 거기에서 성립했다.

이시카와 이와오石川巖, 고지로 다네아키神代種亮, 사이토 쇼조齋藤昌三 등 재야에서 보기 드문 서지학자가, 그때까지 아카데미즘이 줄곧 무시해왔던 메이지기의 책에 관해 축적해온 지식을 저널리즘의 장에 공개하기 시작한 것도, 같은 1920년대이다.이와 관련해서 시인 블레이크의 서지를 정리한 데서 출발한 주가쿠 분쇼(壽岳文章), 15세기 영국의 인쇄가 W. 캑스턴의 연구자인 쇼지 센스이(庄司淺水) 등 영문학의 양서파(洋書派)가 고베의 서점 '글로리아 소사이어티' 등 간사이(關西) 문화권과 연계하면서, 활동하기 시작한 것도, 거의 같은 시기이다 그들 비블리오필의 무리가, 때로 전설화된 '서치'의 기인적奇人的인 에피소드를 포함해, 다이쇼기의 책 유토피아 사상 — 시가 나오야志賀直哉 등 시라카바파白樺派[1]의 민예 지향, 사토 하루오佐藤春夫, 아쿠타가와 류노스케 등의 중국 취미 등 — 을 드러낸 것은 부정할 수 없다. 그러나, 호사가적인 집념 면에서는 남에게 뒤떨어지지 않았던 그들은, 수집가로 끝나는 것이 아니라, 책에 대한 애착에서 생겨난 자발적인 서지학을 지향하고, 책 속에 갇히면서, 책을 향해 열렸다. 오히려 지진을 인연으로 해서 1924년다이쇼 13에 시작된 메이지문화연구회요시노 사쿠조(吉野作造), 오사타케 다케키(尾佐竹猛), 이시이 겐도(石井研堂), 미야타케 가이코쓰(宮武外骨) 등가, 이런 박물학적인 비블리오필들의 노력에 의해 뒷받침된 것도 덧붙여 말해야 할 것이다.

그들 가운데서도 더욱더 저널리스틱한 재능을 발휘한 것은, 사이토 쇼조이다. 이시이, 고지로, 사이토 등 세 사람이 처음으로 얼굴을 마주하고 편집에 관여한 『서적 왕래』1924~1926부터, 사이토가 단독 편집한 『애서취미』1925~1932로 이어지는 잡지의 흐름은, 머지않아 전쟁 전과 전쟁 후를 통해 최대의 서적 연구 잡지가 된 『서적 전망』1931~1953을 낳아 성공으로 이끌었다. 쇼지 센스이, 야나기다 이즈미柳田泉 등과 함께 시작한 이 잡지는, 편집의 재능을 발휘한 사이토의 독무대가 되는데, 백호 기념의 앤솔러지 『책 축제』 천지인 3권서적전망사(書物展望社), 1940을 보아도, 또 그 권말 총목차를 보아도, 규모, 인선 모든 면에서 고금 미증유의 비블리오필 잡지였음을 알 수 있다.

---

1 일본 근대문학의 일파. 잡지 『시라카바(白樺)』를 중심으로 한 문학가, 미술가 집단을 말한다. 인도주의, 이상주의, 개성 존중 등을 주장하며 자연주의에 대항해 다이쇼시대 문단의 중심적인 존재가 되었다. 또한 서양 미술에 관심을 보여 후기 인상파 등을 소개했다.

1926년^{다이쇼 15} 연말에 시작한 가이조샤의 『현대일본문학전집』, 신초샤의 『세계문학전집』, 슌요도의 『메이지다이쇼 문학 전집』 등의 엔본 붐도, 이런 동향과 무관하지 않았다. 그것은 책의 규격화·상품화를 추진함과 동시에, 문학책의 독자층을 널리 개척하고, 그와 반대로 서서히 차별화 운동이 일어난 작은 출판사, 동인잡지를 뒷받침했다. 또 이들 엔본의 기획이, 작가, 편집자 출신으로, 메이지문화연구회에도 참가한 재야 문학 연구자 기무라 기^{木村毅}에 의해 이루어질 수 있었던 것은, 전집과 비블리오필, 문학 연구의 관련성을 알려준다. 기무라는, 야나기다 이즈미를 끌어들여, 3대 전집의 전권 배열, 본문 선택, 조판 방법, 연보 등의 모델을 만들었다고 전해지고, 사이토 쇼조에게는, 가이조샤판의 별권으로 『현대일본문학 대연표』¹⁹³³를 만들어달라고 의뢰했다고 한다. 고서의 먼지투성이에서 그들이 축적해온 것이 편집 능력과 어울려, 새롭게 넓어진 '문학' 생산의 시장에서 필요하게 되었다.

사이토의 애서취미사가 주최하고, 가이조샤가 후원한 메이지문학 연구 자료 전시회가, 상품의 박람회장이라고도 할 수 있는 긴자 마쓰야^{松屋} 백화점에서 열린 것이, 1927년^{쇼와 2}, 또 사이토 등의 손으로 준비한 동서 연합 고서전이 처음으로 시로키야^{白木屋}의 회장에서 열린 것이, 1932년^{쇼와 7}의 일이다. 파괴와 부흥 속에서 변모한 도쿄의 아스팔트 지층에서 발굴된 고서가, 엔본 전집의 대량 복제 방식으로 독자들 앞에 다시 진열되고, 상품 가치를 부여받았다. 시대의 흐름을 잘 알았던 사이토가 잡지에 이어서 시작한 것이, 서적전

대형 신문에 실린 엔본 광고. '한 책 1엔'이 크게 보인다.

망사의 출판 사업이고, 여기에서 메이지기의 비블리오필 우치다 로안과 숨겨진 수집가 도쿠토미 소호의 책 에세이를 간행해서, '서치'로서 그들의 일면을 끌어냈다. 이 책들은 서적전망사판으로 평가받게 된다.

그런데 명저 『책과 사귀는 법』치쿠마쇼보(筑摩書房), 1975을 쓴 나카노 시게하루中野重治의 짧은 에세이 「고서의 기억」이 발표된 것이, 이 『서적전망』1936.8 지면이었다. 1936년쇼와 11이라면, 이미 나카노는 2년 전의 옥중 생활을 거쳐, 당국에 공산당원이었음을 인정하고, 이후 비합법 활동에서 물러날 것을 약속했다. 소설 「시골집」이 쓰이고, 고바야시 히데오小林秀雄에게 『문학계』 동인으로 참여할 것을 권유받았지만, 거절한 뒤의 일이다. 책을 둘러싼 지혜의 고리는, 이 나카노의 에세이로 거슬러 올라가게 된다.

나카노 시게하루의 책

「고서의 기억」은 제목에서 보여준 대로, 자신의 장서를 소재로 언젠가 그대로 지나친 고서에 대한 추억을, 몇 개의 단장 식으로 쓴 에세이다. 이 글은 이런 식으로 시작한다.

언제인지 나는 『에밀 베르나르[?]에게 보낸 고흐의 서간집』을 산 적이 있다. 값은 정확히 7엔이었다고 생각한다. 그런데 뒤에 알아차렸지만 원색판이 한 장 모자랐다. 원래 프랑스어를 읽을 수 없는 나는 편지는 한 통도 읽을 수 없었다. 기대한 것은 그림인데, 그 그림이 원색판 두 장이 있어야 하는데 한 장이었기 때문에 낙담했다.

그러나 어쩔 수 없다. 그리고 그 가운데 철한 부분이 낡았다. 그래서 제본소로 가서 1엔으로 고쳤다. 그런데 어느 날 돈 때문에 곤란해서 고서점으로 들고 갔다. 물론 한 장이 없다는 것은 말하지 않았다. 그리고 나는 8엔에 팔았다.

그림이 한 장 빠진 고흐의 『서간집』. 그 낙장본과 관계된 것에서 기억을 발굴한 나카노는, 한 권이 빠진 채로 산 『하이네 전집』을 다시 서간의 2권을 남기고 전당포로 넘겨버린 일을 이야기하고, 시마자키 도손의 서명이 든 『도노遠野 이야기』, 형무소에서 읽은 이토 히로부미 추도문집 『이토공의 남은 모습』, 부르는 값으로 사서 돈을 다 써버린 하쿠분칸의 『후타바테이 전집』, 빌려준 채로 팔려버린 피스카토어 Erwin Piscator 의 『좌익극장』 이야기를 들려준다. 이것들은 하이네의 2권을 빼고 기억 속에만 있는 책이 되었고, 모두 팔려 손을 떠난 고서이다.

비블리오필이 쓴 평론이, 대부분 자신이 손에 넣은 귀중한 책에 대해서, 독자적인 미의식이든 가치관이든 그 형태를 참조하면서 소개하고 비평하는 내용이었음은 말할 필요도 없다. 그러나, 이 에세이는, 기억의 페이지를 걷어 올리듯이, 부재의 책에 대해서 에피소드를 쌓아 올린다. 책은 낙장과 불완전한 결본, 또는 앞선 소유자가 남긴 흔적 등의 고유성을 지닌 채, 미묘하게 가치의 그림자를 달리하며 지나쳐 갔다. 거기에는 때로 변하고, 때로 부합하는 고서의 금액이 적히고, 뒤의 소유자가 언급되기도 한다. 개인적인 책의 추억을 말하는 듯하지만, 관점을 바꿔보면, 오히려 다양한 사람의 그림자를 쌓아 올려, 사람과 사람 사이를 교차하는 책의 움직임 그 자체가 떠올라 온다.

아내에게 준 연극론 책이, 죄다 고서점 서가에 나온 것을 보고 놀란 이야기 등은 특히 우습다. "면지에 당당히 (?) 이름이 적힌" 책이다. 생각을 더듬어 찾아보면, 그 책은 아내가 친구에게 빌려주고, 다시 고서점에 한때 맡겨진 듯하다. 그 책은 당분간 고서점의 서가에서 햇볕을 쬐게 되었고, 결국 그 친구가 빌린 돈을 갚지 못해서, 팔려버렸다. 자신의 서명이 들어간 책이 사람에게서 사람으로 건너가고, 고서의 흐름 속에 사라져간, '나'의 마음속에 "싫은 기분"이 남는다. 이들 이야기는 거의 경제적인 의미를 뛰어넘어서, 책의 유통을 둘러싼 실로 현실적인 형태를 시사하는 에피소드가 된다. 이 시기에 나카노의 생활이 불안정했던 까닭도 있겠지만, 책은 재고품이 아니라, 끊임없는 흐름으로 나타난다.

무로 사이세이의 『서정소곡집』 표지.
장정 히로카와 마쓰고로

나카노 시게하루가 책을 얼마나 사랑했는지는, 앞에서 말한 『책과 사귀는 법』뿐만 아니라, 후쿠이현福井縣 마루오카초丸岡町의 나카노 시게하루 기념관에 남겨진 옛 장서가, 한 책 한 책씩 손으로 만든 덮개에 담겨 보존된 것을 보아도 알 수 있다. 예를 들면 옛날 학제로 제4고등학교 학생으로 닥치는 대로 책을 읽던 때에 만난 무로 사이세이室生犀星의 시집 『서정소곡집』1918 — 이것은 히로카와 마쓰고로廣川松五郎, 장정와 온치 고시로恩地孝四郎, 속표지 그림, 삽화의 협동 작업으로 만든 걸작 가운데 하나 — 과 만났을 때의 놀라움을, 이렇게 쓴다.「일본 시가의 추억」, 『단카 연구』 1939.2

> 그것은 참으로 불가사의한 책이었다. 책이라기보다도 일종의 함과 같은 것이었다. 그림이든, 서문이든, 각서든 하는 것이 가득 담겼고, 작가는 이 책을 만들기 위해 바보처럼 전념하고, 신성한 바보처럼 거의 읽기에 신들린 종류의 것이었다.

책은 쓰인 내용뿐만 아니라, 열려야 할 '함'이고, 나아가 가공된 물질이다. 그 공예품의 질감에서 '신성한 바보' 곧 대가 없는 정열이 독자 앞에 모습을 드러내고, 신들리게 된다. 그러나, 또한 책은 그것만으로는 사유의 대상밖에 안 된다. 일단 사유성이 벗겨질 때, 책과 다시 만날 수 있었다. 바로 형무소의 독서 체험이다.

1928년쇼와 3, 이른바 3·15사건[2]의 탄압으로 나카노는 처음으로 장기간 체포 구류되었다. 몇몇 경찰서를 돌아다니게 되고, 무척 따분해졌을 때, 마음씨 좋은 순사가 『고락』이라든가 『여성』모두 플라톤사의 잡지을 안으로 넣어 주었다고 한다. 나카노는 기쁘게 받아서, 그 잡지를 두 개로 나누어 한쪽을 동료에게 건네주고, 광고 문자까지 핥듯이 읽었다. 밥 한 줌을 나누는 것 같은 그런 일은, "읽는 즐거움"이 "음식을 먹는 즐거움과 육체적으로 비슷하다"는 감개를 남겼다고 한다.「책과 사귀는 법」, 『주간 독서인』, 1965.6.21

이때는 단기간에 지나지 않았지만, 1932년쇼와 7의 코프KOPF, 일본프롤레타리아 문화연맹 탄압으로 다시 체포된 결과, 도요타마豊多摩 형무소에서 보낸 옥중 생활은 2년간, 29개월에 이르렀다. 나카노가 이 사이에, 어떤 책을 만났는지는, 전향 출옥 뒤에 쓴 「형무소에서 조금 개선을 찾다」『가이조』, 1934.11, 「형무소에서 읽은 것에서」『문화집단』, 1934.12, 「메모장」『문학계』, 1935.1.3에 담겼다. 그는 그들 에세이에서, "읽기에 굶주린" 수감자가 입수할 수 있는 책이, 형무소에 갖추어둔 관본官本, 자신이 사기도 하고 차입하기도 한 사본私本, 형무소협회에서 발행한 주간지 『사람』의 3종이었다고 설명하고, 관본의 질과 양과 그것의 부족함, 사본의 금지 범위가 넓은 것과 그 이유가 불명한 것을 하나씩 들고, 형무소에서 강요된 '수양'의 부조리를 이치로 따지면서, '개량' 항목을 든다. 형무관에 의해서 많은 분량의 사전에서 한 페이지씩 써넣은 것이 있는지 없는지 조사받고, 지워지거나 파손된 것과 활자가 닳아 해진 것이 있으면 각각 금지되고, "변기를 청소하는 복도에 물이 떨어질 때 책을 가로로 눕히게" 하는 것 같은 열악한 독서 환경에서, 그러나 나카노의 에세이는, 그가 거기서 파브르의 『곤충기』, 미쓰쿠리 린쇼箕作麟祥의 『프랑스 대혁명사』, 스미스의 『국부론』을 비롯해, 나쓰메 소세키, 두보를 읽은 사실을 적었다.

그리고 간신히 허가된 가이조샤의 『경제학 전집』에서 혼조 에이지로本庄榮治郎를 읽고, 거기서 인용된 고사료를 거슬러 올라가고, 미우라 히로유키三浦周行의 법제사 연구를 서로 비교해 보고, 오닌應仁의 난[3] 뒤 산성에서 일어난 구니잇키國一揆,[4] 거기서 전개된 인민 공화제의 흥망을 읽고 자기 것으로 만든다. 또는 관본인 이시카와 슌타이石川舜台의 『렌뇨쇼닌連如上人과 홋코쿠北國』, 니시다 덴코西田天香의 『참회의 생활』, 오타니 고즈이大谷光瑞의 『식食』을 빌려 읽고, 주간지 『사람』의 기사와 대조해보고, 그때까지 생각해본 적이 없던 "정치권력과 귀족 사이에 이루어진 신체의 결합. 장원과 나무그릇, 면

---

2   1928년 3월 15일에 일어난 일로, 재건 일본공산당에 대한 최초의 대검거사건.
3   무로마치시대에 1467년부터 1477년까지 11년간 교토를 중심으로 일어난 내란을 말한다.
4   남북조와 무로마치시대에 지방의 소규모 영주가 강대한 영주 세력에 대항해 일으킨 봉기.

세와 탈세. 신도의 징발과 그 거대한 징발 조직, 그것의 운용. 거기서 신앙이 가장 구체적으로 생겨나는 거대한 노역자의 무리. 종교로 이어지는 그들의 엇갈린 회비. 그리고 포르노그래피"를 읽어낸다. 또는 아이누 민족에게 마음을 건넨 크리스천, 배첼러 야에코八重子의 가요집 『젊은 동포에게』를 읽고 마음에 담는다.

서재가 아닌 감옥에서, 더구나 독서 대상이 한정된 환경은, 비할데 없는 독서가였던 나카노를 거의 읽는 기계로 만들었다. 그 읽는 기계는, 관허의 책을 통해서, 금지된 것에 관련된 해석이 구축될 수 있음을 멋지게 증명한다. 언어를 봉쇄당하고, 신체의 자유를 빼앗기면서, 나카노가 도망친 그 읽기는, 처음부터 끝까지 책의 내용을 직선적으로 따라가는 것이 아니라, 때로는 맥락을 떼어 내고, 텍스트의 부분과 부분을 묶어놓고, 갈라놓고, 또는 인용된 텍스트에 집착하고, 책을 서로 참조하는 급진적이고 텍스트론의 해석 실천이었다고 해도 좋을 것이다. 더구나 그것은 동시에, 자기의 사고 체계를 반추할 뿐인 다른 수형자들과는 달리, 자신들의 사고가 미치지 못했던 현실의 확장을, 텍스트를 통해서 받아들여 가는 과정이기도 했다. 읽는 기계는 자신의 프로그램에 근거해서 텍스트를 먹고 / 읽으면서, 그것을 섭취함으로써 또한 자신의 프로그램을 고쳐 썼다.

옥중에서 책은 개인의 소유가 될 수 없다. 3종의 책 모두 폐쇄된 공간을 통해서 지나간다. 무수한 방해물을 뛰어넘어서 빠져나간 책이 간수의 손으로 넘겨지고, 또 간수에게 반환된다. 관제官製의 손에 닳고, 상하고, 밀감 줄기로 만든 책갈피에 끼워진 낙장투성이의 책, 또는 옥중 서간이 보여주는 것처럼 차입 의뢰된 방대한 양의 책. 『사랑하는 사람에게』 상하권 참조, 중앙공론사(中央公論社), 1984~1984 책이 엇갈리는 이런 장소에, 결과적으로 나카노 시게하루는 몸을 두었다. 여기서 어김없이 제한되고, 공간을 점유하는 물질임과 동시에, 언어가 직조된 흐름으로, 새로운 책이 나타났다.

언어를 둘러싼 투쟁

마르크스주의가 문학에 미친 영향은, 여러 가지 차원이 있지만, 그 가운데서도 편집자, 출판사에 의한 복자伏字[5]의 자주적 / 강제적인 검열 시스템은, 그때까지 이루어진 발매 금지 처분을 능가해서, 책이 놓인 이 독서 공간이, 개별적인 유토피아 어딘가에, 국가에 의한 통제와 감시 아래에 있다는 것을 독자 앞에 새삼스럽게 드러냈다. 동시에 또, 검열되는 것조차 눈치채지 못하게 한 자기 규제의 공범성共犯性에 비해서, 복자는 그 존재 자체에서, 지면 위에서 전개된 저자와 미디어와 권력의 격렬한 승부를 보여주었다. 그것은 물론 결정적으로 독자에 대한 개방의 정도를 좁히고, 권력이 성공하도록

---

5   인쇄물에서 명기(明記)하는 것을 피하기 위해 그 자리를 비워 두거나 ○ × 등의 표로 나타내는 일. 조판할 때 소용되는 활자가 없을 때 임시로 아무 활자나 대신 엎어 꽂는다.

했지만, ×, *, −, 공백 등에 따라 복자의 읽기를 강요당한 일부의 독자들은, 맥락을 따라서, 숨겨진 기호를 찾고, 암호해독자가 되는 것처럼 자각적으로 그들과 텍스트 사이의 관계를 낳았다. 한편으로 마르크스주의의 번역 문헌에 따라 신어 조어가 대량으로 문학에 난입하는 가운데, 언어는 어지러운 눈길의 반사로 수놓게 되었다.

나카노가 출옥한 1934년쇼와 9은, 그 전해에 이루어진 고바야시 다키지의 학살을 비롯해 탄압의 철저화, 전향의 속출, 일본프롤레타리아작가동맹의 내부 붕괴 등 운동의 해체기이다. 어떤 형태로 전향했는지 묻지 않고, '전향'이라는 언어가 각 사람에게 제각기 고유한 폭과 차이가 있으면서, 애매한 채로 묶이고, 문단의 담론을 석권했다. 성가신 일로는, 전향이라는 체험의 현실에는 언어를 둘러싼 커다란 인식론적인 단절의 계기가 내포되기도 했다는 점이다.

전향을 만들어내는 장이 된 검찰과 재판의 시스템은, 집행관과 피고인 사이의 비대칭에도 불구하고, 근대국가의 법 아래에서 대화를 보증한다. 법은 그 기원에서 폭력적으로 성립하지만, 일단 성립할 때 법은 그 구성원에게 준수를 요구하기 때문이다. 비합법 활동에 관여했는지 아닌지에 대해서 추궁하면서, 거기서는 동시에 사실이란 무엇인가, 어떻게 사실을 만드는 담론을 구성하는가, 무엇을 인식하고 무엇을 인식하지 않는가, 거짓말위장이란 무엇인가, 자신의 발언은 어떻게 자신을 구속하는가, 등의 문제가 잇따라 피고인을 엄습한다. 내부자의 언어로 서로 양해하는 일본 사회 속에서, 법의 힘이 드러나는 최전선은, 언어에 대해서 훨씬 더 엄격한 인식을 강요하기도 했다. 그런 의미에서 비전향이 대화의 차원에 오르는 것을 거부함을 가리키는 데 비해서, 전향은 자기를 타자의 언어 앞에 드러낸다고 하는 지금껏 경험해보지 못한 체험을 간직하고 있었다.

여기에 내포되었던 가능성은, 당연한 말이지만 메이지의 '언문 일치' 이래, 신뢰받았던 언어의 지시 표현과 지시 내용의 소박한 밀월 관계에 쐐기를 박았다. 전향자 나카노 시게하루에게 자신의 체험을 바탕으로 "혁명 운동의 전통에 대한 혁명적 비판"을 목표로, 1920~1930년대의 '일본의 흐름'을 구상했다고 전해지는 연작 「제1장」『중앙공론』, 1935.1, 「스즈키, 미야코아마都山, 야소지마八十島」『문예』 1935.4의 연작은, 그 의도와는 달리, 언어의 연장으로 가다듬은 일본인의 모습을 처음으로 전한 소설이었다.

「스즈키, 미야코야마, 야소지마」의 세 명은, 이 작품에 등장하는 보결補欠 간수, 담당 간수, 예심판사의 이름이다. 그들은 옥중에 있는 주인공 다하라田原를 구금하고 심문하는 처지인데, 그 지위에 따라서 형무소와 사법 조직 안의 계층제를 암시한다. 소설은 다하라가 학수고대하던 주간지『사람』을 구석구석까지 맛보려고 하듯이 읽는 데서 시작한다. 언어에 굶주렸던 그는 「편집 소식」의 문체에 미소 짓고, 「기사 말소」에 신경이 쓰인다. 무엇이 취소되었을까. 또 곧이어 해당 호를 읽어보면, 소작농의 궁핍한 상황을 천황에게 아뢰어야 할 시종무관장이 서로 아는 사이의 농민에게 장시간 청취했다고 하는 기사이다. 이것을 '사실무근'이라고 정정한 난은, 그에게『연감』에서 황실 소유지의 면적을 계산해 내게 해서, 속으로 그것을 소작농에게 나누어주면 어떨까 하고 생각하게 한다. 언어의 참조 체계를 해체해서 읽는 해석의 급진주의가 먼저 발휘되었다.

그뿐만 아니라, 그것은 에세이로 쓰인 것이나 마찬가지다. 제목이기도 한 임시 보결 간수 스즈키가, 담당 간수인 미야코야마의 감시를 피해 몰래 자신이 지은 시가를 첨삭해달라고 요청하기 위해, 다하라의 감방으로 들어간다. 평범한 시가이지만, 그때까지 다하라는 "비평만은" 성실하게 하고, 때로는 스즈키와 나눈 논리적 대화를 "즐거움 가운데 하나"로 삼았다. 이때도 스즈키가 쓴 단카의 어구 "일이 있으면事あれば"에서 "있으면あれば"과 "어지러워지면あらば"을 둘러싸고 문학적인 논의를 조금 나누었다.

피고인과 간수 사이에 교환된 문학론 등, 무사태평하고 기묘한 광경이지만, 겨우 한 글자를 둘러싼 대화는 문법적 정확성이 앞서는가, 창작의 우위성이 앞서는가 하는 의논을 만들어간다. 그곳은 형무소의 독방임과 동시에, 문학적 담론의 공간으로 바뀌었다. 다하라의 기억 밑바닥에서, 일본 문법을 처음으로 배웠을 때 "생긴 흥미"와 "놀라움"이 언뜻 되살아난다. 그리고 "평생 쓴 말"을 "대담하게" 단카에 담는다고 한 스즈키의 반론을 긍정하면서, 그러나 "문법을 무시해도 좋다고 하는 것은 아니"라고 주장한다. 물론 여기에는 언어의 규범인 문법에 대해서, 언어를 구성함으로써 자기를 생성해가는 표현의, 법과 침범을 둘러싼 갈등이 함의되어 있는 것은 틀림없다. 차이의 체계인 언어에서, 한 글자의 차이가 언어를 규정하는 법적 원리의 근거를 향해 질문한 것이다.

언어의 법에서 법의 언어로 소설은 전개된다. 법의 언어라고 하지만 조문 그 자체를 말하는 것은 아니다. 하나는 법을 대행해서 운용하는 측의 언어다. 판사인 야소지마의 목적은, 다하라에게 공산당원이라는 단 하나의 언어 ― 그것이 (치안 유지)법을 침범한 것이라고 인정된다 ―를 끌어내는 것이었다. 그의 전술은 그런 인식을 향해서 조직되고, 다른 피고의 증언을 바탕으로 심문하고, 때로 제국대학의 동창생, 선후배의 인연을 슬쩍 내비치고, 재판이 연기됨으로써 동료를 괴롭힌다고 정서적으로 호소하고, 또는 동료인 나가타永田가 다히라에게 말한 경솔한 문장을 화제로 올려 감정적인 혼란을 일으키는 등 동요하게 한다. 하나의 말을 끌어내기 위해 쓰인 언어의 비열함이 감탄할 만큼 그려지고, 흥분한 감정을 억누르면서 심문 전략에 대항하는 긴장감 넘치는 대화를 따라가게 된다.

다하라가 이 심문 속에서 엄밀하게 계속해서 신경 쓰는 것은, 다양한 해석을 허용할지도 모르는 언어의 애매함이기도 하다. 그는 법을 운용할 때 사용된 언어의 애매함이 자신을 함정에 몰아넣을지도 모른다는 것에 저항하듯이, 거기에 집요하게 매달린다.

앞서서 피고인은, 일본공산당에 그 활동을 위한 활동 자금을 제공한 까닭으로, 1930년 7월 31일, 도요타마 형무소에 기소 수용되었는데("그렇지 않습니다"라고 다하라가 가로막았다) …… 그렇지 않은가? 동조자사건이었지 않은가. ("그렇습니다"라고 다하라는 답했다. "그러나 당의 활동을 위해서 당에 돈을 냈던 것은 아닙니다.")

야소지마는 전에 다하라가 엄지손가락으로 찍은 조서를 보이는데, 그래도 다하라는 "그 문장은, 상식적으로는 다하라가 활동 자금으로 당에 돈을 냈다고 읽을 수 있게 쓰였지만, 논리적으로는 반드시 그런 것은 아니다"라면서, 표현의 엄밀성을 고집한다. 비합법 모임에 대한 이어지는 질의에서도 다하라의 표현 점검은 더욱더 집요해진다. 모인 적이 없다, 나가지 않았다, 몰랐다는 다하라의 답이, "출석한 적도 없고, 또 그런 모임이, 있다는 것도 몰랐다"는 조서의 기록으로 바뀔 때, "잠깐만" 하고 말참견한다. "나는 모임이 있었는지 없었는지" 조차 몰랐다는 것이다. 모임이 여러 번 있다는 것은 알았지만, 그때만 몰라서 나가지 않은 것이 아니다. 그런 모임의 존재 자체를 처음부터 알지 못했다고 말한 것이다.

야소지마가 이미 몇 번째나 재판을 받은 것처럼, 사법 조직은 번갈아 담당자를 교체한다. 상대는 눈앞의 사람임과 동시에, 제도이기도 하다. 공통의 규약이 성립함으로써 순조로워지고, 생략할 수 있는 것이 대화의 경제라고 한다면, 다하라가 신경 쓴 것은 안이한 규약이 성립해버린 점이다. 야소지마의 질문이 애초에, 출신 학교에 대한 것 등 여러 면에 걸친 까닭은, 그들이 공유하는 관습을 검색하기 위한 것이었다. 서로 잘 아는 언어에 빠졌을 때, 언어는 무방비가 된다. 같은 언어가 요약되고, 기록되는 사이에, 어느 사이엔가 다음의 역할을 맡은 인간에게 건네지고, 2차원적인 해석이 발생하는 것을 막을 수 없게 된다. 일반적으로 문학은 이런 언어의 다의성에서 다양한 해석이 생겨나는 것을 즐기는 장치이다. 그에

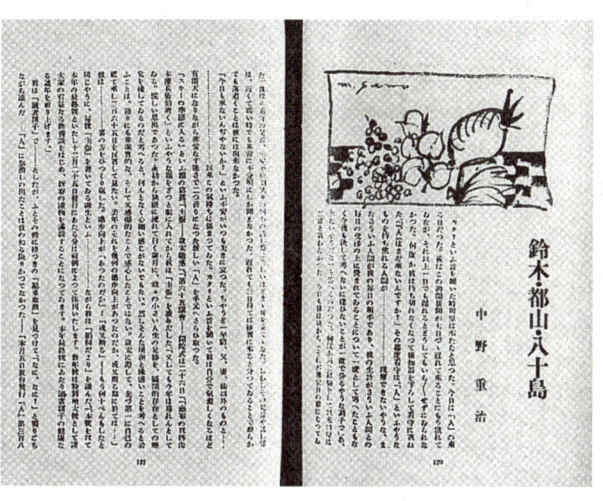

나카노 시계하루의 「스즈키, 미야코야마, 야소지마」(『문예』)가 처음 실린 것.
파선[---]이 있는 곳이 복자다. 그 뒤는 거의 벌레 먹은 상태가 된다.

비해서 나카노의 소설이 야소지마와 다하라의 대화를 통해서 보여준 것은, 마찬가지로 언어의 다의성을 이용하는 권력적 담론의 장치였다. 그것은 개인적인 대화에서는 그럴싸하게 보이면서도, 어느 사이엔가 기호를 살짝 비틀어 해석을 바꾸게 하고, 나아가 최종적으로는 일차원적으로 해석을 규정해버림으로써 초월적인 심급을 갖춘 시스템으로 표현되었다.

다하라의 투쟁은 야소지마 등이 펼친 담론의 장난에 신경을 곤두세우게 하고, "잠깐" 하며 제지하는 데 지나지 않는다. 그의 주의는, 심문을 베껴 쓰는 "검푸른 뾰루지가 난 얼굴"의 서기에게도 향한다. 서기의 역할에 철저하면서도, "멋진 글자"를 쓰고, 때로 허둥대며, 일에 정성을 다하는 이 인물에게, 다하라는 "만일 우리가 일반적으로, 취조에 대해서 올바른 태도를 최후까지 유지한다면, 이 야소지마 같은 사람들은 별도로 친다고 해도 이 서기들에게 무언가를 주어야 할 것이다"라고 생각한다. 보결 간수의 이야기와 관련해서, 어떤 권력 기구의 내부에서나 있을 수 있는 계층제의 실태와 그 때문에 일어난 투쟁의 가능성을 볼 수 있다.

이것이 과거의 체험을 기록한 것 이상으로, 현재 바로 지금의 운동으로 이어지는 표현이기도 했음은 물론이다. 결말에서 나오는 것으로 "몇 마리 말의 고삐를 혼자서 쥐고 가게 하는 서커스의 말타기 같은 일"이란 다하라의 감회는, 그야말로 전방위적이고 위태로운 발부리 같은 이 소설의 투쟁을 보여주는 비유이기도 할 것이다. 그러나 긴장감에 가득 찬 글 한 편 속에서, 기이하고 기발할 정도로 언어에 얽매이는 것이, "손가락을 뚝뚝" 꺾으면서 의욕에 불타는 투쟁의 깊이와는 반대로, 단조로움을 뛰어넘은 사고 운동의 "즐거움"도 되는 것을 눈치챌 수 있다. 스즈키와 나눈 대화뿐만 아니라, 야소지마의 말 속에 담긴 독일어 한마디에서 뜻하지 않게 전개되는 "왠지 모르는 그리움" 등은, 그런 "즐거움"에 다름 아니다. 그것은 전략과 전략으로 서로 대치하는 양자의 숨 막히는 투쟁과는 달리, 때로 텍스트를 횡단하게 하고, 기억을 되살리게 하고, 지금 이곳을 다양한 언어로 만들어가는 공간으로 바꾸는 근원적인 의식의 작용이다. 그런 확장에 따른 자유로움이 이 숨 막히는 소설을 소설답게 한다. 지금까지 살펴본 폭과 범위에서 언어를 둘러싼 투쟁을 다룬 것은, 1930년대에는 나카노 시게하루 혼자였다.

『공상가와 시나리오』

　그러나, 소설 「스즈키, 미야코야마, 야소지마」는 그 언어 자체가 철저하게 수탈된 결과였다. 앞의 인용문에서 고딕 글자에 뒤이은 부분은 모두 복자이다. 다하라가 무언가에 얽매이는 것은 알 수 있지만, 이것만으로는 어떤 암호의 흐름도 해독하는 것은 어려웠다.

　연작이 좌절된 뒤, 나카노가 발표한 것이 「시골집」『경제왕래(經濟往來)』, 1935.5이다. 너무나도 유명하게 된 이 소설에 대해서는, 전향하고 고향으로 돌아간 벤지勉次와 그의 아버지 마고조孫藏의 긴 대화—실제로는 마고조의 긴 이야기와 벤지의 짧은 답—가, 언어를 둘러싼 투쟁의 모티프를 계속해서 감춘다는 것을 지적해 두고 싶다. 일본의 소설에서 지금까지 그렇게 긴박한 대화 장면은 일찍이 없었다.

　아들이 비전향할 것을 믿고 그 때문에 집안이 기우는 것도 어쩔 수 없다고 했던 아버지가, 전향해서 살아 돌아온 아들에게 말하는 그 담론은, 그동안에 자신이 겪은 고충을 전하고, 엄격하게 아들의 윤리를 따지고, 깨끗이 붓을 꺾고 '백성'이 되기를 권한다. 전에 옥중의 벤지를 '즐겁게' 했던 것은 마고조가 쓴 편지 속의 아름다운 말이었다. 전향한 뒤의 지금, 마고조의 언어는 벤지의 마음을 거세게 뒤흔들면서도 "어떤 올가미 같은 것"을 느끼게 한다. "잘 아시겠지만, 차라리 글을 쓰고 싶다고 생각합니다"라는 벤지의 답은, 이 소설이 쓰기를 둘러싸고 쓰인 소설임을 보여준다.

　때마침 당국에서 문예계를 통제하려는 의도를 내포하던 저작권

보호와 문예원文藝院 문제가 화제가 되고, 그것에 대해서 전향 이전부터 더욱더 과격한 '담론 분석'가메이 히데오(龜井秀雄)을 펼친 나카노에 대해서, 내무성 경보국은 집필 금지 처분을 내렸다. 1937년쇼와 12 연말부터 내려진 이 처분에 따라, 나카노는 문필 활동을 금지당하고, 직업안정소를 통해서 도쿄시 사회국 조사과 센다가야千駄ヶ谷 분실分室의 임시 고용원으로 근무했다. 1년 뒤, 전시 체제가 깊어 가는 가운데, 처분이 완화되어, 나카노는 다시 붓을 잡게 되었다. 조사 '노の'와 '토と' 하나로 범주가 다른 두 개의 언어를 연결한 불가사의한 제목의 소설 『이별의 노래』『혁신』, 1939.4~8와 『공상가와 시나리오』『문예』, 1939.8~11가 거기서 태어났다. 이 두 작품은, 훌륭하지는 않지만 "이것들은 내가 아니면 쓸 수 없었다"『이별의 노래』 서문, 1940고 증언한 소설이다. 한편은 청춘 교양소설, 다른 쪽은 풍자소설로 소설 장르가 다른 외관을 띠지만, 소설 속에서 단카 또는 시나리오의 표현 장르를 깊이 언급한 점에서 공통되었다. 특히 『공상가와 시나리오』에서는, 주인공 구루마 젠로쿠車善六가 「책과 인생」이라는 시나리오를 구상했다. 여기서 지혜의 고리는 또 하나의 원환을 그렸다.

소설은 먼저 구루마 젠로쿠의 '공상'이 어디에 바탕을 두는지 보여준다.

구루마 젠로쿠는 공상가이다. 예를 들면 그는, 자신의 이름이 구루마 젠로쿠인 것에 대해서조차 강하게 공상한다. 그것은 옛날, 구루마 젠시치車善七라는 히닌가시라非人頭6가 있었기 때문이다.

주인공을 공상가로 규정한 첫 부분이다. 젠로쿠는 자신의 이름 표기에서 에도의 히닌가시라 젠시치의 이름을 연상한다. 그리고 그 젠시치는 "내가 히닌이고, 또 최초의 히닌가시라였"기 때문에 "위대한 인간"이었다고 생각한다. "따라서" 젠로쿠도 "위대"하지 않으면 안 된다고 느낀다. 비약에 가득 찬 이런 공상의 삼단논법을 뒷받침하는 것은, 젠로쿠善六 / 젠시치善七의 한 글자 차이를 뛰어넘는 지점이다.

화자는 말한다. 그의 가문은 대대로 백성이고, 성 구루마가 "메이지유신이 되고 나서 비로소 서둘러 찾아서 만든" 것이고, 젠시치와 관계없는 것은 젠로쿠도 안다. 그리고 유신 뒤에 성씨를 붙인 "백성"들의 명명담은, "혀舌"히라(ひら) / 헤라(へら)를 늘어뜨린 남자이므로 히라노平野라고 이름 붙이고, 가가加賀[7]에서 도망쳐 온 남자이므로 마에다前田라고 이름 붙였다고 하듯이 전해진다. 얼핏 보면 그럴 듯해 보이지만, 그들의 생활과 관습 속의 인식 시스템에 근거한 형식으로, 수사학적으로 언어와 사람이 연결되었다. 틀림없이 백 개의 "성"은 제각기 고유한 유래담이 있게 마련이다. 이렇게 속성과 근접성에 관련된 비유적인 명명법에 비해서, 젠로쿠 / 젠시치가 연결되는 방식은, 언어끼리 서로 유사함에 따라, 적합한 의미"위대한 인간"를 겹치려고 했다고 할 수 있을 것이다.

한편, 젠로쿠의 성 '구루마'는 선조가 "손재주가 뛰어나"서, 틈날 때

---

6   에도시대에 천민 계급에 속하는 히닌(非人)의 단속을 맡은 사람.
7   옛 나라 이름. 오늘날 이시카와현(石川縣)의 남쪽이다.

마다 수레 등을 만들었기 때문에 붙었다고 한다. 때마침 그 자리에 있는 재료로 어지간한 것을 만들어내는 일요일의 대목공日曜大工[8]적인 작업에 대해서, 레비-스트로스는 고유의 독자성을 지닌 사고 형태의 하나로 평가하고, '브리콜라주Bricolage'라고 불렀는데, 노동의 짬에 하는 이런 종류의 수작업이 거기에 포함될 수 있을 것이다. 브리콜라주의 사람을 선조로 둔 젠로쿠는, 백성이 아니었던 신분, 공상의 브리콜라주에 탐닉했다. 그것은 합리적인 사고 방법에서 보면, 기이하고 기발하지만, 상상의 날개를 펼친 신화적인 사고 운동을 맡았다.

그 자체로는 아무것도 생산하지 않는 공상에 대비되는 것이, 노동으로 하는 쓰기이다. 젠로쿠가 원래 문학청년이라는 설정은, 노동=창조의 쓰기에 관련되면서, 지금은 그것이 닫혔음을 이야기한다. 그의 일은 구청의 호적계이고, 호적 등본과 초본을 베껴서 "채워 넣을 곳에 쓰는" 작업이다. 젠로쿠에게 이 노동에는 "창조의 고통"이 없는 것이 커다란 고통이다. 「스즈키, 미야코야마, 야소지마」에 나오는 서기에 대한 시선이 여기로 옮겨서 나타난다.

젠로쿠가 "지루한 매일 가운데 있는 오아시스"처럼 느끼는 것은, 등본 등의 말에 대해서 "손님"에게 친절하게 설명하는 때이고, 이해를 구하려고 대화하는 때이다. 또 그는 "고통"을 느끼게 하는 커다란 요인으로 "법률의 언어" 그리고 그 "서식"이 있음을 관찰한다. "가자분산家資分散"[9] "금치산" "준금치산" "공권의 박탈" "공권 정지중" 등의 법률 용어는 일상의 언어에 닿지 않는다. 의미 내용을 명확하게 설명하지 않는 채, 언어만이 전달되어 가는 안타까움. 젠로쿠는 살아있는 언어를 주고받게 되기를 바라지만, 그 일상은 "손목 저림"에 뒤덮여 변하지 않는다.

젠로쿠가 살고 있는 것은, 다하라가 갇힌 옥중과 같은 언어 상황이다. 그는 바짝 말라버린 언어를 대화 속의 살아 있는 파롤로 옮김으로써 되살아나게 하기를 꾀하려 하지만, 일시적인 단편으로 끝나고 전체화하는 것은 아니다. 왕복 전차의 혼잡 속에서 발을 밟혀도, 아주머니의 무례한 행동에 맞닥뜨려도, 현실과 살아있는 접촉을 잃은 젠로쿠는 멍하게 대응할 뿐이다. 그의 일상에서 공상만이 지루한 현실을 다른 풍경으로 바꾸어주는 것인데, 그것은 "소극적임"과 같은 뜻일 수밖에 없다. 공상의 공허함에 진저리난 젠로쿠 앞에 뜻하지 않게 "근사한 공터"가 열린다.

젠로쿠의 짐작으로는, 빈터의 넓이는 대략 9백 평이나 됨에 틀림없다. 큰 떡갈나무가 여러 그루, 한 아름이나 되는 감나무가 두 그루, 그리고 이 주변 어디에나 있는 소나무와 편백과 벗나무, 밤나무 같은 상당히 큰 나무가 있고, 팔손이나무의 커다란 그루터기가 몇 개 있고, 그밖에 다양한 나무

---

8   일요일 등의 휴일에 취미로 하는 간단한 목공 일.
9   오늘날 파산 제도의 전신으로, 강제집행을 해도 채무를 갚을 능력이 없는 채무자에게 법원이 가자분산자라고 선고하고 공표하는 제도.

가 있는데 확실히는 보이지 않는다. 한곳에는, 무성하게 자란 자루공山牛蒡, 담쟁이덩굴, 감초, 삼백초三白草, 참억새, 나무에서 나무로 걸쳐 있는 덩굴 풀, 그 밖에 여러 가지 잡초 때문에 멀리서 한눈에 내다보기 어렵다. 그리 고 또 중간쯤에는 상당한 밭 같은 것이 있는 듯하다. 그런데도 어디에도 말 뚝 따위는 보이지 않는다. 확실한 울타리 따위도 없고, 잡초가 무성한 틈에 서 철사로 그물처럼 만든 둘레 일부가 보이는데, 그것도 언제 만들었는지 너덜너덜하게 녹이 슬었다. 거의 살인을 해도 알아보지 못할 것 같은 모습 이다.

『공상가와 시나리오』 안에서도 인상적인 장면 가운데 하나인 데, "5, 6년 이래 이런 아름다운 빈터는 본 적이 없다"고 한 그 빈터 의 서술이, 앞이 훤히 트이지 않고 "살인을 해도 알아보지 못할" 만 큼 초목이 무성하게 살아있는 토지로 된 점에 주의하고 싶다. "어 느어느 토지 건물 회사"의 말뚝도 "임대지"의 간판도 없지만, "자 연"에 대한 감미로운 기대를 깨뜨려 버릴 것 같은 괴상한 생명의 과잉이 그 토지에는 나타난다. "잡초 특유의 샐쭉 토라질 것 같은 냄새"를 맡고, 키가 높은 잡초류를 발로 밟는 감촉을 젠로쿠는 자 기 몸으로 확인한다. 그것은 자연의 회복을 생각나게 하지만, 도시 공간이 정리·분류되고, 견고한 질서에 둘러싸인 가운데, 젠로쿠가 발견한 것은 여러 방향에서 넘쳐나는 힘의 생명 바로 그것이었다.
　초목이 무성한 힘. 그것은 눈앞의 사물과 현상에서 연쇄적으로 퍼져가는 공상의 힘이기도 하다. 이 "빈터"에 용기를 얻은 뒤에, 젠로쿠는, 고향의 아버지가 중태라는 전보를 받고, 아내와 상의해서 잠시 귀향한다. 가난한 젠로쿠는 그 여비를 마련하는 일도 힘들지만, 갑자기, 교육 영화의 시나리오를 쓸 것을 생각해낸다. 「책과 인생」이라는 그 시나리오 구상은, 옛날에 만난 동인잡지 벗들의 인연으로 빌린 돈으로 바뀌었는데, 아버지의 병환에도 불구하고 "무언가 살아나고 살아나는 것"을 느끼게 해서, "소극적"인 공상에서 적극적인 공상으로, 뜻밖에 젠로쿠를 끌어냈다.

「책과 인생」

나카노 시게하루는 그 자작 해설「『공상가와 시나리오』에 대해서」, 『월간 문장』, 1940.4 속에서, 처음에는 "주인공이 생각한 것처럼 시나리오 『책과 인생』을 쓸 계획이었"는데, 시간이 지나도 쓸 수 없어서, 마침내 "괴로운 나머지 이런 소설의 형식으로 써버렸다"고 말한다. 젠로쿠도 시나리오를 쓰지는 않는다. 그러나, 그 구상만은 부풀어 올랐다.

소설 속에서 젠로쿠의 시나리오 구상에 자극을 준 책 가운데 하나가, 일리인의 『책, 그 시작과 발달의 역사』로 소개된다. 이것은 M. 일리인Mikhail Ilyin이 쓰고, 다마키 하지메玉城肇가 옮긴 『책의 기원과 발달 이야기』고분소(弘文莊), 1934.2를 가리킨다. 소련의 기계공학자이고, 『숲은 살아있다』를 쓴 사무일 마르샤크Samuil Yakovlevich Marshak의 동생이기도 한 일리인은, 그 밖에도 『인간의 역사』 등이 일본어로 번역되고, 스탈린 숙청 이전에는 계몽가로 알려졌다. 인간의 기억술 이야기에서 시작해서, 문자의 탄생, 책 형태의 변천, 인쇄 기술의 발전을 따라간 그 책의 역사에 대한 번역본은, 소리마치 시게오의 고분소에서 간행되어, 그 자체, N. 라프신의 삽화를 많이 넣고, 독립미술전獨立美術展10 계열의 가토 아키라加藤陽가 장정을 맡아 산뜻한 책이 되었고, 평이하고 공들인 언어에 의해서 획기적인 서적론이 되기도 했다. 그러나, 젠로쿠는 말한다, "책은 이른바 책일 뿐이고, 인간과 살아 있는 교섭에서 얼마쯤 단절하고 그것을 묘사한다"고. 그리고 유럽의 이야기뿐이고 일본에 대한 언급이 부족하고, 종이에 대해서도 "튼튼하고 부드러운 일본 종이의 손에 닿는 감촉"에 대해서 전혀 생각하지 않는다.

그가 생각하는 것은 책과 인간의 "살아있는 만남"이다. 그리고 관심의 대상은, 목재가 벌채되어 종이가 되는 과정이고, 광석에서 연활자가 만들어지는 과정이고, 인쇄 노동자의 "더러운 거리"이고, 반 가내 공업적인 제본 작업이고, "출판사" "대량 판매" "소매점" "고서점" "고서 시장"이고, 이들 책의 생산-유통 기관 속에서 일하는 다양한 사람들이다. 물론 다른 한편으로 그 책을 사고, 읽는 많은 사람—수용의 단계마다 다양한 형태가 있는데, 젠로쿠는 그런 모습을 공상한다. "책을 본질적으로 보는 것"이 젠로쿠의 중요한 주제이고, 책이 사물로서 독자와 만나는 다양한 맥락 속에서 어떻

---

10 일본의 미술가 단체로, 1930년 11월에 사토미 가쓰조(里見勝藏) 등이 "기존의 단체에서 절연할 것" "신시대 미술의 확립"을 선언하고 창립했다.

게 의미가 변해갈 것인가 하는 것을, 그의 공상은 암시한다.

그러나, 책을 통해서 사회적 파노라마가 그려지는 것은 아니다. 파노라마적 시선이 요구되면서도, 그가 이상으로 여기는 "서양 동화" 풍의 합리적인 "통일성"을 결여한 채, 영상으로 만들고 싶다고 생각한 공상은 옆으로 퍼져간다. "꾸벅꾸벅한 채로 멍하니 생각함으로써, 그 생각이 한층 더 또렷하게, 또 방대한 심포니 같은 형태로 뭉게뭉게 부풀어 오르는" 것이다.

예를 들면 그것은 생산 면에서 연쇄적인 삼림의 생태계 — 목재를 둘러싼 송충이와 기생벌의 격투이기도 했고, 종이와 인견과 셀로판 등의 원재료를 공통으로 삼는 사물끼리 물질적으로 얼마나 근접 관계에 있는지 지적하는 일도 된다. 또 인쇄 기술 가운데 하나인 기계 부품이 수사학적으로 전용된 스테레오타입stereotype의 어원, 제본·장정의 종류, 그리고 우연히 발견된 오리야折屋[11] 아주머니의 체조 풍경곧 노동의 환유으로 날아간다. 또는 저자에 대해서. 학자와 예술가에게 집필의 괴로움은 더욱더, 오랜 시간 속에서 해명된 인체 모델의 도상 변화를 어떻게 찾아가는가. 인간의 "지식"에 대한 언어적·시각적인 역사가 그 시나리오의 지평에 떠오른다. 또 미디어를 구속하는 조건으로 생각이 옮겨가고, "정치적이지 않은 어떤 책이 있을 수 있을까?"라며 책의 검열, 영화의 검열을 시나리오에서 다루려고 생각한다.

이 소설은 이미 일상에 녹아든 책을 새롭게 비추어 낸다. 거기서는 사전이, 언어가 언어로 언급되는 메타 텍스트의 기능을 드러내고, 번역론을 전개함으로써 언어의 차이에 따른 다원적인 세계상이 암시된다. 삼차원 공간을 이차원 평면으로 변환한 기호체계인 지도, 그리고 군대의 신체를 규정하는 보병 교범, 작은 숫자로 기차의 운행을 관장하는 시각표, 세계를 봉해 넣은 백과사전 등, 실로 다양한 책이 문학서, 학술서와 나란히 언급되고, 우리의 마음과 신체, 생활에 깊이 들어와 있음을 보여준다. 그 가운데 아름다운 광경의 한 장면 — 재봉틀 회사에서 일하는 미혼의 아가씨가 지칠 대로 지쳐서 잠들었을 때, 낮고 느린 사람 소리에 깬다. 기분 나쁘게 느끼면서, 갑자기 점자 신문이라고 알아차린다. "저것은 남편이 그것을 손으로 더듬으면서 문맹인 아내에게 신문의 기사를 읽어서 들려주는 즐거운 광경이다. …… 그녀는 행복한 엷은 미소를 띤 채로 곧 코를 골기 시작했다." 그녀 — 젠로쿠의 아내에 대한 추억은, 만짐으로써 읽는 책, 그리고 음독의 기억을 되살려낸다.

지금 눈앞에 여러 가지 책을 읽는 이러저러한 사람들이 있다. 그런 다양성의 한편에서, 지금 눈에 보이는 형태의 물질로 책을 만들었던 역사는 잊힌다. 젠로쿠의 공상은 거기에 초점을 맞춘다. 「책과 인생」에서 역사성을 발견한다는 모티프는, 머지않아 아버지의 병세가 조금 나아져서 귀경한 젠로쿠가 보고한 말을 듣고, 남편이 고향으로 돌아간 것에 대한 저항감과 시아버지에 대한 애정 사이에서 흔들리는 아내의 생각과도 이어진다. 그녀는 이렇게 생각한다.

---

11   제본할 때 인쇄한 종이를 일정한 크기로 접는 직업.

그녀에게는, 대도시의 한가운데 내팽개쳐진 그들 미미한 한 쌍이, 한편으로는 언제까지나 도시 생활 속에서 더 나은 처지가 될 수 없고, 다른 한편으로는 날마다 그녀의 곁에서도 젠로쿠의 곁에서도 오랜 고향에서 떠나와, 그렇게 그들의 몸이 우주에서 방향을 잃음으로써, 그들 한 쌍까지 이어져 내려온 그들의 가계 그 자체가, 세계 속에서 사라져버릴 것처럼 생각되지는 않는다.

"가계"의 멸망을 생각한다는 것은, 정말로 고리타분한 가족주의로 보인다. 그러나 "가계"라는 말의 실제 내용이 앞부분에 있었던 것처럼, 브리콜라주처럼 재주 있는 사람에게서 이어져 내려온 기억의 집적을 의미하는 것은 말할 나위도 없다. 책이 외화된 기억 장치이고, "살아있는 책"이 인간의 은유임을 여기서 해독의 기호로 끼워 넣으면, 그녀는 책의 위기를 말하는 것과 같다. 「책과 인생」이라는 제목은, 이런 문맥에서 볼 때, 책과 인간의 만남을 의미하는 데 지나지 않는다. 인간이 책에 대해서 그 역사적 노동의 생산물로써 자신의 기억을 잃는 데 대응하는 것처럼, 동시에 인간이 자신의 기억을 잃는 것을 시사하고, '책'과 '인생'이 바로 하나로 융합되어 구별할 수 없는 관계임을 말하기도 한다.

자기 언급 또는 자기 창조

기억과 연상 속에서 유추를 확대해가는 젠로쿠의 공상은, 그러나 시나리오로 쓰이는 것은 아니다. "무엇이 쓰이는 순간, 그 무언가는 홀연 공상이 아닌 것으로 되어 버린다"고 하듯이, 언어로 바뀌는 것에 대한 망설임이 강하게 의식된다. 원래 젠로쿠가 구상한 시나리오가 소설이 아니라, 시나리오였던 것은, 아마 시간과 공간을 뛰어넘어 장면을 연결할 수 있는 영화의 몽타주 기법을 상정하고 있었음에 틀림없다. 그러나, 영화 시나리오에서도 그 장르에서 약속된 것으로 일정한 줄거리가 있고, 통사적인 구조로 된 이야기의 구조가 있다는 것은 변함이 없다. 렌쿠連句12가 차례로 이어지는 것을 연상하게 하는 듯한 이미지에서 이미지로 비약하기, 논리적인 사고의 차원을 변환하고, 월경하는 무제한적인 공상의 세계는, 질서였던 문법형식에 끼워 넣기는 곤란함을 보여준다.

그렇지만, 생각을 언어로 바꾸고, 현실의 형식을 부여하지 않으면, 아버지의 요독증처럼 자신의 대사 기능이 조화를 잃게 된다. 언어의 '카테테르'13도뇨관(導尿管) / 소식자(消息子)가 없는 젠로쿠는 "별개"처럼 자기 운동을 전개하기 시작하던 공상에 바싹 추격받는다. 바깥 세계와 맹렬히 싸우고, 자기를 외화해 가는 인간 노동의 형식이

---

12 렌카, 하이카이의 길게 연속한 구.
13 katheter. 체강(體腔)에서 체액을 배출하기 위해 사용하는 관 모양의 기구. 특히 소변을 체외로 배출하기 위해 요도를 통해 삽입하는 기구.

젠로쿠에게는 생길 수 없기 때문이다. 그는 호적계의 업무에도, 인간과 사회의 여러 가지 관계가 끼어 있음을 안다. 그러나 그런 발상도 "젠로쿠의 어렴풋한 머릿속을 어렴풋한 형태로 지나가 버리는" 것이고, 공상은 속도를 높이면서도 모든 것은 "움직임"을 잃고, "정지" 상태로 되어 버린다. 소설의 최후는, 이 "정지"라는 언어에 의해서 강조된다.

이 소설이 이중의 구조를 띤 메타픽션소설이라는 것은 보아온 그대로다. 시나리오는 책의 생산과 향유에 관련된 인간의 전체를 담으려고 했다. 그러나, 시나리오는 쓰이지 않는다. 쓰이지 않는 대신에, 쓰이지 않는 구상과 쓸 수 없는 경위가 쓰인다. 그래도 『공상가와 시나리오』는 그 공상을 언어로 기록한 것이 아닐까.

"책의 죽음"이 죽은 몸이 된 책을 사랑하게 하고, 책을 되살아나게 하는 의식을 번성하게 했다. 많은 비블리오필이 희소성을 더한 책을 사유私有 / 사장死藏하는 데 정력을 쏟은 데 반해, 나카노의 에세이가 보여준 것은, 변화하고 유동하는 물질로 존재하는 책이었다. 죽음이 삶을 포함하는 만물유전萬象流轉하는 물질의 흐름이라면, 나카노는 그 흐름에서 죽음을 떼어 내서 추상화하는 데서 벗어났다. 나카노 시게하루의 구루마 젠로쿠가 보여주려고 했던 것은, 책 속에 접혀 있는 자연과 인간의 다층적인 관계이고, 그가 찾으려 했던 것은 대량 생산된 복제 상품 가운데 하나 속에 새겨진 주름에서, 지금 여기에 이르는 오랜 시간과 공간을 '고고학'적으로 읽어내는 일이었다. 삶과 죽음을 반복해가는 책의 전 과정에서 나타나는 인간의, 여러 가지 사건이 연쇄된 역사. 젠로쿠의 공상은 그 장면 장면을 실로 신체적이고 공감각으로 그려냈다.

그러나, 책에 대해 쓴 책, 언어에 대해 쓴 언어는, 고차적인 수준의 초월적인 심급을 전제로 한다. 일리인이 쓴 책의 역사가 그랬던 것처럼, 학술서는 그 초월적인 심급에 입각하면서, 그 전제를 은폐함으로써 성립한다. 사전과 백과사전이 그 본질을 메타 텍스트로써 자신의 기능에 두면서도, 사전과 백과사전의 기원으로 연장하면서 자기 자신을 언급할 수 없는 것처럼. 그런 책들은 어느 곳에서 자기 언급을 하지 못하게 막음으로써, 전체에 대한 전망을 획득한다. 은폐함으로써 실용적인 가치를 지닌다. 젠로쿠가 구상한 시나리오는 우선 초월성에 대한 이런 지향을 내재하게 했다. '창조'를 결여한 노동을 강요받으면서, 살아있는 언어를 배제한 글쓰기 행위에 종사한 젠로쿠에게, 자신이 관여한 문학에 대한 정열을 되살아나게 했던 것이 시나리오의 구상이었다.

이 소설의 특이성은 그것을 가능하게 한 초월적인 장소가 어디에도 없다는 것을 보여준 데에 있다. 젠로쿠가 개탄한 것처럼, 시국이 변화함에 따라 감시 체제가 강화되었고, 그것을 자각하지 못한 표현자들이 있고, 시민 생활에서는 독서의 여유가 없게 되고, 경제 통제에 따른 종이의 배급제는 출판 그 자체를 할당해서, 책의 수량화를 철저하게 했다. 그리고 방법론적으로도 '통일성'이 없는 젠로쿠의 공상은, 시나리오의 이야기 구조에 잘 담기지 않았다. 더구나 그 시나리오 구상의 계기는, 귀성 비용으로 가불받은 데 있었다. 거의 가치가 없는 유령 담보와 교환해서 지불받은 금전은, 오히려 젠로쿠를 탄식하게 한 것처럼 다카키^{高木}의 동생이 소유한 주식과 유령 회사에서 옮겨온 금전과 다름이 없다. 말로하면 그 매력을 잃어버린다면서 쓰지 않은 젠로쿠는, 부채를 진 채로, 언어 / 화폐가 유통하는 시장으로 새롭게 참여하는 것을 망설인 듯하다.

이 자기 언급의 역설 속에서야말로 문학이 있다고 말해도 좋을 것이다. 자신을 초월적인 심급으로 보내버리는 것을 최소한에 그치려고 하는 의지. 그것은 여러 관계의 총체로서 존재하는 세계가 인식됨에 따라서 형태를 지니고, 그와 관련해서 자기가 새로 만들어진다는 인식 — 생성의 과정 속에서, 세계를 거리화·대상화하는 것이 아니라, 자기의 뿌리로써 세계를 파악하는 시선을 의미했다. 자기 언급은 자칫하면 자의식의 미로가 되어, 관념의 막다른 골목으로 빠지게 되는 경우가 많다. 그러나, 나카노 시게하루는 유물론에 철저함으로써, 그런 역설을 벗어난다.

오히려 이 소설에서는, 단순한 시나리오 이야기에 담기지 않는 불통일성이야말로, 책이라는 물질의 궤도에 모였다 흩어졌다 하는 자연과 인간의 역사를, 두텁게 겹친 별무리가 달려가는 것처럼 보여주었다. 그리고 쓰이지 않는 책의 구조에 의해서 책의 '죽음'에 임박한 상태를 강하게 비평하면서, 그 재생에 대한 기대를 바야흐로 생동하는 언어로 독자에게 건넸다. 나카노는 "괴로운 나머지" 쓴 이 소설이 구보카와 쓰루지로^{窪川鶴次郎}를 비롯한 독자에게 호평

받고 환영받음으로써 용기를 얻고, "정말로 나에게는 그런 좋은 일이 있을까 하고 받아들이는 마음가짐, 이것은 소설 작가로서는 무척 고마운 행운이라고 생각한다"고 적었다.「『공상가와 시나리오』에 대하여」, 앞의 책 이 증언은, 젠로쿠와 마찬가지로 헤아릴 수 없는 과잉의 언어가 솟아남으로써 자기 언급이 지혜의 고리라고 할 때, 새로운 자기가 창조될 수 있음을 무엇보다도 명백하게 보여주었다.

『공상가와 시나리오』가 단행본으로 나온 것은, 1939년쇼와 14 11월, 가이조샤에서이다. 이토 렌伊藤廉의 멋진 장정으로, 「시골집」「연습」의 단편 두 편을 실었다. 그러나 "여러 가지 착오"가 있었는지, "잘못 인쇄된 것이 많고, 상자 뒷면에는 쪽지가 붙었다"고 한다.

책이라고 쓴 소설이 이런 책이 되었는데, 책이 나온 지 이틀 만에 나는 완전히 낙심했다. '나는 불행하다'며 어쩔 수 없이 친구에게 편지를 쓰기도 했다.

자기 언급이 그 자체로 완결될 수 없다는 것을 생각해 보면, 이 소설에 어울리는 유머러스한 결말이다. 서적론을 내포한 책인 『공상가와 시나리오』는 작은 틈새를 남기고, 책이 되었다. 그 이듬해인 1940년쇼와 15, 나카노 시게하루는 『기차 화부』를 오야마서점小山書店에서 간행했다. 1933년쇼와 8에 창업한 오야마 히사지로小山久二郎의 오야마서점은, '책의 죽음'을 맞이한 시대에, 고이즈미 야쿠모小泉八雲의 비밀 원고 그림책 『요마시화妖魔詩話』1934와 나가이 가후永井荷風

오른쪽 : 가이조샤 판 『공상가와 시나리오』, 왼쪽 : 오야마서점(小山書店) 판
『기차 화부』 표지. 앞은 이토 렌, 뒤는 야나세 마사무(柳瀨正夢)의 장정

의 와시 봉철의 와혼으로 꾸민 『스미다강』[1935]을 간행한 소형 출판
사이다. 제일서방第一書房, 스나고야쇼보砂子屋書房, 시바서점芝書店 등
과 나란히, 대형 출판 자본의 틈을 비집고 들어가 뛰어난 책을 펴
내면서 활약했다. 야나세 마사무가 장정한 나카노의 책도, 좀 작으
면서도 뛰어난 만듦새가 한결 돋보인다. '불행'은 조금이나마 치유
되었다.

제8장

종이 전쟁

오브제, 정보, 물질

1991년 9월, 전시회 〈THE BOOK―예술이 된 책〉이 도쿄 시나가와品川의 하라미술관原美術館에서 열렸다. 거기서는, 요제프 보이스와 한스 아퓨젠 등의 섬세하고 관능적인 북 오브제와 공간 설치 미술 작품이 전시되고, 전자 미디어시대에 책의 '죽음'에 대면하면서, 다시 오브제로서 책의 새로운 해석 가능성과 그 한계를 탐색하는 자극적인 시도가 펼쳐졌다. 그 독일 현대미술의 예술가들은 한결같이 책에 나타난 언어의 로고스적 전제 지배에 대해서 거부했다. 그 가운데서도 팀 울리히스의 작품 〈날개 달린 말〉은, 멋진 인상을 남겼다. 동명의 제목이 붙은 게오르그 뷔히만의 『독일 민족의 인용구 사전』몇 책을, 열린 채로 새의 모습으로 찍어 눌러, 악보 받침대에 놓고, 송풍기로 아래에서 바람을 보내는 그 장치는, 인쇄된 페이지를 희미하고 조용하게 펄럭이게 해서, 로고스의 지배에서 벗어나 공간을 어지럽게 날아올라 보이지 않는 미립자가 된 것 같은 언어의 이미지를 떠오르게 했다.

거기서 뜻밖에 떠올렸던 것은, 옛날에 시미즈 도루淸水徹가 그 의미를 새롭게 했던 것으로 V. 위고의 『93년』[1874]에 나오는 「성 바르톨로뮤의 학살」의 한 대목이었다. 대작의 막간 희극처럼 삽입된 그 장에서는, 무구한 어린이 세 명에 의해서 세계에서 유일한 사본 시대의 책이 멋들어지게 찢기고, 뿔뿔이 해체되어가는 장면이 펼쳐졌다. 한 장 한 장 잡아 찢긴 페이지의 종이를, 아이들은 집의 창에서 바람에 실어 날려 보낸다. 여자아이가 "멋지다"고 중얼거리는 감탄사가, 책의 유일성을 가볍게 뛰어넘어 구텐베르크 이후의 복제시대로 향해갔음은 말할 필요도 없다.

책을 이루는 물질로써 없어서는 안 되는 요소 가운데 하나인 종이의 측면에서 보면, 15세기부터 17세기에 이르는 시대는 인쇄술이 발달했지만, 양지가 결코 풍부하게 공급되지 않았다는 사실을 잊어서는 안 된다. 17세기 중반의 영국에서는 수요를 따라가지 못한 종잇값이 폭등해서 인쇄업을 혼란하게 한 사례가 보이고, 독립 전쟁 때의 미국에서는 당시 양지의 제지 원료가 된 넝마아마를 회수하는 법률을 제정한 주도 있었다. 마찬가지로 미국이 머지않아 캐나다 대삼림을 배경으로 엄청나게 많은 펄프 잡지를 배출한 것도, 종이의 자원을 둘러싼 환경-산업적 조건에 크게 힘입은 경우였다.

다른 한편으로 책은 많은 정보를 빠르고 확실하게 많은 수신자에게 보내는 미디어로써 주목받고, 점차 그 기능을 좀 더 순수화한 종이포고, 신문, 전단, 비라……를 파생하게 했다. 국가라는 새로운 불가시不可視의 제도를 눈으로 볼 수 있게 바꾸어간 것이, 이 날아오르는 종이이고, 사방으로 에워싸인 정보 전략과 선전 속에서 그것은 눈에 보이지 않는 힘의 에너지를 발휘했다. 위고가 복제 기술의 승리로 내건 목소리는, 동시에 또한 끝없는 정보 전쟁을 향해서 종이가 탕진되는 것도 뜻했고, 그것이 물량 자원의 문제로써 순수하게 경제 문제가 된 사실을 보여주었다.

울리히스의 오브제가 뛰어난 '예술'이었던 것은, 언어를 그 물질적 부담에서 풀어놓는 듯한 상상을 촉구하면서, 사람과 사람 사이야말로 의미가 발생하는 장임을 암시했기 때문이다. 그것은 교환됨으로써 그때마다 언어가 되살아나는 순간의 즐거움으로 우리를 유혹한다. 그러나, 언어가 흰 종이 위의 잉크 자국으로 물질적 조건을 짊어지게 된 것도 틀림없는 사실이다. 책을 그 형태와 함께 의미론적으로 '예술'로 변환하는 현대 미술가의 시선과는 다른 한편에서, 책이 목재 펄프의 섬유와 화학물질에 지나지 않는다는 것을 냉정하게 응시하는 시선이 배려되지 않으면 안 된다. 왜냐하면 순수하게 경제학적으로 환원되는 것이야말로, 책이 놓인 환경의 토포스가 되기 때문이다. 환경이란 자연의 선험적인 것을 반드시 가리키는 것은 아니다. 무수한 정치적인 관계를 다층적으로 집어넣은 시스템으로써 그 환경 속에 책이 있다.

전쟁이란 그런 시스템을 명확하게 떠오르게 한 "다른 수단에 의한 정치의 계속"적인 형태클라우제비츠 바로 그것이었다.

총력전 아래의 책

1941년^{쇼와 16} 4월에 각 성청^{省廳}에 배포된 자료 팸플릿『정보국의 조직과 기능』^{정보국}은, 미일 개전을 8개월 앞두고 '총력전'의 전략적 의의가 무엇인지 개진하고, 정보 전쟁의 필연성에 바탕을 두고 당국의 권력 기반을 어떻게 확립할 것인지 서술했다.

> 근대전의 특질은 조직력의 전쟁이다. 무력전, 경제전, 사상전 등 여러 요소가 종합하는 형태로 싸워야 하는 커다란 조직력의 투쟁이다. 그 어느 하나라도 없는 것이 드러나면, 전쟁 체계는 홀연 붕괴하고 최후의 승리를 거둘 수 없다.

클라우제비츠의『전쟁론』이 시대적으로 전쟁 형태를 구분하고, 프랑스 혁명과 그 뒤를 잇는 나폴레옹 제1제정을 경계로 해서, 내각 전쟁의 시기와 국민 전쟁의 시기로 분류한 것은 잘 알려져 있다. 시가전과 의용병에서 민중 병사가 등장한 것은, 그때까지 지도자들의 정치적인 지휘와 직업적인 병사들의 전투로 뒷받침된 전쟁 형태를 순식간에 낡은 관습으로 만들었고, 민족 통일 국가의 이념에 서서 징병제를 집행하고, 국민군을 조직한 '국가 총동원' 형의 전쟁 형태를 현실화했다. 역사적 배경으로는 산업 혁명에 따른 공업 기술의 발달이, 군사 기술을 비약하게 하고, 국민 개병제를 가능하게 했다.^{고케쓰 아쓰시(纐纈厚),『총력전 체제 연구』}

근대 전쟁의 '총력전' 이론이 철저하게 적용된 사례가, 제1차 세계대전이다. 해상 전투는 육상으로 확대되고, 또 하늘로 비상해서, 다면적인 양상을 드러내고, 대량의 병사, 대량의 무기 탄약이 소비되고, 공간을 재빨리 이동하는 것이 승리를 위한 불가결한 요소가 되었다. 당연히, 거기에서는 병사이고 / 병사였고 / 병사가 된 국민 한 사람 한 사람에게 국가와 긴밀하게 이어진 일체감을 심어주는 것이, 전쟁의 경제를 생각하는 데서도 추구되었다. 미디어의 효율적 이용법이 시도되고, 대내적으로는 국민을 전쟁 목적으로 일원화하기 위해 정보가 통제되고, 대외적으로는 정보 선전 전략이 펼쳐졌다. 루덴도르프가 찬탄한 영국의 대적對敵 선전위원회 '크류 하우스Crewe House'에는, 로이터, 데일리 크로니클, 타임스 등의 통신사·신문사의 편집자, H. G. 웰스와 같은 작가가 동원되었다. 이곳을 진원震源으로 독일인의 사고와 종교성에 맞추어 반전적 심정에 호소하는 '참호 신문'과, 프랑스 공군기의 사정거리를 객관적으로 전하고, 반격의 불가능성을 암시하는 독일어 광고지가, 비행기, 종이기구紙氣球를 활용해서 대량으로 독일 전선과 각 도시에 살포되고, 큰 효과를 거두게 된다.

제1차 대전의 이런 경험을 인식한 군사가들에 의해서, 전후에는 적지 않은 '총력전'론이 쓰였다. 독일의 패전 이유를 프랑스 공군과 영국의 선전에 있다고 지적한 장군 루덴도르프의 『국가총력전Der Totale Krieg』1935도 그 가운데 하나였다. '총력전'이라고 번역되었지만, '토탈레 크리크' 곧 전체 전쟁의 의미를 강조하면, 그 말은 정치적·경제적·문화적인 모든 차원에서 국가의 여러 힘을 결집하고, 전선과 후방을 구별하지 않는 전면적 형태의 전쟁을 가리켰다. 공간적으로도 전선은 국지에서 전체로 확대하고, 시간적으로도 전시와 비전시의 차이를 없앤 '총력전'론은, 인간·물질·정보의 모든 의미론에 대해 커다란 패러다임 변환을 강요했다.

일본은 제1차 대전에 대해서는 거의 방관자적 위치에 있었는데, 거기에서 나타난 전쟁 개념의 변화에는 주목했다. 다이쇼 중반부터, 평상시에서 전시 체제로 이행한 프로그램이 모의 실험되고, 국민의 병사 동원 계획이 추진되고, 또 전략 자원의 비축과 보급 기지의 요청이 주장되고, 국방의 이름 아래 침략이 수행되는 본말전도 상황이 준비되었다. 그 때문에 공업 자원을 매장한 중국·동남아시아와 이어지는 블록 관계가 지정학·병참학의 관점에서도 추구되었다.

한편, 정보 전쟁이란 발상이 국내에 침투하는 데는 조금 시간이 걸렸다. 1932년쇼와 7이 되자 겨우 "시국 선전을 강화할" 목적으로, 내각 서기관장 아래에 육해군, 외무성을 비롯한 각 성과 청의 위원으로 구성된 '정보위원회'가 설치되었다. 이른바 국내에서 좌익과 벌이는 선전 선동 투쟁, 국외에서 리튼 조사단[1]을 비롯해 국제 연맹의 일본 비판 등에 대항해서, 정보 전쟁이 다시 발견되었다고 할 수 있다. 머지않아 이 위원회는 1937년쇼와 2에 내각정보부로 개조,

---

1   Lytton Commission. 국제 연맹이 만주사변과 만주국을 조사하라고 조직한 국제 연맹 중일 분쟁 조사 위원회의 통칭.

강화되고, 나아가 3년 뒤, 독립적인 성과 청 가운데 하나인 정보국으로 비약한다. 민간 통신사를 통합한 언론사의 설립을 시작으로, 국책 수행을 지상과제로 한 이 새로운 기관이야말로, 국내외의 보도, 국민의 교화를 축으로 한 정보 선전 프로젝트의 담당자가 되었다. 신문, 영화, 라디오의 대중매체는 물론, 총동원 계획에 근거해서, 군관조직을 횡단적으로 재편하고, 재향군인회와 도나리구미隣組[2] 등의 민간 조직과 연계함으로써, 머지않아 일본 국내의 정보망을 장악해갔다.

이와 호응하듯이 1930년대 후반이 되면 간다 고이치神田孝一의 『사상전과 선전』귤서점(橘書店), 1937처럼 영국 군인 캠벨 스튜어트가 쓴 『크류 하우스의 비밀』의 번역해설서가 간행되는 등, "세계는 지금 준 전시 태세에 있고, 평시에 무기가 될 만한 사상·선전전은, 열강 간에 날카로운 투쟁을 전개한다"는 인식이 논의되었다. 여하튼 우리는 전후의 시점에서, 전전 일본에서 내건 국책 선전문건을 건져내려고 하지 않는 시대착오에 빠지고, 그것을 무지와 우매함을 나타낸 불합리한 주술처럼 취급하는 경향이 있는데, 언어의 내용이 아니라, 얼마나 합리적으로 미디어가 지배되었는가에 대해서 훨씬 더 놀라움을 느껴야 할 것이다.

---

2   제2차 세계대전 당시, 국민을 통제하기 위해 만들어진 최말단의 지역 조직.

출판 신체제

글로 쓰인 내용을 대상으로 한 사상 통제는, 전시 하의 단계에서는 인쇄 출판의 공적인 과정 자체로 향했다. 이른바 '일본배급日配' 시대라고 불리는 출판-배급의 일원적 지배, 그리고 인쇄용지의 배급제라는 쐐기 두 개가, 책의 생산 과정에 박혔다.

쇼지 도쿠타로莊司德太郎·시미즈 분키치淸水文吉의 『자료연표·일배시대사─현대 출판 유통의 원점』, 시미즈 분키치의 『책은 흘러간다─출판 유통 기구의 성립사』 등에 따르면, 상공성商工省은 이미 1937년쇼와 12부터 동업자 단체인 도쿄출판협회, 일본잡지협회에 대해서 인쇄용지를 20퍼센트 삭감하도록 의뢰했다고 한다. 그것이, 이듬해 1938년쇼와 13 4월에 국가총동원법이 공포됨에 따라, 군대와 관청에서 몰래 추진하던 통제 경제의 법적 절대성이 약속되고, 이 "국방 국가의 목적을 달성하기 위해" "물적 인적 자원을 통제 운용하는" 전시 통제 입법은, 그 실무 사항에 출판 등의 정보·선전 활동도 받아들였다. 이렇게 해서 내무성은 국론 통일과 신질서를 확립하기 위해 언론, 출판을 단속하고, 상공성은 강제력으로 용지 사용을 더욱더 제한함으로써 연계되었다.

앞 장에서 본 나카노 시게하루의 『공상가와 시나리오』 최후에는, 구루마 젠로쿠의 시나리오 집필을 막는 요인 가운데 하나로, 용지 배급 통제에 따른 출판 상황의 변화를 들 수 있는데, 그 배경에는 이 총동원체제가 있었다. 배급제는 실제로는 내년도의 용지 할당분을 확보하기 위해 간행 점수를 할당받은 출판사를 생겨나게 했다. 이런 퇴락한 상황도 포함해서, 이미 검열·발매 금지의 파상 공격에서 볼 수 있듯이 권력의 시선 아래서 철저히 감시받아온 책은, 게다가 여기서 자신의 존립 조건인 종이를 제대로 공급받지 못했다. 그것은 인쇄된 종이를 묶고, 철함으로써, 하나의 세계를 낳고, 현실과는 일단 단절된 왕국을 만들어낸 것으로 보인 책이, 그 생식에 필요한 사물의 생태계와 다시 충돌한 것과 같았다.

1940년쇼와 15에는, 신문잡지 등 용지 통제위원회가 내각 정보부뒤의 정보국 제2부 제2과에 만들어졌다. 이 위원회는 "지금까지 상공성 관할로, '사물'로 취급된 용지의 공급을, 보도 정책의 견지에서 재검토하고, 국책에 따라 일원화해서 통제하려는"시미즈 분키치(清水文吉) 국가 의지의 명료한 발로였다. 거의 이때를 계기로 해서, 종이의 개념은 변화이른바 '종이의 탄환'하고, 인간과 인간의 노동 생산물 전부가 전략론적 관점에서 의미를 지니게 되는 '총력전' 체제 속으로 편입되었다.

이 신문잡지 등 용지 통제위원회가 얼마나 강력한 권력을 지녔는지는, 발족 3개월 뒤에는 도쿄출판협회, 일본잡지협회를 해산하고, 출판업자의 일원적 기구인 출판문화협회뒤의 일본출판회로 새롭게 합류하는 안을 결정한 것으로도 알 수 있다. 출판문화협회란, "일반 출판업자에 대해 문화적 견지에서 실정에 근거해서 용지를 합리적으로 할당하는" 것, "문화적 사명을 적극적으로 담당하게 하는 것", "현재의 서적 잡지 배급 기구의 결함을 바로잡고 원활하게 배급하는" 것, "관청과 긴밀하게 연락해주는 것"의 네 가지 목적을 내걸고, 용지를 억제하고 정부 주도로 출판 신체제를 추진해간 통제 조직이나 다름없었다.

1940년 연말에는 이 출판문화협회가 설립되고, 또 이 신체제 아래의 조직으로써, 도매업계를 지배하던 4대 도매업체를 해체하게 하고, 전국 도매업소 2백여 개를 통합한 일본출판배급주식회사가, 1941년쇼와 16 5월에 시작한다. 이미 도쿄도의 오노 마고헤이와 고단샤의 노마 세이지가 결합한 데서 본 것처럼, 거대화한 도매업자의 자본이 출판계로 흘러들어서, 책의 생산 시스템을 움직여갔다. 정보 전쟁을 표방하는 국가로서는 불순물을 배제한 형태로, 출판-유통 과정의 모든 것을 장악하는 것이, 국민정신의 '총동원'으로 나아가는 발걸음이었다. 팽창하는 시장과 상품 유통의 그늘에서, 이렇게 해서 책은 국가의 정보와 경제 관리 체제의 그물눈에 꼭 맞게 구성되었다.

예를 들어 지금 손에, 1943년쇼와 18에 동화춘추사에서 간행된 기무라 쇼슈木村小舟의 『소년문학사』 메이지편 별권이 있는데, 이 책의 판권장에는 먼저 발행 부수가 5천 부라는 것 외에, 발행소인 동화춘추사 옆에 '회원번호 120506번'이라고 협회 회원 번호가 인쇄되고, 배급소로 '일본출판배급주식회사'의 이름이 적혔다. 검인 위에는 '출문협出文協 승인 / 아あ460020호'가 있다. 이 '출문협'이, 전시하에서 정보국의 지도 감독 아래, 회원인 출판업자에게 용지 할당, 특별 할당의 배분, 책 발행의 승인 불승인 등 출판 지도를 한 출판

문화협회의 약칭이었다. 그리고 상공성 아래의 양지공판洋紙共版 주식회사가 협회에서 용지 할당의 통지를 받고, 도매와 소매의 양지점洋紙店에서 출판업자에게 용지 조달을 주선했다. 인쇄·제본된 책은, 여전히 상공성의 지도하에 있는 일본출판배급협회가 협회에서 배급하라는 연락을 받고, 그 경로에 올라탐으로써 비로소 전국 말단의 소매업자에게 흘러갈 수 있게 되었다.

1942년쇼와 17부터는 그때까지 전년도의 용지 소비 실적을 바탕으로 할당하던 출판문화협회는, 기획 내용의 심사 방식으로 바꾸고, 모든 출판물의 발행 승인제를 도입했다. 이후, 모든 출판물에 출문협 승인 번호가 붙여지게 되었다. 또한 1943년쇼와 18을 경계로 용지 생산량이 감소하고, 수입이 중단되는 사태가 일어나는데, 협회정보국는 더욱더 엄격히 할당을 제한하는 한편, 추천제를 도입해서 특별 할당을 늘리는 형태로 이에 대응했다. 앞에서 말한 『소년문학사』는 출판문화협회와 문부성의 추천을 받고, 협회 추천의 말을 광고에 싣기도 했다. 판권장에 있는 기무라 쇼슈의 경력에는, 『소년세계』 기자를 오래 맡았고, 곤충학을 목표로 한 경험에서 소년들에게 박물 관찰을 지도한 것 외에, "군사사상 보급을 위해 특히 군 당국의 허가를 받고 군함에 올라타서 안팎의 여러 곳을 항해해서 실지 연습에 힘"썼다고 한다. 이 문학적 회상 자체는, 메이지기의 소년들을 끌어당긴 투고 잡지의 내실, 또 도시론적인 미디어 환경까지 언급한 곳도 있어, 꽤 귀중한 읽을거리인데, 특히 군인 열전을 싣는 등 '소국민' 양성에 대한 뜻을 잘 지킨 까닭에, 특별 할

당을 승인받았음에 틀림없다. 발행 부수가 5천 단위라고 이야기된 데는 그런 배경도 있었을 것이다.

동인잡지의 통폐합

국가에 의한 정보, 물자 통제는, 동인잡지라도 그것을 피할 수 없었다. 용지 할당의 권리를 독점한 출판문화협회에 가입하지 않으면, 인쇄지를 입수할 수 없다. 1941년쇼와 16에는 협회 회원이 약 1천 7백사였는데, 1943년쇼와 18에는 약 4천 7백사로 격증했다. 동인잡지를 비롯해, 출판을 하던 모든 단체, 개인이 가입했기 때문이다.

후지 마사하루富士正晴가 다케우치 가쓰타로竹內勝太郎의 자본으로, 노마 히로시野間宏, 구와바라 시즈오桑原静雄, 뒤의 다케노 우치(竹之內)와 시작한 동인잡지 『삼인三人』1932~1942을 예로 들어보자. 이 잡지는 원래, 가리쇄ガリ刷3 등사판으로 인쇄했기 때문에 눈길을 끈다. 옛 학제로 제3고등학교 학생이었던 그들이, 문예부의 등사판을 빌려서 인쇄한 이 잡지는, 프랑스 잡지 『코르메스』를 본떠서 정방형에 가까운 변형 판형으로, 여백을 넉넉하게 한 그 지면 자체에 '순수시 잡지'의 의지가 담겼다. 등사판 인쇄는, 호리 신지로堀井新治郎 등에 의해서 일본에서 독자적으로 개량되고, 아리시마 다케오有島武郎가 지원

---

3   밀랍을 바른 원지에 철필로 문자나 도형 등을 그리고, 이렇게 만든 모형 종이를 실크 스크린에 밀착시켜 위에서 잉크가 묻은 롤러로 눌러 인쇄한 것.

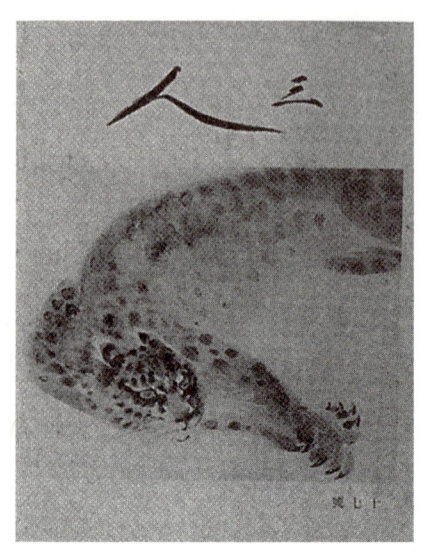
『삼인』 17호 표지. 그림은 사카키바라 시호

한 구사마 교헤이^{草間京平} 등의 '구로후네 공방^{黑船工房}'에 의해서 다이쇼기에 보급되었다고 하는데, 활판이 아닌 육필의 문자를 살리고, 자유로운 지면 구성, 활자에서 해방되기, 그리고 무엇보다도 경제적이고 기능적인 간편함에 따라, 특히 동인잡지와 미니코미 잡지 등에서 새로운 커뮤니케이션 공간을 개척했다. 『삼인』도 그 가운데 하나로 나타났다. 인쇄·제본은 물론이고, 다케우치 가쓰타로의 친구이자 일본 화가인 사카키바라 시호^{榊原紫峰}가 그린 그림을 후지가 어묵판^{カマボコ板}에 새겨서 목판으로 만들고, 표지화로 쓴 그 몹시 예쁘장스러운 장정도, 책 생산의 전 과정에 관여하려는 시인의 의지를 보여주었다.

이 『삼인』은 머지않아 동인이 증가함에 따라, 너무나 적은 부수의 등사판 인쇄에서 활판으로 '진화'하는데, 후지 마사하루의 아기자기한 편집으로, 다케우치가 세상을 떠난 뒤에도 1930~1940년대를 장식한 문학동인 잡지의 지위를 지켰다. 그러나, 출판문화협회가 결성됨에 따라 동인잡지의 판형도 규격화되어, 『삼인』은 26호^{1942.2}부터 A4판으로 바뀌게 되고, 또 같은 1942년 6월에는 28호로 폐간하지 않을 수 없게 된다. 내무성에서 협회를 통해서 전국 동인잡지를 통합하라는 통지가 내려지고, 교토에서 발행되던 동인잡지를 일원화하라는 요청에 따라, 이미 출정 중인 동인이 대부분인 가운데 후지는 스스로 폐간을 결의했다.

후지 마사하루는 이듬해 1943년에는, 스승 다케우치 가쓰타로가 생전에 남긴 저작을 정리한 『시론』을 이시쇼보石書房에서 간행한다. 이시쇼보는 "폐간 동인지의 종이 할당량을 사 모아서, 출판업으로 뛰어들려고 한" 다케우치 가쓰타로,「동인잡지 40년」 서점으로, 이른바 전시 하의 통제가 동인잡지를 여럿 폐간하게 하고, 그에 따른 투기적인 상업이 또한 실적을 노리고 프랑스 상징주의와 니시다西田 철학을 결합해 시국과 무관한 책을 간행할 수 있었다. 이 『시론』의 판권장에는 역시 '출문협 승인 아あ400870'이 있다. 그것이 승인받는 데는 "다케우치 가쓰타로는 아마 일본에서 시를 구성했다고 할 수 있는 가장 위대한 시인이다"라고 다카무라 고타로高村光太郎가 높이 평가한 것이 좌우했다고 생각된다.

더구나 이 판권장은 자못 감동적이기조차 하다. 거기에는 '저작자 고 다케우치 가쓰타로' 옆에, 한 글자를 내려서 '장정자 후지 마사하루' '목판사木版司 아키우 데쓰타로秋保鐵太郎' '목판접木版摺 가와이 노부마사河合伸昌' '인쇄자 우에나에 도라키치植苗寅吉' '제본자 히로세 아리마사廣瀬有政' '발행자 마에 고이치前高一'라고 꼭 같은 호수로 병기되고, 각각의 주소까지 적혔다. 목판으로 찍은 것은 책등에 박은 글자, 표지의 저자, 제목, 출판사명, 속표지의 출판사 마크이다. 인쇄자는 오랫동안 『삼인』의 인쇄를 청부받은 업자이고, 조판

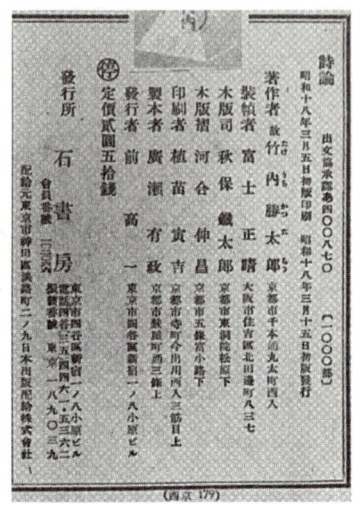

다케우치 가쓰타로의 『시론』 판권장

이 진행되면서, 고분도^{弘文堂} 사원을 사임한 후지가 출판 자금을 융통하는 데 고생하고 헤매는 사이에 "서로 성공했을 때 갚기로 하고, 부의금 대신"으로 하자고 '의협'을 보여준 인물이었다. 이렇게 책의 생산 현장에 관여한 한 사람 한 사람의 이름을, 그 판권장은 평등하게 나열하고, 기록했다.

발행 부수는 겨우 천 부. 그러나, 후지 마사하루는 다케우치 가쓰타로를 깊이 경애함으로써, 작자가 되려는 낭만주의적인 정열에 침범당하지 않고, 편자로서 신중함을 계속 지켰기 때문에, 각각 직인으로서, 또는 직공으로서 노동을 제공함으로써 문화를 전승하려는 사람들의 존재를 책의 내부에 새겨넣었다. 그것이 등사판 인쇄에서 시작해서 동인잡지의 코디네이터로서 표현의 미디어론적 실천에 종사해온 후지의 '사상'이었다고 해도 좋을 것이다. 뒤에 이시쇼보에서 시치조서원^{七丈書院}에 관여하게 된 후지는, 이토 시즈오^{伊東靜雄}를 통해 서로 알게 된 미시마 유키오^{三島由紀夫}의 『꽃이 만발한 숲』, 구와바라 다케오^{桑原無夫}의 『회상의 산들』을 기획·편집하는데, 국책에 영합하는 문장을 썼는가 아닌가 하는 것과는 별도로, 게을러 보이면서도 정력적으로 그 책에 관여하는 방식 속에, 전시 하의 출판 체제에 대한 저항이 좋든 싫든 드러나 있음을 잊어서는 안 된다.

종이 전쟁

제1차 대전 중의 독일에서는 참호 등의 군대용 목재 수요가 증대해서, 제지 원료가 동이 나고, 군수 산업과 신문사 사이에 일찍이 종이 쟁탈전이 벌어졌다. 1940년대 일본의 통제 경제도 종이를 둘러싼 전쟁이었다.

1943년쇼와 18에 간행된 「지업총서紙業叢書」에, 니시지마 도슈西嶋東洲의 책『종이와 전쟁 / 종이와 군대』지업출판사(紙業出版社) 한 권이 있다. 지업출판사란, 각 대형 제지회사가 통합된 국책회사의 하부조직이다. 그 가운데 한 구절에 다음과 같은 대목이 있다.

> 어찌 되었든, 전쟁은 종이의 수요를 증대시키게 마련이다. 일면 전쟁, 일면 건설의 대동아전쟁에서 특히 그렇다고 할 수 있을 것이다. ○○ 방면의 특수 용도를 비롯해, 통제 강화에 따른 관청용, 민간용의 용지는 더욱더 증대할 뿐이다. 대외적으로는 사상전에서, 대내적으로는 생활필수품의 배급제도에서, 무엇보다 필요한 것은 종이다. — 다양한 용지이다.
>
> 최근 남방 시찰 여행에서 돌아온 어느 사람의 이야기에 따르면, 종이 한 장은 탄환 한 개에 필적한다고 하는데, 종이의 중요성에 대해서는 여기서 다시 기록할 필요도 없다.

실로 '종이의 탄환'를 둘러싼 국책 호응의 논조에 지나지 않지만, 여기서 '○○ 방면의 특수 용도'라고 한 것처럼 '종이의 탄환'은 반드시 통제 경제 아래의 구호 같은 비유를 의미하는 것만은 아니었다. 독일이 그랬던 것처럼, 종이 펄프를 생산해내는 목재는 다른 군사적인 용도와 연결되었고, 같은 펄프에서는 인견, 인조 섬유, 셀로판이 제조되고, 군수 물자는 물론 사람들의 일상생활 속으로 녹아 들어갔다. 『공상가와 시나리오』에서 젠로쿠 혼자만의 공상이 바야흐로 종이를 둘러싼 책과 다른 물품 사이의 관계가 되어 공공연히 떠올랐다.

그리고 전쟁 경제의 소모를 상징하듯이, 방대한 양의 종이가 일본 국내뿐만 아니라, 대만, 조선, 만주, 중국, 동남아시아, 태평양 군도로 공간적으로 확대됨에 따라 증대해가기만 하는 군부와 정부 관계의 공문서가 되고, 친밀감을 높이기 위해 어떤 것은 그라비어 잡지가 되고, 어떤 것은 군사 정보지가 되고, 어떤 것은 선전 비라가 되어 전선에 뿌려졌다. 최근 주목받으면서 복각본도 나온 사진 그라비어 잡지 『제일선』^{1942~1945}은, 원래, 참모본부의 소련 담당 제5과 장교의 안건으로 기획되었는데, 정세가 변화함에 따라 모략선전의 중핵인 제8과의 의향을 받아, 육해군의 위용과 자원의 풍부함, 문화적 활력의 과시로 중심을 옮기고, 정보 선전에서도 내용에서도 큰 성공을 거둔 것 가운데 하나다.

이 잡지의 편집을 청부받은 동방사^{東方社}에는, 하야시 다쓰오^{林達夫}, 오카 마사오^{岡正雄}, 나카지마 겐조^{中島健藏}, 하라 히로무^{原弘} 등 자유주의자와 옛 공산당원이 모여, 1920~1930년대에 상업 광고에서 활약하면서, 통제 아래에 업무의 장을 빼앗긴 선전 기술자들을 규합

했다. 초대 이사장으로 옛 영화배우인 오카다 소조岡田桑三, 예명 야마노우치 히카루(山內光)를 맞아들인 동방사는, 하라 히로무의 탁월한 그래픽 디자인, 몽타주 수법, 그리고 기무라 이헤이木村伊兵衛, 하마야 히로시濱谷浩 등의 사진 기술을 끌어내서, 지금 보아도 싫증 나지 않고, 그 때문에 또 외설적이라고도 할 수 있는 선전 예술의 정수를 살렸다. 그 지면을 뒷받침했던 것이야말로, A3판의

『대동아건설화보』. 『제일선』과 같은 판형, 같은 내용의 잡지다.

커다란 크기에 60페이지 이상에 이르는 특별 제작된 고급지, 특유의 성질을 지닌 잉크, 최신예 컬러 그라비어용 오프셋 인쇄기라는 이례적인 조건이었다. 그것이 군사 국가 선전을 위한 특수였던 것은 말할 필요도 없다. 그 물질적 기술적 특권 위에서 그때까지 없었던 보고 / 읽는 감각의 지평이 열렸다.다가와 세이치(多川精一), 『전쟁의 그래피즘 - 회상의 「FRONT」』

얼마 지나지 않아 대형 판형의 잡지에서 가벼운 팸플릿으로, 전쟁의 국면에 따라 동방사의 편집 프로젝트는 전개된다. 접은 다다미 형식의 팸플릿 『전선』이 1943년쇼와 18부터 발행된다. 그것은 사진 몇 장을 조합해 끼워 넣고, 펼쳐보면 연속되는 화면을 읽을 수 있게 한 가장 가벼운 잡지였다. 전부 펼치면 A 전지판, A 반절판, B 반절판 등의 크기가 되고, 포스터가 되기도 한다. 사진은 숙련된 몽타

주를 구사하고, 미국과 영국의 사진 그라비어 등에서도 도용^{인용}해 합성해서, 에어 브러시[4] 등의 수정 기술이 도입되었다. 정보량을 적게 함으로써 메시지의 효율성을 높이고, 동시에 종이를 펼치고, 읽는 것 자체의 즐거움을 갖춤으로써 필연적으로 메시지에 관심을 깊게 하는 독자 전략이 사용되었다. 뜻밖에도 근세의 가와리에 變わり繪[5]와 통하는 미디어가 거기서 등장했다.

평화박물관을 만드는 모임에서 엮은 『종이의 전쟁·전단－모략선전 비라는 말한다』^{에밀사(エミ-ル社)}는, 제2차 대전 중, 미일 양군에 의해서 적군 병사들에게 뿌려진 비라를 많이 모아서, 전쟁 그래피즘[6]의 박물지가 되었다. 거기서 수집된 것은 좀 더 직접적인 메시지를 맡았던 선전 비라인데, 이와쿠라 쓰토무^{岩倉務}의 해설에 따르면, 역시 참모본부 제8과의 직속이었던 전단 작성 부문은, 1942년 말에는 동방사와 사실상 밀접한 관계에 놓여 있었다고 한다. 역시 상업미술 디자이너 하세가와 주오^{長谷川中央}와 만화가 나스리 요스케^{那須良輔} 등이 촉탁으로 징용되어, 그들이 군의 지도 아래서 대적 심리전의 목적으로 만든 전단은, 전선으로 보내져 항공기로 뿌려졌다. 제8과가 작성한 전단은 어림셈해서 약 170종, 1천3백50만 장에 이르렀다고 한다.

일본군이 미국, 영국, 오스트레일리아 군에 뿌린 비라 가운데는,

---

4 air brush. 그림물감을 뿜어서 하는 사진 수정.
5 장난감 가운데 하나. 그림 한 장이 접고 포개는 방법에 따라 여러 가지 그림이 될 수 있도록 만들어진 것.
6 graphism. 물질적 기호로 생각을 표현하는 것.

컬러 다색인쇄의 만화로, 고향에 남았던 백인의 부인과 연인의 풍만한 육체를 그린 것, 그리고 부르주아와 미국인 장교, 또는 매우 차별적으로 묘사된 흑인에게 능욕당하는 장면이 펼쳐지는 것 등이 적지 않다. 그것은 확실히 중국군과 미군이 대일본군에게 뿌린 비라에 비해서 "한심하다"^{나카노 고지(中野孝次)}고 할 수 있겠지만, 중국군과 미군의 비라가 무척 합리적인 내용을 담고, 언어와 사진이 시종일관 일대일로 대응한 데 비해, 일본의 그것은 성적인 자극에 호소하는 비속함을 보이면서도, 표현 그 자체에서 왜곡된 웃음을 자아내거나, 또는 접고 겹치는 방식의 가와리에 도법을 받아들여, 유희 같은 선전술을 구사한 점에서 무엇보다 경탄하게 한다. 섹슈얼리티를 두드러지게 하고, 메시지의 진실성을 애매하게 하고, 그러나 착실하게 읽는 사람의 잠재의식에 새겨 넣는 현대 일본 상업주의의 선구를 거기서 읽어낼 수 있을 정도다. 일본의 정보 전략은 직접적인 메시지를 우회해서, 부드럽고 비속한 형태 속에 목적을 실현하려 했다.

양지는 바야흐로 이런 정보 전략에 특별 배급되고, 모두 소비되었지만, 그 생산량이 후퇴하기만 할 뿐이었던 와시도, 총력전 아래의 통제 경제를 피할 수는 없었다. 양지에 비해서 손으로 뜨는 와시는 섬유의 질이 강하고, 습기에 대한 흡수·회복력이 크기 때문에, 포탄의 포장지와 풍선 폭탄의 기구 용지로 공출되었다. 태평양 위의 제트기류를 이용한 이 '세계 최초의 대륙간 탄도탄'은, 모래자루 32개에 15킬로그램의 폭탄, 소이탄 두 개, 고도 유지 장치와

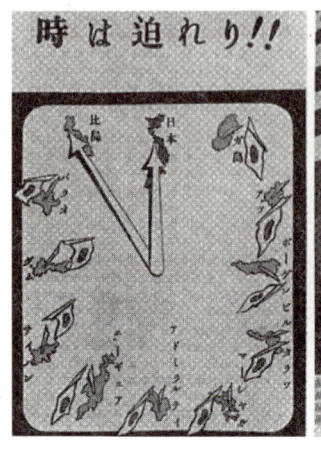

일본과 미국의 전단. 오른쪽이 일본군, 왼쪽이 미군이 만든 것이다.
경고적인 미국과 선정적인 일본의 차이를 잘 알 수 있다.

자동 투하 장치를 붙이고, 약 1만 킬로미터의 거리와 기상 조건을 뛰어넘어, 미대륙으로 날아갔다. 풍선 한 개마다, 손으로 뜬 와시가 약 3천 9백 장, 풀로 만든 곤약이 90킬로그램이 필요하고, 1944년쇼와 19부터 1945년쇼와 20에 걸쳐서 9천 3백 개가 발사되었다. 그 자체로 골계이기조차 한 이 전쟁 에피소드는, 그러나, 오리건에서 확실히 폭격에 성공하고, 피해자를 냈을 뿐만 아니라, 또 수많은 미발견 풍선을 북미대륙의 어딘가에 잠들게 했다고 한다. 그렇지만, 이런 이상한 수주 목적을 위해 급격히 생산을 증대하고 군인에게 배급된 것이, 어디까지나 직인의 수공업적인 생산에만 오로지 전념한 와시의 질을 현저히 열악하게 만든 것은 말할 필요도 없다.

용지가 감소함에 따라 낡은 종이를 재활용하고, 와시가 재발견되었다고 하면 왠지 어느 풍경과 겹치는데, 전시 하의 '종이 전쟁'은 어디까지 뿌리면 좋은지, 어디까지 기구를 띄우면 좋은지 전혀 모른 채, 놀랄 만큼 막다른 곳까지 대량으로 소비하고 탕진해서, 스스로 멈출 수 없는 자동운동으로 빠져들었다고 해야 할 것이다. 거기에는 종이 그 자체를 생산해온 자연과 노동에 대한 고찰이 완전히 빠져 있었다.

한 줌의 인간들이 한 사람의 목소리를 통해서, 전쟁의 종결을 선언한 직후, 많은 군부, 관공서, 민간 조직에서는 전쟁 중의 공문서를 태우는 모습을 볼 수 있었다고 한다. 분서焚書가 적대하는 이데올로기의 종이마다 섬멸하는 것을 의미하는 시위행위라면, 전후 일본의 이 분서에는, 종이와 거기에 쓰인 언어가 나타나는 곳에서 볼 수 있는 자기와 역사에 대한 경의라고는 티끌만큼도 보이지 않고, 그저 남겨서는 안 된다는 낭패함만이 있을 뿐이었다. 그것은 정치적·경제적·문화적으로 국가가 종이를 통제하고 모조리 탕진하려 했던 전쟁의, 종장에 어울리는 사건이었다고 할 수 있을 것이다.

'참호' 속의 독서

책이 그 읽기가 확장되는 것을 금지당하고, 효율이 좋은 정보 전달을 위해 의미의 방향성이 일원화된 전시하에서, 책을 엮는 일에 자기를 밀어 넣어, 그 생산에 종사하는 사람들의 복수성 가운데 몸을 둔 작가가 후지 마사하루였다면, 최초의 저작집부터 위기의 상황에 이르기까지 자기의 복수성을 떠오르게 해서, 이 시기, 읽기가 초래하는 의미 생성의 힘에 촉발되어, 일탈과 과잉의 다산성을 내보인 또 한 사람의 작가로, 다자이 오사무를 들고 싶다.

다자이의 이른바 중기 텍스트 가운데는 수많은 번안, 해석, 위서偽書를 모티프로 한 작품이 있는데, 그 가운데서도 1940년쇼와 15에 발표된 단편으로, 「맹인 홀로 웃다」『신풍(新風)』라는 소설이 있다. 이것은 1882년까지 산 에도 후기의 맹인 거문고 연주자 구즈하라 고토葛原勾當의 일기 간행본을 읽고 다시 엮은 '번역' 소설이다. 그 「머리말」에서 화자인 '나'는, 어릴 때 실명하고, 거문고의 재능을 발휘해서, 작곡과 연구, 보급을 맡으면서, 평생, 겐교檢校[7]의 품계를 마다하고 고토勾當[8]의 지위로 일관한 구즈하라 시게미葛原重美에 대해서 사전식으로 소개한다. 거기에는, 다음과 같은 설명도 담겼다.

또 그는, 분세이 10년[1827], 16세의 봄부터 남에게 대필하게 해서 계고일기稽古日記를 이야기하기 시작했는데, 덴포 8년[1837], 26세가 되고부터는, 히라가나 이로하いろは 48문자, 그밖에 숫자 1부터 10까지, 일日, 월月, 동同, 어御, 후候의 상용 한자, 변체 가나, 다쿠텐濁點,[9] 구두점 등 30개 정도, 합쳐서 1백 글자를 넘지 않는 것을 목제 활자로 만들게 하고, 그것을 세로 8촌 5푼, 가로 4촌 7푼, 깊이 1촌 3푼의 상자에 순서대로 바르게 넣고 항상 지니고, 지나간 일 생각나는 일 그대로, 한 글자 한 글자, 손으로 더듬어 눌러 찍고,

---

7　옛날에 맹인에게 주던 최고의 벼슬.
8　맹인에게 주던 관직 가운데 하나.
9　자(ざ) 다(だ) 따위의 탁음을 나타내는 부호.

죽을 때까지 40여 년 동안 끝까지 중지하지 않고 성실하고 정직하게 계속해서 적어갔다. 거의 1세기 이전에, 일본의 한 모퉁이에서 활판술을 실용화한 일이 이미 있었다고 해도 지나친 말이 아니다.

그리고 "고토 26세 정월 1일 손으로 더듬어 한 글자 한 글자 눌러 찍은 일기의 본문을, 독자와 함께, 천천히 읽기를 권한다"고 하면서, 그 뒤에 일기가 인용된다. 물론 '나'가 읽는 것은 원본이 아니다. 다이쇼기에 고토의 손자에 의해서 편찬되고 간행된 활판의 한 책이다. 그러나, 활자로 인쇄된 그 일기의 본문을 따라가면서, '나'는 목제 활자로 자기의 말을 한 글자씩 눌러, 매일 삶의 기록을 남겼던 그 인물의 신체 움직임을 상상적으로 재현한다. 그「머리말」을 읽음으로써 독자는, 마찬가지로 '나'의 읽는 행위를 상상적으로 재현하면서, 일기를 읽게 된다. 히라가나가 많은, 그 때문에 읽기가 어렵기도 한 그 문체가, 오히려 쓰는 말의 문체를 투명하게 만들어 의식의 바깥으로 보내버리는 우리의 상식을 뒤흔들고, 불투명하고 평면적인 물질^{종이}에 단단한 물질^책을 누르고 붙임으로써 문자를 지은 인쇄 = 프레스의 원초적인 체험을 떠올리게 한다.

쓰기의 물질성^{불투명함}을 보여주는 이 단편의 기호체계는, 마찬가지로 새겨진 활자의 형태를 읽어냈던 손끝을 상상하게 하고, 읽기의 불투명한 매개성도 드러나게 했다. 이 앞뒤로, 다자이는 또한 미나모토노 사네토모^{源實朝}의 와카를『우대신 사네토모』, 또는 루쉰의 담론을『석별』, 또는 사이카쿠^{西鶴}의 게사쿠를『새로 옮긴 여러 나라 이야기』, 읽음으로써 새로운 소설로 재편집해 가는 작업에 몰두했다. 그것은 단순히 스스로 소설의 줄거리를 짓기보다, 이미 있는 줄거리를 빌림으로써 해석해가는 것이 좋았다고 하는 취미·자질의 문제가 아니다. 큰 이야기가 현실에서 날뛰고, 이야기의 자각도 없는 채로 많은 언어가 떼로 유통해갈 때, 거기에 대항해서 작은 이야기를 지어낸 것이 아니라, 그때까지 쓰이고 읽혀온 책을 읽음으로써, 언어가 생성하는 인간적 현실로 시선의 강도를 높이는 것을 추구했다.

책이 소멸할 때 입회했던 다자이 오마무의 읽는 광경은, 패전 직전의 『옛날이야기』에서 탁월하게 드러난다. 1945년[쇼와 20] 3월부터 7월에 걸쳐서 집필된 이 소설은, 「머리말」의 윤곽에서 도쿄 대공습에 드리운 종말의 예감 속에서 생겨난 일을 적는다. 거기에는 방공호 안에서 칭얼거리는 딸에게 그림책을 읽어주던 체험이 적혔다. 공습경보 정도에는 나오지 않은 부친도, 고사포의 포성이 들리자, "아, 울렸다"고 말하면서 펜을 두고 일어선다. 다섯 살의 여자아이를 안고 방공호로 들어가자, 거기에는 이미 모친이 아래의 남자아이를 등에 안고 웅크리고 있다. 참호의 갑갑함에 대한 모친의 "괴로운 모습"을 내버려 두었던 부친은, 밖으로 나가고 싶어 하는 딸에게 모모타로桃太郎,[10] 가치카치 산カチカチ山,[11] 혀 잘린 참새,[12] 혹부리,[13] 우라시마 타로[14] 등의 그림책을 읽어서 달랜다.

"옛날 옛날이야기"로 시작하는 어린이용 그림책의 말을 소리 높여 따라가면서, 경보 해제까지 기다리는 시간, 가족이 몸을 서로 바싹 맞대는 좁은 참호의 토굴 속에서, 이 부친은 "별개의 이야기"

를 생각해낸다. 틈틈이 그림책의 말을 끼워 넣으면서, 부친의 가슴속 이야기는 「혹부리」 등의 고전적인 설화를 냉소주의가 감도는 '희비극'으로 바꾸어간다. 물론 그림책 자체가 「옛날이야기」 이래로 내려온 설화의 번안을 번안한 것은 말할 필요도 없다. 거듭해서 읽히고, 이야기되고, 방대한 이차 텍스트를 낳은 설화의, 유아 교육용으로 편집된 책. 그것이 그림책이다. 단순화되고, 이원론이 지배하는 그림책의 이야기에, 그러나 어린 딸은 꿈속으로 빠져든다. 내용의 문제만은 아닐 것이다. 부친에게서 딸로 읽고 / 듣는 관계가 내용보다도 더욱더 참호의 지루함에 물린 딸의 마음을 누그러뜨린다. 죽음의 불안과 서로 이웃하게 하면서, 읽기가 마음을 가라앉히게 하고, 다스려간다.

"틈이 뚫리는 것 같은 묘한 소리"였어도 거기에서 기능하는 소리의 일체화에 비해서, "별개의 이야기"는 일체감에서 어긋남과 일탈을, 현실에서 있을 수 있는 악의와 불합리를 다른 말로 적기

---

10 옛날이야기 가운데 하나. 강물에 떠내려온 복숭아에서 태어난 모모타로가 노부부에게 키워져 개, 원숭이, 꿩을 공물로 삼아 섬의 도깨비를 물리치고 금은보화를 가져온다는 이야기다.

11 노파를 잔인하게 때려죽인 너구리를 토끼가 노파를 대신해 징계한다는 내용의 일본 민담.

12 풀을 핥아 할머니에게 혀를 잘린 참새 이야기.

13 귀신의 술판을 만난 할아버지가 춤을 추고 기뻐하며 다시 오라고 얼굴의 혹을 떼어주었는데, 이 말을 들은 옆집 할아버지도 혹을 떼어주러 나갔지만, 춤을 못 추어 혹을 하나 더 붙였다는 이야기.

14 다자이 오사무의 단편소설로, 어부 우라시마 타로가 거북이를 도와준 감사의 표시로 용궁에 갔다가 돌아와서 선녀의 말을 듣지 않고 옥수저를 열자 백발노인이 되어버렸다는 이야기다.

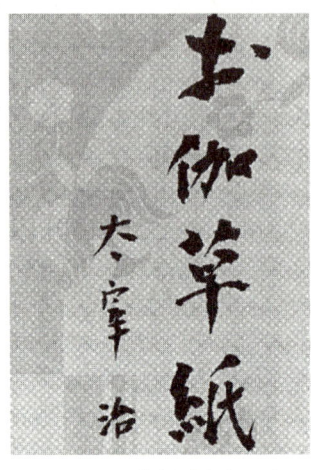

다자이 오사무의 『옛날이야기』표지

시작한다. 정보국과 일본문학보국회의 의뢰로 쓰면서 루쉰＝저우수런周樹人[15]의 '쓸모없음의 쓸모'로써 문예에 대한 각성을 『석별』에 묘사한 다자이의 비평성은, 여기서도 유감없이 발휘된다. 참호 속의 얼마 되지 않은 그림책. 밝은 포탄의 남은 연기가 피어오르는 캄캄한 어둠이다. 거기서 책을 펼치고, 읽는 '나'의 모습을 새로운 펜 아래서 종이에 새겨 넣는 것. 그것이 언제 불타오를지도 모르고, 또 언제 책의 체재를 따를지도 모르면서도, 읽기가 일으킨 의미의 화학 반응을 뒤에 덧붙여 갔다.

'참호'를 책의 주제로 삼았던 『옛날이야기』치쿠마쇼보가, 실제로 책이 되어 간행된 것은, 패전 직후, 1945년 10월이었다. 통제 경제의 주체가 사라지게 된 새로운 '종이 전쟁'이 시작된 때이기도 했다.

---

15   루신의 본명.

발문

  이 책은, 비블리오필^{애서가}을 위한 서적론, 책 에세이가 아니다. 그 물신숭배의 풍요로운 혼돈에서는 멀고, 또 탐닉의 즐거움과도 동떨어진다. 비블리오필이, 사물임과 동시에 기호이기도 한 책의, 그 책과 이 책의 차이에 얽매이는 데 비해서, 이 책에서 내가 목표로 삼았던 것은, 사물 = 기호인 책과 사람 사이의 관계에서 일어난 역사적인 변형의 과정을, 책 그 자체의 안과 밖의 경계에서 명백하게 밝혀가는 일이었다.

  일본의 근대소설로 장르를 한정한 것은, 내가 그것을 연구 대상으로 삼기 때문이라는 직접적인 이유에 더해서, 그 한정된 영역에서야말로 아슬아슬한 갈등이 보인다고 생각했기 때문이다. 소설은 다른 장르에 비해서 책과 어떻게 만나야 하는지, 그것을 어떻게 읽어야 하는지 여실하게 가르쳐 준다. 그리고 그 허구성을 감추고, 책의 역사성을 없애버린다. 원래 이 책의 출발점이 되었던 것은, 마침 내가 가지고 있던 시마자키 도손의 사진에 얽매어, 그 저작의 간행 형태에 관심을 두었던 데 있었다. 왜 이 작가는 이렇게 자세를 잡은 것처럼 보이는가. 그것은 사진의 유통에 대한 의식적인 자세는 아닐까. 그리고 「녹음총서」의 시도, 또 뒤에는 개인 전집 「정본 도손 문고」를 생전에 자신이 편집해서 내버리는 그 강한 억지스러움. 보통이라면 실생활의 전기에 연결되는 그런 질문과, 『파계』도 『봄』도 『신생』도 작가와 독자 사이의 관계를 둘러싼 소설은 아닐까 하는 물음이 이어졌다. 그런 관심이 점차 근대소설 전체로 넓어져 갔다.

제1장부터 제8장까지 이 책의 구성은, 메이지 이전부터 시작해서, 제2차 세계대전 말기까지 편년체 식으로 배열되었는데, 이것은 반드시 문학사를 거슬러 올라가 바로잡으려는 의도는 아니다. 다이쇼기는 거의 생략해버렸고, 그 이전에도 이후에도 망라하려고 생각했던 것은 아니다. 다만 응용할 수 있는 요소는 거의 빠짐없이 나오고, 나의 추측에 따르면, 전쟁 후는 여기서 서술한 과정의 확대 재생산이라고 생각한다. 따라서 여덟 장의 엿보기 동굴을 통해서, 마치 우주에 떠 있는 것처럼 생각되어온 소설의 물질적인 기반과, 그 생산과 향유의 모습을 새롭게 살펴보는 일의 중요성을 보여줄 수 있다면, 나로서는 만족한다.

이 책 자체는, 플로피디스크를 매개로 한 전산 사식으로 인쇄된다. 이른바 활판의 종언, 책의 변형이라는 문맥이 지금까지 책의 역사성을 명백하게 하는 동기가 되었던 것은 사실이다. 그러나, 어떤 출판 형태를 띠더라도, 거기에 다양한 사람과 기계 사이의 관계가 있는 것에는 변함이 없다. 직선적인 독서를 추구하면서도, 바로 그 배후에서 전체로써도 부분으로써도 자유롭게 접근할 수 있는 것이, 북 형식의 책이 지닌 절대적인 힘이다. 그렇다면, 어딘가의 단일한 미디어로 조율되어 버리는 것이 아니라, 긴장을 지속하는 것이야말로, 새로운 미디어에 대해서 자극적인 역할을 맡는 일로 이어질 것이다.

사람과 책 사이의 접속 장치는, 신체라는 장에서 전개된다. 전후문학과 자연주의 문학 등을 둘러싸고, 내 흥미의 중심에 있던 것도, 신체를 둘러싼 문제 영역이었다. 그런 나에게 책을 근거로 해서 생각한 것은, 연속하는 발걸음 아래에 전문적인 폐쇄 영역에서 벗어나는 전율할 만한 체험이었다.

서지적인 사항을 기록해 두자면, 제4장은 「책의 리얼리즘―『파계』의 미디어론」『매체(媒體)』7호, 1991.7, 제5장은 「책 속의 초상사진―사진 공간과 문학 텍스트」『쇼와문학연구(昭和文學研究)』21집, 1990.7를 바탕으로 수정한 것을 제외하고는, 모두 새로 썼다. 그 사이, 2년을 필요로 했지만, 자칫하면 자질구레한 업무에 얽매어서 분주히 돌아다닐 뿐인 게으른 필자를 질타 격려해준 이는, 치쿠마쇼보 편집부의 구마자와 도시유키熊澤敏之 씨이다. 이 자리를 빌려서 다시 감사드리고 싶다. 그리고 교열, 메이와인쇄明和印刷의 여러분, 정말 감사합니다. 본문 안에 실린 사진은 대부분 일본근대문학관에서 빌렸다. 이 자리에서 다시 감사의 마음을 전하고 싶다. 책이 사람과 이어지는 가운데 엮인 것을 몸 가까이 구체적으로 알게 된 것도, 이 책 덕분이었다.

1992년 8월 고노 겐스케

이 책을 쓰고 나서 눈 깜짝할 사이에 7년이 지났다. 체감적으로는, 이 7년 사이의 변화는 사회적으로도 역사적으로도 굉장하다고 표현하고 싶을 정도의 것이었다. 그 가운데서도 정보화의 물결이, 우리 사회를 완전히 뒤덮고, 읽고 쓰는 기술, 도구도 또 큰 변화를 겪었다.

이 책의 최초 원고는, 12년 전에 산 워드프로세서 전용기로 쓰였는데, 지금 나의 문방구는 퍼스널 컴퓨터로 바뀌었다. 매일, 인터넷 브라우저에서 다양한 정보를 수집하기도 하고, 전자메일을 주고받는 동시에, 워드 프로그램을 열어 원고를 쓴다. 디지털화에 대해서는 변함은 없지만, 원고를 플로피디스크로 건네기보다도, 전자메일로 보내는 일이 많아졌다. 지면 배치와 사진 화상의 가공 수정도 때로는 스스로 하기도 한다. 7년 사이에, 읽고 쓰는 도구의 환경이 크게 변한 것은 분명한 사실이다.

그것을 과도하게 의미 부여할 생각은 없다. 컴퓨터가 침투함으로써, 책과 전자 텍스트의 대립이 깊어졌다든가, 커뮤니케이션이 진화하고, 퇴화했다든가, 낡은 의론을 다시 문제 삼고 싶지는 않다. 그런 낙관론과 비관론은 누군가에게 맡겨 두어도 좋다. 다만, 도구의 변화가 우리의 감각과 사고와 인식의 형태를 조금씩 다시 바꾸는 것은 피할 수 없다. 그 변화의 속도에 따라서 일어나는 여러 가지 차원의 현상에 대해서, 멈춰 서서 멀리 바라보는 인식의 여유를 지니는 것. 그것이 점점 더 중요하게 되었다고 생각한다.

예를 들면, 나는 이 책의 마지막을 「종이 전쟁」의 장으로 마쳤는데, 종이의 생산과 소비를 둘러싼 문제는 현재 바로 지금의 세계적인 두통거리가 되었다. 이 20년 가까이, 일본 이외의 아시아 여러 나라도 경제성장을 이루고, 고도 자본주의 사회로 변화했지만, 그에 따라 10억 단위의 사람들이 일제히 신문을 읽고, 잡지를 읽고, 화장지를 사용하는 상황이 다가온다. 한편, 펄프를 쓴 제지의 생산량은, 환경문제와 얽혀서 이제는 이 이상으로 생산량을 늘리는 것은 곤란해진다. 기술적으로 새로운 종이 소재가 개발되기도 하지만, 충분하지 않으면 당연히 종이의 수요가 넘쳐, 공급이 막힐 수 있다. 단가는 폭등할 것이다. 종이 없는 사회의 바람은 그런 일에 뿌리를 두고 있고, 중국이 인공지능 사회를 추진하는 것도 거기에 하나의 요인이 있다. '종이'라는 한정된 물질적 매체를 사용해서, 읽고 쓰는 사회는 불가피하게 그 매체에 의해서 규정되어 버린다.

또 하나, 몸소 겪은 체험에 대해 써두고 싶다.

내가 근무하는 대학에는, 통학해서 수업을 들을 수 있는 보통의 시스템 이외에, 통신 교육 제도가 있고, 나이와 직업, 거주지와 관계없이 대학생이 되어 수업을 듣고, 학점을 받을 수 있게 되었다. 다만, 여름휴가와 연휴가 되면, 스쿨링[1]이라고 불리는 집중 수업을

---

1   schooling. 통신 교육 과정 중에서 출석 의무가 있는 일정 기간의 교실 수업.

받아야 한다. 나도 해마다 1회 정도는 겸임 강사를 맡는데, 될 수 있는 한 지방 도시에서 스쿨링을 할 때는 「문장 표현」의 연습 담당을 희망한다. 「문장 표현」이라고 해도, 쓰는 방법을 연습하는 것은 아니다. 3일 동안에 책 한 권을 만든다. 그 작업 공정을 수업 내용으로 한다.

학생에게는 미리 책 만들기라는 주제를 알려주고, 담아 넣을 텍스트를 모아서 만나게 한다. 자신이 쓴 문장과 그림, 사진, 삽화도 좋고, 좋아하는 작가의 문장이라도 어느 것이나 상관없다. 재료가 되는 그 텍스트를 앞에 놓고, 처음에는 책의 개념, 편집의 즐거움, 콜라주 수법에 대해서 간단히, 그리고 구체적으로 강의한다. 그 뒤에는 참가 인원 전원에게 재료를 사게 한다. 거리를 걸으면서, 여기저기의 문방구점과 장난감 가게, 지물포를 찾아 걷는다. 사는 지역도 세대도 직업도 다른 사회인 학생들이기 때문에, 수학여행 같은 단체 행동은 하지 않는다. 길 찾기 방식으로, 시간을 정해서 모였다가, 헤어진다. 거기서 모은 재료를 바탕으로, 자신이 가지고 온 텍스트들을 연출하는 작업이, 이틀째부터 마지막 날 오전까지 하는 작업이다. 지방 도시에 따라서는 와시의 산지인 경우도 있어서, 여러 가지 종이를 합쳐 붙인 사람도 있다. 플라스틱 소재와 나무 상자, 금속판을 사용하는 사람도 있다. 그 광경은 초등학교의 「그림그리기」 수업에 가까운데, 모두 즐거워하면서 어른의 놀이에 열중한다.

마지막으로 시간을 정해서 완성하면, 한 사람 한 사람씩 발표

회를 연다. 자신만의 독창적인 책을 앞에 두고, 모아온 텍스트들과, 그것을 함께 담은 책의 소재에 대해서, 그 의도와 효과에 대해서 보고하고, 질문이 어지러이 날아든다. 물론, 잘하는 사람, 못하는 사람, 단시간의 작업이기 때문에, 가지각색으로 나오는 것은 어쩔 수 없다. 시간뿐만 아니라, 장소와 경제에도 조건이 붙는다. 다만, 그 수업 = 공정에 입회하는 가운데, 그들은 책이 지닌 물질적인 측면에 주의를 기울이고, 책이 '쓰인' '사물'이라는 것뿐만 아니라, '쓰인' 문자와 그것을 뒷받침하는 '사물'의 협동 작업이라는 것을 깨달아간다. '쓰기'와 '사물'들의 협력 작업이 잘 이루어진다는 것은 무엇을 말하는 것일지 거기서 배우게 될 것이고, 감성과 사고의 차이를 구체적인 오브제의 형태를 통해서 알게도 된다.

이런 체험은 교실에서 학습하는 보통의 수업 형태로 좀체 얻을 수 없다. 내게도 3일간의 집중 강의라는 조건에서, 게다가, 각 사람의 교양도 축적도 완전히 다른 사회인 학생을 대상으로 진행하는 수업이므로, 어떻게 하면 좋을지 몰라서 어림짐작하는 가운데 찾아낸 방법 가운데 하나이다. 괴로운 나머지 찾은 결과이기는 해도, 그에 따라서 자신의 수업 방법론에 돌파구가 열리는 듯이 느껴지고, '책'을 둘러싼 인식의 지평이 희미하게 열린 것처럼 생각한다.

위에서 든 두 가지 이야기는, 서로 관련이 없다. 그러나, 차원이 다른 이들 이야기만 보더라도, 종이에 쓰인 사물이 좋은가, 디지털 시대의 전자 텍스트가 좋은가 하는 등의 문제 설정 자체가, 무의미하다. 그것은 형이상학이 될지도 모르지만, 현실에서는 유효성이 없다. 그것보다도 책 만들기의 즐거움을 아는 것이 인터넷에서 웹사이트홈페이지를 만드는 일로 연결될 수 있는 것처럼, 책과 전자 텍스트는 예상 이상으로 상호 침투해갈 가능성 쪽으로 갈 것이라고 느낀다. 일부 국가가 종이 펄프를 독점하는 데는 반대하지 않을 수 없지만, 동시에 종이와 전자 텍스트가 알력을 일으키면서도 공존할 수 있는 상황이 만들어지지 않으면 안 된다고 생각한다.

무엇보다도, 쓰인 문자의 의미를 바르게 읽어내는 것이 '읽는' 행위의 모든 것이라고 한다면, 이처럼 시시한 일은 없다. 전자 텍스트가, DTP와 홈페이지에서 볼 수 있는 편집과 가공, 문자와 도상의 조합에 의해 '쓰는' 행위가 확대된 것처럼, 책도 '쓰기'와 '사물'의 조합에 의해 '쓰기' 행위가 역사적으로 변형되어온 것을 그 안쪽에 간직한다. '읽는' 것은 그런 조합의 변주를 발견해가는 것이고, 거기서 펼쳐지는 뜻밖의 충돌과 갈등을 맛보는 것이기도 하다. 그리고 '사물'이기 때문에 그야말로 사회적 여러 조건에 규정된다는 사실을 알지 않으면 안 된다. 그래서 그야말로, 그들 조건을 파헤치는 전략이 요구되기도 한다.

책이 대부분 '쓰인' '사물'임에 비해서, 우리에게 무척 친숙한 문학이란, 이런 '쓰기'와 '사물'의 협력에 따라 생겨났다. 지금 문학으로서 신선하게 보이는 것은 그것을 직관적으로 알던 것들이고, 그것에 대해서 자기 언급할 수 있었던 것들이다. 본래라면 시가와 같은 운문이야말로, 가장 잘 어울리는 대상이었을지도 모르지만, 오히려 멀게 보이는 소설 등의 산문을 상대에게 논한다고 하는 우회로를 거쳤다. 물론, 그에 따라서 우리를 속박하는 자명성의 함정이 조금은 명확하게 된 것은 아닐까.

그런데, 현재의 문학 그 자체는, 이미 윤곽이 정해지지 않은 애매한 것이 되어 버렸다. 그렇게 느껴지는 것은, 고정되었어야 할 가치의 좌표축이 움직였기 때문이다. 문학을 그 전체로써 의미를 부여하고, 가치를 부여해 주어야 할 좌표가 공유되지 않게 되고, 문학 자체도, 문학을 대상으로 하는 비평 연구도 과거의 힘을 지닐 수 없게 된다. 그러나, 하나다 기요테루花田淸輝[2]가 아니더라도, '전환기'란 원래 그런 것이 아닐까. 20세기 동안에, 처음부터 끝까지 문학은 패망의 낙인이 찍혀 왔다. 영상에 쫓겨나고, 아우슈비츠와 히로시마에 의해서 숨이 끊겼다. 완고한 좌표축도, 점점 패망의 끝에 서게 될 것이다. 그러나, 그런 문학의 용해 현상에도 불구하고, 사람은 언어를 사용해서 표현하고, 그 언어를 어떻게 전달할 수 있을지 애쓴다. 지금까지 내려온 문학 개념이 모습을 감추었다고 해도 그리 신경 쓸 필요는 없다.「그림그리기」로 되돌아가도 된다. 자신 속에 드러내야 할 언어를 찾을 수 없다면, 남의 언어를 끌어와서, 그 언어에 새로운 의미를 부여하는 책 쓰기를 목표로 하면 좋다. 지금, 나 자신은 그렇게 생각한다.

---

[2]   평론가, 소설가. 현대의 변혁을 주제로 한 평론, 예술운동의 조직자로 활약했다.

치쿠마 라이브러리판에서는 마지막 단계에서 본문 안의 자료 가운데 일부 실수를 그대로 남겨두었다. 이번 문고에 실을 때 그 오기·오식을 바로잡았음을 덧붙여 둔다.

1999년 10월 2일 고노 겐스케

책의 형태 · 언어의 행방

가와구치 하루미川口晴美[1]

사람들 대부분이 '책'과 만나는 장소는 서점이나 도서관일 것이다. 물론 내 경우도 그렇지만, 사실은 또 한 곳, 우편함도 중요한 곳이다. 매일, 우편함을 열어보면 전단과 DM과 이사 소식을 알리는 엽서에 섞여서 조금 큰 봉투가 하나둘 들어 있는 적이 많다. 발송인은 아는 이름이 있기도 하고 처음 보는 이름도 있다. 여러 가지 두꺼운 책자의 무게를 느끼면서 그것들을 안고 방으로 돌아올 때, 나는 언제나 조금 두근거린다. 봉투를 열면, 어떤 '책'과 만나게 될까, 어떤 언어가 거기서 기다리고 있을까, 하고.

내가 받은 '책'은 대부분 시집과 시 동인지다. 나 자신도 시를 쓰기 때문에 잘 알지만, 오늘날 일본에서 시의 언어는 상업적으로 거의 유통되지 않게 되어버렸다. 그것은 시의 문제이기도 상업과 유통의 문제이기도 할 테지만, 그것과는 관계없이 오늘도 시를 쓰는

---

1   시인. 1962년 후쿠이현(福井縣) 오바마시(小濱市)에서 태어났다. 와세다대학 문학부를 졸업하고, 1985년 첫 시집 『미즈히메(水姬)』를 간행했다. 지금까지 시집 십여 편을 펴냈다. 2022년에는 『이윽고 마녀의 숲이 된다(やがて魔女の森になる)』로 제30회 하기와라 사키타로(萩原朔太郞)상을 받았다. 현재 시를 창작하면서 시와 현대미술의 합동 전시회를 개최하기도 한다.

사람은 많고, 쓰면 누군가에게 읽히고 싶은 마음이 일어난다. 아이들의 그림그리기처럼, 저기 이봐요 시를 썼으니 읽어달라고 원고 용지째 가족과 벗에게 손을 내밀어도 좋을지 모르지만, 자신이 만들어낸 것을 더 널리, 멀리까지 던져보고 싶다는 생각은 감출 수 없다. 다른 분야와 달리 직업으로 선택한다는 것은 그다지 생각할 수 없기 때문에, 대개 순수하게 충동적으로 쓰기 시작해 버린 시인들의 앞에, 거기서 현실적인 문제가 크게 일어난다. 도대체 어떻게 하면 시의 언어를 가 닿게 할 수 있을까—. 그런 점에서, 본서에서 나오는 『호쿠에쓰 설보』의 지은이 스즈키 보쿠시 님의 심경은, 도저히 남의 일이라고는 생각되지 않았다.

워드 프로그램과 퍼스널 컴퓨터로 쓴 시를 출력하고, 복사하고, 읽히고 싶다고 생각하는 아는 사람과 모르는 사람에게 우송하면, 널리 멀리까지 이르게 될 수 있을까 하면, 그렇지도 않다. 받은 분의 경우를 상상해보면 알 수 있다고 해도, 제목과 지은이 이름이 쓰여 있으면 일단 그것을 "작품"으로 생각할 수 있다고 해도, 사르르 종이 한 장에 시가 쓰여 있을 뿐이고 왠지 편지 같고 메모 쓰기 같은, 무척 생생한 듯해도 거꾸로 너무 무정하게도 느껴지고, 어떻게 받아들여야 좋을지 곤혹스럽다. 그런데, 언어는 가 닿기 전에 쓰레기통으로 간다. 그러면 너무나 슬퍼서, 시인들은 '책'을 만들기 시작한 것이다. '책'이라는 형태로 되면, 사물이기 때문에 받아들이기 쉽다. 그것이 예쁘다면 더욱더, 누구라도 버리기 어렵게 된다.

집 우편함에서 가져온 것은 대개 인쇄되고 제본된 사물일 뿐만 아니라, 손으로 만든 것도 있어서 참으로 형태가 가지각색이다. 서점의 진열대에는 쌓이지 않을 듯한, 도서관 서가에는 받아들여지지 않을 듯한, 자유롭고 재미있는 크기와 재질의 '책'들. A4 종이를 세로로 자른 가늘고 긴 책자는 호치키스로 철하지 않고 아름다운 색 끈으로 낙낙하게 묶이고, 접어 포갠 와시를 열면 안에는 시를 박아 넣은 정방형의 작은 종이가 접은 종이처럼 겹쳐서 들어 있다. 열면 커다란 한 장이 되는 종이는 교묘하게 접혀서 페이지를 구성하고, 반투명의 필름과 비슷한 종이는 길게 붙여 합쳐져 묶이고 그 위에 시의 언어는 폭포처럼 흘러 떨어진다. 어느 것이나 모두 예쁘다. 예쁜 사물을 받으면 그저 기쁘다. 지은이 자신이 즐겁게 종이를 고르고 재료를 음미하고, 형태를 생각하고 연구해서, 수작업의 즐거움도 맛보면서 접기도 하고 붙이기도 했을 것이라고 상상할수 있는 것도 왠지 기쁘다. 그러나 그것들은 대량 생산품이 아니고, 50부라든가 겨우 100부, 그 가운데는 20부 한정도 있기도 해서, 시간을 들여서 만들어 이 세계에 오직 그것밖에 없는 것을 보내주었나 하고 절실히 느끼기도 해서, 읽지 않고 버리는 것 등은 아무래도 할 수 없게 되어 버린다. 그래서 손에 넣어 언어를 더듬어갈 때, 나의 시간은, '책'이라는 세계 속에, 그것을 쓰기도 하고 만들기도 한 사람의 살아온 시간과 풍부하게 접촉할 수 있다고 느낀다.

쓴 언어를 '책'으로 만든다고 하는 것은, 작품을 하나의 세계로 제시하는 것이기도 하다. 자신의 언어를 생기있게 울려 퍼지게 하기 위해서는, 어떤 세계를 창조하면 좋을까. 손수 만든 것에 한정하지 않고, 인쇄되고 제본된 '책'이었어도 거기에 마음을 기울이는 것은 같다. 장정, 지면 구성, 내용을 어떻게 구성할까. 예를 들어 동인지라면, 시만 싣지 않고 정밀한 긴장감을 떠돌게 하는 것과, 가득 담은 내용으로 재미있게 하면서 시도 읽을 수 있게 하는 흐름을 만드는 것은, 받아들이는 방식이 전혀 다르다. 좋아하는 것은 사람마다 제각각이지만, 지금의 나는, 간사이 계통의 피가 들끓는 것인지 어떤지(?), 재미있게 읽을 수 있게 서비스 정신을 발휘하는 동인지라고 하면서 자신도 모르게 페이지를 넘겨서 마지막까지 읽어버린다. 본서에서 소개된 오자키 고요와 야마다 비묘의 『가라쿠타문고』 등, 동시대에 살아서 손에 넣으면 반드시 열중해서 읽고, "쪽지를 붙여서" 적어넣는 참여도 했을 것이다. 상업적으로 만들어진 많은 부수의 잡지와 달리, 보낸 사람 쪽도 즐겁게 만든 것이 느껴지기 때문에, 친근함과 동시에 재미도 공유하고, 그 '책'의 세계를 함께 만들어갈 수 있다.

보내는 사람과 받는 사람이 함께 만들어가는 곳에서, 작자의 시간과 독자의 시간이, 현실적인 공간과 시간을 뛰어넘어 맞닿는다. 만날 수 없어도, 개인의 삶과 개인의 삶이 깊은 곳에서 관계를 맺는다. 언어가 가 닿는다는 것은, 그런 것. 본서에서 "언어에 의한 기억 장치임과 동시에, 사람과 사람 사이를 잇는 전달 장치인 책"의 역사를 따라가면서, 새삼스럽게 그렇게 생각했다.

특히 인상에 깊게 남은 것은, 나쓰메 소세키와 마사오카 시키 "사이"에 생긴 교감이다. 소세키는 자신이 만든 것을 단행본으로 펴낼 때 "그저 내가 쓴 것이 내가 생각하는 모양의 체재로 세상에 나가는 것은, 내용의 가치가 어떤지 관계없이, 나만큼은 기쁘다고 느낀다"고 말했다고 하고, "소세키는 쓰는 것, 책을 만드는 일의 밑바닥에 '자신'의 만족을 두었다. 그것은 다른 것으로는 바꾸기 어려운 '자신'이었다"고 본서의 지은이는 쓴다. 그것에, 강하게 격려받는 기분이 들었다. 시를 쓰고 있으면 자주, 현대 시는 난해해서 알 수 없다든가, 자기만족이 아닐까, 누구라도 읽고 알 수 있게 써야 한다든가, 전해 듣기도 한다. 분명히 그럴지도 모른다. 어려운 것이 더 고마운 법(?)이라고 생각해 일부러 알기 어렵게 쓰인 작품도 개중에는 있을지도 모른다. 그렇지만, 대부분의 시는, 절실하게 '자신'과 마주해 보았던 데서 나온 언어다. 타인에게는 알기 어려워도, '자신'에게는 그렇게 표현할 수밖에 없는, 바꾸어 놓을 수 없는 '자신'의 언어이다. 그런 언어는 자기만의 세계에 틀어박혀, 어디에도 가 닿을 수 없게 되는 것일까.

그렇지 않다고 나는 생각한다. 나 자신, 시를 쓰고 '책'을 만들면서 날마다 여러 가지 시를 읽고 가지각색의 '책'을 받으며 느끼는 것은, 어린아이 같은 말투가 되어 버려도, 목숨 걸고 만들어진 것은 반드시 어딘가에서 누군가가 받아들일 것이다, 라고 생각한다. 목숨 걸고 쓰인 언어는, 예컨대 솜씨가 서툴러도 누군가의 마음을 움직일 힘이 있다. 예를 들어 의미를 이해할 수 없어도, 그 언어를 말한 사람의 존재감이 절실하게 전해져 온다. 난해해서 나는 알 수 없어도, 반드시 누군가는 알게 될 것이라고 생각한다. 그것은 몇

년이나 걸리는 미래의 일일지도 모르고, 다른 나라에서 일어나는 일일지도 모른다. 정직하게 일편단심 '자신'으로 향해서 생겨난 언어는, 불가사의하게도 어딘가에서 타인에게 열린다. 의미의 전달과는 다른 것으로, 언어는, 반드시 가 닿는다.

책도 마찬가지다. 목숨 걸고 그 '책'을 만들었는지 어떤지는, 몸소 만들었어도 인쇄 제본된 것이어도, 손에 들어보면 왠지 모르게 안다. 좋고 싫고는 별개로 하고, 엉터리로 만들어진 것 같은 느낌이 전해지는 '책'은, 이쪽에서도 열심히 읽고 싶은 마음이 생기지 않는다. 특히, 시집은 그 대부분이 자비출판이라는 성격상, 소세키처럼…… 그렇게까지는 하지 않더라도, 출판사에 맡기지 않고 시인 자신이 생각하고 연구해서 마음을 기울일 여지가 얼마든지 있다. 목숨 걸고 쓴 언어라면, 그 언어를 가 닿게 하고 싶다고 바란다면, 날림으로 '책'을 만들어버리는 일은 있을 수 없다. 조잡한 인상의 '책'은, 대개 안의 언어도 마음에 닿지 않는다. 몸과 마음을 다해서 쓰고, 만들고, 읽을 뿐, 개인과 개인이 의미보다 더욱더 깊은 곳에서 교감할 수 있는 듯한 '책'의 장을 만들어낸다. 소세키와 시키의 에피소드에는, 그것이 또렷이 새겨져 있는 것 같다고 생각했다.

현대의 소설가는, 자기 작품이 단행본으로 나올 때 예컨대 장정에 대해서 얼마만큼 의견과 희망을 말할 수 있을까. 시인들은, 자신이 돈을 내지 않으면 안 되기 때문이라고 말하는 경우도 물론 있겠지만, 시집 만들기에 주체적으로 열심히 관여하는 사람이 많다. 나도, 어느 작품을 어떤 순으로 배열할까부터 시작해, 문자의 크기와 행수, 행간 등 안의 지면 구성도 스스로 생각하고, 바깥 면에 대해서도, 전체의 판형과 만듦새를 결정하고, 사진과 그림을 장정에 사용하고 싶은 경우는 그것을 고르고, 작가와 교섭하는 것도 스스로 하기도 한다. 한 편 한 편이 시로서 따로 존재하던 것이 보이지 않는 흐름으로 이어지고, 하나의 세계가 되고, '책'이라는 보이는 형태가 되어 출현해가는 과정은, 잘 풀리지 않아서 마음을 졸이는 일도 있지만, 더할 나위 없이 재미있다고 생각한다.

　각각의 시를 쓰는 순간에는, 세계는 보이지 않는다. 시간이 지났기 때문인지 작품 수 때문인지 잘 모르지만, 언젠가 최대한도에 이르렀던 것처럼, 아아 시집을 만들어야겠다고 생각하는 중요한 지점이 다가온다. 그런데, 그때까지 쓴 것을 정리해서 거듭해서 읽어보면, 어렴풋이 보이는 것이 있다. 분위기 같은 것. 그것을 확실하게 붙잡으려면 시편을 취사선택하고, 순서를 바꿔 다시 배열하고, 희미한 공기와 비슷한 것을 입체적으로 다시 파악한다. 그렇게 하면서 작품에 대해서 점점 객관적으로 되었을 때, 자신이 쓴 언어가 자신에게서 떨어져 나가는 감각을 항상 맛본다. 반드시, 거리가 생기고 나서부터 그야말로 세계가 보일 것이다. 그에 어울리는 모습을 생각하고, '책'으로 이 세계에 보내버리면, 나 자신은 (작가라고는 해도) 이미 그 안에는 없다. 기묘하게도, 독자 한 사람으로 존재하기 시작하는 기분까지 든다. 그런 감각을 거치고 나면, 나는 또 다음의 새로운 시언어를 쓰기 위해 출발할 수 있다. 그것은 전자 텍스트로는 아마 경험할 수 없을 것이다. '책'이라는 사물을 구체적으로 만들고, 거듭해서 남에게 보내는 것은, 나에게는 살아있는 감각 바로 그것이라고 말할 수 있을지도 모른다.

다른 시인이 어떤 식으로 시집을 만드는지는 잘 모르지만, 어느 큰 서점에서 열린 "시집 페어"를 보러 갔을 때 인상 깊게 느낀 것이 있다. 획 둘러보는 것만으로도 페어에 나온 시집이 늘어선 진열대 는, 뚜렷하게 다른, 예를 들면 베스트셀러 책을 늘어놓은 진열대와 는 전혀 달랐다. 어쨌든 모두 장정이 예뻤다. 당연히, "시집 페어"의 장은 전체로써 예쁜 느낌이 들었다. 가까이서 보면 표지는 사진과 그림과 삽화 등 여러 가지, 판형도 지질도 색도 꽤 다채롭고, 제각 기 개성적이다. 장정이 좋아서 소설을 사는 사람이 있지만, 시집이 라면 마음에 드는 장정을 고르면 그 안에 실린 시가 전혀 좋지 않 았다고 하는 경우는 드물지 않을까. 정말로, 그 페어가 열릴 때 서 점에 들어가서 시집이 놓인 진열대에 매혹된 사람이 많고, 손에 넣 어 조금 읽어본 사람은 살 확률이 높았다고 나중에 들었다. 시집은 평소에는 잘 팔리지 않고, 서점에도 좀체 두지 않을 뿐이니, 마음 이 흐뭇한 이야기다.

그렇다고 해도, 문고본 후기에서 지은이 고노 님도 언급했는데, '책'을 만드는 것 = 종이의 소비인 이상, 삼림 자원이 감소해 가는 것을 실제로 마음속에 떠올려보면, 애당초 "나 자신만큼은 즐거운 느낌"으로 종이를 계속 사용해서는 안 되지 않을까 때로 약해져 버린다. 종이는 반드시 양면을 쓰고, 여백이 있으면 잘라서 메모 용지로 써도, 그것으로는 소용없다는 생각이 든다. 그래서…… 그런 것은 아니지만, 가끔 나는 시의 게라^{교정용으로 인쇄한 책이 완성되어버리면 필요 없게 되어 버리는 것}를 사용해서 전혀 다른 것을 만들어서 논다. 대지^{台紙2}가 되는 두꺼운 종이를 몇 장 겹쳐서 묶고, 거기에 내가 찍은 사진과 잡지에서 오려낸 사진을 콜라주해서 붙이고, 또 거기에 게라 용지에서 적당히 잘라낸 언어를, 가로·세로·사선으로 그림을 그리듯이 붙여 간다. 5문자, 1행, 또는 한 덩어리, 제각기 다르게 배치되어 언어의 의미는 통하지 않게 되고, 뜻밖의 곳에서 다른 의미가 생겨나기도 한다. 겹친 대지의 모든 페이지를 그 작업으로 덮으면, 거기에는 콜라주이고 언어로써도 왠지 모르게 읽을 수 있을 것 같은, 변한 '책'이라고밖에 부를 수 없는 것이 생겨난다. 고노 님이 방문한 보쿠시 기념관에 전시되었다고 하는 '하리마제병풍'이, 이것에 가까운 것이 아닐까.

가위와 풀을 쓰면서, 나는 거의 아무것도 생각하지 않는다. 그런 식으로 내가 쓴 언어를 손끝에서 사물로 다루고 잘라 붙여 가는 것은, 시를 쓰는 것과는 전혀 다른 신선한 감각으로, 재미있다. 기분이 가라앉을 때 등, 상자로 꾸민 모형 정원을 만들어서라도 들어갈까 하듯이 몰두해버린다. 머리를 텅 비우고, 신체 그 자체가 되어, 나는 그 작업을 한다. 잘게 잘라 겹쳐 붙인 사진의, 그 어디에도 없는 풍경 위에, 뿔뿔이 흩어진 언어는 의미에서 벗어나 끝없이 사물로 다가가고, 떠올라 온다. 그때 나는 어디에 있는 것일까. 어쩌면 나도 신체라는 사물로서, 그 이상한 '책'에 반쯤 녹아들어 꿈틀거리고 있는 것이 아닐까. 풀투성이가 되어 작업을 마치고 보면, '책'

은 확실히 나의 손끝이라는 신체가 움직여간 흔적으로 존재한다. 거기에 있는 언어는 이미 가 닿으려고 했던 언어는 아니게 되는데, 나라는 신체는, 마치 어딘가로 가 닿으려고 하는 것 같다. 그러면, 도대체 어디로?

책은, 문학은, 곧 '사람'은, 어디까지 가 닿으려고 이렇게 여러 가지 형태를 생각해내고, 앞으로도 (반드시) 생각해낼 것이라고, 본서를 읽으면서 새삼스럽게 불가사의하게 생각하고, 그 불가사의함을 왠지 모르게 유쾌한 기분으로 음미한다.

---

2   사진이나 그림을 붙이는 두꺼운 종이.

참고문헌

전체적으로 관련된 문헌을 제시하고 나서, 각 장에서 구체적으로 언급한 문헌, 참고한 문헌을 실었다. 다만 인쇄, 출판의 역사와 관련된 문헌은 너무 많아서, 이 책과 관련된 것으로 한정했다.

[원본의 일부 오류는 바로잡았다. 본문에서는 일본의 신자체(新字體) 한자를 정자(正字)로 바꾸었지만, 참고문헌에서는 신자체를 그대로 두었다. 한국어 번역본은 최신판을 기준으로 작성했다—옮긴이]

아이빈스 윌리엄(ウィリアム アイヴィンス, Ivins, William Mills), 白石和也 역, 『ヴィジュアルコミュニケーションの歴史』, 晶文社, 1984; 원저, *Prints and visual communication*, 1969.

아사누마 게이지(浅沼圭司)·시미즈 도루(清水徹)·하스미 시게히코(蓮実重彦)·요시모토 다카아키(吉本隆明), 『書物の現在』, 書肆風の薔薇, 1989.

아라마타 히로시(荒俣宏), 『ブックス·ビューティフル—絵のある本の歴史』, 平凡社, 1987.

_____, 『稀書自慢 紙の極楽』, 中央公論社, 1991.

이시하라 치아키(石原千秋)·고모리 요이치(小森陽一) 외, 『読むための理論—文学·思想·批評』, 世織書房, 1991; 송태욱 역, 『매혹의 인문학 사전』, 앨피, 2009.

R. 에스카르피(ロベール エスカルピ, Escarpit, Robert), 大塚幸男 역, 『文学の社会学』, 白水社, 1959; 원저, *Sociologie de la littérature*, 1958; 민병덕 역, 『출판·문학의 사회학』, 일진사, 1999.

_____, 清水英夫 역, 『出版革命』, 講談社, 1966, 원저, 1965; 改譯新版, 日本エディタースクール出版部, 1979; 임문영 역, 『책의 혁명』, 보성사, 1991.

_____, 末松寿 역, 『文字とコミュニケーション』, 白水社, 1988; 원저, *L'écrit et la communication*, 1973.

오쿠보 히사오(大久保久雄), 「造本·装幀に関する文献目録」, 『季刊デザイン』 5호, 1974.4.

오와 모리토(大輪盛登), 『メディア傳説—活字を生きた人びと』, 時事通信社, 1982.

오와 모리토(大輪盛登),『グーテンベルクの鬚－活字とユートピア』, 筑摩書房, 1988.

오카노 다케오(岡野他家夫),『書物から見た明治の文芸』, 東洋堂, 1942.

―――――――――,『出版文化史』Ⅰ・Ⅱ, 室町書房, 1954~1955.

―――――――――,『日本出版文化史』, 春歩堂, 1959.

―――――――――,『明治本徘徊』, ゆまに書房, 1988.

오노 지로(小野二郎),『小野二郎著作集2 書物の宇宙』, 晶文社, 1986.

월터 J. 옹(オング, Ong, Walter J.), 桜井直文 외역,『声の文化と文字の文化』, 藤原書店, 1991; 원저, *Orality and Literacy : The Technologizing of the Word*, 1982; 임명진 역,『구술문화와 문자문화』, 문예출판사, 2018.

가바야마 고이치(樺山紘一),『情報の文化史』, 朝日新聞社, 1988.

E. 그롤리에(エリクド グロリエ, Grolier, Eric de), 大塚幸男 역,『書物の歴史』, 白水社, 1955; 원저, *Histoire du livre*, 1954; 민병덕 역,『도서출판의 역사』, 을유문화사, 1984.

고우치 사부로(香内三郎)・야마모토 다케토시(山本武利) 외,『現代メディア論』, 新曜社, 1987.

사카모토 류이치(坂本龍一),『週刊本6 本本堂未刊行図書目録－書物の地平線』, 朝日出版社, 1984.

사토 게이노스케(佐藤敬之輔),『日本のタイポグラフィー活字・写植の技術と理論』, 紀伊国屋書店, 1972.

사토 겐지(佐藤健二),『読書空間の近代－方法としての柳田国男』, 弘文堂, 1988.

주가쿠 분쇼(寿岳文章),『寿岳文章・しづ著作集』전6권, 春秋社, 1970.

―――――――――,『書物の世界 定版』, 出版ニュース社, 1973.

―――――――――, 누노카와 가쿠자에몬(布川角左衛門) 편,『書物とともに』, 冨山房, 1980.

쇼지 센스이(庄司淺水),『定本 庄司淺水著作集 書誌篇』전14권, 出版ニュース社, 1979~1982.

―――――――――・요시무라 젠타로(吉村善太郎),『目でみる本の歴史』, 出版ニュース社, 1984.

스기무라 다케시(杉村武),『近代日本大出版事業史』, 出版ニュース社, 1967.

스즈키 쇼조(鈴木省三),『日本の出版界を築いた人びと』, 柏書房, 1985.

T. 즈비엘스키(テオドール, ズビエルスキ, Zbierski, Teodor), 谷口勇 역,『書物の記号論』, 創樹社, 1983; 원저, *Semiotyka książki*, 1978.

신평론편집부(新評論編輯部) 편,『ジェンダー・文字・身体－I.イリイチ, B.ドゥーデ

ンを囲んで』, 新評論, 1986.

니시다 다케토시(西田長寿), 『増補版 明治時代の新聞と雑誌』, 至文堂, 1966.

누노카와 가쿠자에몬(布川角左衛門), 『本の周辺』, 日本エディタースクール出版部, 1979.

하야시 다쓰오(林達夫), 『林達夫著作集6 書籍の周囲』, 平凡社, 1972.

뤼시앵 페브르(リュシアン フェーヴル, Febvre, Lucien Paul Victor)・앙리 장 마르탱(アンリージャン マルタン, Martin, Henri-Jean), 関根素子 외역, 『書物の出現』, 筑摩書房, 1985; 원저, *L'apparition du livre*, 1958; 강주헌・배영란 역, 『책의 탄생―책은 어떻게 지식의 혁명과 사상의 전파를 이끌었는가』, 돌베개, 2014.

프레서(ヘルムート プレッサー, Presser, Helmut), 轡田収 역, 『書物の本―西欧の書物と文化の歴史 / 書物の美学』, 法政大学出版局 1973; 원저, *Das Buch vom Buch*, 1962.

R. 호가트(リチャード ホガート, Hoggart, Richard), 香内三郎 역, 『読み書き能力の効用』, 晶文社, 1974; 이규탁 역, 『교양의 효용―노동자 계급의 삶과 문화에 관한 연구』, 오월의봄, 2016.

마에다 아이(前田愛)・가토 히데토시(加藤秀俊), 『明治メディア考』, 中央公論社, 1980.

마쓰오카 세이조(松岡正剛) 감수, 『情報の歴史―象形文字から人工知能まで』, 日本電信電話株式会社, 1990.

미야시타 시로(宮下志朗), 『本の都市リヨン』, 晶文社, 1989.

미야모토 다케토시(山本武利), 『近代日本の新聞読者層』, 法政大学出版局, 1981.

_____, 『広告の社会史』, 法政大学出版局, 1984.

_____・쓰가네사와 도시히로(津金沢聡廣), 『日本の広告―人・時代・表現』, 日本経済新聞社, 1986.

와타나베 준(渡辺潤), 『メディアのミクロ社会学』, 筑摩書房, 1989.

『講座 コミュニケーション2 コミュニケーション史』, 研究社出版, 1973.

『叢書 文化の現在10 書物―世界の隠喩』, 岩波書店, 1981.

『日本のポスター史 1800's~1980's』, 名古屋銀行, 1989.

『出版研究』 1~22호, 1970~1992.

『文学』 특집 출판 Ⅰ・Ⅱ, 1981.11・12.

『is』 50호 기념 특집, [편집]「프로덕트プロダクト」, ポーラ文化研究所, 1990.12.

『ユリイカ』特集,「책의 박물지本の博物志」, 1991.8.

『現代思想』特集,「미디어로서의 인간メディアとしての人間」, 1992.3.

그리고 다음 책에 특별히 감사드린다.

아이하라 고지(相原コージ)・다케쿠마 겐타로(竹熊健太郎),『원숭이라도 그릴 수 있는 만화 교실サルでも描けるまんが教室』1・2, 小学館, 1990~1992.

『빅 코믹 스피릿(ビッグコミックスピリッツ, *Big Comic Spirits*)』에 연재된 이 코믹을 지은이에게 읽으라고 추천해 준 이는, 옛 제자의 친구였다. 품위 없는 만화 지망생 두 명이 그린 「만화 교실」은, 모든 만화의 걸작 패러디에 그치지 않는, 메타픽션이자, 메타 비평이기도 하다. 특히 제1권 총천연색 권두 특집 기획 「만화의 일생」은 놀랍기 그지없다. 인도네시아 숲이 벌채되고, 펄프가 되고, 만화의 원지가 되고, 집필, 편집, 출판 과정을 거쳐, 독자에게 건네지고, 폐지로 회수되어, 화장지가 되어 재생되기까지 '웅대한 불교적 광경'이 그려진다. 읽고 난 직후, 얼굴에 사선이 그어지고, 이마에 땀이 날 정도였다.

제1장_ 소설의 시작, 책book의 탄생

『鈴木牧之全集』上下, 中央公論社, 1983.

마스다 가쓰미(益田勝美),「『北越雪譜』のこと」, 岩波文庫 판,『北越雪譜』, 1978 개정판.

마치다 세이시(町田誠之),『紙と日本文化』, NHK出版, 1989.

이마다 요조今(田洋三),『江戸の本屋さん－近世文化史の側面』, 日本放送出版協会, 1977.

스와 하루오(諏訪春雄),『出版事始－江戸の本』, 毎日新聞社, 1978.

스즈키 도시오(鈴木敏夫),『江戸の本屋』上下, 中央公論社, 1980.

스즈키 주조(鈴木重三),「近世小説の造本美術とその性格－読本・合巻の挿絵を中心に」,『文学・語学』60호, 1971.6.

야마모토 요시아키(山本芳明),「近代文学と挿絵－逍遥を中心に」,『日本近代文学』29집, 1982.10.

후지타 쇼조(藤田省三),『維新の精神』, みすず書房. 1967.

마셜 매클루언(マーシャル・マクルーハン, McLuhan, Marshall), 森常治 역,『グーテンベルクの銀河系－活字人間の形成』, みすず書房, 1986; 원저, *The Gutenberg galaxy*, 1962; 임상원 역,『구텐베르크 은하계』, 커뮤니케이션북스, 2001.

1960년대 이후 서양 미디어론의 조류는 다음을 참고. 매클루언, 『機械の花嫁(*The mechanical bride*)』(박정순 역, 『기계신부―산업사회 인간의 민속설화』, 커뮤니케이션북스, 2015), 『メディア論(*Understanding media*)』(박정규 역, 『미디어의 이해』, 커뮤니케이션북스, 1997).

엘리자베스 L. 아이젠슈타인(エリザベス アイゼンステイン, Eisenstein, Elizabeth L.), 小川昭子 外역, 『印刷革命』, みすず書房, 1987; 원저, *The printing revolution in early modern Europe*, 1983; 전영표 역, 『근대 유럽의 인쇄 미디어 혁명』, 커뮤니케이션북스, 2008.

야나기다 이즈미(柳田泉), 「明治出版史骨」, 合資会社冨山房 編, 『冨山房五十年』, 冨山房, 1936; 柳田泉, 『續 隨筆明治文学』, 春秋社, 1938.

이나가키 다쓰로(稲垣達郎), 「近代文学の夜明け前―〈本〉の視座から」, 『特選名著覆刻全集 近代文学館 作品解題』, 1971; 『稲垣達郎学芸文集』 제1권, 筑摩書房, 1982.

일본 근대문학에서 책의 역사는 이 책에서 다 다루었다고 해도 지나친 말은 아니다. 중요한 책의 변화를 두루 살펴서, 많이 배웠다.

기무라 요시유키(木村嘉次), 『字彫り版木師 木村嘉平とその刻本』[日本書誌学大系 13], 青裳堂書店, 1980.

가메이 히데오(亀井秀雄), 「歴史・視点・物語―『小説神髄』研究」, 『北海道大学文学部紀要』 第38-1, 1989.9.

_____, 『二葉亭四迷―戦争と革命の放浪者』[日本の作家 37], 新典社, 1986.

도가와 신스케(十川信介), 『二葉亭四迷論』, 筑摩書房, 1971. 증보판 1984.

마에다 아이(前田愛), 「明治前期の装本」, 『日本近代文学館』 31호, 1976.5.

_____, 「音読から黙読へ―近代読者の成立」, 『近代読者の成立』, 有精堂, 1973; 『前田愛著作集』 제2권, 筑摩書房, 1989; 유은경・이원희 역, 『일본 근대 독자의 성립』, 이룸, 2003.

_____, 「近代文学と活字的世界」, 『図書』 1979.8~10; 『前田愛著作集』 第2巻, 筑摩書房, 1989.

_____, 「もう一つの『小説神髄』」, 『日本近代文学』 25집, 1978.10; 『前田愛著作集』 제2권, 筑摩書房, 1989.

『名著複刻全集 近代文学館 作品解題―明治前期』, 日本近代文学館, 1968.

가까이 두고 읽어야 할 해설서인데, 특히 이나가키 다쓰로(稲垣達郎)의 『뜬구름』,
『당세 서생 기질』 해설과 요시다 세이치(吉田精一)의 『숨바꼭질』 해설에서 여러 가
지 가르침을 받았다.

고모리 요이치(小森陽一), 「小説言説の生成」, 『構造としての語り』, 新曜社, 1988.

제2장_ 의장의 이데올로기

로제 샤르티에(ロジェ シャルチエ, Chartier, Roger), 「書物から読書へ」, ロジェ シ
　　ャルチエ 編, 水林章・泉利明・露崎俊和 譯, 『書物から読書へ』, みすず書房,
　　1992.

마루오카 규카(丸岡九華), 「硯友社文学運動の追憶」, 『早稲田文学』 1925.6・7,
　　1926.4; 『明治文学全集』 98권에 실렸다.

가쓰모토 세이이치로(勝本清一郎), 『近代文学ノート』 전4권, みすず書房,
　　1979~1980.

야마자키 야스오(山崎安雄), 『春陽堂物語－春陽堂をめぐる明治文壇の作家たち』,
　　春陽堂, 1969.

구보 긴야(久保欽哉) 編, 『春陽堂書店－発行図書総目録 1879~1988』, 春陽堂, 1991.

쓰보우치 쇼요(坪内逍遥), 『柿の帯』, 中央公論社, 1933.

고모리 요이치(小森陽一), 「物としての書物/書物としての物」, 北大国文学会 創立
　　四十周年記念, 『刷りものの表現と享受』, 北大国文学会, 1989.

훗카이도대학문학회(北大国文学会)의 기념 팸플릿에는, 군지 마사카쓰(郡司正勝)
의 「가부키 대본의 성격」, 다카기 겐(高木元)의 「에도 독본의 출판을 둘러싸고」, 도
요시마 마사유키(豊島正之)의 「기리시탄판은 왜 인쇄되었나」, 다카하시 세오리(高
橋世織)의 「복제 환경 속의 시선」, 가메이 히데오(亀井秀雄)의 「인쇄의 환상」이 실
렸는데, 단문이지만 참으로 시사적인 내용이다.

우치다 로안(内田魯庵), 『思ひ出す人々』, 春秋社, 1925.

야하기 가쓰미(矢作勝美), 『活字＝表現・記録・傳達する』, 出版ニュース社, 1986.

야하기 가쓰미의 『전기와 자전의 방법傳記と自傳の方法』(出版ニュース社, 1971),
『명조활자－그 역사와 현상明朝活字－その歴史と現状』(平凡社, 1976) 등도 참고.

미셸 뷔토르(ビュトール, Butor, Michel), 清水徹 외역, 『文学の可能性－文学, 耳と
　　眼』, 中央公論社, 1967.

빅토르 위고의 『파리의 노트르담』과 『93년』, 발자크의 『올-빼미당원들』을 예로 들면서, 프랑스의 '책의 형이하학'을 다루었다. 일본어 번역서 와카바야시 신(若林真)의 「미셸 뷔토르에 기대서」, 시미즈 도루(淸水徹)의 「『열린 책』을 둘러싸고」도 참고.

제3장_ 서재의 공간, 책의 우주

나카니시 아키히로(中西昭博), 「ブックデザインとデザインのブックと」, 『現代日本のブックデザイン 1975~1984』, 講談社, 1986.

이 책은 최근 나온 북 디자인 사진집으로, 보기만 해도 재미있지만, 나카니시(中西)의 글 외에도 권말에 실린 미치요시 고(道吉剛)의 「북 디자인 이전 이후」와 오오쿠보 히사오(大久保久雄) 편 「조본 장정에 관한 문헌목록」 등의 글도 유익하다.

사이토 쇼조(齋藤昌三), 『閑板 書国巡礼記』, 書物展望社, 1933.

사이토는 이채로운 면모의 애서가인데, 그의 에세이는 메이지, 다이쇼기의 책에 대한 더없는 보물이다. 동시에 '출판문화'에 대해 관심을 높인 코디네이터로 중요한 인물이다.

이와키리 신이치로(岩切信一郎), 『橋口五葉の装釘本』, 沖積舎, 1980.
하가 도오루(芳賀徹), 「解説 夏目漱石」, 『夏目漱石遺墨集』 제3권 회화편, 求龍堂, 1979; 芳賀徹, 『絵画の領分』, 朝日新聞社, 1984에 실렸다.
도아마 시게히코(外山滋比古), 『近代読者論』, みすず書房, 1969.
이시자키 히토시(石崎等)·나카야마 시게노부(中山繁信), 『建築の絵本 夏目漱石博物館－その生涯と作品の舞台』, 彰国社, 1985.
다케모리 덴유(竹盛天雄), 『漱石 文学の端緒』, 筑摩書房, 1991.
발터 벤야민(ヴァルター－ベンヤミン, Benjamin, Walter), 佐々木基一 편집 해설, 『複製技術時代の芸術』, ヴァルター－ベンヤミン著作集2, 晶文社, 1970; 최성만 역, 『기술복제시대의 예술작품, 사진의 작은 역사 외』, 길, 2008

발터 벤야민의 『기술복제시대의 예술작품』은 너무 유명해서 말할 필요도 없다. 인쇄, 사진, 영화에 대해 무한한 가르침을 주는 책이다.

미셸 푸코(M フーコー, Foucault, Michel), 工藤庸子 역, 『幻想の図書館』, ミシェル フーコー文学論集 2, 哲学書房, 1991; 원서, *Un fantastique de bibliothèque*, 1967; 「도서관 환상」은 김현 편, 『미셸 푸코의 문학비평』, 문학과지성사, 1989에

실렸다.

제4장_ 책의 리얼리즘

이나가키 다쓰로(稲垣達郎),「『破壊』－私家版」,『日本近代文学館』1980.1.

_____,「『破壊』－本と原稿」,『日本近代文学館』1980.11;『稲垣 達郎学芸文集』제2권, 筑摩書房, 1982에 실렸다.

모리모토 데이코(森本貞子),『冬の家－島崎藤村夫人・冬子』, 文芸春秋, 1987.

후유코(冬子) 부인의 친정에 대해 상세히 조사한 기록이 있다.

사와 세키타(澤石太),『北海道五十年史』, 鴻文社, 1918.

다카다 히로시(高田宏),『言葉の海へ』, 新潮社, 1978.

세누마 시게키(瀬沼茂樹),『評傳島崎藤村』, 実業之日本社, 1959, 증보 결정판, 筑摩 書房, 1981.

아다치 겐이치(足立巻一),「文淵堂・金尾種次郎傳覚書－大阪時代」,『文学』, 1981.12.

본서에서는 거의 언급하지 않았지만, 가나오 다네지로(金尾種次郎)가 경영한 가나 오분엔도(金尾文淵堂)의 문학책 장정에 대해서는 사이토 쇼조(齋藤昌三)도 첫머리 에 제시할 정도다. 히로쓰 가즈오(広津和郎)의「金尾文淵堂－明治大正の思い出の 中」, 저작집 제3권에 실렸고, 후지타 후쿠오(藤田福夫)의「문학잡지 소천지와 가나 오분엔도(文学雑誌小天地と金尾文淵堂)」(『金沢大学教育学部紀要』15호), 아다치 (足立)의「가나오분엔도의 일(金尾文淵堂のこと)」(『大阪府立圖書館紀要』21) 등 과 관련된다.

『七十五年の歩み－大日本印刷株式会社史』, 大日本印刷, 1952.

이시카와 규요(石川九楊),『書の終焉－近代書史論』, 同朋舎出版, 1990.

고시하라 데쓰로(腰原哲朗),『島崎藤村－詩と美術』, 木菟書館, 1977.

사이토 히데오(齋藤英雄),「二枚の口絵－『破壊』について」,『近代文学 研究と資料』 6호, 1978.4.

기마타 사토시(木股知史),『〈イメージ〉の近代日本文学誌』, 双文社出版, 1988.

가부라키 기요카타(鏑木清方),『こしかたの記』, 中央公論美術出版, 1961.

가부라키 기요카타는 이즈미 교카(泉鏡花)를 편애했기에, 시마자키 도손의 의뢰가 마음에 내키지 않았다고 한다. 확실히 그럴 것이다.

쓰노 가이타로(津野海太郎)・호리 주이치(堀淳一) 외, 『地図の記号論－方法として
　　　の地図論の試み』, 批評社, 1990.

제5장_ 침입하는 초상사진

후지쿠라 아키라(藤倉明), 『ことばの写真をとれ－日本最初の速記者若林玕蔵傳』,
　　　さきたま出版会, 1982.

다카하시 세오리(高橋世織), 「荻原朔太郎の立体写真」(상), 『散』 5호, 1984.8.

와다 히로후미(和田博文), 「作品と写真の遭遇－村野四郎『体操詩集』成立の文脈」,
　　　『日本近代文学』 42집, 1990.5.

야마다 슌지(山田俊治), 「視覚の制度化Ⅰ・『小説神髄』の受容－近代文学成立期の
　　　〈写真〉をめぐって」, 『早稲田実業学校研究紀要』 22호, 1988.3.

수전 손택(スーザン ソンタグ, Sontag, Susan), 近藤耕人 역, 『写真論』, 晶文社, 1979;
　　　이재원 역, 『사진에 관하여』, 시울, 2005.

다키 고지(多木浩二), 『天皇の肖像』, 岩波書店, 1988; 박삼헌 역, 『천황의 초상』, 소
　　　명출판, 2007.

오자와 다케시(小沢健志), 『日本の写真史－幕末の傳播から明治期まで』, ニッコー
　　　ルクラブ, 1986.

이시이 겐도(石井研堂), 『明治事物起原』, 橋南堂, 1908.

제11편 「농공부(農工部)」의 「도쿄의 사진사(寫眞師)」에 '미타테 구라베(見立競, 일
본 스모 시합 순위를 본떠서 사진사 비교 순위를 매긴 인쇄물)' 같은 번호가 실렸다.

하라타케 사토루(原武哲), 「喪章を着けた千円札の漱石」, 『敍説』 창간호, 1990.1.
　　　사진가 오가와 가즈마사(小川一真)에 대해 자세하게 소개했다.

마에다 아이(前田愛), 「一葉風俗誌」, 『国文学』, 1984.10.

오누키 도라키치(大貫虎吉), 『母の死んでゆく病院－安岡章太郎「海辺の光景」論』,
　　　創樹社, 1989.

가족사진의 기호학적 해석을 통해 「해변의 광경(海辺の光景)」과 가야마 가타이의
『삶』, 시마자키 도손의 『집』을 대조 분석했다.

세키 레이코(関礼子), 『樋口一葉をよむ』, 岩波書店, 1992.

야마기시 이쿠코(山岸郁子), 「『現代日本文学巡礼』について」, 『凜』 제1집, 1989.12.

구메 마사오(久米正雄) 감독의 선전 영화 장면과 자막 타이틀을 문자로 기록했다.

무라세 마나부(村瀨学), 『『人間失格』の発見-倫理と論理のはざまから』, 大和書房, 1988.

『인간실격』 첫머리에 언급된 사진을 비롯해, 다자이 오사무의 소설에 나타나는 사진 모티프를 분석했다.

제6장_ 활자의 범람, 미디어의 투쟁

장 보드리야르(ジャン ボードリヤール, Baudrillard, Jean), 今村仁司・塚原史 역, 『象徴交換と死』, 筑摩書房, 1982.

장 보드리야르의 다른 번역서 『消費社会の神話と構造』, 紀伊国屋書店, 1979(이상률 역, 『소비의 사회』, 문예출판사, 1999), 『シミュラークルとシミュレーション』, 法政大学出版局, 1984(하태환 역, 『시뮬라시옹-포스트모던 사회문화론』, 민음사 1993)도 참고했다.

세존미술관(セゾン美術館) 외편, 『『芸術と広告』展 ART & PUBLITE』, 朝日新聞社, 1991.

1990년 말에 프랑스 퐁피두센터에서 열린 전시회 도록. J. 마르탄의 「예술과 광고」, H. 발더사리의 「기호의 상품에 대해서」, F. 부르크하르트의 「감각의 쾌락을 향해서」 등, 도록 해설의 영역을 훨씬 뛰어넘는다.

히다카 쇼지(日高昭二), 「『蟹工船』の黙示録」, 『日本の文学』 특별집, 1989.11.
요코야마 가즈오(横山和雄), 『物語日本の印刷出版労働者-その百年の運動とたたかい』 제1부 상, 개인출판, 1969.
미즈누마 다쓰오(水沼辰夫), 『明治・大正期自立的労働運動の足跡-印刷工組合を軸として』, JCA出版, 1979.
도요하라 마타오(豊原又男), 『佐久間貞一小傳』, 秀英舎庭契会, 1904.
야하기 가쓰미(矢作勝美), 「佐久間貞一と初期『印刷雑誌』」, 『活字=表現・記録・傳達する』, 出版ニュース社, 1986.
쓰보야 젠시로(坪谷善四郎), 『大橋佐平翁傳』, 博文館, 1932; 1974년에 구리타출판회(栗田出版会)에서 복간되었다.

하쿠분칸의 고용자 대표 쓰보야 젠시로(坪谷善四郎)가 쓴 창업자 오하시 사헤이(大橋佐平) 전기. 이후, 쓰보야는 하쿠분칸의 사사(社史)를 간행하고, 2대 오하시 신타로(大橋新太郎) 전기도 집필했다.

_____,『博文館五十年史』, 博文館, 1937.

_____,『大橋新太郎傳』, 博文館新社, 1985.

난부 히로쿠니(南部亘国),「明治出版王国の肖像」, 滑川道夫・菅忠道 編,『近代日本の児童文化』, 新評論, 1972.

미노와 시게오(箕輪成男),『歴史としての出版』, 弓立社, 1983.

노마 세이지(野間清治),『私之半生』, 千倉書房, 1936.

다나카 하루오(田中治男),『ものがたり東京堂史－明治・大正・昭和にわたる出版流通の歩み』, 東販商事, 東京出版販売(発売), 1975.

이와데 사다오(岩出貞夫) 編,『東京堂の八十五年』, 東京堂, 1976.

운노 히로시(海野弘),「徳永直『太陽のない街』」,『モダン都市東京－日本の一九二〇年代』, 中央公論社, 1983.

우라니시 가즈히코(浦西和彦),「徳永直『太陽のない街』発表年月・共同印刷争議・設定年月・絶版について」, 関西大学,『国文学』, 1973.12.

도쿠나가 스나오(徳永直),『失業都市東京－太陽のない街・第二部』, 中央公論社, 1930.

_____,『光をかかぐる人々』, 河出書房, 1943.

도쿠나가의『실업도시 도쿄』(1930)는『태양이 없는 거리』(1929)의 속편.『빛을 찾는 사람들』은 본문에서 언급하지 못했지만, 전쟁 중에 도쿠나가가 활자공으로 지낸 경험을 바탕으로, 일본의 활판 인쇄 역사를, 처음으로 사소설 식으로, 뒤에 보고하듯이 쓴 가작이다. 특히 첫머리에 실린「일본의 활자活字」. 낡은 수동인쇄기와 만난 신체적 기억을 되살려내는 부분, 모토키 쇼조 연구자 미타니 고키치(三谷幸吉)를 찾아가서, 공동인쇄시대에 같은 식자공이었던 일을 추억하는 대목 등, 과장된 꾸밈이 있다고 생각되면서도 흥미롭다.

제7장_ 책을 둘러싼 지혜의 고리

폴 클로델(ポール クローデル, Claudel, Paul), 三嶋睦子 역,『書物の哲学』, 法政大学出版局, 1983.

소리마치 시게오(反町茂雄),『一古書肆の思い出』1, 平凡社, 1986.

최근 사망한 소리마치의 회상록은 그 자체로 일종의 문화사가 되었다. 고서에 관심 없는 사람에게도 재미있다.

나카노 시게하루(中野重治), 『愛しき者へ』상하, 中央公論社, 1983~1984.

가메이 히데오(亀井秀雄), 「解説」, 中野重治, 『甲乙丙丁』하권, 講談社文芸文庫, 1991.

사토 겐이치(佐藤健一), 「息子の転向／父の転向ーあるいは,「村の家」の「母」をめぐって」, 『日本近代文学』40집, 1989.5.

히라노 겐(平野謙), 「車善六と得能五郎」, 『現代文学』, 1940.11.

나카노 시게하루의 『공상가와 시나리오』와 이토 세이(伊藤整)의 『도쿠노 고로의 생활과 의견得能五郎の生活と意見』을 대조시켜, 그 사소설적 방법의 유효성을 지적한 동시대의 평가. 개념만 새로 바꾸면 현재도, 통하는 부분이 있다.

미쓰타 이쿠오(満田郁夫), 「亡びゆく一族」, 『黄塵』, 1968.3.

스기노 요키치(杉野要吉), 「『空想家とシナリオ』論」, 関東学院短大, 『短大論叢』, 1975.10.

모리야마 시게오(森山重雄), 「中野重治論」, 都立大学, 『人文学報』, 1977.1.

오가사와라 마사루(小笠原克), 「『空想家とシナリオ』覚書」, 『国文学 解釈と鑑賞』 1986.7.

마에다 가쿠조(前田角蔵), 「『空想家とシナリオ』論」, 『近代文学研究』 1988.8.

가토 노리히로(加藤典洋), 「中野重治の自由」, 『中央公論文芸特集』 1990.9.

에치젠야 히로시(越前谷宏), 「中野重治 空想家とシナリオー善六の物語」, 『大阪成蹊短大研究紀要』 28호, 1991.3.

U. 마뚜라나(ウンベルト マトゥラーナ, Maturana, Humberto R.) · 프란시스코 바렐라(フランシスコ バレーラ, Varela, Francisco J.), 管啓次郎 역, 『知恵の樹ー生きている世界はどのようにして生まれるのか』, 朝日出版社, 1987; 최호영 역, 『앎의 나무ー인간 인지능력의 생물학적 뿌리』, 갈무리, 2007.

생물학자들의 책인데, 자기 언급의 역설이 자기 창조로 순환하는 가능성을 제시해, 감동을 준다.

하야시 다쓰오(林達夫) · 후쿠다 기요토(福田清人) · 누노카와 가쿠자에몬(布川角左衛門) 편, 『第一書房長谷川巳之吉』, 日本エディタースクール出版部, 1984.

오야마 히사지로(小山久二郎), 『ひとつの時代ー小山書店私史』, 六興出版, 1982.

제8장_ 종이 전쟁
시미즈 도오루(清水徹), 『書物の夢夢の書物』, 筑摩書房, 1984.

고케쓰 아쓰시(纐纈厚), 『総力戦体制研究－日本陸軍の国家総動員構想』, 三一書房, 1981.

이시카와 준키치(石川準吉), 『国家総動員史』 자료편 4~5, 国家総動員史刊行会, 1976~1977.

폴 비릴리오(ポール・ヴィリリオ, Virilio, Paul)・실베르 로트랭제(シルヴェール ロト ランジェ, Lotringer, Sylvère), 細川周平 역, 『純粋戦争』, UPU, 1987.

_____, 市田良彦 역, 『速度と政治－地政学か ら時政学へ』, 平凡社, 1989; 이재원 역, 『속도와 정치』, 그린비 2004.

이치다 요시히코(市田良彦)・니부야 다카시(丹生谷貴志) 외, 『戦争－思想・歴史・ 想像力』, 新曜社, 1989.

야하기 가쓰미(矢作勝美), 『有斐閣百年史』, 有斐閣, 1980.

쇼지 도쿠타로(荘司徳太郎)・시미즈 분키치(清水文吉), 『資料年表 日配時代史－現 代出版流通の原点』, 出版ニュース社, 1980.

시미즈 분키치(清水文吉), 『本は流れる－出版流通機構の成立史』, 日本エディター スクール出版部, 1991.

김형찬(金亨燦), 『証言 朝鮮人のみた戦前期出版界－一編集者の回想』, 出版ニュー ス社, 1992.

후지 마사하루(富士正晴), 「同人雑誌四十年」, 『読売新聞』 1977.7 16일~8월 8일. 『富 士正晴作品集』 1권, 岩波書店, 1988에 실렸다.

쓰노 가이타로(津野海太郎), 『小さなメディアの必要』, 晶文社, 1981.

다무라 노리오(田村紀雄)・시무라 쇼코(志村章子), 『ガリ版文化史－手づくりメデ ィアの物語』, 新宿書房, 1985.

다가와 세이이치(多川精一), 『戦争のグラフィズム－回想の「FRONT」』, 平凡社, 1988.

이 책 덕분에 잡지 『FRONT』가 주목받아, 복각판이 나왔다.

평화박물관을 만드는 모임(平和博物館を創る会) 편, 『紙の戦争 傳単－謀略宣傳ビ ラは語る』, エミール社, 1990.

주가쿠 분쇼(寿岳文章), 『和紙風土記』, 河原書店, 1941.

종이이야기 편집위원회(紙のはなし編集委員会) 편, 『紙のはなし』 I・II, 技報堂出 版, 1985.

저·역자 소개

지은이

고노 겐스케 紅野謙介, Kono Kensuke

1956년 도쿄에서 태어났다. 와세다대학 대학원 문학연구과 박사 후기과정을 만기 퇴학했다. 아자부(麻布) 중고등학교 교사를 거쳐 니혼(日本)대학 문리학부에서 근무했다. 전임강사, 조교수, 교수를 거쳐 학부장(단대학장), 대학 이사를 역임하고 2023년에 퇴직했다. 니혼대학 명예교수, 일본근대문학관 이사이다. 현재는 학자로 활동하면서 도쿄 신주쿠구 와세다쓰루마키초(早稲田鶴巻町)에서 창작 일식(創作和食)과 숯불요리점 '밥집 다마리(ごはん屋たまり)'를 경영한다.

주요 저서로는 이 책 외에 『투기(投機)로서의 문학』(新曜社, 2003), 『검열과 문학』(河出書房新社, 2009), 『이야기 이와나미서점 백년사 1 −「교양」의 탄생』(岩波書店, 2013), 『국어교육의 위기』(筑摩書房, 2018), 『국어교육─혼미(混迷)하는 개혁』(筑摩書房, 2020), 『직업으로서의 대학인』(文學通信, 2022), 『말(ことば)의 교육』(靑土社, 2023) 등이 있다.

옮긴이

김광식 金廣植, Kim Kwang-sik

충남대학교 인문학술 연구교수, 도쿄학예(東京學藝)대학 박사(민속학). 20여 년간 일본에 살다 2023년 초에 귀국해 동아시아 민속·전승 문화를 연구하고 있다. 단행본 『근대 일본의 조선 구비문학 연구』(보고사, 2018), 『한국·조선 설화학의 형성과 전개』(勉誠出版, 2020), 『신래현의 조선 향토전설집』(소명출판, 2020), 『파친코의 역사민속지』(민속원, 2023), 번역서 『조선아동 화담』(민속원, 2015), 『문화인류학과 현대민속학』(민속원, 2020) 등이 있다.

박천홍 朴天洪, Park Cheon-hong

대학에서 역사학을 공부했다. 현재 (재)현담문고에서 학예사로 일한다. 『매혹의 질주 근대의 횡단─철도로 돌아 본 근대의 풍경』(산처럼, 2003), 『악령이 출몰하던 조선의 바다─서양과 조선의 만남』(현실문화연구, 2008), 『활자와 근대─1883년, 지식의 질서가 바뀌던 날』(너머북스, 2018) 등을 썼고, 이병헌의 『중화유기─근대 한국인의 첫 중국 여행기』(공역, 빈빈책방, 2023), 다나카 미카(田中美佳)의 『근대 조선 출판문화의 탄생』(소명출판, 2025)을 우리말로 옮겼다.